Saggi

VALENTINA NOTARBERARDINO

OPERAZIONE BESTSELLER

Dietro le quinte del successo editoriale

PONTE ALLE GRAZIE

ISBN 978-88-3331-954-4

Revisione: Laura Berna
Redazione e impaginazione: Scribedit – Servizi per l'editoria

Progetto grafico: Maurizio Ceccato | IFIX

Ponte alle Grazie è un marchio
di Adriano Salani Editore s.u.r.l.
Gruppo editoriale Mauri Spagnol

Il nostro indirizzo Internet è www.ponteallegrazie.it
Seguici su Facebook, Instagram e X
Per essere informato sulle novità
del Gruppo editoriale Mauri Spagnol visita
www.illibraio.it

Operazione bestseller

Premessa

Cara Lettrice, caro Lettore,

qualche parola preliminare per accompagnarti nella lettura di questo mio libro.

Se condividi con me e con molti altri la grande passione per la lettura; se sei tra coloro che hanno sempre in borsa un libro o l'e-reader; se per decidere cosa leggere passi il tempo in libreria, sfogli le pagine degli inserti culturali o scorri i *feed* dei social; se ti capita di arrabbiarti perché un romanzo che hai amato moltissimo è rimasto misconosciuto ai più; se ti fidi del prestigio di un marchio editoriale o della fascetta che riporta copie vendute e premi vinti, o se invece ti piace decidere di testa tua, ami la nicchia e diffidi dei casi editoriali troppo roboanti; in tutte queste circostanze, ecco la lettura che fa per te. In *Operazione bestseller*, che spero leggerai (si scrive essenzialmente per esser letti), voglio raccontarti come funziona la «vita del libro». Mi riferisco con questa espressione sia alla sua vita materiale – dalla tipografia allo scaffale e infine al comodino – sia alla sua vita immateriale, quella in cui una nuova uscita editoriale viene raccontata, segnalata, recensita, consigliata, amata, fino (forse!) a diventare di successo e, per i più fortunati, a scalare le classifiche di vendita (talvolta con non meno fatica di quella che fa un vero *climber*, mani nude e magnesite sulla roccia per arrivare in cima a una falesia).

Esplorando quest'intreccio materiale e immateriale, cercherò di rispondere ad alcune domande cruciali. Cosa si intende per bestseller? Perché certi titoli hanno successo e altri no? Perché per alcuni capiamo sin dalla prima notizia in cui ci imbattiamo anche nostro malgrado (ricorda questo concetto, sarà importante) che diventeranno «il libro dell'anno», mentre altri passano quasi in sordina? Come arrivano gli amati tomi di carta in libreria? Come si partecipa ai premi letterari, chi vota e, soprattutto, perché vince chi vince? E chi perde, come la prende? Si può vivere di sola scrittura? Perché ogni anno in Italia si pubblicano così tanti titoli? Cosa sono i festival e le fiere letterarie? Che cosa fa un bravo libraio? Come ha influito la rivoluzione digitale nella promozione dei libri? Esiste ancora la critica letteraria? Le presentazioni servono a qualcosa? Quali sono le trasmissioni in cui si parla di libri in tv e in radio? E i podcast? Cos'è una classifica? Come si rilevano le vendite, e chi lo fa? Insomma: che cosa fa vendere i libri?

Vedremo insieme che spesso una vera risposta non c'è; quel che si può fare, è passeggiare nei meandri di quella fabbrica di libri che è l'editoria e raccontarne i meccanismi e le pratiche abituali. Ecco il perché del termine *operazione* che hai letto in copertina: non è un omaggio a James Bond (per quanto...), ma un accenno a quella somma di azioni collettive che coinvolgono diverse figure professionali, tutte variamente impegnate affinché un libro appena uscito abbia un'ampia diffusione e vendite conseguenti. Secondo il dizionario Treccani «operazione» indica un insieme di «atti complessi, [...] che richiedono attenzione, precisione, pazienza»: e con attenzione, precisione e pazienza ho tentato di tracciare una mappa con l'inchiostro dell'esperienza, dello studio e dell'osservazione. Esperienza che nel mio caso significa un punto di vista privilegiato, che parte da Roma, città dove lavoro da sempre nel mondo della comunicazione editoriale, e che si allarga a macchia d'olio su tutta l'editoria italiana (e non solo). Un'avvertenza necessaria: per loro natura gli esempi e i dati che troverai in *Operazione bestseller* sono legati alla contemporaneità della ricerca (con alcuni cenni storici), ma va da sé che si tratta di un universo in continuo movimento e aggiornamento (un esempio su tutti, il numero di follower dei book influencer sui social, o il numero di copie vendute per un libro, che cambiano di giorno in giorno). I numeri riportati servono quindi a dare il senso generale di alcuni fenomeni, talvolta giganteschi.

Mettiamoci quindi in cammino verso il mondo nascosto dell'editoria. Ci saranno momenti divertenti, affascinanti, inaspettatamente matematici, in alcuni casi intricati e spinosi, in altri amari o gloriosi: come per ogni viaggio. E come per ogni viaggio, ho cercato dei compagni che condividessero con me le stesse passioni e lo stesso universo professionale, e con cui sapevo che non mi sarei mai annoiata (e tu con me). Vedrai che in *Operazione bestseller* di certo parlo io (che firmo il libro in copertina), ma insieme a me c'è anche un cospicuo coro di voci, oltre venti professionisti che si occupano di libri a vario titolo e che ringrazio dal profondo per avermi permesso di descrivere e raccontare meglio alcuni momenti di vita libraria. Sono scrittori con un'importante esperienza editoriale: Mario Desiati, Gian Marco Griffi, Nicola Lagioia, Gaia Manzini, Antonio Pascale. Critici letterari, giornalisti, conduttori televisivi, radiofonici e di podcast: Paolo Di Stefano, Gianluigi Simonetti, Giorgio Zanchini, Alessandra Casella, Bruno Luverà, Matteo B. Bianchi. Librai: Romano Montroni, Barbara e Francesca Pieralice, Enza Campino. Protagonisti dei più importanti premi letterari italiani: Enrico Carraro e Stefano Petrocchi. Editori, direttori editoriali e principali animatori di strategie commerciali: Giuseppe Laterza, Michele Foschini e Caterina Marietti, Antonio Franchini, Filippo Guglielmone. Promotori di festival e fiere letterarie, come Alessandro Della Casa. E ultimi, ma non d'importanza!, gli addetti al rilevamento delle vendite e alla compilazione delle classifiche: Monica Manzotti, Simonetta Pillon e GfK. L'ufficio stampa sono io, e con me porto la voce di molti colleghi e colleghe (oltre che un certo sentimento di fratellanza e sorellanza).

Per finire, invece, un consiglio prezioso: non leggere subito il finale. Anche se questo non è un romanzo, contiene un piccolo spoiler.

Buona lettura,

Valentina Notarberardino
Roma, 2 dicembre 2023

Capitolo primo

Cenni sparsi di anatomia editoriale

Quello che il lettore non sa

Libri, libri e ancora libri. «Noi siamo abitati da libri e da amici» scriveva Daniel Pennac: perché questi parallelepipedi di carta rilegata ci fanno sognare, ci fanno innamorare, ridere e piangere, ci sostengono nei momenti più bui delle nostre vite, ci portano in universi sconosciuti, talvolta fantastici, e sono nostri (a volte letteralmente) compagni di viaggio. La lista degli effetti benefici dell'oggetto-libro potrebbe continuare all'infinito, ma noi lettori li conosciamo già bene. Che si tratti di un romanzo gotico, di un diario o di una semplice raccolta di ricette, un libro può rispondere a diverse esigenze, a mille domande. Ma fra le miriadi di generi e sottogeneri indicati dagli indici di ricerca degli store online o sugli scaffali delle librerie, come si fa a scegliere?

Cominciamo con qualche numero. Nel 2022 in Italia sono stati pubblicati 83.950 titoli. Tanti, vero? È il primo dato che – non restate troppo delusi – ci ricorda che i libri sono fatti anche di cifre e numeri, a volte ben nascosti quasi a non voler turbare il piacere della lettura. Quei quasi novantamila titoli, che secondo i dati AIE presentati alla Frankfurter Buchmesse dell'ottobre 2023, si portano dietro 3388 milioni di euro spesi nel 2022, confermando l'editoria nel suo ruolo di industria culturale italiana di prim'ordine, davanti a quella delle Pay tv (2941 mln) e della tv in chiaro (1725 mln), e quarta in Europa.

Avrete oramai capito, nonostante il tentativo di sviamento dell'incipit, che non siamo qui a raccontare il lato romantico dell'universo librario – lato a cui pure siamo affezionati – ma per cercare di capire, nel quadro di un'offerta così ampia, ricca e variegata, come si orientano i lettori. E per chiarire qualcosa di quello che è a conti fatti un rispettabilissimo, solido comparto industriale – lo ripetiamo, il quarto in Europa. In questo senso assume una nuova prospettiva la domanda sul ruolo del lettore (o dovremmo dire dell'acquirente, ma appunto: restiamo in fondo dei romantici). In un'offerta così ampia, come decide a chi dare i propri soldi? È una questione solo di gusto personale, anche di casualità, o possiamo individuare una regia esterna che guida gusto popolare e flussi di vendita?

L'operazione serale – prendere un volume sul nostro comodino, spegnere la luce principale, accendere l'abat-jour e farci rapire dalle parole – per molti di noi è quasi automatica. Ma ci siamo mai chiesti di quali tappe è fatto il tragitto compiuto dal libro per giungere al nostro comodino, oltre la meccanica dell'acquisto? Tentare di rispondere a questa domanda ci porterà a soffermarci essenzialmente su due cose: da una parte, come e in che quantità è stato fisicamente trasportato da una tipografia fino alla libreria o al magazzino dello store online; dall'altra, perché abbiamo destinato i nostri soldi proprio a quello e non a un altro di cui probabilmente neanche conosciamo l'esistenza. Perché, al di là della libera determinazione di scelta del singolo, ci sono tanti libri che i lettori non conoscono (e, va da sé, non possono scegliere di comprare) perché non hanno una distribuzione nazionale, perché non se ne parlerà mai in tv, non si vedrà mai il volto dell'autore, perché arriveranno in alcune librerie – ma non in tutte –, perché non se ne leggerà mai sui giornali. In breve, perché l'editore che li pubblica non ha la forza economica di promuoverli. Non parleremo qui dei libri prodotti in regime di self-publishing su piattaforme come ilmiolibro.it o il sempiterno Amazon, che rientrano in una dinamica completamente diversa e meritano un discorso a parte.

Quello che il lettore non sa, e che noi proveremo a raccontare, è che la sua libertà di scelta si esercita solo fra i libri che il mercato gli suggerisce di comprare: un'ampia scelta, certamente, che va dagli autori *mainstream* agli esordienti, e che è determinata a sua volta da un meccanismo complesso dietro alle maglie della movimentazione 'fisica' (e quindi distribuzione, librerie, presentazioni). Solo così, copia acquistata dopo copia acquistata, ognuno di noi entra a far parte di quei numeri che sommandosi portano i libri sull'onda del passaparola e in cima alle classifiche di vendita.

Il lettore, inoltre, probabilmente non sempre ha presente che la vita immateriale del libro, tra recensioni, premi letterari, passaggi in tv e in radio, può essere abilmente indirizzata, se non pilotata, da una buona cabina di regia di partenza e che da essa dipendono molte delle nostre scelte.

In che maniera la nostra passione di lettori viene alimentata e nutrita, ovvero, quali sono le iniziative e le strategie attraverso cui gli editori mirano, *provano*, a vendere il maggior numero di copie possibile?

Prima di cominciare il nostro viaggio alla scoperta del mercato editoriale, una piccola necessaria premessa: vediamo esattamente che cos'è una casa editrice, e qual è il quadro attuale.

Questione di catalogo

Teresa Cremisi, presidente dell'Adelphi dalla scomparsa di Roberto Calasso, con un lungo passato in case editrici di grande rilievo internazionale come Gallimard e Flammarion, riassume bene la questione:

> Diderot ha scritto a suo tempo una lettera in cui spiegava cos'è l'editoria e diceva che questo mestiere così strano è una cerniera tra lo spirito e il commercio. Senza commercio non c'è editoria e il commercio ha regole che dipendono dal tempo e dal luogo in cui si pubblica, e senza spirito è inutile fare editoria perché si fanno cose molto evanescenti. Detto questo, essere editori di testi popolari non è meno degno e non è più facile di essere editore di alto livello culturale. Io avrei potuto essere un editore popolare, se ne avessi avuto le capacità, non sempre capisco cosa sia popolare o non popolare.[1]

Le case editrici sono dunque aziende, attività commerciali con indirizzo culturale, che si occupano di produrre, pubblicare e diffondere libri e altri materiali editoriali. Svolgono un ruolo fondamentale nell'industria editoriale, mettendo a disposizione del pubblico una vasta gamma di opere. Ogni casa editrice può avere la sua missione, la sua specializzazione e il suo focus, caratteristiche che si riflettono nel suo catalogo, ovvero l'insieme di tutti i libri che ha pubblicato nel tempo e ancora in commercio. All'interno del catalogo generalmente le diverse opere sono divise per collane tematiche.

Valutazione, selezione, e acquisizione di manoscritti o opere da parte degli autori o dei loro agenti, produzione (compresi editing, impaginazione e stampa), distribuzione e promozione delle opere: sono alcuni dei compiti di un editore, che è la persona a capo di tutto questo meccanismo.

Una casa editrice non è se non il suo catalogo di cui possiede i diritti di pubblicazione, opere scelte e collezionate secondo criteri a volte chiari, a volte elusivi, che costituiscono identità editoriali e di marchio, e che in maniera più o meno consapevole aiutano in prima battuta il lettore-acquirente a orientarsi: sappiamo che Voland ci propone spesso autori dell'Est Europa, sappiamo che Georges Simenon ha il marchio Adelphi, sappiamo che i classici dell'Ottocento sono in prima battuta Mondadori o Garzanti.

Così come sappiamo che Laterza è tra le case editrici di riferimento per la saggistica di qualità. Fondata nel 1901, conta un'attività lunga più di un secolo, ed è guidata da Giuseppe Laterza. Ma come ha fatto ad attraversare indenne e in perfetta salute il nuovo millennio in un quadro in cui cambiano in continuazione le tendenze editoriali e, di conseguenza, i gusti dei lettori? Ce lo spiega bene Laterza stesso. «Per 'stare sul mercato' occorre prima di tutto conoscerlo, captando i segnali sulle mutevoli e sfaccettate preferenze degli acquirenti di libri. Preferenze che arrivano all'editore attraverso mille diversi canali, dalle librerie al web, dai diversi media ai festival letterari...». Inoltre, precisa, «catalogo e novità sono strettamente legati: novità che vendono bene trascinano il catalogo... L'attenzione ai conti – nel breve come nel lungo periodo – è essenziale: una gestione oculata e al tempo stesso lungimirante consente a una casa editrice di autofinanziarsi, premessa indispensabile per l'autonomia editoriale. Come ha scritto un grande editore americano, Jason Epstein, l'editoria è un mestiere artigianale, fatto da piccoli gruppi idiosincratici, il cui scopo non è il profitto più di quanto respirare sia lo scopo della vita... Anche se non è lo scopo principale di molti editori, tenere a posto i conti è dunque indispensabile... come respirare!»

Indicazioni di massima, spunti pragmatici per cominciare a orientarsi nella scelta in quella zona grigia fra spirito e commercio che riguarda, sin dalle parole di Laterza, un istinto vitale, dunque imprescindibile.

Se il catalogo è il cuore dell'identità editoriale, il 'fuori catalogo' è il suo spauracchio. Un libro che non si vende grava, oltre che sull'autostima dell'autore, nella gestione nei bilanci. Per questo una volta pubblicato l'editore ha due oneri: *in primis* promuoverlo e venderlo il più possibile nel periodo dell'uscita, e poi non abbandonarlo, dunque fare in modo che quel titolo resti vivo nel *mare magnum* della sua proposta. Poiché è estremamente difficile prevedere quale titolo riuscirà a sopravvivere ai primi tre mesi di vita pubblica, e a diventare un punto fermo nel catalogo, va da sé che le novità tendono a moltiplicarsi per assicurare fatturato. Ecco perché si pubblicano tanti libri, anche quelli che già si sa avranno una scarsa vita. E se il catalogo è lo specchio di una linea editoriale, la promozione delle novità è sempre più spesso un aspetto cruciale per la casa editrice: gli esordienti sono potenzialmente i classici di domani? Difficile stabilire in anticipo chi la spunterà.

Lasciamo ora alle parole di Ernesto Ferrero, che per anni ha lavorato in case editrici di rilievo come Einaudi, Bollati Boringhieri, Garzanti e Arnoldo Mondadori, scomparso a novembre 2023, un breve ritratto del mestiere di editore:

> Il fascino del mestiere di editore risiede nella sua natura ibrida, persino nella sua sostanziale ambiguità. L'editore è un centauro in cui si combinano identità e qualità diverse, qualche volta persino conflittuali. È un imprenditore che non si accontenta di essere tale. La redditività non gli ba-

sta, altrimenti praticherebbe attività meno rischiose. Coltiva interessi, passioni, curiosità culturali, con cui nutre un'ambizione «politica», nel senso autentico del termine: l'arte di gestire la polis.[2]

Anche qui ritroviamo il concetto di editoria come attività in cui non c'è garanzia di redditività. Continua Ferrero:

> Al di là delle vicende individuali, l'editore, sia esso un ministro-ombra della cultura, un genio del marketing, un rabdomante di consumi prossimi venturi, un talent scout che vuole provare il brivido di scoprire nuovi talenti, è un vampiro buono che restituisce alla collettività il sangue degli autori di cui si nutre e che alleva come un buon pastore. È un capobranco carismatico che ha in sé qualcosa del Demiurgo. Lo muove il desiderio di ridurre il caos a cosmos, di dettare un canone, di stabilire una scala di valori e di priorità. Per lui i libri sono altrettanti mattoncini del Lego con cui tentare una seconda creazione, in cui ogni pezzo contribuisce a comporre un tutto armonioso, una complessità gestibile, oggi si direbbe «sostenibile».[3]

Parlando di «vampiri buoni», restando all'ambito della varia allo stato attuale in Italia ci sono un nutrito gruppo di case editrici indipendenti e altrettanti marchi che afferiscono a grandi gruppi editoriali che si contendono la maggior parte del mercato. Ne citiamo alcuni: il primo per numero di marchi e fatturato è il Gruppo Mondadori, che nel suo comparto Libri detiene più di 50 case editrici (tra cui Einaudi, Sperling & Kupfer, Piemme) comprese quelle della RCS Libri acquisite nel 2016 nella cosiddetta operazione «Mondazzoli» che ha portato all'acquisizione dei marchi Rizzoli. La fusione, che ha fatto scalpore e ha reso necessario l'intervento dell'Antitrust, ha lasciato fuori Marsilio e Bompiani: Bompiani è stata acquistata da Giunti Editore, storica casa editrice fiorentina, erede di una lunga tradizione editoriale iniziata nel 1841, e capogruppo di un'altra importante holding editoriale italiana con quindici marchi tra cui, naturalmente, Giunti. Marsilio invece è ora controllata per il 55% dal Gruppo Feltrinelli (accanto a Giangiacomo Feltrinelli Editore, ad esempio, SEM e Donzelli). *Last but not least* il Gruppo GeMS, con 20 marchi editoriali tra cui Longanesi, Ponte alle Grazie, Bollati Boringhieri, Salani, Guanda, Garzanti.

E gli indipendenti? Spesso sono realtà estremamente vitali, siano esse consolidate o recenti, con cataloghi importanti e identità riconoscibili: minimum fax e la sua costola Sur poi diventata una casa editrice a sé, e/o, Fazi, Iperborea, Voland, Contrasto, Il Saggiatore, N/N, 66thand2nd, nottetempo, L'orma.

Per dare un esempio del mercato che gli editori indipendenti hanno non solo conquistato ma anche in un certo senso «inventato», creando un loro canone, citiamo il caso di Iperborea. Fondata nel 1987 da Emilia Lodigiani e ora diretta da Pietro Biancardi, ha contribuito in modo significativo a portare in Italia la letteratura scandinava, permettendo ai lettori italiani di scoprire una nuova selezione di autori lontana dal *mainstream* anglofono. Iperborea è nota per la sua dedizione a promuovere la cultura letteraria nordeuropea attraverso traduzioni curate e volumi riconoscibili e di qualità. A 36 anni di età, il suo catalogo è ricco e comprende opere di narrativa, poesia, saggistica e letteratura per ragazzi. Tra gli autori pubblicati ci sono nomi noti come Stieg Larsson e Jón Kalman Stefánsson, accanto a opere meno conosciute. Inoltre, ha lanciato con successo due progetti molto originali. Dal 2018 la serie *The Passenger*, «un libro-magazine che raccoglie inchieste, reportage letterari e saggi narrativi che formano il ritratto della vita contemporanea di un paese o una città (non solo del Nord Europa) e dei loro abitanti», a cui ha fatto seguito nel 2021 il magazine *Cose spiegate bene*, in collaborazione con «il Post», il cui primo numero, dedicato ai libri (*A proposito di libri*), è entrato rapidamente in classifica: e una rivista in classifica non si era mai vista prima.

Libro, ma quanto mi costi?

> Quando un italiano, spinto da una inconsueta e incoercibile voglia, desidera leggere un libro, ricorre a uno dei modi seguenti:
> 1. Lo chiede in omaggio, con un pretesto qualunque all'editore.
> 2. Lo chiede in grazioso dono all'autore.
> 3. Cerca di farselo regalare da qualcuno che l'abbia ottenuto gratis dall'editore o dall'autore.
> 4. Lo chiede in prestito a un amico, col segreto proposito di non restituirlo mai più.
> 5. Lo prende in prestito da una biblioteca pubblica.
> 6. Lo cerca in una biblioteca circolante.
> 7. Lo ruba, se gli riesce, in casa d'un conoscente o nella bottega di un libraio.
> 8. Sol quando tutti questi sette modi falliscono o si dimostrano impraticabili e impossibili, sol quando ogni tentativo di ottenere il libro senza spendere un centesimo è frustrato, soltanto allora il nostro italiano, se il desiderio o la necessità l'assillano, prende una decisione eroica e sceglie l'ultimo e disperato mezzo: compra il libro con i suoi denari.[4]

Così scriveva Giovanni Papini sette decenni fa, nel 1953: già allora appariva evidente che «i libri, in Italia, si vendono pochissimo», e l'editoria era (è?) «una industria ch'è tra le più meritevoli e tra le meno redditizie». La colpa, secondo Papini, era di «codesti parassiti» che non considerano le spese che gli editori devono sostenere.

Proviamo a buttare giù i costi fissi dell'industria del libro: carta, stampatori, grafici, redattori, uffici stampa, responsabili commerciali, distribuzione, promozione, pubblicità, par tacere di bollette del gas, della luce, dell'acqua, dell'affitto e, ultimi ma non per importanza, anticipi e diritti agli autori. Soldi che se non vengono coperti con le vendite rischiano di portare i conti in rosso. Va da sé che gli editori vogliono soprattutto *vendere* i libri, con ogni mezzo possibile, come ogni imprenditore che si rispetti. Fare l'editore costa, spesso costa molto, e soprattutto per le piccole case editrici non è facile stare in piedi. È una storia antica, e non stupisce troppo che già settanta anni fa Papini mettesse in evidenza il problema – suggerendo anche una possibile soluzione: «Prendere un po' di quattrini a chi non compra mai un libro e regalare qualche buon libro a coloro che, per riconosciuta povertà, non posson comprarli». Un metodo, sosteneva, «talmente semplice che non è attuabile». In effetti nessuno sembra avergli dato seguito.

Dalle riflessioni di Papini molte cose sono successe: il boom economico degli anni Sessanta, l'industrializzazione e l'esplosione della società del benessere con il conseguente aumento dei consumi, anche culturali, degli italiani. Ma non sono mancati altri momenti di crisi economica e flessione degli acquisti, dalla crisi del petrolio alla fine degli anni Settanta alla bolla finanziaria del 2008, e in tempi più recenti, agli esiti della pandemia del 2020 e al caro vita dovuto alle conseguenze della guerra in Ucraina.

Il prezzo di vendita di un libro, che sempre secondo i dati dell'AIE era pari a 19,87 nel 2022 (in leggero rialzo rispetto ai 18,69 euro del 2021), si può mediamente scomporre così: l'8% alla società di promozione, il 42% al distributore, il 20-25% al libraio, il 10-12 % all'editore (che però su ogni copia ha già investito il 10-15% di stampa) e, infine, il 10% all'autore. Si tratta di dati medi e dunque variabili: forti differenze riguardano soprattutto la percentuale che spetta all'autore, che può essere addirittura nulla in caso di esordienti, o molto più alta in caso di autori di successo. Inoltre, a seconda del suo valore di mercato, ogni scrittore potrà percepire (o meno) un anticipo sulle vendite che normalmente viene ripartito in due tranche: la metà alla firma del contratto, l'altra metà alla pubblicazione del libro. L'importo dell'anticipo può andare da 0 a 100.000 € e oltre, a seconda delle previsioni di vendita e delle tirature, così come dalla tiratura dipende anche l'investimento che si può fare per il libro in fatto di comunicazione e promozione.

L'editore anticipa di tasca sua per la produzione (compenso per l'autore, lavoro sul testo, impaginazione, stampa) e per la promozione e comunicazione (in maniera variabile). Il distributore, ovvero la società che si occupa di far arrivare i volumi in libreria e a cui dedicheremo ampio spazio più in là, acquista il libro dalla casa editrice con uno sconto importante che può arrivare anche fino al 60%. A sua volta lo rivende scontato alle librerie (normalmente si arriva a un massimo del 40% sul prezzo di copertina). Per le librerie di catena lo sconto è più alto e generalmente possono avvalersi del conto vendita con diritto di resa (ovvero pagano solo il venduto effettivo, e rendono ciò che non si vende). Le librerie indipendenti tendenzialmente riescono ad avere una buona riduzione, grosso modo il 30% che corrisponde più o meno al loro guadagno sul libro, e il conto vendita solo se hanno un ottimo rapporto con l'editore. Altrimenti la prassi è uno sconto più basso e il conto assoluto, ovvero l'obbligo di pagare in anticipo tutti i libri prenotati.

Tra i costi che gravano sull'editore c'è anche un eventuale sovrapprezzo nel caso in cui tornassero indietro più del 30% delle copie messe in distribuzione, oltre che i costi di trasporto, rese comprese, e di gestione del magazzino.

Uno su mille ce la fa: il bestseller

Luigi Mascheroni nel suo a tratti dissacrante ma lucido saggio *Libri. Non danno la felicità (tanto meno a chi non li legge)*[5] sostiene che il libro è una merce e che bisogna desacralizzarlo, con buona pace dei bibliofili.

> La sacralità del libro non è assoluta, deriva solamente da ciò che la singola opera sa comunicare e sa meritarsi nel corso del tempo. Ecco perché un classico non è paragonabile al bestseller di una singola stagione: il primo si conserva, dei secondi si può benissimo fare a meno senza rimpianti.[6]

Ed eccola infine la parolina magica, una parola che probabilmente all'epoca di Papini non era così diffusa ma che oggi sostiene un intero comparto merceologico, una parola che è l'orizzonte, la meta, l'aspirazione più o meno segreta di chi ha un libro da pubblicare, e di chi decide di pubblicarlo. Un lemma che resta, nella sua inafferrabilità, un enigma: bestseller.

Cosa si intende con questo termine inglese, la cui traduzione è chiara oltre ogni dubbio – «il più venduto»? Per convenzione, un bestseller è un libro molto comprato in un determinato periodo di tempo, solitamente piuttosto breve e concentrato e vicino alla data di uscita, rilevanza che potrà determinarne l'ingresso a gamba tesa nelle classifiche di vendita. Il tutto è naturalmente relativo ai numeri del mercato di riferimento in un dato periodo storico. Inoltre, alcuni generi vendono di più, altri di meno. E, come fa notare Mascheroni, alcuni libri sono i bestseller di una singola stagione, fiammate che vendono tantissimo ma che poi si stabilizzano su un certo livello di scontrini o vanno progressivamente scemando – talvolta fino a scomparire dai radar.

> La parola best seller fu coniata a fine Ottocento, quando la rivista di critica letteraria statunitense *Bookman* cominciò a pubblicare gli elenchi dei libri più venduti. In seguito furono considerate autorevoli guide del gusto letterario le rassegne che comparivano su *Publisher's Weekly* e *The New York Times* negli Stati Uniti e il *Sunday Times* di Londra, poi riedite in *Bookseller*. All'inizio vi era un atteggiamento quasi 'snobistico' nei confronti dei best seller, in quanto si riteneva che i libri amati dal pubblico non avessero di per sé alcun valore letterario. Fenomeni editoriali, come i romanzi storici e d'appendice e la narrativa popolare, rappresentarono tuttavia un momento di svolta nella diffusione della cultura: basti pensare alla fortuna di *L'Assommoir* (1877) di Émile Zola, che vendette 150.000 copie nel primo anno di uscita, o di *Uncle Tom's Cabin* (1852) di Harriet Beecher Stowe, che con 300.000 copie vendute nel primo anno e alcuni milioni in quelli successivi rappresenta il maggior best seller dell'Ottocento. In Italia tra i successi più rilevanti di quel periodo furono *Pinocchio* (1883) di Carlo Collodi e *Cuore* (1886) di Edmondo De Amicis.[7]

Quando un libro può definirsi un bestseller? Il concetto va definito in base al numero di abitanti di una nazione, alle tirature solite di una casa editrice, ai numeri che di media fa l'autore. A volte il termine è usato impropriamente. Diciamo che in Italia nel 2023 un libro è un bestseller se vende dalle 50.000 copie in su.

Per capire le dimensioni di un successo in relazione al suo contesto è utile riportare i casi citati da Michele Giocondi, autore di diversi saggi relativi ad alcuni clamorosi successi editoriali italiani negli anni immediatamente successivi all'Unità d'Italia.[8] Bisogna considerare che l'offerta libraria in quel periodo era varia e importante, ma esisteva un'alta percentuale di analfabeti e dunque i lettori erano pochissimi: inoltre il libro era considerato un bene di lusso e non tutti potevano permetterselo. Al momento dell'Unità italiana, nel 1861, il bestseller nazionale era senza ombra di dubbio *I promessi sposi* di Alessandro Manzoni.

La storia editoriale dei *Promessi sposi* è un *unicum*. La prima edizione, la cosiddetta «ventisettana»,

> si ebbe nel 1827, presso l'editore Ferrario di Milano, che ne stampò 3000 copie. Il successo fu tale, «600 copie in venti giorni», si disse, che negli anni successivi furono stampate decine di edizioni abusive, cioè prive del permesso dell'autore e senza versargli i relativi diritti d'autore, si stima per un insieme di circa 200.000 copie, cifra per i tempi elevatissima. Contro queste Manzoni non aveva strumenti per intervenire, in quanto non era in vigore alcuna legge che proteggesse il diritto d'autore. Anche per difendersi da questo abuso di ristampe, Alessandro Manzoni predispose nel 1840 l'edizione definitiva presso Guglielmini e Redaelli, diventati in seguito Rechiedei. Usciva a dispense e si sarebbe completata nel giro di due anni. Era riccamente illustrata e con una veste grafica assai raffinata, che nonostante l'elevato e inevitabile costo complessivo, fu venduta in altre decine e decine di migliaia di copie.[9]

Ma gli altissimi costi di realizzazione non furono mai evasi e Manzoni riuscì a guadagnare solo dopo una denuncia sporta contro gli editori che stampavano illegalmente, resa possibile dalla legge sul diritto d'autore del 1840.

Per ricollegarci alle parole di Mascheroni, non si trattava evidentemente di un successo stagionale: *I promessi sposi* è diventato un classico e un long seller – un libro le cui vendite non sono mai calate. Un successo incentivato dalla scelta della dirigenza del neonato Stato italiano di promuovere Manzoni nel ruolo di 'venerato maestro' pan-italico, da un lato per il contenuto del suo libro, basato su una chiara morale cattolica, dall'altro per la lingua manzoniana, che forniva finalmente un modello unitario a una nazione frammentata in mille dialetti. Un ruolo che nel bene e nel male conserva ancora oggi.

Dopo *I promessi sposi*, il secondo e più eclatante caso di bestseller nazionale è stato *Cuore* di Edmondo De Amicis, la cui storia editoriale ci fa capire bene quanto possa variare il guadagno di un autore a seconda degli accordi presi in fase contrattuale:

> Uscito nel 1886 dopo una lunga gestazione, il libro travolse ogni precedente record di vendite. Nei mesi immediatamente successivi alla sua uscita se ne vendevano addirittura 1000 copie al giorno. All'alba del nuovo secolo il libro aveva superato le 250.000 copie, nel 1910 le 500.000, nel 1923 il milione, e da allora fu un susseguirsi di nuovi record. Molti imparavano la lingua solo per leggere *Cuore*, che divenne uno dei maggiori bestseller in assoluto della nostra editoria nazionale. Innumerevoli furono anche le traduzioni, ben 18 solo nei primi due mesi di vita del libro, e poi tante altre ancora.[10]

Giocondi fa notare che probabilmente né De Amicis né l'editore Treves avevano particolarmente scommesso su *Cuore*: l'autore, certo di non vendere, forse già per la regola del «pochi, maledetti e subito», avrebbe voluto un compenso forfettario in cambio della cessione dei diritti per dieci anni. Finì per firmare la proposta dell'editore, che, certo di non vendere, aveva stabilito delle fantasiose *royalties* pari al 10% per copia venduta. Il successo imprevisto del libro giovò a entrambi.

Gian Carlo Ferretti nel 1983 pose la parolina magica «bestseller» nel titolo del suo libro che diventò dirimente nel dibattito sulla qualità della produzione editoriale degli anni Sessanta-Ottanta, periodo in cui iniziavano a registrarsi i grandi numeri industriali anche in fatto di libri: *Il best seller all'italiana* (Laterza). È qui che per la prima volta attraverso gli strumenti della sociologia della letteratura si parla di un «compromesso» tra la «grande industria editoriale» e la «corporazione letteraria». Ferretti individuava così nella ricerca del mercato – anche da parte degli scrittori, non solo degli editori – l'inizio di una crisi profonda che a suo dire avrebbe colpito tutti. Eppure, sul fronte dell'offerta il nostro mercato editoriale è sempre stato ed è attivo e prolifico, e la sua vitalità è spesso ripagata da lettori fedeli. Se Papini fosse ancora qui potrebbe rasserenarsi.

Intermezzo. Tu, io, noi lettori

Già che siamo in tema di chiarimenti: chi sono i lettori? Il concetto di lettore è intrinsecamente legato all'atto della lettura, un'attività che va ben oltre la semplice decodifica di parole stampate su una pagina. I lettori svolgono un ruolo fondamentale nella fruizione della letteratura, e la loro definizione può variare a seconda del contesto. In generale, si può considerare un lettore come una persona che si immerge in un testo scritto con l'intenzione di comprenderne il significato, trarne piacere o acquisire conoscenza. È l'attore fondamentale nella vita di un libro, poiché la massima aspirazione per uno scrittore è proprio quella di essere letto.

Umberto Eco ne diede un quadro astratto in chiave semiologica, elaborando il concetto di «Lettore modello» – «un insieme di condizioni di felicità, testualmente stabilite, che devono essere soddisfatte perché un testo sia pienamente attualizzato nel suo contenuto potenziale» – come il ricettore ideale di un dato testo.[11] La realtà, va da sé, non è fatta di ricettori ideali, ma di una varietà umana dove trovano posto adepti della religione della lettura o fruitori occasionali, compulsivi o pigri, più o meno volenterosi, più o meno competenti, feticisti, affezionati, curiosi, analitici, sinestetici, fan e detrattori, e chi più ne ha più ne metta.

Per un quadro più preciso come sempre ci aiutano i numeri, e in questo caso l'Istat:

> Nel 2022 è pari al 39,3% la quota di persone di 6 anni e più che hanno letto nell'ultimo anno almeno un libro per motivi non strettamente scolastici o professionali (erano il 40,8% nel 2021). Rilevante la differenza di genere: la percentuale delle lettrici è del 44%, quella dei lettori del 34,3%. Il 17,4% delle persone di 6 anni e più sono lettori «deboli» (leggono al massimo 3 libri in un anno), il 15,4% lettori «medi» (3-11 libri in un anno). Solo il 6,4% sono, infine, lettori «forti» (almeno 12 libri nell'ultimo anno). La quota maggiore di lettori si osserva tra i giovani fino a 24 anni, con punte più elevate tra gli 11 e i 14 (57,1%). In assoluto, il pubblico più affezionato alla lettura è rappresentato dalle ragazze di 11-14 anni, tra le quali più di 6 su 10 hanno letto almeno un libro nell'anno.[12]

Bisogna quindi fare una distinzione fondamentale tra lettori forti, che sono quelli che incidono notevolmente sull'andamento dell'industria editoriale italiana, e lettori deboli, quelli per così dire «occasionali». Parliamo quindi anche di te che stai leggendo: probabilmente sei in quel 39,3% che leggerà solo questo libro nel 2024, o magari sei tra quei pochi (6,4%) che ne leggeranno almeno 12. Ma parliamo in generale di noi che leggiamo, acquistiamo libri e ne discutiamo, e li consigliamo innescando il passaparola. Eccola la seconda parola magica del mercato editoriale, quel meccanismo di suggerimento a ripetizione che se dà inizio al suo effetto domino porta un libro a essere letto, acquistato, discusso, rimpallato di giornale in podcast in programma televisivo: il passaparola. Il passaparola è il motore del bestseller, o la sua benzina. Può partire in modo del tutto spontaneo o può essere indotto da quei meccanismi promozionali (e non solo) che ci accingiamo a raccontare. Anche senza scomodare il passaparola e la sua magia, esistono vari modi per avvicinarsi alla lettura e condividerne il piacere: iniziative come i Presidi del Libro, o i vari circoli di lettura organizzati da biblioteche, enti, librerie o club letterari, o ancora le *communities* online come Anobii o Goodreads: sono molte le possibilità di incontrarsi e scambiarsi opinioni su un titolo, discuterne, confrontare le varie interpretazioni e approfondirne la comprensione.

Che avvenga in una sala pubblica o nel salotto di casa, in presenza di un moderatore o in forma totalmente autogestita, l'esperienza democratica di condivisione della lettura è estremamente diffusa, e testimonia la vitalità del popolo dei lettori, a qualunque percentile appartengano. Nell'ottica della incentivazione alla lettura e alla cultura del libro è centrale in Italia il lavoro fatto dal Centro per il libro e la lettura (CEPELL) attualmente presieduto da Marino Sinibaldi e diretto da Angelo Piero Cappello fino a settembre 2023. Il CEPELL svolge anche azioni di ricerca, formazione e supporto per l'editoria e le biblioteche, promuovendo l'accesso ai libri e la diffusione della cultura letteraria con l'obiettivo principale di favorire la crescita del settore librario e la diffusione della lettura sin dall'età scolare. Se con indagini statistiche si può arrivare a una stima numerica dei lettori e non lettori, gli editori possono tracciare un quadro più analitico della tipologia dei propri lettori di riferimento? Evidentemente questo è quasi impossibile e lo chiarisce Giuseppe Laterza: «È molto difficile conoscere i propri lettori e ancor più 'monitorarli': riusciamo a stimarne le caratteristiche ma non abbiamo dati precisi ed esaustivi».

Successi nostrani, bestseller internazionali

Tornando al caso di Treves e De Amicis, ciò che ci dà da pensare è che nessuno dei due avesse intuito le potenzialità commerciali del romanzo. Treves non era affatto un editore inesperto, De Amicis avrà avuto aspirazioni nascoste, eppure la loro trattativa ci dice che nessuno di loro aveva minimamente intravisto le potenzialità di *Cuore*. Ma allora, un bestseller si può programmare a tavolino?

Secondo Umberto Eco, autore del successo italiano per eccellenza, *Il nome della rosa* (Bompiani, 1980), la risposta è: no. Del resto, «se uno avesse la ricetta del bestseller la venderebbe a tutti gli scribacchini del mondo e guadagnerebbe di più che a scrivere bestseller».

Le parole sono riportate da Francesco Longo in un articolo in cui indaga il percorso editoriale del *Nome della rosa*,[13] in cui specifica che Eco avrebbe pronunciato queste parole ancora nel 1983, quando il suo romanzo è in testa alle classifiche di vendita degli Stati Uniti ed è prevista una edizione tascabile da un milione di copie. Il libro ormai è già un successo in Francia, in Germania e in Spagna. L'editore americano che aveva acquistato i diritti per 4000 dollari confessa di avere rivenduto la proprietà a una catena di tascabili a 550.000 dollari.

Dal canto suo Umberto Eco, al momento di decidere l'editore del suo romanzo, era stato più cauto e misurato. Non volendo pubblicare con Bompiani «per eleganza», visto che era la casa editrice dove lavorava da 17 anni, aveva pensato di farne una piccola tiratura con l'editore Franco Maria Ricci: si opposero in molti, compreso Valentino Bompiani, che lo volle fortemente per sé. Quando Bompiani mandò il libro in prenotazione arrivò la prima sorpresa: richieste altissime, e si decise per una iniziale tiratura da 50.000 copie. Mario Andreose,[14] ex direttore editoriale di Bompiani e storico editor di Eco, ricorda che lo scrittore commentò la scelta di una tiratura così alta con un laconico «speriamo non sia *Il nome della resa*».

All'uscita del libro si innesca da subito un importante passaparola che viene amplificato otto mesi dopo l'uscita dalla vittoria, il 9 luglio 1981, del Premio Strega. Iniziano le traduzioni, arrivano i premi internazionali. Nel 1986 esce il film diretto da Jean-Jacques Annaud con protagonista Sean Connery, primo in Italia per incassi nella stagione 1986-1987. Il resto è storia: fino a oggi il romanzo è stato tradotto in oltre quaranta lingue e ha venduto circa cinquanta milioni di copie in tutto il mondo. L'edizione più recente è quella postuma edita da La nave di Teseo nel 2020, con gli appunti e i disegni preparatori di Umberto Eco.

Uno degli effetti duraturi del boom del *Nome della rosa* sembra essere la convinzione che un libro di successo debba essere nove volte su dieci un giallo. La scrittrice Clara Sánchez, a differenza di Eco, pensa che nell'ambito della letteratura di genere alcuni abbiano trovato la formula vincente:

> Ci sono scrittori che seguono una formula e sanno maneggiare gli ingredienti, soprattutto nei polizieschi: un po' di erotismo, un po' di mistero... Sanno cosa il lettore vuole consumare e glielo vendono. Va bene. In letteratura ognuno fa quel che crede, ma a me pare una pazzia. Preferisco gli incantesimi che portano in testa alle classifiche un romanzo estraneo alle mode del momento. Accade spesso nell'editoria, pur soggetta a manie, fedeltà e infedeltà. Oserei dire che il mondo editoriale è come un adolescente che non sa quello che vuole.[15]

Al contempo, però, Sánchez sostiene che «il successo è determinato da molti fattori: i giudizi del pubblico, degli editori, dei critici» e, aggiunge, «mantenerlo, poi, richiede un lavoro sfiancante e tossico al tempo stesso. Diventa una droga...» Ma bisogna perseguire sempre quella che lei chiama giustizia poetica. «La giustizia poetica può arrivare e, in ogni caso, bisogna sperarla. In qualche modo e dopo atroci insuccessi, a volte arriva. Anche se è sbagliato passare la vita ad aspettare un riconoscimento, occorre confidare nella giustizia poetica». L'immagine dell'editoria come un adolescente che non sa quello che vuole è la versione abbellita di quella che André Schiffrin, in un celebre saggio pubblicato per la prima volta in Italia nel 2000 da Bollati Boringhieri, chiama «editoria senza editori»: un settore liberale al punto da lasciare al solo mercato la decisione sulla pubblicabilità delle opere. Il libro di Schiffrin racconta la nascita e l'ascesa della Pantheon Books, da lui stesso resa una delle più prestigiose case editrici americane, e vittima nel tempo di una strategia corporativista che ha inglobato negli anni marchi indipendenti in grosse concentrazioni che agiscono su criteri puramente di mercato. In questo scenario, l'editore così come lo raccontava Ferrero, ovvero la mitologica creatura in grado di creare grazie a un misto di intuito, gusto e fortuna un'identità di marchio e catalogo, sembra una figura in via d'estinzione.

Ma se il grido di allarme di Schiffrin non era infondato, parlando di mercato editoriale si possono realmente individuare gli ingredienti di un successo per replicarlo?

Lo abbiamo chiesto a Mario Desiati, dal suo osservatorio privilegiato sull'ambiente culturale italiano. Vincitore del Premio Strega 2022 con *Spatriati* (Einaudi), ma anche editor, giornalista e organizzatore culturale, ci invita a fare un importante distinguo su questo tema: «Secondo me la parola successo ha un senso in editoria, ma non in letteratura. L'unico successo in campo letterario è quando uno scrittore riesce a scrivere il libro che aveva in mente. Ovviamente intendo uno scrittore animato dalla visione di un mondo incandescente e segreto. Quanto all'editoria, ci sono successi e successi. Certo, l'ideale è mantenere sempre un equilibrio tra la coerenza con la propria linea editoriale, i gusti dell'editore e il rispetto delle opere nonché un buon equilibrio tra resi e vendite».

E quindi è abbastanza perplesso rispetto all'idea che possa esistere una ricetta segreta: «Sinceramente non lo so e credo non lo sappia nessuno, altrimenti tutti gli editori ci investirebbero». E rispetto alla sua scrittura e agli elementi che potrebbero essere stati l''innesco' della fortuna delle sue opere dice: «Mi sento uno scrittore da 'bolla': per stile e argomenti ho un'idea di opera quasi ottusamente coerente, in conversazione perenne con le ossessioni che mi abitano. Poiché credo che i romanzi debbano deludere un po' il lettore per spostare le aspettative, mi ritengo uno scrittore deludente (spesso sono anche un essere umano deludente)».

Secondo Carmen Mola, ovvero Jorge Díaz, Antonio Mercero e Agustín Martínez – i tre autori che si nascondevano fino a poco tempo fa dietro a quello pseudonimo ma che sono venuti allo scoperto durante la cerimonia di assegnazione del Premio Planeta –, uno dei segreti del loro successo sono i colpi di scena. «Stiamo attenti ai colpi di scena per non annoiare e per sorprendere. Per il primo romanzo abbiamo ipotizzato ben 78 colpi di scena. Cerchiamo di non offrire al lettore la possibilità di affezionarsi ai nostri personaggi. Carmen Mola non dà nulla per scontato». Soprattutto, aggiungono, «facciamo la siesta ogni giorno».[16]

Invece per Joël Dicker, autore di bestseller da *La verità sul caso Harry Quebert* fino a *Il caso Alaska Sanders*, tutti pubblicati in Italia da La nave di Teseo, scrittore da dodici milioni di copie vendute, la ricetta del suo successo risiede in «personaggi accattivanti capaci di dirsi la verità», ma anche in una grande abilità di «raccontare storie anche disturbanti e sentimenti ambivalenti, come l'invidia: ti può distruggere, bruciare, o darti l'energia per andare avanti. Ma come narratore è preziosa: da quest'unica emozione si possono ricavare migliaia di storie».[17]

Negli ultimi anni sono state numerose, non solo in Italia, le pubblicazioni in cui, anche narrativamente, si raccontano in maniera scherzosa, a volte tagliente e satirica, i meccanismi del mondo editoriale.

Nel 1995, Martin Amis pubblica *L'informazione* (Einaudi, 1996), una satira oscura e spietata sulla cultura popolare, sui media e sulla società contemporanea. Il protagonista del romanzo è Richard Tull, uno scrittore di libri di scarsa notorietà che sta attraversando una crisi personale e professionale. Richard è ossessionato dalla mancanza di successo e invidia amaramente il suo amico e rivale, Gwyn Barry, scrittore mediocre che però ha ottenuto una grande popolarità. La storia segue le disavventure di Richard mentre cerca disperatamente di ottenere una fetta della fama e degli introiti che sembrano sfuggirgli. Si imbarca in una serie di situazioni ridicole e umilianti, compresi una disastrosa intervista televisiva e il coinvolgimento con una misteriosa e ambigua figura del mondo dell'editoria e dei media.

Un'eco di questa vicenda narrativa è riscontrabile in *Sarà assente l'autore*, di Giampaolo Simi, pubblicato da Sellerio nel 2023. Il protagonista, Gianfelice Sperticato, è un professore universitario pedante, autore di un romanzo di insuccesso pubblicato per una piccola casa editrice, che un odio profondo per Federigo Crudeli, esordiente il cui libro *Acque torbide* è divenuto bestseller con oltre 600.000 copie vendute. Sperticato fa presentazioni senza pubblico, dorme per strada perché non ha la stanza pagata ai festival letterari, non viene riconosciuto dal suo pubblico. Crudeli invece è una star ovunque vada, fino al tragico epilogo della morte mentre pratica parapendio. Se questo da un lato farà ulteriormente incrementare le vendite, il suo editore Vinciguerra è devastato dal fatto di non avere altri libri suoi pronti da pubblicare. In un confronto esilarante con Sperticato è lui stesso che dichiara la mediocrità di quel prodotto editoriale che ha scalato le classifiche e come è riuscito a creare il caso intorno a esso. E in un certo senso è come se teorizzasse gli ingredienti per un bestseller. «Prima cosa: Crudeli aveva copiato le buone idee degli altri libri e le aveva messe insieme senza pudore. Non aveva rischiato niente. In Italia è il primo ingrediente per il successo». Inoltre, continua Vinciguerra, «in Italia, infatti, perché non ti rompano i coglioni devi morire», solo così potrai diventare «una bella mummia da conservare».[18]

Quando si tratta di autori esordienti, investire molti soldi aumenta di fatto le loro quotazioni con gli editori internazionali che si sbrigheranno ad acquistarne i diritti, e questa è un'ottima base per mettere in piedi un caso editoriale. Certo, il romanzo di Simi è un racconto di finzione, ma descrive bene il paradosso che a volte si crea: Sperticato diventa il ghostwriter postumo di Crudeli, il suo libro *Lo scempio* verrà pubblicato «come ricompensa» da un grande editore dello stesso gruppo, e riuscirà a diventare famoso e ricco per aver contribuito al successo di qualcun altro, abbassando il livello della sua scrittura per avvicinarla alla medietà del prodotto editoriale che ci si aspettava da – be', da un autore di bestseller.

Non stupisce scoprire che, secondo una ricerca condotta nel 2023 dalla rivista inglese «The Bookseller», molti scrittori esordienti tendano a impazzire: più le aspettative sono alte, più i risultati sono deludenti, più è ingestibile la frustrazione che ne deriva.[19]

Snobbati dalla critica, premiati dai lettori

Fabio Volo ha venduto quasi nove milioni di copie in 25 paesi. Il suo successo è il grande cruccio dei salotti letterari. Fra i mille distinguo fra letteratura alta, bassa, intrattenimento facile e chi arriva a dire che piuttosto che leggere Fabio Volo è meglio non leggere, cosa dice l'autore?

> In Italia le categorie vivono negli acquari con le loro dinamiche, io ci sono finito dentro scrivendo libri e tutti i pesci hanno cominciato a dire: «Ragazzi, questo non è del nostro acquario, dura poco». Si sono sentiti minacciati. [...] Sono sempre stato io quello che non si prende sul serio.[20]

E anche, nel corso di un'intervista televisiva con Geppi Cucciari,[21] ammette: «All'inizio la cosa mi faceva un po' soffrire, ma è un'analisi giusta vista da un mondo a cui non appartengo. Scrivo per altri e mi occupo di altri». In questa occasione Volo si presta a un'operazione di «cinismo critico» molto acuta e divertente. Poiché «a volte per essere rivalutati bisogna morire», per vedere il dj-bestsellerista finalmente riabilitato come scrittore, e compiere così il salto estremo che dalla triade arbasiniana giovane promessa/solito stronzo/venerato maestro porta diretto allo statuto di classico, si fa una prova generale, e si invita a parlare di Volo *da morto*. Partecipano molti dei critici che lo avevano osteggiato per una nuova lettura della sua opera. Michela Murgia, ad esempio, professa il suo pentimento per una stroncatura avvenuta anni prima, precisando che «la critica era all'operazione editoriale, non alla scrittura che non c'era». Paolo Di Paolo, interrogato da critico esperto, sostiene che Volo è stato uno degli scrittori più popolari del nostro paese, di superare otto milioni di copie era capitato prima solo a Umberto Eco, Oriana Fallaci e pochi altri. Il fatto che Volo sia conduttore, autore, sceneggiatore «è un dato di eclettismo, dopo Pasolini è uno degli autori più eclettici del nostro patrimonio culturale». Secondo Di Paolo la malevolenza dei critici potrebbe nascere dall'invidia, da una ambizione negata:

> Quello che il critico vorrebbe essere è l'artista che non è. Soffre di non essere un artista e dunque di non fare quel gesto compiuto che è produrre un'opera. Anton Ego, critico gastronomico di *Ratatouille*, dice che anche l'opera più mediocre ha molta più anima del nostro giudizio che la definisce tale.

Invidia per chi vende e va in classifica, dunque? È una possibilità. E così, conclude Di Paolo, il talento di Volo è indiscutibile «se otto milioni di persone hanno fatto spazio nelle loro vite per l'intensità del suo racconto. La capacità di tenersi ancorato nel tempo un pubblico che cresce con te è un talento».

Il sospetto che i critici letterari nutrono verso chi vende troppo è un dato, anche se l'idea che successo popolare e valore letterario non vadano mai di pari passo è minata da più di qualche esempio.

Simonetta Sciandivasci parte dal disprezzo che proprio la critica ha dimostrato e dimostra nei confronti di Fabio Volo per raccontare di un grande caso editoriale del passato, *La storia* di Elsa Morante, e di come fu accolto in maniera ambivalente a diversi livelli.

> E allora se ne discuteva sui giornali, per settimane, mesi, a volte anche anni, e quella discussione ruggiva e riverberava ovunque, nei bar, a casa, tra persone che passeggiavano, s'amavano, se le davano. I lettori da una parte e i critici dall'altra, e più i critici criticavano, più copie si vendevano. Direte: come facciamo noi coi libri di Fabio Volo! Non esattamente. Su *La Storia* di Elsa Morante ci si azzuffarono tutti, o quasi tutti, in Italia, per un anno, dal giugno del 1974, quando il libro uscì, all'estate successiva. Furono scritti più di 350 articoli, praticamente uno al giorno, e quella che avrebbe potuto essere soltanto una vicenda editoriale, un dibattito tra letterati sui letterati, finì con il diventare un fatto sociologico, una guerra politica, un conflitto tra ceti, uno scontro dai cui esiti si prese a credere che dipendesse la tenuta di un'ideologia, di un pensiero, della letteratura tutta intera e, quindi, della vita tutta intera.[22]

Prima ancora del *Nome della rosa*, il romanzo di Elsa Morante è stato il primo libro italiano su cui sia stata messa in atto un'operazione di promozione massiccia con tiratura iniziale di 100.000 copie, un fenomeno quasi mai accaduto nella storia dell'editoria italiana. Lo racconta bene Marco Belpoliti:

> In copertina una foto di Robert Capa dalla guerra civile spagnola: un corpo riverso su un mucchio di rovine virato in rosso. Sono 661 pagine, prezzo 2000 lire. Pubblicato direttamente in economica per volontà della autrice, è tirato in centomila copie. Einaudi l'ha annunciato con piccole pubblicità, poi acquista un'intera pagina sul «Corriere della Sera». Prima di allora nessun libro italiano era stato accompagnato da un battage simile. In breve diventa il libro dell'anno salutato da una serie incredibile di recensioni e polemiche: 354, esclusi i saggi veri e propri.[23]

È lo stesso Giulio Einaudi che, nel libro-dialogo[24] con Severino Cesari, si arroga il merito della massiccia operazione di comunicazione messa in atto, con ottimi risultati per Elsa Morante, che «non voleva rilasciare interviste, la responsabilità era tutta in mano all'editore». Einaudi in questa stessa occasione chiarisce un altro tema fondamentale, ovvero la necessità di far coincidere la comunicazione di un libro con la sua effettiva presenza in libreria, cosa che con *La Storia* riuscì perfettamente: «Sembrano scherzi, ma far coincidere l'annuncio pubblicitario con la presenza reale del libro è uno dei segni di buona editoria. È rispetto per il tuo lettore, fiducia rinnovata al libraio».[25]

Così dalle iniziali seicentomila copie si arriva dopo un anno al milione, più qualche centinaia di recensioni. Elsa Morante venne criticata, anche da Pier Paolo Pasolini, che pure le era amico; il suo libro, considerato troppo populista, popolare, provinciale. Sciandivasci sostiene che nessuno capì che lei non aveva voluto scrivere un bestseller ma un libro che potesse essere letto da tutti. Alla fine, «pagò il successo come Manganelli diceva che si paga il successo: con la lettura sbagliata». Gli scrittori preferiscono esser letti molto, o letti 'bene'? Questa è una domanda che teniamo in sospeso.

Vivere di scrittura, si può?

A parte i casi di bestseller come quelli descritti, se è difficile per gli editori far quadrare il conto economico fra investimento nella produzione, distribuzione e promozione, bisogna considerare che neanche gli autori hanno vita facile. Così già il 27 luglio 1947 Vitaliano Brancati scriveva al suo editore Valentino Bompiani:

> Caro Bompiani, ho ricevuto l'estratto conto del 1946, che malinconia! Quarantamila lire di diritti d'autore. Quattro libri, fra cui uno premiato, rendono in Italia in un anno quanto basta appena per vivere mezzo mese... E anche tu, povero amico, perché ci stampi? Non te n'è passata la voglia?[26]

Da allora sono trascorsi molti anni ma la situazione non è cambiata molto se sono in pochissimi gli autori in Italia che possono dedicarsi alla sola attività di scrittura per il loro sostentamento economico. Con un rapido calcolo, in linea generale possiamo affermare che guadagnino tra l'1 e i 2 euro a copia venduta. Da questo ragionamento restano esclusi gli anticipi che sono l'importo che da contratto l'editore elargisce allo scrittore, come se fosse un acconto sulle previsioni di vendita. L'autore non percepirà le royalties fin quando le vendite non supereranno l'importo che ha già percepito. L'anticipo non verrà restituito nel caso in cui l'equivalente delle copie vendute risultasse inferiore a quanto già versato, quindi nel caso di anticipi particolarmente alti l'editore rischia di più.

Per comprendere l'incidenza economica della produzione libraria sulle casse degli scrittori è preziosa l'inchiesta condotta da Michele Gravino alla fine del 2022.[27] Gravino ha ascoltato le riflessioni di alcuni autori su un tema cruciale: quante copie devi vendere per poter vivere solo di scrittura? Marco Missiroli è molto chiaro:

> La prima soglia oggi credo sia intorno alle 30 mila copie (fino a una decina d'anni fa ne bastavano anche 10 mila): non vivrai di soli diritti d'autore, non bastano a mantenerti, ma avrai abbastanza visibilità da attivare un 'indotto' fatto di insegnamenti e collaborazioni. Se poi arrivi a 70-80 mila allora si innesca l'effetto domino: puoi contrattare anticipi e royalties più alti per il libro successivo e garantirti indotti più consistenti.

Le vendite insomma sono un meccanismo a catena che genera altri incarichi e aumenta le quotazioni. È lunga la lista dei secondi mestieri – o forse sarebbe più corretto dire primi – di chi lavora con la penna, dai più affini ai più lontani, almeno in apparenza. Ma già nel 1959 Eugenio Montale parlava del «secondo mestiere» che riteneva un destino ormai comune a tutti gli scrittori per arrivare a sbarcare il lunario, ovvero quello dell'«uomo di penna», iniziato per lui nel 1948 con l'assunzione al «Corriere della Sera».

Mario Desiati ci ha spiegato di aver sempre fatto altri lavori insieme alla scrittura dei suoi libri. «Gran parte della mia vita professionale è stata impegnata nell'editoria, dal 2014 sono più 'spatriato', ho una partita iva, seguo alcuni autori, ma negli anni a Berlino ho fatto altro per vivere. Non ho figli, famiglie e case di proprietà, non ho un'auto, l'unico affitto che pago è quello della mia piccola abitazione a Centocelle».

Anche lo scrittore Antonio Pascale, che pubblica per lo più con Einaudi – l'ultimo romanzo è *La foglia di fico* (2021) –, conferma che quello di penna è un mestiere poco remunerativo. «Mai riuscito a vivere solo di scrittura, il massimo che sono riuscito a fare è lavorare part time al Ministero dell'Agricoltura dove da più di 33 anni svolgo un ruolo ispettivo. Tuttavia sono riuscito a sviluppare un buon indotto, collaborazioni con giornali, conferenze, varie ed eventuali. Tutto questo mondo che all'inizio era promettente adesso invece è quasi fallimentare: i giornali pagano pochissimo o niente e non è sempre facile mantenere un buon giro di conferenze, quindi nella sostanza pur essendo la scrittura un lavoro, per lavorare nel mondo della scrittura devi andare a lavorare».

Nicola Lagioia, scrittore Premio Strega, racconta che per il suo primo libro gli furono pagati solo 1000 euro di anticipo, ma ora che vende un buon numero di copie (sia *La ferocia* che *La città dei vivi* hanno superato complessivamente le 100.000 copie vendute in Italia, e ha venduto i diritti in 15 paesi), da almeno dieci anni potrebbe vivere abbastanza bene di sola scrittura. «Ma non lo faccio perché se affidassi soltanto a questo il mio sostentamento sarei meno libero di scrivere. Dovrei farmi dei programmi abbastanza precisi prevedendo quello che sarà il valore commerciale del libro: non puoi permetterti che scenda sotto un certo livello di commerciabilità e quindi puoi rischiare di meno, io invece voglio sempre rischiare. La scrittura dei libri è l'unico vero lusso che mi concedo». I libri per lui sono la vera libertà, l'unico luogo in cui sente davvero di esprimersi al meglio. «Non è un caso che io pubblichi un romanzo ogni cinque-sei anni: se decidessi di vivere solo di scrittura dovrei pubblicare almeno ogni due-tre anni, e in quel caso la qualità finirebbe col risentirne».

Paolo Di Paolo sintetizza bene la difficoltà di sostentamento sin dal titolo del suo libro *Trovati un lavoro e poi fai lo scrittore*. *Il consiglio che non ho seguito* (Rizzoli, 2023).

Lunga è la lista degli insegnanti-professori-scrittori: Alessandro D'Avenia, Enrico Galiano, Eraldo Affinati, Marco Balzano, Christian Raimo, Marco Lodoli, Giorgio Nisini e altri ancora. Molto più spesso i lavori «integrativi» gravitano nella galassia dei mestieri del libro: fra gli editor contiamo Rosella Postorino, Alberto Rollo, Andrea Bajani e Chiara Valerio, fra i traduttori Claudia Durastanti, Silvia Ballestra, Tommaso Pincio, Francesco Pacifico ed Erri De Luca, fra gli sceneggiatori Francesco Piccolo, Alice Urciuolo, Gaia Manzini. Altri, come vedremo più in là, sono firme abituali sulle pagine culturali dei giornali. Ma non sempre il «lavoro secondo» è necessariamente affine a quello della penna. Citando ambiti più scientifici, Carlo Emilio Gadda era un ingegnere, Francesco Pecoraro un architetto, Leonardo Sinisgalli un matematico e Paolo Giordano è un fisico. Fra le libere professioni abbiamo l'avvocata Simonetta Agnello Hornby, i medici Giuseppina Torregrossa e Andrea Vitali. Alcuni, dopo anni di gavetta, hanno «scavallato», economicamente parlando, come Veronica Raimo con *Niente di vero* (Einaudi, 2022), in classifica dopo la sua partecipazione al Premio Strega 2022: «Ma mi fa anche stare un po' male se penso alla fatica che ho fatto per quindici anni per vivere di scrittura». Maurizio de Giovanni fa il boom in libreria e lascia l'impiego in banca, Roberto Emanuelli quello di broker assicurativo, Gianrico Carofiglio si dimette da magistrato (diversamente da Giancarlo De Cataldo, scrittore attivo e giudice ora in pensione).

Gian Marco Griffi, autore del caso editoriale dell'inverno 2022-2023, *Ferrovie del Messico*, di cui racconteremo più in là, confessa: «Io faccio un lavoro che non c'entra niente con la scrittura. Sono direttore di un circolo di golf. È molto impegnativo, perché c'è da gestire anche il ristorante e il bar». Si definisce pertanto uno «scrittore del lunedì», giorno di chiusura del circolo, suo unico momento libero. Dopo il grande successo sta ragionando non tanto sulla possibilità di lasciare l'impiego, «economicamente non è possibile, se mi offrissero la possibilità di lavorare in una casa editrice allora sì, ma al momento non ci sono minimamente le condizioni», ma sulla possibilità di ritagliarsi maggior tempo per la scrittura. «Mi sono reso conto che scrivere un romanzo di un certo genere come piace scrivere a me ha bisogno di tempo non solo fisico ma anche mentale. Senza il lock-down difficilmente sarei riuscito a terminare *Ferrovie*. Per 4/5 mesi ho potuto scrivere almeno 8 ore al giorno. Il circolo era sempre chiuso, in Piemonte eravamo perennemente zona rossa. Ora mi chiedono anche racconti per quotidiani, sono brevi ma bisogna immaginarli, scriverli, editarli. Almeno una decina di giorni ti partono. Ci vuole un tempo per lasciar depositare l'idea, le parole che hai scritto».

Ma se la sua professione gli toglie tempo è anche un'opportunità. «Avere un lavoro per me è un grande vantaggio perché mi permette di concentrare l'attenzione su qualcosa che non c'entra nulla con la scrittura. Incontro persone completamente fuori dal mondo letterario. Ma non mi dà alcuno stimolo e mi impegna a volte 7 giorni su 7, anche fino a 12 ore al giorno. È una condizione a tratti inconciliabile con la scrittura. Il gioco del golf concettualmente potrebbe essere interessante, ma poi ci sono i conti che non tornano mai e insomma: è lavoro, non mi stimola in senso letterario». Racconta di aver fatto un fioretto laico: «Mi sono detto: se entro nella cinquina dello Strega inizio a ragionare sull'opportunità di passare part-time o cambiare professione, ma poi non è andata. Resta il fatto che ora le condizioni sono diverse». Fra le decine di nuove proposte editoriali che gli sono arrivate, ha firmato un contratto con Einaudi Stile Libero. «Se mi avessero contattato con un libro già pronto sarei stato più felice! Non ho ancora scritto nulla, ma per una volta sento di avere nelle mie mani un mestiere e un futuro da scrittore, non necessariamente del lunedì. Con Einaudi la distribuzione sarà massiva, ho un contratto, e per la prima volta nella mia vita non dovrò chiedere, cercare. Devo solo scrivere. Non ho più scuse, so che se scrivo un romanzo come Dio comanda arriverà al lettore».

E il lettore, reso un po' più edotto sui movimenti che agitano il libro nel passaggio dal laptop degli scrittori alla casa editrice fino al suo comodino, aspetta con curiosità.

Capitolo secondo

Il «prodotto libro» e le classifiche

«Sotto gli occhi di tutti»

> Ti raccomando questo libro in modo particolare. Vorrei che gli volessi bene e che lo mettessi sotto gli occhi di tutti.[1]

Così Vitaliano Brancati scriveva a Valentino Bompiani il 21 settembre 1948, annunciandogli l'imminente consegna del *Bell'Antonio*. «Sotto gli occhi di tutti»: ecco la sintesi del desiderio di visibilità, con il conseguente mix di prestigio e guadagno (e con esso la possibilità di poter vivere di sola scrittura). Non occorre rimproverare chi desidera il successo, etimologicamente «buon esito»: tutti vogliamo che le cose che facciamo abbiano un buon esito. La massima aspirazione di uno scrittore, il suo buon esito, è dunque che tutti lo leggano? O che tutti lo comprino?

Secondo Stephen King, ben corazzato su entrambi i fronti,

> scrivere non riguarda il fare soldi, diventare famosi, portarsi a letto qualcuno o farsi degli amici. In fin dei conti, riguarda l'arricchimento delle vite di coloro che leggeranno il vostro lavoro, ma riguarda anche il vostro arricchimento personale.

Riguarda l'alzarsi, lo stare bene e il concludere qualcosa. Rendersi felici, okay? Rendersi felici.[2]

La sua visione è una sintesi dell'etica del lavoro culturale, perfettamente calzante per un americano. Restando sui nostri lidi, Giorgio Zanchini, giornalista culturale radiofonico e televisivo e autore a sua volta di un certo numero di libri, ritiene che in Italia per alcuni conti più l'apprezzamento della critica che le vendite: «C'è un pezzo di mondo letterario che non guarda ai soldi, senza fare del moralismo, perché secondo me ha un'idea più alta della letteratura. In un mercato culturale come quello italiano non è detto che pur vendendo ci si arricchisca. Vivono di scrittura pochi scrittori, dieci al massimo. Ma il mondo editoriale è una vasca in cui nuotano i pesci più diversi, tra cui quelli che hanno un'idea più novecentesca di letteratura e che pensano più allo status che all'esito commerciale».

Zanchini spiega che un tempo le pagine culturali dei giornali italiani non erano necessariamente pensate per essere lette e accessibili a un pubblico ampio di lettori, perché parlavano a una determinata classe sociale ed erano appannaggio di un ambiente letterario meno fluido, più circoscritto e identificabile. Erano quindi dirette – in termini di marketing – a una fetta di mercato precisa all'interno di contesti riconosciuti per prestigio e *standing*, e si poteva non curarsi dei motivi economici. «Queste logiche 'di prestigio' nella classe culturale italiana hanno ancora una loro importanza. Sono certo che per alcuni conti di più lo status culturale che quello commerciale».

Che si tratti di prestigio, di scontrini, o sperabilmente di entrambe le cose, a parte alcune fortunate e imprevedibili eccezioni, il buon esito si raggiunge solo se l'editore si impegna con un sistema efficiente di promozione e distribuzione, mobilitando un ufficio stampa, pianificando la pubblicità. Tutte queste attività a cosa mirano, in fondo? A comunicare a *tutti* i potenziali lettori che un libro esiste, che può essere acquistato, letto, discusso, consigliato: un domino che può portare anche all'ingresso nelle classifiche che, a loro volta, rafforzeranno il meccanismo di comunicazione. Se un titolo è in classifica, i librai si affretteranno a riordinarlo perché significa che la richiesta è alta, così gli editori si premureranno di ristampare e così via in un circuito virtuoso che mira a vendere sempre di più.

Prima di vedere nel dettaglio quali sono le classifiche attualmente considerate come indicatori affidabili delle vendite in Italia, e da quali fattori statistici sono determinate, facciamo un breve salto indietro nel tempo.

Il «fenomeno» delle classifiche di vendita dei libri ha origine negli Stati Uniti nel 1895 con la rubrica mensile di una rivista ormai non più attiva, «The Bookman». Il primo libro a comparire nella prima classifica ufficiale fu *Beside the Bonnie Brier Bush* di Ian Maclaren, una raccolta di racconti. Da questa esperienza, come abbiamo già anticipato, deriva il termine «bestseller» a causa del titolo della rubrica: *Bookman's reports of the best-selling books*. A partire dal 1896, come riportato da Tina Jordan sul «New York Times», il quotidiano americano iniziò a pubblicare dati provenienti proprio dal «Bookman» nella sua «Book Review». Negli anni successivi, il «New York Times» continuò a interessarsi alle abitudini di lettura degli americani, fornendo un quadro delle preferenze letterarie. La moderna *The New York Times Best Seller List* fu ufficialmente istituita il 9 agosto 1942, presentando un grafico che illustrava le vendite di libri in 14 città degli Stati Uniti. Sull'esempio degli USA, lo strumento per valutare la popolarità dei libri e aiutare i lettori a essere aggiornati si diffonde a macchia d'olio: nel Regno Unito la classifica più autorevole è la *Sunday Times Best Seller List*, pubblicata sul celebre inserto culturale della domenica del

«Times» di Londra. In Francia ne esistono diverse, tra cui quelle curate da «Le Figaro» e «L'Express»; in Germania pubblica una *best seller list* la rivista «Der Spiegel».

In Italia, le top ten librarie più consultate dai lettori (tenendo conto dei dati di vendita dei relativi giornali su cui vengono pubblicate) sono quelle che escono di settimana in settimana su «Robinson», l'inserto culturale della «Repubblica», in edicola la domenica, quella della «Lettura» del «Corriere della Sera», anche questa domenicale, e quella di «Tuttolibri» della «Stampa», il sabato («La Stampa» fu peraltro la prima testata a inaugurare l'abitudine della classifica, nel 1975).

Come arrivano queste liste ordinate di libri sui giornali e, prima ancora, agli editori? Informazioni Editoriali è per le case editrici la fonte primaria per monitorare quello che in gergo si chiama *sell-out*, ovvero la vendita effettiva delle copie con cui sono stati riforniti i vari store (mentre il *sell-in* sono quelle distribuite che potrebbero potenzialmente anche trasformarsi in rese). Prima ancora che come rilevatore delle copie vendute, Informazioni Editoriali funziona però come catalogo dei libri in commercio, una banca dati, che contiene le informazioni bibliografiche e catalografiche dei titoli italiani presenti sul mercato. Tra i vari servizi forniti c'è il portale iBUK che offre anche una classifica elaborata grazie ai dati relativi alle vendite delle oltre 1600 librerie aderenti al Servizio Arianna, tra le quali oltre 600 librerie indipendenti, le catene di proprietà e in franchising (a parte le Giunti al Punto) e le librerie online (tranne Amazon) che non comprendono però tutto l'indotto della grande distribuzione (in gergo tecnico GDO). Ce lo spiega bene Simonetta Pillon, direttrice generale e amministratrice delegata: «Per gli editori noi siamo i fornitori dei dati di sell-out puntuali, analitici e quotidiani delle librerie aderenti al nostro Servizio Arianna; grazie ai numeri che forniamo la casa editrice può sapere con esattezza quali e quanti suoi libri sono stati venduti, in quale giorno e in quale libreria. Ma non può ricevere le stesse informazioni sugli altri editori e quindi sull'andamento del mercato. Le classifiche che pubblichiamo sul nostro sito sono una mera somma algebrica delle vendite delle librerie aderenti ad Arianna, non sono quindi una stima di ciò che è stato venduto complessivamente in Italia, che è invece il lavoro delicato e complesso che svolgono gli Istituti di Ricerca, ognuno seguendo i propri criteri e il proprio panel di riferimento per stilare la propria classifica».

Per *panel di riferimento* si intendono le librerie che, nella settimana precedente a quella in cui viene stilata la classifica, forniscono i dati che poi verranno elaborati. Come mai da Arianna manca una fetta così importante come Amazon? Lo chiarisce ancora Simonetta Pillon. «Poiché la nostra attività principale, con i dati di sell-out da noi raccolti, è quella di rivendere a ciascun editore (o rete promozionale) esclusivamente i propri dati di vendita analitici (quali titoli venduti, in quante copie, in quali librerie in quale giorno della settimana), Amazon non ce li fornisce perché realizza in proprio lo stesso servizio agli editori».

Per il quadro completo, ci si avvale quindi del lavoro di multinazionali specializzate in ricerche di mercato, che attraverso metodologie statistiche rappresentano settimanalmente il venduto complessivo dei libri di Varia in Italia.

Monica Manzotti, responsabile di Nielsen BookScan in Italia, chiarisce molto bene i criteri utilizzati dalla sua azienda per questo servizio. «L'attività che ogni istituto di ricerca fa prima di tutto è analizzare il mercato che vuole rappresentare, quali settori merceologici considerare e individuare e quali canali sono importanti per monitorare il settore merceologico selezionato. Ciò fatto, si procede a definire all'interno di ogni canale un campione che statisticamente meglio lo rappresenta. Si prendono accordi di collaborazione con i negozi individuati, siano essi indipendenti o appartenenti alle catene librarie».

Quindi i numeri non sono verità assolute e uguali per tutti gli istituti di ricerca. «Cambiano. Il panel di Nielsen BookScan è composto da circa 1440 punti vendita, fra librerie fisiche e online, e circa 4000 negozi che vendono libri nella grande distribuzione (supermercati e ipermercati). I dati ricevuti vengono classificati, espansi e aggregati a livello di singolo titolo per arrivare a definire il mercato e di conseguenza le classifiche».

GfK è una società internazionale leader nella *data intelligence*, che da oltre 89 anni offre insight e analisi avanzate sui mercati, i media e i consumatori. Attraverso la metodologia che tecnicamente si chiama Retail Panel, monitora in maniera continuativa il *sell out* rilevato dai punti vendita che collaborano con GfK, rilevando informazioni su cosa è stato venduto, dove e a quale prezzo. Per il mercato editoriale, GfK riscontra le vendite dei libri classificati come «Varia» (vengono esclusi quelli scolastici e gli usati) nei seguenti canali distributivi:

- supermercati (superficie sopra gli 800 mq);
- ipermercati (superficie sopra i 2500 mq);
- grandi negozi specializzati nella vendita di tecnologia di consumo;
- catene librarie di proprietà e in franchising;
- librerie indipendenti;
- canale e-commerce (ovvero vendite online).

Sono infine escluse tutte le librerie specializzate (per esempio le religiose, le militari e le universitarie) e quelle più piccole, ovvero le cartolibrerie che realizzano meno del 50% di fatturato con i libri. La somma di tutte le realtà distributive rappresentate conta più di 8500 negozi. Metodologicamente, dopo aver definito l'universo di riferimento, ossia la somma di tutti i canali rappresentati, si determinano la numerosità e le caratteristiche tecniche del campione per stimare correttamente le vendite all'interno dei rispettivi canali. I dati provenienti dai negozi in campione vengono raccolti, normalizzati, analizzati e poi espansi, ossia riferiti all'universo. Si attinge poi al database finale, espanso e controllato, per produrre le classifiche di vendita.

Una difficoltà nella individuazione del campione può esserci quando il *retailer* (sito o catena) può non voler dare il proprio dato. In ogni caso quando si analizzano le classifiche bisogna ricordarsi che si tratta di dati statistici, ovvero di entità non certificate.

Sia Nielsen BookScan che GfK rendono disponibili le classifiche il giovedì: nel caso di Nielsen BookScan, il rilevamento dati copre le vendite dalla domenica al sabato della settimana precedente; per GfK, le vendite registrate dal lunedì alla domenica. Quindi il lettore che legge le classifiche sui giornali che le pubblicano di sabato o domenica deve considerare che in un certo senso potrebbero essere state già superate perché nel frattempo sono trascorsi altri 7/8 giorni e quindi il quadro potrebbe essere potenzialmente cambiato.

Negli anni sono state le società di ricerca le prime a vedere da vicino l'esplosione esponenziale di alcuni grandissimi successi: secondo GfK i numeri della serie *Cinquanta sfumature di...* restano abbastanza irripetibili. A seguire (ovviamente) *Harry Potter* e vari titoli di Dan Brown, Ken Follett, Housseini, Dicker, bestseller di lunghissimo corso. Non mancano gli autori italiani di successo. Tra questi ricordiamo Fabio Volo, Andrea Camilleri, Massimo Gramellini e Roberto Saviano, senza dimenticare i manuali di cucina e le biografie di sportivi e di personaggi dello spettacolo che spesso si sono imposti in classifica con numeri importantissimi. Oltre a essere uno strumento di lavoro per gli editori, perché monitorano la vita di un libro, le classifiche sono capaci di reindirizzare il mercato, creando nuovo *buzz* attorno a determinati titoli e alla costellazione editoriale a cui appartengono.

Ma allora, una volta che abbiamo capito come vengono elaborate, come si leggono? Intanto sono divise per settori: Top Ten generale (tutti i libri in ordine di vendite), e poi per generi – Narrativa italiana, Narrativa straniera, Varia, Saggistica, Ragazzi.[3] Accanto a ogni libro ci sono delle frecce rivolte verso l'alto (il libro registra un incremento di vendite rispetto alla settimana precedente) o verso il basso (le vendite sono in diminuzione). Queste frecce sono un indicatore più utile agli addetti ai lavori che al lettore curioso; una freccia che segnala un rialzo può significare che gli editori dovranno provvedere a una ristampa, i librai a nuovi ordini. Accanto a ogni titolo ci sono poi dei numeri, 100 per il primo classificato: questo numero rappresenta un indice di vendita che però non si riferisce mai alla quantità di copie vendute. Si tratta piuttosto di una cifra relativa rispetto al numero di copie vendute in libreria nel periodo (che sarà più alto ad esempio nel momento delle strenne natalizie, e più basso in altri mesi dell'anno). Lo chiarisce bene, ancora una volta, Simonetta Pillon: «Il primo è sempre 100, se il primo vende 1000 copie e il secondo 800, il primo peserà 100 e il secondo 80. Ma se il primo vende 1000 copie e il secondo 80, il primo pesa 100 e il secondo 8. Il dato numerico serve per dare l'idea se c'è un grande successo che sta proprio sbaragliando tutti o se ci sono posizioni ravvicinate nelle posizioni alte della classifica. Potrebbe esserci anche un 100 e un 98 nella stessa settimana, il che significa che le vendite differiscono di pochissimo».

Abbiamo dunque diversi attori che si occupano della misurazione e della stima statistica del comparto editoriale, e che attingono i dati da fonti diverse, con metodi diversi ma con risultati generalmente coincidenti. Occorre però chiarire un altro punto che potrebbe mandare in confusione il lettore, per via di una discrepanza solo apparente. Le classifiche prodotte da GfK e Nielsen si basano su campioni diversi di librerie che servono per stimare, con metodologie proprie, le vendite totali del mercato italiano, mentre le classifiche presenti su iBUK, come detto, sono il risultato delle vendite effettuate dalle oltre 1600 librerie aderenti ad Arianna. Ecco perché le classifiche degli store online di Mondadori, delle librerie Feltrinelli e di Amazon possono differire molto sia tra di loro che da quelle ufficiali, perché rilevano solo il loro venduto effettivo rispettivamente sul proprio canale.

Negli Stati Uniti l'importanza di questo strumento statistico per orientare il lettore ha suscitato qualche polemica, principalmente in merito ai dati e ai criteri utilizzati per determinare i titoli da includere. Gli autori e gli editori talvolta si sono lamentati del fatto che una certa mancanza di trasparenza potesse influenzare negativamente il successo di un libro. Inoltre, nel corso degli anni, ci sono stati episodi di scrittori e case editrici accusati di aver cercato di manipolare le classifiche (e il mercato) attraverso strategie come l'acquisto di copie per gonfiare le vendite, o il posizionamento di un libro in determinate categorie per ottenere una classifica più favorevole. L'accusa non ha risparmiato neanche bestselleristi di chiara fama come Dan Brown, ma non sempre, come nel suo caso, si è trattato di vuota polemica priva di fondamento. Nel 2017, il romanzo *Handbook for Mortals* di Lani Sarem sale all'improvviso al primo posto della classifica del «New York Times» nella categoria Young Adult, nonostante nessuno avesse sentito mai parlare del libro o dell'autrice: un'indagine conferma che effettivamente per quel titolo non è mai stata fatta promozione, sui social non esiste, e la casa editrice era stata fondata solo un mese prima. Sorgono i primi dubbi, sembra che la scrittrice avesse abilmente costruito a tavolino un caso estremo di autoproduzione editoriale per farlo diventare un bestseller, acquistando una grande quantità di copie del libro in una libreria di Las Vegas che sapeva fornire i dati di vendita al giornale. Alla fine il «New York Times» ha rimosso il libro dalla classifica.

E in Italia? È davvero possibile manipolare una classifica? Manzotti di Nielsen BookScan ci dice che è difficile farlo, per via dei controlli che vengono fatti sui dati inviati dal campione. Manzotti spiega: «Se una libreria vende un numero esagerato di copie che non ha mai registrato in passato, o notiamo picchi di vendita anomali rispetto alla media del mercato, si attiva un campanello di allarme e si fa un controllo puntuale. Poiché il dato che vogliamo rappresentare è quello dell'atto volontario del singolo acquirente, il fenomeno legato alla tipologia dell'acquisto è importante. Può accadere che le copie vendute siano successive a una presentazione con 150 persone, e allora presumibilmente il dato è relativo a 150 acquisti singoli; ma se un singolo cliente compra 80 copie di un libro per farne – per esempio – le bomboniere per il matrimonio, si tratta di una tipologia che non rientra nella definizione precedente e quindi non viene considerata nel nostro campione. I controlli servono per tutelare dalla possibile distorsione empirica rispetto al tipo di rappresentatività che vogliamo dare. Quindi, anche se le 80 bomboniere sono comunque una vendita effettiva, noi come istituto di ricerca non la possiamo produrre, perché altererebbe l'idea stessa di mercato e di classifica».

Inoltre, dice Manzotti (e lo conferma anche GfK): le librerie del campione devono essere anonime. I clienti non sanno quali sono i *retailer* che forniscono i dati, proprio perché possono essere influenzabili.

Con buona pace degli umanisti, il successo di un libro – che amplifica a sua volta la sua commerciabilità – si costruisce anche a partire dall'interpretazione dei numeri.

Secondo Mario Desiati, «le classifiche sono la croce e la delizia degli editori, anche se ovviamente i numeri di quelle professionali, quelli che girano tra gli addetti ai lavori, vanno saputi leggere. Oggi sono molto più precise di un tempo, ma ci sono tantissimi elementi che vanno tenuti in considerazione, tipo le vendite nelle catene, la tiratura del titolo, il prezzo, le copie omaggio, le vendite in canali alternativi, gli *store* online ecc. Sono numeri indicativi, ma possono ingannare un lettore meno tecnico e soprattutto non si possono fare paragoni con i decenni scorsi, quando i libri pubblicati erano molti di meno di quelli di oggi. Quando lavoravo in Mondadori ogni autunno c'era una riunione-convegno dove per ore si analizzavano i flussi, le classifiche dell'anno passato e di quello corrente. Durava ore e si usciva stremati, ma questo serve a dare un'idea di quanto le classifiche siano complesse e arbitrarie».

Da editore, Giuseppe Laterza è convinto che «le classifiche sono soprattutto uno strumento di comunicazione per la comunità del libro, a partire dai librai».

Da poco anche il «Giornale della Libreria», la rivista mensile dell'Associazione Italiana Editori, ha inaugurato un nuovo tipo di classifica che considera invece un campione di quattro settimane con l'elenco dei 100 titoli più veduti in Italia complessivamente e per genere. Queste classifiche, realizzate in collaborazione con Nielsen BookScan e l'Ufficio studi dell'AIE, oltre alla tradizionale narrativa straniera e italiana, ai titoli per bambini e alla saggistica, includono per la prima volta le categorie della manualistica e dei fumetti. La motivazione per questa scelta è che «guardare oltre il decimo titolo in classifica aiuta a conoscere e a capire meglio la produzione e le politiche editoriali di quella grossa parte di marchi che non presidia le estreme vette delle classifiche, eppure ha una sua enorme consistenza». Quindi si tratta di una gerarchia volutamente più complessa, che intende dar conto non solo di chi vende di più, ma anche di «come cambiano i gusti, gli interessi e le curiosità di lettrici e lettori italiani».[4]

A Paolo Di Stefano, giornalista e critico letterario del «Corriere della Sera», scrittore ed ex editor per Einaudi, le classifiche non piacciono. «Sono rimasto molto deluso quando anche 'Il Sole 24Ore' le ha adottate. Era un'assenza che lo distingueva. Oggi è paradossale che tutti i giornali nel fine settimana pubblichino due pagine fittissime di classifiche. Cose ovvie che si trovano facilmente su internet con un clic. A me pare autentico autolesionismo: due pagine buttate, ripetitive, di settimana in settimana. Paginate di numeri che hanno sostituito la critica come strumento di orientamento e di promozione, sono un volano che autoalimenta i libri già affermati e scaccia sempre più in fondo i 'dannati': sostanzialmente, è pubblicità scorretta. Come diceva Arbasino, in qualunque altro settore merceologico sarebbe impensabile che ogni settimana si dessero i prodotti più venduti. Nei libri, chissà perché, è concesso e con una evidenza clamorosa e crescente. Qualcuno vorrebbe leggere la classifica dei libri come un indicatore sociologico, ma mi sembra un discorso velleitario».

Però la possibilità di conoscere l'andamento merceologico quasi in tempo reale è una grande opportunità per gli editori: «Permette loro di assecondare un titolo se va bene o di scaricarlo subito se non va. Uno strumento che asseconda il loro fatale cinismo».

Come ulteriore alternativa alle classifiche di vendita che stiamo descrivendo, la rivista «L'Indiscreto» stila tre volte l'anno, a metà dei mesi di febbraio, maggio e ottobre (più un voto speciale di fine anno sulla letteratura straniera), una «classifica di qualità» grazie a un pool di «grandi lettori» composto da critici/che, librerie, riviste letterarie, editor, traduttori/trici, giornalisti/e culturali, scrittrici e scrittori. Un criterio alternativo a quello della vendita, idealmente una classifica di soli «libri belli», stilata sulla base di una valutazione soprattutto qualitativa da parte di 600 giurati scelti fra gli addetti ai lavori.

Zerocalcare: un fumetto da classifica

Zerocalcare, all'anagrafe Michele Rech, è un autore che, fin dagli esordi nel 2012, in top ten ci finisce spesso: un'eccezione da sottolineare, visto che pubblica fumetti – romanzi a fumetti o *graphic novel*, per essere più precisi – che non hanno una sezione specifica nei rilevamenti. Caterina Marietti e Michele Foschini, fondatori ed editori di Bao, ritengono però che sia penalizzante valutarlo relativamente a un unico settore, visto che «le storie che racconta sono davvero di interesse universale». In casa editrice ci raccontano come lo hanno conosciuto: «Nel 2011 Makkox, che ai tempi pubblicava con noi, ci disse di avere reclutato, per il suo magazine antologico *Canemucco*, un giovane fumettista che dovevamo assolutamente conoscere. Nel novembre di quello stesso anno, Zerocalcare venne la prima volta nei nostri uffici e ci parlò di quello che sarebbe diventato *Un polpo alla gola*».

Dalle 12.000 copie della prima tiratura del libro d'esordio alle 234.000 di *No Sleep till Shengal*, «oggi un suo romanzo grafico inedito non ha mai una tiratura inferiore alle 100.000 copie». Al momento il suo più venduto, sommando le varie edizioni e ristampe, è *La profezia dell'armadillo*, il primo ad aver superato le 250.000 copie totali. Il momento di «svolta» nella diffusione dei suoi libri è stato tra il 2013 e il 2014, quando «i suoi numeri sono esorbitati, e dall'uscita di *Dimentica il mio nome* il flusso delle ristampe di tutti i suoi titoli è diventato costante e crescente. La consacrazione è avvenuta tra la dozzina dello Strega 2015 e l'uscita di *Kobane Calling* nell'aprile del 2016, quando il suo pubblico è diventato estremamente sfaccettato per età e profilo culturale».

Marietti e Foschini provano ad analizzare quali siano gli «ingredienti» della sua popolarità. «Il fumetto è un medium narrativo che trasmette in modo cristallino la sincerità delle emozioni di chi narra. Questo, unito al fatto di aver dato voce a un gruppo demografico di cui pochissimi, ai tempi, raccontavano sogni infranti e preoccupazioni per il futuro, ha fatto di lui il narratore giusto al momento giusto. La sua inesauribile vena creativa e la sua abnegazione professionale, che gli hanno permesso di raccontare moltissime storie in un tempo relativamente breve, hanno fatto il resto».

Oltre al valore intrinseco delle sue opere, dal punto di vista della promozione e della comunicazione la presenza in classifica si giustifica però anche con alcune scelte strategiche. «Lo trattiamo come un autore maggiore di letteratura. Siamo passati dai *day one* in fumetteria ai lanci di mezzanotte in librerie selezionate (per *Kobane Calling*), ai tour nazionali con firmacopie che durano anche dieci ore consecutive». La relazione tra autore e casa editrice dura da più di dieci anni con un rapporto di profonda fiducia reciproca, «e contratti equi e giusti nei confronti dell'autore. Un fenomeno editoriale non si crea quasi mai, ma si può coltivare e mantenere sapendo crescere man mano che aumenta il successo dell'autore. Zerocalcare non ha mai cercato un altro editore perché non siamo mai rimasti troppo 'piccoli' per risolvere le sue esigenze editoriali, e perché fin dall'inizio con noi ha avuto assoluta libertà e interlocutori utili, ma non invadenti».

La popolarità dei suoi libri, riconoscono gli editori, «ci ha dato una visibilità e una credibilità che ci hanno reso attori autorevoli sul mercato. Non abbiamo mai sviluppato una linea di titoli 'alla Zerocalcare' con i quali sfruttare i suoi lettori. Lui è un *unicum,* impossibile da replicare». Ma senz'altro si può cogliere l'opportunità per perfezionare identità e strategie.

Il «caso» Vannacci

Sono invece i giorni roventi dell'agosto 2023 a fornirci un altro caso da classifica, di tutt'altro genere, il cui studio è per così dire «da manuale» per i meccanismi che si sono innescati grazie al solo clamore mediatico. Ne parliamo, facendo un'eccezione rispetto alla scelta di non trattare casi di libri autopubblicati, perché per i meccanismi che si sono innescati è interessante da analizzare dal punto di vista del legame diretto tra promozione e vendite. Si tratta del *Mondo al contrario* del generale Roberto Vannacci, libro autopubblicato disponibile solo su Amazon a partire dal 10 agosto 2023, balzato al primo posto delle classifiche dei «Più popolari» del *megastore* online nella categoria Libri appena a una settimana dall'uscita. Cosa è accaduto?

Il primo ad accorgersi della pubblicazione e a segnalare l'inopportunità delle tesi, definite omofobe e razziste, contenute nel volume è il giornalista della «Repubblica» Matteo Pucciarelli, che ne scrive il 17 agosto, a una settimana dalla pubblicazione. Da quel momento in poi, complice la penuria di notizie nel periodo estivo, si avvia una reazione a catena: testate online e cartacee, social network, radio e tv. È boom. Bisogna però chiarire alcuni punti: essere primi in una classifica Amazon non certifica necessariamente i numeri di vendita, ma la «popolarità»: ovvero, ricerche e visite alla pagina, recensioni fatte anche senza aver acquistato il libro, insomma: il *buzz* digitale.

Le vendite appaiono chiare invece quando già il 26 agosto si certifica che il libro è primo nella classifica generale anche secondo le top ten pubblicate da «Robinson» e «La Lettura». Il tutto ancora senza una distribuzione in libreria ma solo, per così dire, con la stampa on demand.

La macchina mediatica che si avvia attorno a questa pubblicazione è talmente massiccia, che il generale si gioca la partita delle vendite nientemeno che con *Tre ciotole* di Michela Murgia, scomparsa per una triste ironia della sorte proprio il 10 agosto, data di uscita del volume criticato a più livelli. Subito dopo l'articolo della «Repubblica», alcune reazioni sono immediate, come quella del ministro della Difesa Crosetto che si dissocia con un tweet. Poi arriva anche la decisione disciplinare: «Il Gen. Vannacci ha espresso opinioni che screditano l'Esercito, la Difesa e la Costituzione. Per questo sarà avviato dalla Difesa l'esame disciplinare previsto». L'Esercito con una nota ufficiale chiarisce la propria posizione, indignata. Vannacci viene rimosso dal suo incarico di direttore dell'Istituto Geografico Militare di Firenze, trasferito al comando delle forze operative terrestri, e messo sotto inchiesta per verificare se abbia violato le regole dell'esercito. Non esiste cattiva pubblicità, dice l'adagio, ed ecco ancora articoli, servizi televisivi, polemiche e naturalmente vendite. Il libro continua a volare su Amazon, finché l'editore Il Cerchio lo pubblica il 20 settembre in versione cartacea – quindi con una distribuzione in libreria a tutti gli effetti – ma da quel momento in poi non ce ne sarà più traccia nella top ten, e alcuni librai espongono un cartello in cui avvisano che non venderanno mai quel libro.

Cosa rimane di questa fiammata editoriale quantomeno controversa? Nicola Lagioia è molto lucido al riguardo: «Non avrei mai accettato la sua presentazione al Salone, non per le idee ma per come sono espresse. Questo non è un libro ma un libroide, ovvero un libro di scarsissimo contenuto culturale, saggistico, senza sostanza. Ha venduto molte copie perché se ne è parlato tantissimo come si sarebbe venduto qualsiasi altro oggetto diventato un caso politico così centrale addirittura capace di mettere un po' in difficoltà Crosetto e il Governo. Ma quel che rimane è un prodotto di scarsa qualità, un libro amatoriale, a voler essere generosi».

Il clamore è tanto che la casa editrice Bollati Boringhieri pubblica già a novembre dello stesso anno un libro sul libro di Vannacci, firmato da Massimo Arcangeli, dal titolo provocatorio *Il generale ha scritto anche cose giuste*, in cui cerca di criticare puntualmente nel merito pecche di scrittura e inesattezze di contenuto. Che si voglia anche cavalcare l'onda del successo? Staremo a vedere. Intanto, nel mondo intellettuale era difficile contenere ondate di sdegno più viscerali: eppure Paolo Di Stefano sul «Corriere della Sera», nel pieno del boom del *Mondo al contrario*, invitava a riflettere provocatoriamente se «in un paese che non legge ci sarebbe da rallegrarsi che un titolo riesca finalmente ad accendere il furore letterario degli italiani e a smuovere il mercato. Un libro che vende diecimila copie al giorno non si era mai visto, o quasi mai».[5] L'esplosione di vendite del romanzo del generale ormai più popolare d'Italia viene messa in relazione con il preoccupante dato dell'indagine Istat del 2023 secondo cui solo il 39,3 % degli italiani legge un libro all'anno. Bisognerà aspettarsi un effetto imitativo? È lecito accontentarsi, in mancanza di iniziative più efficaci di sostegno alla lettura? Di Stefano se lo chiede, e noi lo prendiamo solo come un paradosso. Vannacci intanto resta primo in classifica per quattro settimane, prima di venir spodestato da Felicia Kingsley con *Una ragazza d'altri tempi*, come certifica «La Lettura» il 17 settembre 2023. La casa editrice Newton Compton, nella figura del direttore editoriale Raffaello Avanzini, commenta il successo della scrittrice di romanzi rosa: «Finalmente qualcuno scalza il generale. L'amore vince sempre». Del resto, cosa può l'esercito regolare di fronte a un esercito di ragazzine adolescenti?

Il lettore e «lo stato di necessità» del prodotto libro

Se la vicenda del generale – e le conseguenti reazioni – insegna qualcosa, è che non dobbiamo mai dimenticare l'elemento fondamentale per la vita del libro, il giudice ultimo, distratto o impietoso, che può cambiarne il destino: il lettore/acquirente. Realtà al contempo concreta e astratta, consumatore occasionale o critico competente, è a lui che si rivolgono lo scrittore, l'editore, il libraio e tutti gli attori della filiera editoriale.

Nel 1981, in un intervento presente nella raccolta *Pubblico 1981*, Erich Linder, il leggendario agente letterario fra le figure più autorevoli dell'editoria europea del Novecento, sottolineava come l'industria editoriale si basasse su una vistosa anomalia, ovvero: l'assenza di un rapporto diretto con il pubblico.

> L'«industria editoriale» è [...] l'unica o quasi l'unica nella quale in pratica non esiste il rapporto fra il produttore (l'editore) ed il consumatore (il lettore). Da qui nascono le complicazioni che rendono la distribuzione del libro una delle operazioni più imperfette che il mondo industriale conosca.[6]

Normalmente, aggiungeva Linder, per qualunque comparto merceologico, il rapporto fra produttore e consumatore nasce dallo stato di necessità rispetto al prodotto. Ma come calcolare lo «stato di necessità» del libro?

Filippo Guglielmone, che da quindici anni si occupa di promozione di libri e attualmente è il direttore generale operativo della divisione libri Trade del Gruppo Mondadori, il primo in Italia come abbiamo visto, ci aiuta a chiarire questo punto. «Parlare di libri è un qualcosa di diverso dall'occuparsi di scatolette di tonno o automobili o altri prodotti commerciali dove il bisogno è più facilmente individuabile attraverso strumenti di marketing semplici o complessi. Il bello del nostro mestiere è esattamente la sua imprevedibilità». Era un qualcosa che aveva profondamente intuito già all'inizio degli anni Novanta Franco Tatò, il manager che fu chiamato nel 1991 a risanare i conti proprio della Mondadori e che è scomparso nel 2022 all'età di 90 anni. Le considerazioni di quella esperienza tra i libri da parte di Tatò, che arrivava dall'Olivetti e poi era passato prima in Fininvest e poi all'Enel, sono confluite in un saggio di culto pubblicato nel 1995 dalla Donzelli e che sin dal titolo non lascia spazio ad ambiguità: *A scopo di lucro*. La sua esperienza come editore e manager editoriale gli aveva permesso infatti di acquisire una profonda comprensione dei meccanismi dell'industria editoriale e delle sfide che questa affronta, inclusi i cambiamenti nel settore dovuti all'era digitale. Nel libro esamina le tensioni tra la missione culturale dell'editoria e la necessità di generare profitti, fornendo una prospettiva preziosa su come l'editoria possa affrontare con successo le sfide del mondo moderno.

Sulla scia di questa eredità in Mondadori, Filippo Guglielmone con il suo importante ruolo dirigenziale è stato ed è protagonista del lancio di numerosi libri, per il quale fondamentale è stato sempre il confronto preventivo con gli autori. Ci precisa un aspetto a suo modo magico del processo: «Ogni volta è un'avventura che parte da zero, è questo il bello del nostro lavoro. Anche quando pubblichi un autore già affermato non è detto che ogni libro sia necessariamente un successo». E qui si comincia a intuire l'unicità di quel filo sottile che fa arrivare il libro dall'autore al lettore. «Noi commerciamo questa strana merce in cui le persone sono un elemento di mediazione fondamentale per avviare il domino, per creare quel fattore che poi trasformerà una determinata idea in un bestseller». Quindi secondo la sua esperienza non c'è una regola per stabilire se un titolo risponderà a un bisogno, ovvero: se sarà un bestseller. «Tutti gli strumenti che tipicamente il marketing utilizza sono fondamentalmente inutili, nel senso che sono utili per consuntivare quello che è successo, in un processo a ritroso: ma la forza del nostro lavoro sta nel creare quello che non c'è». Ovvero creare quello stato di necessità che non è possibile individuare ma captare, intuire, e infine indurre.

A Filippo Guglielmone fa eco Antonio Franchini, ora direttore editoriale di Bompiani e Giunti, con un lungo passato in Mondadori prima come junior editor accanto a Ferruccio Parazzoli, e poi dal 1991 al 2015 come curatore editoriale della narrativa italiana. Responsabile della scoperta e del successo di alcuni dei più noti esordienti degli anni Duemila, da Roberto Saviano a Paolo Giordano, da Alessandro D'Avenia ad Alessandro Piperno e Antonio Pennacchi, ha lavorato accanto ad altri pezzi da novanta della narrativa italiana contemporanea, come Alberto Bevilacqua, Michele Mari, Giuseppe Pontiggia, Pierangelo Buttafuoco – e molti altri. Di libri da classifica ne ha visti nascere e crescere parecchi nel corso della sua lunga carriera, però assicura: «Evidentemente la ricetta magica non esiste, ma altrettanto evidentemente esiste una serie di strategie più o meno comandate per lanciare un libro. Ci sono delle attività che le case editrici fanno con scrupolo, con intelligenza e con professionalità». Ma al contempo sottolinea anche che sono iniziative che riguardano gli inizi della vita di un volume che poi potrà decollare o meno: «è il bello del nostro lavoro. A Milano si dice '*se la va la g'ha i gamb*', se va avanti vuol dire che ha le gambe». Esiste secondo lui una differenza sostanziale tra la possibilità di creare un tormentone musicale dell'estate, un film commerciale e un bestseller: «Un ritmo te lo possono piantare nelle orecchie, a un film puoi dedicare al cinema anche un'ora e mezzo svogliata, ma nessuno di noi può leggere un libro che non vuole leggere». Per cui un titolo che diventa un bestseller si può lanciare spingendolo in quel senso ma se poi ha effettivamente successo significa che aveva già in sé le caratteristiche intrinseche per esserlo. «Non puoi costringere una persona a leggere 400 pagine se quelle 400 pagine non le piacciono o anche 300, 200 o addirittura 150. Si può anche instillarglielo nel cervello con le più sofisticate tecniche di marketing, ma se non lo legge non lo legge». L'editoria non è un mai un lavoro individuale, è sempre un impegno collettivo, e questo vale sia per le numerose persone che lavorano alla preparazione e al lancio di un libro, sia relativamente alla ricezione e al modo in cui il libro diventa pubblico e si dimostra in grado di aggregare e formare un pubblico.

A Mondadori Franchini arriva dopo un'esperienza di qualche anno al Reader's Digest, editore che pubblicava l'omonima rivista da un milione di copie al mese e i cosiddetti «condensati», ovvero volumi che contenevano quattro bestseller della letteratura americana, opportunamente «accorciati»: sostanzialmente, erano versioni da 150 pagine di romanzi che in origine ne contavano 4-500. «L'intrattenimento moderno in Italia arriva alla fine degli anni Settanta con i romanzi di Ken Follett. Poco prima erano usciti *Love story* (1970), *Lo squalo* (1974), *Radici* (1977), i nuovi romanzi popolari. Il 'Reader's' li condensava con una tecnica piuttosto sofisticata; accanto a questa operazione pubblicava le cosiddette grandi opere, sostanzialmente manualistica ma anche libri illustrati storici. Dietro c'era una cura particolare: per fare un libro illustrato di cucina o di giardinaggio un editore italiano impiegava un anno, il 'Digest' ne impiegava tre. Quindi in realtà, cosa che non sapevo e non potevo sapere, la scuola del 'Digest' era considerata una scuola di grande pregio nell'editoria italiana. L'idea era che le persone che lavoravano lì fossero abituate a curare prodotti editoriali molto ricercati».

La gavetta al «Digest» dura quattro anni nel settore Grandi Opere in cui, ammette, «apprendevo un mestiere redazionale che un po' disprezzavo, perché stavo lì a contare le battute delle didascalie e a mettere a posto la prosa zoppicante di esperti di geologia oppure di giardinaggio, e io volevo fare altro». Ma è proprio l'abitudine all'attenzione e al dettaglio assimilata grazie a questa meticolosa scuola che farà la differenza nella sua carriera, formando una specie di 'orecchio letterario' che tornerà utilissimo a lui – e all'editore. Il punto di vista di Franchini è infatti quello speciale di chi individua e sceglie i libri che verranno pubblicati «al servizio» di un editore e di una linea editoriale, un imprenditore quindi con un fatturato da difendere e incrementare. «L'uomo di editoria lavora per rendersi utile all'interno di un catalogo e di una storia editoriale, e all'interno di una tradizione che per così dire eredita e che è chiamato a portare avanti, allo stesso tempo rispondendo dei risultati economici delle sue scelte. Posso essere un grandissimo intellettuale e letterato per conto mio ma, se sono chiamato a fare il responsabile editoriale di una collana o di una casa editrice con una tradizione evidentemente commerciale come ad esempio possono essere Sperling e Newton Compton, devo essere valutato alla luce di quel progetto lì. Questo è fare l'editor, altra cosa è essere editore, perché in quel caso chi decide lo fa in prima persona ed è il responsabile principale di un progetto culturale ed editoriale».

Chiediamo: è lecito pensare al libro come puro mercato? «Non è detto che un libro che vende sia buono secondo i criteri della letteratura, non è detto che un libro che vende sia cattivo secondo i criteri della letteratura. È quello che invece normalmente succede». Da ragazzo Franchini disprezzava e non leggeva i romanzi che si vendevano. «Ho capito molti anni dopo che scrittori come Soldati, Cassola, Tobino, Michele Prisco erano importanti. Per noi erano quelli che Gian Carlo Ferretti definiva bestseller all'italiana». Erano romanzi letti dalla borghesia, dai medici, dai notai, e dagli insegnanti, ma certo non li leggevano i giovani ragazzi che, come lui, «studiavano da intellettuali. E non c'è assolutamente da sorprendersi, anche se è una sciocchezza non leggere un libro che ci incuriosisce solo perché lo leggono tutti. È attraverso errori di giudizio e l'incontro con ciò che non è necessariamente 'bello' o 'letterario' che uno si forma, compie un percorso, ritorna sui propri passi e impara a capire».

Secondo Franchini guardare un capolavoro troppo da vicino ne mostra le possibili pecche, e guardare molto da vicino un'opera modesta ne può svelare pregi che a una prima lettura non si vedevano. Questo sguardo il più possibile privo di pregiudizi è necessario al momento della scelta delle opere da pubblicare.

Per quanto la fase di scelta dei titoli e la preparazione del lancio editoriale siano fondamentali, esiste sempre una certa imprevedibilità, un fattore di innesco che non si può calcolare e che fa decollare il libro. Le cose hanno un tempo, tutto funziona in un dato momento e in un dato contesto, e momento e contesto sono variabili mutevoli. Franchini fa l'esempio del suo primo bestseller da editor, nel 1989: *Volevo i pantaloni* dell'allora diciannovenne Lara Cardella, autrice selezionata attraverso un concorso indetto dalla Mondadori. All'epoca la vetrina più efficace per promuovere un libro era il Maurizio Costanzo Show: invitata in trasmissione, Cardella, in pratica, dice con l'irruenza della giovinezza che tutti i suoi compaesani di Licata erano dei «porci», perché guardavano le ragazze sfilare sul corso del paese come gli allevatori che guardano le vacche al mercato. «È ovvio che nessuno di noi, né tanto meno Ferruccio Parazzoli che era un signore di altri tempi, avrebbe consigliato a Lara Cardella di dire questa cosa. Ma lei aveva 19 anni: queste dichiarazioni le vennero dal cuore, riteneva che andassero dette». Fatto sta che la descrizione dei licatesi provocò uno scandalo enorme che occupò, il giorno dopo, la prima pagina del «Corriere della Sera»: e i benpensanti del paese insorgevano contro la scrittrice. «Ma nessuno si sarebbe mai sognato di suggerire a uno scrittore o a una scrittrice cosa dire». Si tratta di un caso di idealismo giovanile, di ingenua intemperanza, di beata incoscienza, non della strategia di lancio di una casa editrice. «Lara Cardella aveva vinto un concorso e il suo libro era stato stampato in 10.000 copie – altri tempi, certo, ma segno che l'editore comunque ci credeva. Un libro come *Gomorra* invece fu tirato in 6000 copie, e l'immenso successo, arrivato per l'allinearsi di molti fattori, non era stato minimamente programmato». Diverso il caso di libri stranieri che arrivano in Italia preceduti da un buon successo all'estero. Dice Franchini: «È ovvio che per il lancio dei titoli della serie *Cinquanta sfumature di...*, poiché avevano avuto già un boom enorme all'estero, fu fatto un piano di marketing molto pensato». Ma anche in quel caso, per dire quanto complesse e varie possono essere le questioni in gioco, non è che proprio tutti in casa editrice fossero d'accordo nel realizzare, con il nome di Mondadori, un investimento così imponente su una serie di libri semi-pornografici. Franchini conclude con una considerazione importante, riguardo alle strategie di marketing dei grandi gruppi: «In ogni caso è fondamentale che tutti i settori della casa editrice comunichino tra loro e siano allineati».

Successi postumi e altre imprevedibilità

Fra i fattori imprevedibili che muovono le classifiche ce n'è uno macabramente efficace, ed è il «fattore morte». Conferma Filippo Guglielmone: «La morte genera ridondanza per l'eccesso di comunicazione che si verifica intorno a determinati personaggi, e che contribuisce alle vendite».

Non è cinismo ma onor di cronaca: nel 2022 siamo stati testimoni di due scomparse eminenti, quella di Elisabetta d'Inghilterra e quella del papa emerito Joseph Ratzinger, in entrambi i casi con conseguente ingresso in classifica di libri dedicati. Se i volumi sulla regina Elisabetta e in generale la monarchia inglese erano (sono) legione,[7] Ratzinger dal canto suo, da fine teologo, di libri ne aveva scritti diversi, quasi tutti pubblicati dalle Edizioni Paoline che, a ridosso dell'annuncio della sua dipartita, si affrettano ad acquistare numerosi spazi pubblicitari sulle maggiori testate nazionali. Con l'aumento di interesse verso i suoi libri, cresce anche quello nei confronti dei retroscena di una personalità tutto sommato poco nota. Così agli inizi del 2023 ecco che appare *Nient'altro che la verità. La mia vita al fianco di Benedetto XVI* scritto da padre Georg Gänswein, ex segretario personale di Ratzinger, con Saverio Gaeta, ed edito da Piemme. Secondo il quotidiano tedesco «Tagespost» padre Georg, per evitare di sollevare scandali a ridosso della scomparsa del papa emerito, si sarebbe addirittura rivolto direttamente a Marina Berlusconi per bloccarne la pubblicazione, ma tant'è: tutto sembra lecito se fa pubblicità e aiuta a vendere.

Non solo la morte effettiva, ma anche quella scampata: a 33 anni di distanza dalla fatwa che lo aveva colpito per *I versi satanici*, e che lo aveva condannato ad anni di vita sotto copertura, lo scrittore Salman Rushdie viene accoltellato più volte da un fanatico nel corso di un incontro pubblico a New York, il 12 agosto 2022. Perderà un occhio ma avrà salva la vita, e fra lo stupore e lo sdegno generati dall'evento, le sue opere rientreranno dirette in classifica.

Milan Kundera scompare l'11 luglio 2023: nella prima classifica utile pubblicata il 22 luglio, «Robinson» registra *L'insostenibile leggerezza dell'essere* al decimo posto della generale.

E arriviamo al 2023, anno tristemente memorabile per la letteratura italiana e per un'analisi degli effetti sui lettori e sui cataloghi editoriali delle morti illustri. A luglio la vittoria postuma di Ada D'Adamo al Premio Strega – la scrittrice, in gara con il libro *Come d'aria*, era scomparsa ad aprile. E la fine dell'estate registra la commozione a ridosso della scomparsa annunciata di Michela Murgia, che al termine di una lunga e documentata convivenza con/contro il cancro – resa nota in un racconto quotidiano sui social e sui giornali, una testimonianza personale e politica secondo il suo stile – alcune testate riportano che la sera del 10 agosto avrebbe chiesto di essere sedata dopo aver licenziato il suo ultimo libro: testimonianza estrema di una consapevolezza e lucidità esemplari nella gestione del proprio commiato di persona, di intellettuale pubblica e di scrittrice. La sua ultima battaglia, lo abbiamo visto, è stata indirettamente contro il generale: il cui libro è di certo destinato a scomparire dalla memoria collettiva a differenza dei suoi.

Romano Montroni è l'uomo dietro l'ideazione e il successo delle prime librerie di catena in Italia, le Librerie Feltrinelli. Si tratta quindi di una delle persone più titolate per chiarire che in ultima analisi è il libraio a dare valore a un volume a seconda di come lo espone, di quante copie ne ordina. Ma la situazione può cambiare di giorno in giorno. «Quando ci fu l'attentato dell'11 settembre 2001 ero al bar con un collega, eravamo molto scossi. Immediatamente chiamai tutti gli editori che avevano pubblicato il Corano e ne ordinai parecchie copie: le ho vendute, e il libro è andato presto in ristampa». Sembra una scelta scontata ma non lo è: un evento così complesso può essere letto da più punti di vista. Montroni ha interpretato, rischiato, vinto. Morte, attentati, eventi catastrofici possono incrementare le vendite di un libro ma difficilmente possono essere previsti, dunque è vitale la capacità di muoversi a cavallo fra etica, spirito e commercio: interpretare il momento, decidere una risposta commerciale. Un bravo editore, un bravo libraio devono essere non solo aggiornati, ma capaci di prevedere su quante copie di quali volumi, data una particolare notizia di cronaca, si concentrerà l'interesse del lettore.

Antonio Armano nel suo libro *Maledizioni. Processi, sequestri, censure a scrittori e editori in Italia dal dopoguerra a oggi, anzi domani* (BUR, 2014) racconta che nella storia italiana sono stati tanti i libri, italiani e non, a essere denunciati per oscenità e messi al bando ma non per questo se ne è impedita la diffusione, anzi. Quindi anche la censura è un elemento che può contribuire alla diffusione di un libro. Pier Paolo Pasolini venne denunciato più volte e non solo con *Ragazzi di vita*, per il cui processo la testimonianza di Ungaretti fu fondamentale per far decadere l'accusa. Stessa sorte ebbero dall'*Ulisse* di Joyce a *La pelle* di Malaparte, fino a *Porci con le ali*, che dominò le classifiche di vendita per settimane.

Per fortuna, non bisogna solo morire, venire aggrediti o essere censurati per raggiungere l'agognato successo. A parte l'imprevedibilità, esistono alcuni passaggi per così dire obbligati nella vita di un volume, sia fisici (cioè la distribuzione che li fa arrivare in libreria, nei festival, nei musei e in tutti i luoghi in cui si tengono gli incontri con gli autori e possono essere venduti) che strategici (comunicazione, partecipazione ai premi, presenza sui social network, sui giornali, in televisione e in radio), che possono far la differenza. Se lo scopo ultimo sono le vendite, la diffusione, l'approdo sugli scaffali delle librerie private, il comodino, la scrivania, la poltrona (o per citare un luogo particolare deputato alla lettura, il bagno), si può immaginare di isolare e raccontare le varie tappe di questa vita? Prima di finire in bagno, il libro che giri fa? Vediamolo insieme.

Capitolo terzo

La sottile linea rossa. Promozione e distribuzione

A tutta cedola

Dall'editore al lettore esiste quindi una sottile linea rossa che permette ai libri di viaggiare, sia virtualmente che fisicamente. Si tratta della fitta rete di persone e strade che si occupa della promozione dei libri per conto degli editori e poi di quella che si occupa della distribuzione fisica.

Se il viaggio materiale del libro comincia con l'uscita dalle officine tipografiche, quello immateriale inizia ancor prima, quando in casa editrice si comincia a ragionare in termini di comunicazione e promozione. Intendiamo con queste parole quel processo che coinvolge la casa editrice e la cosiddetta 'rete di vendita' – agenti e promotori che avranno l'incarico di raccontare le prossime uscite ai librai e in generale ai canali di vendita.

Accade con circa sei mesi di anticipo: le case editrici presentano ai promotori le cedole, ovvero le schede descrittive delle novità editoriali in programma di pubblicazione (la più importante è quella che in primavera informa su quelle che saranno le strenne, ovvero le novità del periodo natalizio, libri a cui verrà data particolare visibilità).

Mentre prendono vita le pagine di questo libro, in casa editrice si sta preparando la relativa cedola, si è scelto il titolo, *Operazione bestseller*, si cominciano a impostare i testi promozionali che di qui a poco verranno presentati agli agenti di vendita, e per loro tramite ai librai. Gli agenti vengono convocati in riunione, dove ascoltano la presentazione degli editori, e danno un primo giudizio sulla qualità, la pertinenza del contenuto con il titolo scelto e l'appeal della copertina: in questa occasione prendono più informazioni possibili per promuovere quel titolo con i librai. Questo processo preliminare alla distribuzione è fondamentale, perché è anche da questi passaggi che dipende il numero di copie che verranno prenotate in anticipo. Più alte saranno le prenotazioni, più elevata sarà la tiratura del titolo da cui, come abbiamo visto, sarà influenzato anche il budget messo a disposizione per la comunicazione. Parliamo in questo caso di promozione «indiretta» perché, appunto, l'editore la affida a una società esterna. Ma esiste anche una promozione «diretta», quando il personale che se ne occupa è interno allo stesso gruppo editoriale di cui fa parte la casa editrice e che dispone di una rete vendita dedicata che assicura una copertura capillare su tutto il territorio nazionale.

Mentre scrittore, editor, correttori di bozze e grafici sono ancora al lavoro, e stampatori e legatori scaldano le macchine, i responsabili commerciali e gli editori parlano con agenti e promotori raccontando di libri che nove volte su dieci ancora non esistono. I promotori, persone dotate di una grande capacità immaginativa e di proprietà altamente persuasive, vanno in libreria cercando di convincere i librai della bontà del libro. Il loro lavoro si rivolge sia alle librerie indipendenti che a quelle di catena, e fornisce un accurato e costante monitoraggio della disponibilità dei prodotti (scorte, necessità di ristampe, rese ecc.). Questa fase intermedia – e fondamentale – nella vita di un'opera è la più delicata, e ha una sua magia. Nel momento in cui la rete di vendita intuisce e intercetta, tra quelli proposti dagli editori, quali sono i titoli che potranno incontrare il maggior interesse del pubblico, il suo lavoro è «di rendere necessaria al lettore quel tipo di proposta editoriale. Naturalmente poi ci sono una serie di tecniche che si usano in questo senso». Così nelle parole di Filippo Guglielmone, che aggiunge: «il primo e più severo censore di un contenuto è l'agente, perché è proprio lui che deve fare tra anello di congiunzione tra l'editore e il libraio ed è la sua credibilità che permette di costruire un rapporto di fiducia con i vari referenti nel corso degli anni. Se da agente venditore cerco di rendere 'necessario' un titolo che di necessario non ha proprio nulla, allora sto dando un cattivo consiglio e avrei dovuto accorgermene prima in base alla mia esperienza professionale».

La prima e più ardua approvazione da superare per un aspirante bestseller è quindi il venditore. La seconda, va da sé, è quella del libraio, il grande moltiplicatore del settore. «È nella relazione tra venditore e libraio che si costruisce la chimica per cui quest'ultimo decide di consigliare al lettore quello che poi ragionevolmente potrà diventare un successo». Quando la rete vendita ha svolto il suo lavoro preliminare, e il libro fresco di stampa è pronto per la distribuzione fisica nelle librerie.

Dal punto di vista operativo, occorre fare una precisazione fondamentale a cui abbiamo già accennato in termini di promozione diretta e indiretta. Come spiega bene Elena Ranfa dell'Università degli Studi di Verona,[1] «in Italia esistono editori che gestiscono l'intera filiera del libro, dalla tipografia alla distribuzione fino alla libreria, [...] ed editori che devono affidarsi a società terze per la promozione e la distribuzione, come la rete Messaggerie».

Tra i principali editori e gruppi editoriali con promozione diretta e/o rete vendita dedicata, ci sono Mondadori, Giunti, Feltrinelli, GeMS con Pro Libro, De Agostini con Libromania. Gli indipendenti si affidano a società di promozione e distribuzione esterne come PDE (controllata per il 70% da Messaggerie Italiane e per il 30% dal Gruppo Feltrinelli, serve oltre 100 editori), Emme Promozione (gruppo Messaggerie), Promedi, NW (costola di Promedi srl), Libromania, Pro Libro, A.L.I. e Goodfellas.

Il processo è necessariamente facilitato dall'avere una promozione interna, come accade al Gruppo Mondadori. Filippo Guglielmone conferma che «il valore di un titolo si costruisce nel passaggio da una persona all'altra lungo tutta la catena del contenuto, per cui è evidente che se avviene all'interno di un disegno comune, in una casa editrice che prevede tutte le diverse tipologie professionali, è più efficace». Dal punto di vista di un direttore commerciale, confrontarsi con il publisher di Star Comics o con quello di Mondadori è diverso, ma la prospettiva è la stessa. «Il che non vuol dire che una rete terza sia necessariamente più debole: ma condividere un contenuto ha un effetto più forte se tutto accade sotto lo stesso tetto». Si tratta della condivisione di qualcosa che nessuno conosce nella sua forma finita, un tema, o un'idea di contenuto. «Nessuno di noi sa con certezza che quel libro sarà un bestseller. Ciascuno di noi però, lavorando quotidianamente insieme, ha ragionevole capacità di leggere l'altro e sapere quali corde vengono toccate in ciascuno, e questa dimensione determinerà poi il valore dell'opera». Del resto, un celebre adagio inglese sostiene che «*publishing is people*».

Abbiamo visto che i grandi gruppi come Mondadori, Giunti e Feltrinelli hanno un propria rete di promozione e distribuzione interna. Quali sono invece le società di promozione che servono gli editori indipendenti? Alcune le abbiamo già citate, eccone qualcuna nel dettaglio.

Attiva dal 1980 con una struttura di vendita composta attualmente da 21 agenti, organizzati in aree geografiche coordinate da un responsabile di rete, e da 5 account direzionali, PDE si presenta come «la prima società di consulenza commerciale e promozione editoriale '*non captive*' italiana, al servizio dell'editoria indipendente [...] coprendo l'intero spettro del mercato del libro in Italia, dalle librerie indipendenti, visitate e contattate con un lavoro quotidiano e capillare, alle catene librarie, con il loro mix di centralizzazione e acquisti locali, dalla grande distribuzione ai siti di e-commerce». Circa 60 editori rappresentati tra cui Adelphi, Fazi, La nave di Teseo, Donzelli, Solferino e molti altri.[2]

La segue a ruota Promedi che, con oltre 30 anni di attività, guida alcuni editori indipendenti nello sviluppo delle loro strategie commerciali e di marketing seguendo il completo svolgimento del processo promozionale, monitorando i dati delle società di distribuzione ed elaborandoli al fine di migliorare i risultati attraverso la proposta di possibili soluzioni per il raggiungimento degli obiettivi. Sono oltre 40 gli editori con cui lavora Promedi, tra cui Sellerio, Nutrimenti, Gallucci, Carocci, Contrasto e add.

Accanto a PDE e Promedi troviamo anche A.L.I. (Agenzia Libraria International) che è sul mercato da oltre 50 anni e ha come clienti, tra gli altri, SUR, e/o e Ippocampo. «Rappresenta uno dei poli distributivi italiani attivi nel campo dell'editoria e si avvale della collaborazione di grossisti e filiali di distribuzione locali, che permettono di essere estremamente capillari sul territorio».[3]

«È bellissimo, fidati»

Gli agenti sono distribuiti per zone geografiche e librerie di competenza e ognuno rappresenta un certo numero di case editrici. Veri e propri informatori cultural-editoriali, girano le librerie con delle cartelline con le varie cedole. Per i libri particolarmente importanti, gli editori organizzano convention e cene con un numero di librai selezionati.

Come è vissuto il rapporto con i rappresentanti della rete promozionale da parte dei librai? Ne abbiamo parlato con Barbara e Francesca Pieralice che animano da trent'anni la Libreria Nuova Europa I Granai, che ha sede nell'omonimo centro commerciale di Roma. Un ruolo di spicco tra le librerie indipendenti della Capitale, nell'attuale allestimento, cresciuto negli anni, vanta 400 metri quadrati di esposizione e una grande comunità di lettori che affolla sistematicamente le presentazioni, sin dalla sua apertura. Da subito, nelle intenzioni delle libraie, con umiltà e ambizione, si voleva costruire qualcosa di importante grazie alla creazione di una «comunità». E di questa ampia rete di rapporti fanno parte naturalmente anche i promotori. «Lo stesso nostro nome rivela lo spirito: poche settimane prima dell'inizio dell'attività è stato firmato il Trattato di Maastricht, tappa fondamentale della creazione della nuova Europa. Nascere insieme al centro commerciale I Granai e operare al suo interno significa trovare posto tra la gente, essere un servizio davvero per tutti. Raggiungere, con la cultura, il più ampio pubblico possibile. L'obiettivo è sempre stato questo».

Barbara e Francesca chiariscono il meccanismo del rapporto tra agenti e librai. «Noi il libro lo 'vediamo' molto prima che esca dalla tipografia proprio grazie a loro. Ma le variabili che influiscono sulla nostra scelta sono diverse, e le proposte sono davvero tante. Per cui il nostro interesse dipende anche dal posizionamento nella presentazione che viene fatta al libraio: alcuni hanno folder a parte o una presentazione con video. Allora capisci che l'editore su quei titoli sta investendo di più».

Le libraie intuiscono subito quando un editore «ha deciso» che un libro dovrà andare in classifica. «Non è detto che succederà, ma che quell'opera ha una possibilità in più, quello sì, lo possiamo intuire e, di conseguenza, prenoteremo più copie». A volte gli editori consegnano ai librai addirittura la bozza del libro, prima di questa «presentazione ufficiale». Così gli addetti ai lavori percepiscono che quel titolo avrà un supporto maggiore anche nella presentazione alla stampa e nella tiratura.

Ci sono dei gruppi editoriali che sicuramente curano di più il rapporto con «i venditori di libri». Prima della pandemia si facevano spesso cene con pochi ospiti selezionati, con gli agenti e con l'autore che si voleva lanciare. Oggi se ne organizzano di meno ma non solo per via dello stop imposto dalla pandemia, anche per problemi di bilancio. Molto diverso da quando le sorelle Pieralice iniziarono la loro attività trent'anni fa. Francesca ricorda una convention della Mondadori in Sardegna, in occasione della presentazione delle strenne della casa editrice organizzata al Forte Village. «Per il lancio del libro di Citati ci portarono invece in Grecia, era un mondo editoriale (e non solo) completamente diverso».

Anche Guglielmone ricorda molte iniziative in questo senso. «Sicuramente tra le cose più efficaci che ho visto fare ci sono gli incontri tra le librerie e gli autori mediati dall'editore. Li abbiamo fatti nei luoghi più disparati. Quando nel 2017 abbiamo lanciato l'ultimo Dan Brown, eravamo in un ex clinica psichiatrica a Barcellona, un setting inquietante e meraviglioso, e lì avevamo invitato una serie di librai italiani assieme a tutti i publisher internazionali che hanno partecipato al lancio. Una promozione congiunta con tutti gli editori europei. È stata una serata fuori dall'ordinario».

Più laconico Romano Montroni, che non ama molto queste cose: «Le cene tra agenti e librai per presentare l'autore sono spesso di una noia mortale».

Al di là di queste iniziative, Montroni sottolinea però l'importanza per l'editore di avere un direttore commerciale capace di coltivare un buon rapporto diretto con i librai. Ricorda ad esempio che Roberto Cerati, storico presidente della Einaudi dal 1999 al 2013, anno della sua scomparsa, «era un uomo eccezionale; era stato direttore commerciale della casa editrice prima di assumerne la guida, e per presentare le strenne natalizie chiamava personalmente venti librai selezionati». Inutile dire che le venti telefonate si traducevano in un numero cospicuo di prenotazioni. Conclude Montroni, in leggera polemica con il metodo di presentazione degli agenti: «Vengono mostrate 70/90 schede, il libraio si annoia e se sei il penultimo editore in cartella non ti compra perché ha già comprato prima».

Alla fine del 2022 la casa editrice NN lancia sui social il cosiddetto #Sondaggione, ovvero un questionario rivolto alle librerie per riconsiderare insieme le dinamiche promozionali, intitolato *Promozione e librerie: un 2023 da ripensare insieme*.[4] Aderiscono all'appello 99 punti vendita, evidentemente animati dalla convinzione che alcuni meccanismi di promozione vadano rivisti. Alla domanda sui canali più usati per ricevere informazioni sui libri in uscita, ben il 72,7% degli interpellati indica le mail dell'ufficio commerciale della casa editrice, e solo il 19,2% il lavoro sul campo degli agenti: effetto pandemia, certamente, ma è un dato che fa riflettere, considerando il ruolo centrale dell'editore. Chiaramente questo sondaggio si riferisce a una sola casa editrice, ma le percentuali sono impressionanti, soprattutto alla luce delle risposte alla domanda rispetto ai canali più utili per raccogliere informazioni sui piani editoriali: il 76,2% preferisce le mail dirette dall'editore, contro un 20,4% che continua a preferire i canali della rete promozionale. Questo sondaggio, seppur parziale, sembra insomma dar ragione a Montroni. Sarebbe interessante farlo su scala nazionale ed esteso a tutti gli editori, partendo dagli indipendenti che – con le dovute eccezioni – faticano di più ad avere visibilità in libreria.

L'esperienza di incontro diretto tra editori e librai è stata in un certo senso istituzionalizzata dall'iniziativa che si ripete oggi ogni anno ad Abano Terme grazie a Tribùk, un'associazione culturale fondata nel 2016 da 8 professionisti con diverse esperienze nel mondo dell'editoria italiana: Marco Cassini, Gianluca Catalano, Sandro Ferri, Giorgio Gizzi, Ester Hueting, Simona Olivito, Enrico Quaglia e Piero Rocchi. Nel 2021 Marco Cassini, Giorgio Gizzi e Piero Rocchi sono usciti dall'associazione culturale, e sono entrate a farne parte Martina Perseli ed Emanuela Rapetti. Le regole sono molto ferree, così come sono dettate sul sito web.

> Le giornate di Tribùk sono organizzate con orari precisi: gli editori incontreranno a rotazione librai provenienti da diverse città italiane, di diverse metrature e assortimento, raggruppati per tavoli di lavoro. Gli editori avranno a disposizione circa mezz'ora per ciascun tavolo in cui illustrare ai librai presenti il proprio catalogo, il progetto editoriale, i libri appena usciti o di prossima uscita. Lo scopo di Tribùk è rimettere al centro il libro, favorendo l'incontro diretto tra editori e librai: per questo non si parla di promozione o di aspetti commerciali.

Una sorta di *speed date* dell'editoria e, attenzione a non distrarsi, «durante le sessioni di lavoro i cellulari vanno rigorosamente silenziati». Molti librai affermano di aver ricavato molte informazioni utili dagli incontri diretti con gli editori a Tribùk: «Quando arriva il momento di prenotare ti ricordi di chi a quel libro ci ha lavorato e te ne ha parlato con molto anticipo», assicura Barbara Pieralice.

Quindi è importante il rapporto con gli agenti, certo, ma anche il dialogo costante e diretto con gli editori. «Abbiamo lanciato tantissimi autori grazie agli stimoli e alle informazioni ricevute direttamente da loro. Donato Carrisi fa sempre la prima presentazione romana qui da noi». Francesca Pieralice ha letto il suo romanzo d'esordio (*Il Suggeritore*, Longanesi, 2009) un anno prima della pubblicazione, sollecitata da Stefano Mauri, presidente e amministratore delegato del gruppo GeMS, che le anticipò di avere in programma un giallo strepitoso. «Ricevetti un ciclostile, me lo portai in Sardegna in estate prima ancora della presentazione della rete vendita che ci fu a gennaio». Al primo incontro con il pubblico presso la Nuova Europa «questo sconosciuto» vendette 100 copie e poi molte di più nei mesi a seguire. «I libri ti devono piacere per promuoverli al meglio con i tuoi clienti. Ma se un titolo vola, lo fa ovunque, non solo da noi. Tu puoi iniziare per primo ma poi si creano delle alchimie che fanno sì che decolli». Ci sono stati anche volumi su cui gli editori puntavano molto che poi non sono andati bene.

A volte la competenza e la sensibilità di un libraio possono aiutare la vita di un libro, a prescindere da un incontro pubblico. Grazie all'intuizione di una collaboratrice, Barbara legge in anteprima nell'estate 2009 *Acciaio* di Silvia Avallone, che era ancora in lavorazione per Rizzoli. Barbara lo divora foglio dopo foglio nel corso di un'estate. Quando il libro uscì, nel gennaio successivo, «suggerimmo a Michele Rossi – che era l'editor di Silvia Avallone – di presentarlo allo Strega». Avallone arrivò seconda dietro Antonio Pennacchi, con solo quattro voti di differenza. «Fu lo Strega più bello in assoluto, Pennacchi e Avallone vendevano sempre in coppia, avevamo fatto la vetrina con due fiocchi come se fossero a tutti gli effetti due vincitori». Lo conferma anche Stefano Petrocchi, direttore della Fondazione Bellonci che ogni anno organizza il riconoscimento più ambito in Italia: «Avallone concluse l'anno 2010 vendendo più copie di Pennacchi. L'effetto di moltiplicazione all'inizio è stato più alto per lei che per Pennacchi, anche se fu ingente per entrambi. Poi nei primi mesi dell'anno successivo *Canale Mussolini* ha superato *Acciaio*». La soddisfazione e la gratitudine di Michele Rossi sono talmente alte che quando uscì il film tratto da *Acciao* e ci fu la presentazione al Teatro Eliseo di Roma lui disse pubblicamente: «In sala ci sono due persone che hanno letto il libro prima e che mi hanno convinto a portarlo allo Strega».

A rafforzare il concetto del legame speciale tra editore e libraio anche il punto di vista di Giuseppe Laterza, secondo cui «il rapporto con i librai è fondato sulla convinzione di un interesse comune, non solo nella vendita immediata ma anche nella vendita e nella diffusione della cultura nel lungo periodo».

Che questo patto di fiducia sia fondamentale lo conferma ancora Romano Montroni con qualche esempio pratico legato al suo passato. Agli inizi della sua attività editoriale, Nicola Crocetti, che pubblicava un periodico mensile, «Poesia», passò all'elaborazione di una collana di libri, ma – piccolo dettaglio – non aveva un distributore. La distribuzione nelle edicole e quella libraria seguono canali differenti, e muoversi su entrambi rischiava di essere troppo costoso. «Crocetti di recente mi ha raccontato un episodio che non ricordavo più» confida Montroni. «Lui andava in giro con buste piene dei suoi libri per farli vedere alle librerie. Un pomeriggio, alla Feltrinelli di via Manzoni a Milano, arrivò con le sue buste, ma il direttore non gli diede corda, anzi: gli dava le spalle, perché stava parlando con me». Montroni se ne accorse e gli chiese di cosa avesse bisogno: «Vorrei farvi vedere questi libri, mi disse. Vidi due o tre volumi e dissi, bene, tredici copie per titolo! Secondo Crocetti da quel momento in poi sono stato la sua fortuna e la sua gloria. Avevo scavalcato i pregiudizi di una libreria importante come era allora quella di via Manzoni a Milano». Oggi Crocetti è l'editore di riferimento per la poesia in Italia, e – *en passant* – l'editore del primo libro di poesie curato da Jovanotti, che nel momento in cui scriviamo ha leggiadramente superato le 100.000 copie.

Come per Crocetti, anche per Vanni Scheiwiller Montroni ha agito come una sorta di fata madrina delle librerie di catena. Una delle caratteristiche delle prime Feltrinelli era infatti di offrire visibilità ai piccoli e medi editori che producevano libri di qualità. «Scheiwiller era un uomo geniale, anche lui andava in giro per l'Italia con le borse per far vedere i libri, tutti titoli intelligentissimi. Alla fine aveva 50 librerie che lo vendevano». Stessa storia con Sellerio. Nei primi anni Ottanta, Elvira Sellerio invita Montroni a Palermo, a Villa Igiea: un incontro importante con una editrice fantastica. «Allora avevamo 30 librerie e le riempimmo con i titoli Sellerio. Elvira mi ha sempre riconosciuto questo merito». Non a caso, è a lei che propone per prima *Libraio per caso*, la sua autobiografia (Marsilio, 2020). Poi un ripensamento, l'idea che fosse meglio eliminare – per diplomazia – alcuni riferimenti espliciti alla Feltrinelli: «Ritirai il testo per correggerlo e lei si arrabbiò moltissimo, disse che avevamo perso il treno».

Nel 2022 La nave di Teseo ha pubblicato il primo romanzo del cantautore Ermal Meta (*Domani e per sempre*). Elisabetta Sgarbi, la direttrice editoriale, voleva presentarlo nella prestigiosa Sala Borsa di Bologna dove oggi Montroni cura un calendario di eventi per conto di Coop.Alleanza. Ma lui non lo conosceva, neanche come cantante. Lei insistette, «ti assicuro che è un libro bellissimo, fidati di me». Ed ecco che «all'evento si sono presentati 1200 giovani. I 600 che non sono potuti entrare sono rimasti in fila fuori tutti con il libro in mano, avevano letto con attenzione e sottolineato, adolescenti di 15-17 anni. Meta ha firmato copie per tre ore e mezzo, l'ho assistito io e poi mi sono divertito a chiacchierare con i ragazzi, erano praticamente tutti lettori abituali. Mi ha fatto impressione, 600 giovanissimi: l'80% con il libro in mano».

Ecco cosa può succedere, quando libraio e editore si fidano l'uno dell'altro.

Dal pdf al bancale, verso la libreria

Mentre i librai vengono ampiamente resi edotti delle novità e provvedono a prenotare, il lavoro in casa editrice procede. Il libro viene chiuso, il pdf definitivo ottiene il *visto si stampi* dal responsabile di produzione e va dritto allo stampatore. Si avvia la fase di prestampa, si producono le cianografiche, ovvero una prima prova di stampa non rilegata, che vengono inviate alla casa editrice per l'ultimo giro di controllo e approvazione, e a quel punto partirà la stampa vera e propria nella tiratura richiesta che oggi coincide quasi sempre solo con il prenotato.

Seguiranno l'allestimento in legatoria, luogo dove il libro assume la forma con cui arriva a noi, e la composizione dei bancali, che caricati sui camion partono diretti ai magazzini degli editori o dei distributori: il primo vero viaggio fisico del libro avviene sul muletto delle legatorie. È da questo momento che entra in gioco il ruolo cruciale della distribuzione e della logistica, ampiamente preparato da una capillare attività di promozione. Al di là dei grandi gruppi editoriali che hanno anche una distribuzione interna (di pari passo con la promozione «diretta» quindi interna), la maggior parte delle case editrici indipendenti si affida a un sistema indiretto, con un distributore terzo (gli stessi che abbiamo citato a proposito della promozione indiretta, e quindi PDE, A.L.I. e Promedi, per citarne alcuni). Promozione e distribuzione sono due processi indissolubilmente collegati. Queste società hanno il compito della movimentazione dei libri, dal primo rifornimento per rispondere alle prenotazioni dei librai, ai riordini, alle ristampe (per cui spesso bisogna essere molto veloci a farle arrivare) fino alla gestione delle rese. Il distributore inoltre tiene conto dei dati di giacenza e di vendita e in alcuni casi può anche offrire il servizio di magazzino editoriale, mantenendo in giacenza tutta la produzione dell'editore e rifornendo direttamente le librerie. Sappiamo che per un editore il costo del magazzino, fra affitto e personale, è altissimo.

Il quadro societario dei grandi gruppi è chiarito ancora una volta da Elena Ranfa nel 2020:

> La principale azienda di distribuzione che opera sul mercato italiano è Messaggerie Libri, che distribuisce oltre 600 marchi editoriali raggiungendo circa 4000 punti vendita tra librerie e cartolibrerie. Colosso indiscusso del settore, Messaggerie Libri ha tra i suoi clienti circa 20 reti promozionali di vendita e varie tipologie di editori, dalle caratteristiche e dimensioni più varie, e copre circa il 40% del mercato. Il secondo distributore per importanza è Mondadori Distribuzione Libri che, oltre agli editori del gruppo, distribuisce più di 10 editori terzi; poi abbiamo Giunti distribuzione e A.L.I.–Agenzia Libraria International che distribuisce gli editori promossi dalla propria rete vendita e marchi di altre reti, per un totale di circa 150 tra piccoli e medi editori.

> Infine, tra le società che operano a livello nazionale nella distribuzione libraria ricordiamo CDA (Consorzio Distributori Associati) che, con sede in provincia di Bologna, conta 10 filiali che si appoggiano a distributori locali, e distribuisce circa 300 editori di piccole dimensioni».[5]

L'indagine di Ranfa sottolinea come «oltre la metà del mercato è occupato da Ceva Logistics che serve, tra gli altri, Messaggerie e Mondadori».[6]

Di Ceva si è letto molto negli ultimi anni per alcune vicende legate allo sfruttamento dei lavoratori. La società gestisce la Città del Libro di Stradella (PV), ovvero il più grande magazzino di libri in Italia, che si è più volte fermato per gli scioperi e le proteste dei lavoratori causando ritardi nell'approvvigionamento dei libri e perdite per editori, librai e distributori. Proprio un'importante agitazione sindacale all'inizio del 2019 porta per la prima volta alla ribalta il tema dell'importanza cruciale di questa fase nella vita del libro e di questo comparto professionale. Lo racconta bene Beppe Cottafavi sul «Domani»,[7] quando spiega perché a luglio 2021, nonostante l'ormai consueta grande attesa per il nuovo romanzo di Antonio Manzini con protagonista Rocco Schiavone, una serie da classifica sicura, il libro è fermo in posizione 36. La causa di questa impasse, i disordini che da dieci giorni animano la sede della Città del Libro: «Questi dieci giorni ne costeranno il doppio, una ventina, per normalizzare la filiera del libro, rimbalzando sulle uscite, la loro distribuzione nelle librerie. [...] La lettura ha a che fare non solo con questioni soft come quelle culturali e di gusto ma anche con quelle hard della logistica e dei diritti dei lavoratori».

E se salta questo anello fondamentale della catena, l'intero meccanismo si ferma.

Rispetto ai guadagni, ripetiamo che generalmente il distributore trattiene tra il 40 e il 50% del costo del libro, che è una percentuale ingente. Anche per questo motivo alcuni editori scelgono di gestire direttamente i rapporti con le librerie e di far arrivare i propri volumi sugli scaffali senza alcuna intermediazione esterna. Se abbiamo visto che il libraio ottiene dai promotori uno sconto, in caso di distribuzione diretta con la casa editrice si possono aprire due possibilità: il conto deposito, che è il più vantaggioso per i librai, poiché permette loro di pagare solo i libri che riescono effettivamente a vendere, e il conto assoluto, quando la libreria paga tutti i libri che arrivano in negozio (avvalendosi poi della possibilità di resa).

Una terza possibilità che il libraio ha è quella di rivolgersi ai grossisti, ovvero magazzini che acquistano un grande numero di libri e da cui può acquistare a propria scelta (senza la pressione che i promotori esercitano, per conto degli editori, sulle novità). Questa opzione comporta uno sconto minore, tempi di pagamento rapidi ma, soprattutto, nessun diritto di resa.

Fa così da molti anni la Libreria Brac a Firenze, specializzata in volumi d'arte e illustrati. I gestori, Melisa Di Nardo e Sacha Sandri Olmo, sono attenti nella selezione di libri da acquistare e a conservarne una copia nel tempo. Questo permette loro di disporre di volumi fuori catalogo, preziosi e rari che rimettono in vendita a prezzi vantaggiosi. Questione di scelte commerciali, gusto personale, capacità di individuare nicchie di mercato e, attenzione, questione di spazio. La Libreria Brac nel tempo si è ingrandita, per dare la massima valorizzazione a questi volumi rari e continuare a promuoverne la vendita ma al contempo per permettere la costante esposizione delle novità.

La vita del libro quindi parte dai magazzini. Per comprendere la complessità e la delicatezza del processo di distribuzione sin dalla sua impostazione è illuminante il racconto fatto dal

«Post» della logistica della prima eccezionale tiratura di *Tre* della scrittrice francese Valérie Perrin pubblicato da e/o nel 2021.

> Quanti libri ci stanno su un bancale? E quanti bancali ci stanno su un camion? E quanti camion carichi di libri possono essere scaricati in un solo giorno in un magazzino? Le risposte a queste domande sono molto importanti quando si devono fare arrivare nelle librerie di tutta Italia 230 mila copie di un libro da 624 pagine: un'impresa logistica che solo in rari casi le case editrici si trovano ad affrontare.[8]

In generale, una prima tiratura è di qualche migliaio di copie; anche quando l'autore è di successo, raramente arriva a più di qualche decina di migliaia di copie. La casa editrice e/o è distribuita da A.L.I. ma alla programmazione dello smistamento del libro in questione ha contribuito in maniera fondamentale il direttore commerciale Gianluca Catalano. Grazie a un'attenta organizzazione si prevedono ben tre tipografie «per accelerare i tempi e per prudenza», si affitta un magazzino in più solo per *Tre*, e si disegna una nuova scatola di dimensioni personalizzate per un libro così spesso, in modo da ottimizzare lo spazio e riuscire a ridurre da 15 a 11 il numero dei bilici da impiegare. Tutto questo perché dopo il grande successo del precedente *Cambiare l'acqua ai fiori*, 500.000 copie vendute in due anni, le prenotazioni dei librai sono addirittura più alte di quelle della *Vita bugiarda degli adulti*, il pur attesissimo romanzo di Elena Ferrante dopo la conclusione della quadrilogia dell'*Amica geniale*: quasi tutte le librerie ne avevano ordinate almeno 20 copie. Non mettere a disposizione il numero necessario di volumi avrebbe significato un buco nelle vendite che, viste le prenotazioni, erano già annunciate.

Rispediti al mittente: il reso e il macero

I librai prenotano, gli editori mandano in stampa, le società preposte distribuiscono, i libri arrivano in libreria, alcuni si vendono, altri no. Saltando per un momento la fase cruciale del passaggio in libreria di cui ci occuperemo ampiamente nel prossimo capitolo, proponiamo ora una riflessione sui volumi che non si vendono per concludere il discorso sulle attività svolte dalle società di distribuzione.

Dopo un po' gli invenduti diventano abusivi che occupano «indebitamente» lo spazio che si deve fare per le novità su cui si punta di più. Il ciclo di vita di un volume fa ormai parte di un processo spietato, dove se non vendi devi essere espulso. A causa del numero vertiginoso di novità in uscita, la vita media di un libro è diventata molto breve, quando non si vende ovviamente. Che fine fanno i libri che non si vendono? Sono i cosiddetti «bollini gialli» di cui parla Antonio Franchini nel suo esilarante quanto illuminante racconto *Memorie di un venditore di libri*, confluito nella raccolta *Leggere possedere vendere bruciare* (Marsilio, 2022).[9] Le memorie in questione riguardano una convention con la rete vendita organizzata da un non precisato editore a Vienna. Gli stereotipi di questo tipo di iniziative ci sono tutti: una location futuristica, cene e tour turistici della città, oltre a una certa veemenza nelle proposte. Viene presentato un nuovo poeta, così commentato da uno dei venditori:

> «Nu poeta? E addo' sta?» disse schioccando le labbra. I dipendenti spinsero avanti il giovane, sghignazzando: «Eccolo qua! Si chiama Nicola Cattabiani, è l'autore della raccolta *La dissimulazione del decoro*. Quante copie se ne venderanno, dite!»
> «Quanti copie? Ma chisto è nu 'bollino giallo', direttamente!»

«Un bollino giallo? E che cos'è un bollino giallo?»
«Sono i libri che, appena escono dalla tipografia, noi diciamo che è come se avessero sopra un bollino giallo con su scritto 'vado e torno', cioè esco dal magazzino delle novità e vado a finire subito in quello delle rese» precisò un altro venditore.
«Bollino giallo! Bollino giallo!» esultarono gli amici all'indirizzo del poeta.[10]

Abbiamo chiesto proprio a Franchini allora perché sempre più spesso gli editori, soprattutto i più grandi, pubblichino libri che sanno già essere in partenza da «bollino giallo». Al di là della necessità di immettere sempre nuovi titoli sul mercato per far fatturato, per il meccanismo di velocità di cui abbiamo parlato. Franchini prende tempo, sorridendo sarcastico. «Rispondo con un aneddoto che spiega meglio di qualunque altro l'essenza di un lavoro editoriale di una casa editrice di mercato. Chiaramente questa riflessione non vale per un editore indipendente come Adelphi, ma potrebbe valere per Mondadori, Rizzoli, Garzanti e altri. La spiego in romanesco. Immaginate un editore che presenta il proprio catalogo e, sfogliandolo, di un titolo dice 'questo l'amo fatto perché vende, anche questo l'amo fatto perché vende, questo l'amo fatto perché vende... questo l'amo fatto... questo nun so perché l'amo fatto'. Sembra una stupidaggine ma in realtà è un vero e proprio apologo zen ed è assai più profondo di quello che sembra. L'editore conosce il motivo della scelta nel momento in cui la fa ma sicuramente già un anno dopo è difficile che si ricordi perché ha scelto di pubblicare».

Franchini chiarisce che normalmente, tra l'acquisizione e la pubblicazione di un libro, possono passare da pochi mesi a più di un anno, e non sempre si tiene traccia dei motivi che hanno portato all'acquisizione.

Così Guglielmone: «È vero che esistono libri da bollino rosso più che giallo ma è vero anche che l'industria in cui lavoriamo è una delle poche dove la sorpresa è dietro l'angolo e avere delle certezze è pericoloso. *Colpa delle stelle* di John Green fu acquistato da Beatrice Masini e pubblicato nel 2012 da Rizzoli e uscì con una tiratura di 2000 copie, ma poi ne ha vendute milioni in giro per il mondo. Quindi è vero e non è vero che la rete ha sempre quest'occhio critico, da bollino rosso. Poi sarei ipocrita se dicessi che non ci sono alcuni libri dei quali diciamo ok, questo l'abbiamo fatto, bene, ma insomma – sappiamo che avranno un certo tipo di storia».

È un meccanismo che ci spiega bene anche Paolo Di Stefano: «Tra gli 80.000 nuovi titoli l'anno ci sono libri belli e ottimi. Ma 80.000 non sono solo molti, sono una valanga: è inevitabile che tanti rimangano invisibili e invenduti, e non è detto che siano i peggiori. Gli editori pubblicano ben sapendo che le possibilità di riuscita sono minime. Lavoro tra i libri da quasi quarant'anni e da quarant'anni almeno gli esperti parlano del meccanismo della resa, tipico del mercato italiano, come di un meccanismo perverso che non funziona, ma nessuno si è mai preoccupato di intervenire per abolirlo o almeno correggerlo». Questo crea una sorta di coazione a ripetere. «Il risultato è che l'editore è spinto a pubblicare sempre di più per mantenere il fatturato inalterato anche quando calano le vendite. E si tratta anche di occupare in libreria gli spazi più visibili con il massimo di copertine. Dunque, si va per tentativi: più si pubblica più cresce la speranza di azzeccare il bestseller. Tra tanti titoli finisce che almeno uno lo azzecchi, e il successo imprevisto e non calcolato in questi ultimi anni, soprattutto nella narrativa, è un fenomeno crescente: da Giordano a Saviano ad Auci, nessuno avrebbe mai scommesso troppo sulle loro vendite. Certo, è sempre stato un po' così (vedi il clamoroso caso

Eco, scoppiato tra le mani della Bompiani nel 1980), ma oggi questa tendenza paradossalmente è diventata un'abitudine e una speranza, come una febbre permanente. Certi generi, come sempre, hanno più possibilità di imporsi: dagli anni Novanta, soprattutto con il fenomeno Camilleri, tirano anche in Italia il giallo e il noir americaneggiante (che ha acquisito prestigio con la collana Stile Libero Einaudi). Inoltre, visto il pubblico sempre più femminile, l'autrice rispetto all'autore ha maggiore gradimento».

Nonostante siano i principali responsabili di questa tendenza alla iperproduzione, le giacenze sono un problema proprio per gli editori stessi che devono pagare l'uso e la gestione che dei propri titoli fanno i magazzini dei distributori: anche loro devono fare spazio alle novità. Prendiamo il panico che ci viene dal dover riordinare i libri in seconda fila sulla libreria in salotto, e moltiplichiamolo all'ennesima potenza. E senza scomodare antecedenti storici dall'aura sinistra, William Blades, che nel suo testo sacro *I nemici dei libri* (stampato con enorme successo alla fine dell'Ottocento), non guardava al fuoco come al male assoluto: «Se non fosse stato per i 'fuochi purificatori' che ci hanno liberato da montagne di immondizia, sarebbe stato necessario adottare delle drastiche misure di smaltimento per penuria di spazio in cui depositare così tanti volumi».[11] Lo stesso Franchini scrive di essere affascinato dagli autori che avrebbero voluto bruciare i propri libri.

L'extrema ratio per togliersi questi costi è una morte meno bruciante: il macero. Secondo il mito, gli Spartani gettavano i bambini disabili e deformi giù dal monte Taigeto. Gli editori mandano a morire al macero non solo i libri venuti male (con errori importanti di stampa) o che devono essere ritirati dal mercato a volte anche per motivi legali (un plagio, una causa per diffamazione, la vergogna social come nel caso della biografia di Philip Roth firmata da Blake Bailey), ma anche quelli che non vendono, a loro modo «difettosi».

Sulla pagina Facebook della casa editrice DeriveApprodi è riportato un editoriale di Lanfranco Caminiti che si chiede, con un fondo di malinconia: «Chissà cosa pensano i libri quando arrivano al macero. Chissà cosa pensano di noi, che li mandiamo al macero, i libri». Gli fa idealmente eco Luigi Contu, direttore dell'ANSA e autore del romanzo *I libri si sentono soli* (La nave di Teseo, 2022): il titolo è una frase che gli disse suo padre poco prima di morire, invitandolo a occuparsi della enorme biblioteca che gli stava lasciando in eredità, spingendolo a chiedersi se i libri provino dei sentimenti.

Se da una parte è impossibile non umanizzare i fiumi di carta e parole stampate a cui si cerca di dare identità, risonanza, finanche relazioni, il tema della bibliomania è stato distillato dallo scrittore ceco Bohumil Hrabal in un romanzo meraviglioso e poetico: *Una solitudine troppo rumorosa.*[12] «Da trentacinque anni lavoro alla carta vecchia ed è la mia love story. Da trentacinque anni presso carta vecchia e libri». Così ogni sera, da trentacinque anni, il protagonista di Hrabal seleziona i libri da portarsi a casa, da salvare e leggere. «I dorsi dei libri civettavano con me, ma io mi difendevo e mi ripetevo di continuo, tu non devi, non devi guardare un solo libro, tu devi essere freddo come un boia coreano». E come tutte le passioni smodate, il rapporto è di amore e odio, quella peculiare sindrome di Stoccolma di chi lavora con pagine scritte: «Io so come dovevano essere più belli i tempi in cui tutto il pensiero era iscritto solo nella memoria umana, quella volta se qualcuno avesse voluto pressare i libri avrebbe dovuto pressare teste umane, ma anche questo non sarebbe servito a nulla perché i pensieri veri provengono da fuori».[13]

Il purgatorio dei libri, ovvero, nelle parole del giornalista Marco Cicala, il «magazzino dei libri perduti»,[14] è l'enorme capannone di Opportunity, del gruppo Messaggerie, e si trova a Sant'Arcangelo di Romagna, in via del Progresso 21. Dentro ci sono ammassi di copie, 50.000 titoli che transitano ogni anno in attesa di giudizio. Alcuni andranno al macero, altri saranno venduti (anche molto bene) dai *remainders*. Al macero i libri possono finire anche se non sono mai arrivati in libreria (o se ci si sono affacciati per pochissimo). È successo nel 2020 all'allora ministro della Sanità Roberto Speranza per il quale Feltrinelli aveva in previsione l'uscita di *Perché guariremo. Dai giorni più duri a una nuova idea di salute*, una sorta di lungo manifesto autocelebrativo per quella che si prevedeva, sbagliando, sarebbe stata la rinascita del paese post-pandemia. Subito dopo l'estate però i contagi ebbero un'eccezionale impennata, e nell'ottobre 2020 il libro di Speranza finisce al macero: era sbagliato e fuori luogo ma soprattutto, dicono i più informati, conteneva anche una sorta di ingenua «confessione» rispetto a un piano pandemico di Stato mai aggiornato. Accade però, come è prevedibile, che prima del macero qualcuno sia riuscito a intercettare qualche copia, fra stockisti e *remainders* esperti e con grande fiuto per l'affare, o anche singole persone che hanno colto l'attimo: oggi una copia di *Perché guariremo* su eBay può costare anche diverse centinaia di euro.

Publish or perish. *Iperproduzione e crisi della carta*

Qualcuno invece, pur essendo caduto in errore, ha preferito evitare il macero per «salvare 850 kg di carta» avvisando e scusandosi apertamente con i lettori con un adesivo incollato sulla copertina. Stiamo parlando della casa editrice Ediciclo, che a fine ottobre 2022 si accorge di un errore nel libro *Dell'andare in montagna e altre amabili ascensioni. Antologia per escursioni-*

sti e sognatori (curato da Francesca Cosi e Alessandra Repossi), previsto come strenna natalizia: era rimasto un lungo stralcio «della precedente antologia sulla bicicletta».

Al momento dell'uscita infatti l'editoria si trovava a fronteggiare già da qualche mese una considerevole crisi della carta dovuta alla scarsità della materia prima e alla difficoltà di importazione con relativa impennata dei prezzi (in media dell'80% nel periodo 2021/2022). Effetti a cascata dei disordini globali, con conseguenti danni produttivi: uscite importanti slittate, ristampe rimandate. Ma l'iperproduzione incide non poco sulle necessità di approvvigionamento.

Goffredo Fofi, critico e grande animatore culturale, ha ragionato su questo tema sulle pagine di «Avvenire» in un articolo del 10 febbraio 2017 che sin dal titolo poneva una riflessione importante: *Sempre più libri in giro. Ma è davvero cultura?*[15] Dice Fofi: «Una produzione senza un conseguente consumo è un'assurdità tipica del capitalismo, ma in passato non riguardava la merce libro e oggi invece sì». Oggi «gli editori hanno l'obbligo del fatturato, specialmente i grandi e medi, e non si sentono affatto responsabili della qualità della merce che sfornano, l'importante è che, sia pur per brevissimo tempo, circolino sugli scaffali e sui tavoli delle librerie più titoli possibili, e se poi raggiungono qualche lettore oppure no è un fatto secondario». Fatturato significa anche semplicemente il flusso di denaro che deriva dall'immissione rapida e costante di nuovi titoli sfornati a ripetizione sul mercato: se poi non si venderanno, come abbiamo visto, c'è sempre il purgatorio dei libri. È un sistema che in America chiamano *publish or perish*, pubblica o muori, e che Sandro Ferri, in un articolo di Loredana Lipperini del 2011 ma straordinariamente attuale, definisce «capitalismo da straccioni».[16] Il tema è stato poi ripreso più volte anche da Bruno Ventavoli, che da giornalista culturale si lamenta di non avere il tempo per leggere tutti i libri che gli arrivano dagli uffici stampa, semplicemente perché sono troppi. «Il turn over delle novità è sì alto che la vita media di un libro si riduce a un amen. Al massimo a un prece funebre. [...] A meno che non sia best-seller, in poco tempo imbocca la via dei resi. Torna al mittente, nei bui magazzini, come nella solitudine troppo rumorosa di Hrabal, ad aspettare il macero».[17] Nonostante i ripetuti appelli agli editori, e il fermo imposto parzialmente dal lockdown del 2020, si è passati dai 60.000 titoli l'anno dei primi anni Dieci agli attuali 80.000 abbondanti.

La velocità della vita di un libro è molto evidente in alcuni settori specifici come quello della scolastica. A settembre 2022, le cronache romane pubblicavano le foto dei volumi buttati dentro e fuori dai cassonetti a Trastevere: se qualche decennio fa era normale passarsi i libri di testo di fratello in sorella, oggi un volume per le superiori non sopravvive a un anno scolastico, e non ha più mercato neanche nel circuito dell'usato.

Per restare in una parentesi dedicata ai bei tempi andati, fino agli anni Novanta si selezionava di più. Cosa accomuna Andrea Camilleri, Mario Puzo, Susanna Tamaro, Antonio Pennacchi, Federico Moccia, Mauro Corona? Ebbene, tutti ricevettero degli importanti «no» prima di trovare poi la strada della pubblicazione. Il gran rifiuto era la prassi, e ha toccato libri che poi hanno avuto invece vite lunghe e felici.[18] Scavallati gli anni Duemila, un cambio percettibile nel paesaggio editoriale arriva con il self publishing e con una massa di titoli seriali e fungibili che ottengono risultati di vendita anche molto alti ma per periodi di tempo assai più brevi.[19] Insomma, molto è cambiato negli ultimi vent'anni. Antonio Franchini spiega che i successi di un tempo si sedimentavano arrivando fino ai giorni nostri e individua nei primi anni Duemila un momento spartiacque. Fa l'esempio di Antonio Pennacchi con *Canale Mussolini*. Vincitore del Premio Strega nel 2010, il romanzo storico racconta l'epica della bonifica delle paludi pontine. Si tratta di un romanzo importante, ma può essere considerato uno degli esempi più emblematici di un tipo di libro che, se fosse uscito cinquanta anni prima, sarebbe entrato nell'immaginario collettivo dei lettori e del paese per rimanervi molto più a lungo di quanto non abbia fatto uscendo in quest'epoca.

Tra il rischio del macero e quello della vendita a stock può anche capitare, come è successo ad Aldo Busi con *El especialista de Barcelona*, di trovarsi esposti come libro arredo a Mondo Convenienza – non in un punto vendita: in *tutti* i punti vendita – diverse copie all'occorrenza rivestite di copertine finte, una specie di piccolo esercito di Busi nascosto e inquietante. Il libro ebbe una storia editoriale complicata, arrivò decimo allo Strega con soli 18 voti nel 2013, l'anno dell'affermazione di Walter Siti con *Resistere non serve a niente*. Da lì iniziarono le rese, gli spostamenti nei vari magazzini fino alla vendita imponente agli stockisti, e all'esito fatale. Stefano Ciavatta, che ha ricostruito questa storia che ha un fondo di mistero, scrive: «Quello che le madie con le finiture in ossido e cemento non sanno è che questo libro sul mercato editoriale all'epoca valeva 200.000 euro d'ingaggio»: tanto poteva rivendicare Busi come anticipo.[20]

Abbiamo intravisto fin qui l'ardua strada che porta i libri dalla tipografia alla legatoria, ai magazzini dei centri di distribuzione. Accingiamoci ora a esaminare più da vicino la parte più vitale e condivisa della vita di un libro: l'arrivo in libreria.

Capitolo quarto

La libreria

Un luogo magico (per vendere)

Nell'immaginario comune è tra i posti magici e romantici per eccellenza, al centro di molte storie cinematografiche che ci fanno sognare da anni, da *Notting Hill* (1999) a *Harry ti presento Sally* (1998), da *C'è posta per te* (1998) a *Se mi lasci ti cancello* (2004), per tacere di classici come *Manhattan* (1979). Fra dorsi e copertine ci si nasconde e ci si svela, in uno spazio protetto e singolarmente adatto agli incontri casuali.

Ma, poiché è ormai chiaro che non siamo qui per indulgere in romanticherie assortite, la libreria è, prima di tutto, il posto deputato alla vendita, dove confluiscono gli sforzi degli editori con il significativo apporto, come abbiamo visto, di promotori e distributori. Se nel corso degli ultimi decenni l'estensione della vendita dei libri a canali extra, come la grande distribuzione, gli autogrill, le edicole e l'esplosione del commercio online, ha parzialmente minato la sua esclusività, le quattro mura con banconi e scaffali espositivi simboleggiano il cuore pulsante della diffusione del libro da quasi tre secoli. Certo, l'ampliamento dei canali che – con le dovute eccezioni – non è mai stato percepito come un problema da editori e scrittori, per i librai è invece un peso e una minaccia. Fatta eccezione solo forse per il progetto lanciato alla fine del 2022 *Hungry for culture* che ha visto distribuire i libri nei banchi frigo dei supermercati Bennet, imballati con lo stesso polistirolo di verdure e carne, al fine di riportare la lettura al centro dei bisogni quotidiani, proprio come il cibo fresco. E creare nuovi lettori fa bene anche ai librai. Il libro come bene di prima necessità. Come stabilito anche dal decreto legge del 17 aprile 2020 che dispose la riapertura delle librerie a seguito della chiusura imposta dal primo lock down per contenere la diffusione del Covid-19.

La più antica libreria del mondo data al 1732, ed è la Livraria Bertrand, attualmente operativa al numero 73 di Rua Garrett nel quartiere Chiado a Lisbona: il negozio originario si è sviluppato e oggi è la testa di una catena di librerie attiva in Portogallo con 59 negozi sul territorio nazionale. La più grande invece si chiama Strand, 95 anni di attività dall'originaria sede al Greenwich Village, New York. La famiglia Bass, da due generazioni saldamente alla guida del *business* che oggi conta 4 punti vendita a Manhattan, sostiene di avere in esposizione «18 miglia quadrate di libri» – quasi trenta chilometri – e organizza abbastanza attività da essere considerata «un baluardo non solo del libro cartaceo, ma della lettura, della riflessione, della conversazione colta».[1]

In tema di dimensioni, fino alla fine del 2021 anche il primato per spazi ridotti andava ancora una volta a Lisbona – non c'è da stupirsene, visto che la città portoghese è quella con il maggior numero di librerie al mondo: la Livraria do Simão si estende su una superficie di soli 4 metri quadrati, e può entrarci una persona alla volta. Un primato scomodo è pur sempre un primato, e l'idea non sfugge a Maddalena Fossombroni e Pietro Torrigiani, già librai di Todo Modo con tre punti vendita a Firenze, fondatori nel 2022 della fiera Testo, che il 4 dicembre 2021 inaugurano quella che ora è la libreria più piccola del mondo all'interno della Manifattura Tabacchi nel capoluogo toscano, ovvero The Lift, un vecchio montacarichi con portelloni apribili di soli 2,5 metri quadri. L'iniziativa è una scelta di marketing precisa, per esporre e vendere i titoli di Humboldt Books, editore di nicchia specializzato in volumi di viaggio.

La Livraria do Simão, dal canto suo, ha una storia che un po' ci riguarda. Fondata dall'enologo e professore di chimica Simão Carneiro, grande appassionato di letteratura e di Umberto Saba, il suo nome originario era Trieste: un omaggio non solo al poeta Saba, ma anche al libraio Saba, che aveva gestito per più di 35 anni una piccola libreria che era il punto di incontro dell'intelligencija mitteleuropea del primo Novecento. 35 anni di attività nati da un'iniziale repulsione per il posto, come il poeta stesso racconta: «Passando una mattina del 1919 per Via San Nicolò, vidi, o notai per la prima volta quell'antro oscuro. Pensai: 'Se il mio destino fosse di passare là dentro la mia vita, quale tristezza'. Era – senza che io allora lo sapessi – un monito o un presagio. Pochi giorni dopo infatti l'acquistai dal suo vecchio proprietario, Giuseppe Mayländer. L'acquistai con l'intenzione di buttare nell'Adriatico tutti quei vecchi libri che conteneva, e rivenderla vuota a un prezzo maggiore».[2] Il destino decise diversamente. Nella sua libreria Saba aveva un valido aiutante nella figura di Carlo Cerne, commesso (e padre di Mario, attuale proprietario): «Era lui a intrattenere i clienti – definiti da Saba 'strani clienti' – sentire le sue esigenze e servirli. E per tutto il periodo in cui Saba dovette nascondersi per sfuggire alla persecuzione degli ebrei, anche fungere da proprietario».[3]

Questa precisazione ci sia di monito. L'atmosfera, l'ambiente, l'assortimento, l'esposizione, tutto va bene: ma la libreria è al 90% fatta dal libraio.

Indipendenti, di catena o di franchising

Saba dovette accorgersene poco dopo aver rilevato la libreria di Mayländer: i negozi non sono tutti uguali, compresi i «negozi di libri», che oggi si possono classificare secondo diverse tipologie.

Negli ultimi anni si moltiplicano gli appelli in favore delle librerie indipendenti, come quella del poeta triestino che è un caso particolare di «libreria-museo». Proviamo a spiegare che cosa si intende con questa definizione. L'aggettivo in realtà lo suggerisce subito: queste attività non dipendono da nessun gruppo editoriale e non hanno nessuna proprietà esterna al di là dei gestori. Sono società o cooperative fondate da privati che si autogestiscono. Possono ordinare i libri tramite i distributori (con il grosso vantaggio del diritto di resa), e, in assenza di contratti esclusivi, da grossisti, o direttamente dalle case editrici (con accordi personalizzati che possono essere variabili). Secondo l'*Osservatorio sulle librerie* italiane emanato da A.L.I. a novembre 2022, le librerie indipendenti in quel momento in Italia erano 3640, ovvero il 16% delle imprese italiane.

Esistono poi le librerie di catena, ovvero punti vendita affiliati a una proprietà centrale che per la gestione (con un controllo che va dall'arredamento agli ordini e alle rese) dipendono direttamente da tale proprietà.

La più dotata di capitale simbolico – ma non la più diffusa – è la rete Feltrinelli Librerie, a oggi 115 punti vendita su tutto il territorio nazionale. La rete afferisce al Gruppo Feltrinelli, che comprende Giangiacomo Feltrinelli Editore, le sigle editoriali collegate, e dispone di una società di promozione e distribuzione.

C'è inoltre Giunti al Punto, la cui storia comincia nel 1993 ed è oggi tra le più popolose catene italiane, con 260 punti vendita gestiti direttamente da Giunti Editore S.p.A. Il gruppo copre tutta la filiera produttiva attraverso le proprie società controllate, fino alla promozione e commercializzazione: le librerie si distinguono soprattutto per una forte integrazione con la casa editrice madre. Proporzionalmente alla mole del gruppo editoriale di riferimento, le librerie con marchio Mondadori sono più di 500 su tutto il territorio nazionale: un imponente network di vendita, ma, a differenza di Feltrinelli e Giunti, Mondadori propone formule di affiliazioni differenziate, con tre diversi format di negozio. Mondadori Megastore nel caso di ambienti di grandi superfici, con un'offerta di prodotti molto articolata; Mondadori Bookstore per le librerie in gestione diretta o in franchising, diffuse in tutte le principali città italiane; e infine Mondadori Point per le edicole evolute nei centri urbani minori.

A proposito di Mondadori Bookstore abbiamo parlato di gestione diretta: si tratta di una modalità simile a quella di una libreria indipendente, ma con affiliazione alla catena, che può tradursi in un vantaggio nello sfruttamento del marchio come immediata riconoscibilità. L'alternativa alla gestione diretta è il franchising. Qual è la differenza tra l'affiliazione di catena e quella di franchising? Il caso Ubik lo spiega benissimo. Il nome può essere letto come un omaggio al classico di fantascienza di Philip K. Dick, o in senso strettamente etimologico – in latino il termine *ubique* significa «ovunque». Ubik è il *retail* in franchising fondato nel 2008 dalla holding Emmelibri/Gruppo Messaggerie, società che coordina le attività distributive e commerciali nell'ambito librario. Il modello di libreria Ubik si propone di «sviluppare una rete di librerie sul territorio italiano che siano un punto di riferimento di qualità per i lettori»,[4] come recita la presentazione sul sito istituzionale. Si basa quindi su un forte radicamento sul territorio ma, soprattutto, sull'indipendenza del libraio. A differenza dei librai delle catene legate ai grandi gruppi editoriali, i gestori di ognuna delle circa 160 librerie affiliate possono decidere in autonomia assortimento e rese, non ottengono direttive dalla proprietà centrale che funge eventualmente da valido consulente. La creazione di una comunità attorno alla libreria attraverso un calendario di eventi e incontri con gli autori, il forte orientamento al cliente e alla soddisfazione del lettore «forte» rendono le Ubik molto vicine alla gestione di una libreria indipendente. Il vantaggio dell'affiliazione sta anche nel conto vendita e nella veloce reperibilità dei titoli ordinati. Per questi motivi, negli ultimi anni molte librerie indipendenti si sono legate a Ubik. Un esempio è l'Arcadia, nata a Roma nel 1993 e «rinata» a Rovereto nel 2016, affiliata Ubik dal 2017 ma ancora indipendente nell'animo, grazie al suo fondatore, libraio e animatore culturale, Giorgio Gizzi. O ancora la Libreria Cavallotto, attiva a Catania dal 1954 con un piccolo marchio editoriale, la Cavallotto Edizioni, che pubblica testi prevalentemente legati al territorio: vincitrice nel 2007 del Premio nazionale per Librai «Luciano e Silvana Mauri», entrata a far parte di Ubik dal 2016.

Sulla linea di Ubik si muove anche Librerie.coop, la catena progettata e realizzata da Coop Alleanza 3.0 con il significativo apporto di Romano Montroni. Costituita nel 2006, Librerie.coop è un progetto nato per promuovere la cultura attraverso il libro e la lettura, creando luoghi di incontro e contribuendo alla crescita dell'aspetto etico e culturale della comunità sociale: rete attiva con oltre 80 punti vendita, il suo obiettivo principale è da sempre la costruzione di una identità forte in sinergia con i luoghi del *retail* (centri commerciali o centri cittadini). Da Ravenna a Bologna, passando per Imola e Torino, passo dopo passo il marchio mette a segno nel 2008 il progetto Ambasciatori a Bologna, in collaborazione con Eataly: millecinquecento metri quadrati per tre piani, solo libri e gastronomia. Dal 2012 Librerie.coop collabora regolarmente con Oscar Farinetti nell'apertura degli spazi-libreria all'interno delle strutture Eataly.

Come per Ubik, la combinazione di libertà e supporto garantito da questa formula è di grande appeal per le librerie indipendenti per tradizione, e da giugno 2020 la Libreria all'Arco di Reggio Emilia, una delle librerie storiche d'Italia, secondo Isabel Allende «il più bel negozio di libri visto in Italia», è parte di Librerie.coop. Nel centro storico della città, due piani con ampi saloni e arredi di pregio accolgono lettori forti, passanti, curiosi, turisti. Stessa storia per la Nautilus di Mantova, ideatrice e anima del Festivaletteratura, in Librerie.coop dal 2009.

In tema di catene indipendenti, non legate a gruppi editoriali, non bisogna dimenticare l'ormai capillare Libraccio. I quattro soci originari si incontrarono attorno ai mercatini dell'usato scolastico che alla fine degli anni Settanta occupavano il piazzale antistante l'Università Statale di Milano. Nel 1979 l'apertura della prima libreria nella zona dei Navigli con la stessa impostazione di vendita: testi prevalentemente usati scolastici e universitari, esposti nelle cassette della frutta. Ma il giro non tarda ad allargarsi, e una dopo l'altra aprono le sedi di Monza, Genova e via via in tutta Italia. Oggi Libraccio è una holding che possiede oltre 30 negozi di varia, una società di distribuzione, dieci società operative (tra le quali la casa editrice Libraccio Editore), una quota nella società di librerie IBS (che in alcune città portano la denominazione IBS+Libraccio) grazie alla joint venture tra Libraccio e Messaggerie Libri. Anche in questo caso, il format prevede gestione autonoma per i librai e strategie generali decise dal marchio.

Il passaggio dal mercatino dell'usato alla rete di librerie ricorda la storia delle Arion di Marcello Ciccaglioni, marchio che oggi non esiste più. Il sito libreriearion.it, tra info che ancora ricordano le iniziative commerciali come la Arion Card, è stato hackerato da una compagnia di noleggio di auto a basso costo per le vacanze. Ironicamente, le informazioni sulle migliori auto da viaggio coesistono con l'iniziativa «Cambio automatico», che funzionava come una sorta di «soddisfatti o rimborsati» applicato ai libri: le librerie Arion offrivano infatti la possibilità di rendere i volumi acquistati negli ultimi 24 mesi ottenendo un bonus del 25% da spendere in libreria. Anche Ciccaglioni aveva iniziato con un banchetto di libri usati a Roma, in piazza Esedra, all'inizio degli anni Settanta. Prima venne l'apertura di un vero e proprio negozio nel 1974, la Libreria Eritrea; poi, dopo un viaggio negli Stati Uniti, la creazione di un gruppo consortile di librerie romane sul modello Barnes & Noble, fino alla successiva creazione di una holding con oltre 17 negozi di proprietà. Fino alla crisi del 2016, quando il Gruppo Feltrinelli acquisisce le sei Arion romane salvando posti di lavoro – e lettori affezionati.

Guerra alla polvere: «il modello Montroni»

Secondo i dati dell'AIE, nel 2022 «dopo il crollo subito nel 2020, le librerie fisiche continuano la loro ripresa e chiudono l'anno con 889 milioni di euro di vendite, in crescita dell'1% rispetto all'anno precedente. [...] Il primo canale di acquisto per i libri sono le librerie fisiche la cui quota di mercato cresce al 53,2%, segue l'online con il 42,2%, la grande distribuzione si riduce al 4,6%». Enormi locali commerciali o piccoli luoghi di culto, indipendenti, di catena o di franchising: è qui che convergono gli sforzi e gli interessi di editori, autori e librai.

Un negozio come tanti, quindi? Forse era stata questa la prima impressione di Saba, il fatto che vendere libri equivalesse alla stessa consuetudine e schiavitù che può dare un altro qualsiasi tipo di attività commerciale al cliente. Una serranda alzata alla stessa ora tutte le mattine e abbassata alla stessa ora tutte le sere, ordini, stoccaggio, assortimento, incassi, conti deposito, spese fisse. Eppure una differenza c'è, deve esserci un segreto se oggi molte librerie sono luoghi di culto, attrazioni turistiche, centri di aggregazione, presidi culturali e avamposti di cittadinanza. Impossibile scindere i singoli negozi dalle figure che li animano: come abbiamo già detto, una libreria è soprattutto il suo libraio (o i suoi librai). Un luogo fuori dagli schemi per una professione fuori dagli schemi. E questo mestiere, in Italia, è sinonimo di Romano Montroni.

Bolognese DOC, classe 1939, dal 1962 e per oltre quarant'anni ha legato il suo nome alle Librerie Feltrinelli di cui è stato direttore fino al 2000. Dal luglio del 2005, come detto, ha collaborato con le Coop per la realizzazione della catena Librerie.coop. Una chiacchierata con lui ci aiuta a comprendere molte cose sull'importanza del libraio nella vita e diffusione del libro – importanza messa a fuoco da Giangiacomo Feltrinelli per primo.

Dovendo scegliere fra il lavoro in fabbrica e un lavoro da fattorino, l'adolescente Montroni comincia a trasportare libri in bicicletta: poi la promozione a magazziniere, a magazziniere responsabile, fino all'incarico arrivato direttamente da Giangiacomo di seguire i lavori di ristrutturazione della Libreria Feltrinelli di piazza Ravegnana a Bologna, sotto la Torre degli Asinelli, libreria di cui nel 1963 Montroni diventerà direttore, con suo grande stupore. Una scelta di risparmio, certamente, perché la libreria non andava bene e lo stipendio di un direttore esperto sarebbe stato troppo alto. Ma anche di fiducia. E Montroni non si tira indietro di fronte alla responsabilità. «Da ragazzino lavoravo alla Libreria Rizzoli di via Rizzoli: aveva 17 vetrine, fra le librerie era un mito (ora al suo posto c'è un negozio di vestiti). Ho iniziato lì come fattorino, lì il mestiere del libraio si imparava facendo. I miei maestri erano personaggi che negli anni sono diventati dirigenti dell'editoria italiana».

Giangiacomo Feltrinelli è stato sicuramente l'incontro del destino per il giovane Montroni, e un grande innovatore in tema di librerie. I suoi meriti agirono su almeno due livelli diversi: il cambio dello spazio fisico della libreria – fu un precursore di un modello poi adottato progressivamente da tutti negli anni – e la formazione dei librai. Il suo riferimento per entrambi i piani di innovazione è sempre stata la Germania, il primo paese per fatturato di libri in Europa. «La Germania ha un mercato di 9 miliardi di libri, il nostro è di un miliardo e tre; in Germania legge il 77% della popolazione, da noi il 40%: è proprio un mondo diverso» sospira Montroni. «Prima delle Feltrinelli c'era un banco con dietro un signore con i manicotti che chiedeva: 'Desidera?' Non esistevano il libero accesso e il libero sevizio, è stato Giangiacomo Feltrinelli a portarli in Italia». Va da sé che quella libreria vecchio stampo non era un luogo particolarmente attraente se non per i lettori forti: uno spazio così organizzato intimoriva.[5]

L'altra grande rivoluzione di Feltrinelli fu l'introduzione dell'orario continuato. «Le altre librerie non lo facevano, e in realtà all'inizio non era concesso. Gli avvocati di Feltrinelli scoprirono però che Andreotti, ministro del Commercio dal 1966 al 1968, aveva emanato un'ordinanza volta a favorire la diffusione dei libri in Italia, che sollevava le librerie dai vincoli di orario. Nessuno aveva recepito e approfittato di questa possibilità, non era nel DNA dei vecchi librai. Ma quando la cosa arrivò all'orecchio di Giangiacomo, lui ci saltò sopra. Abbiamo preso tante multe, i nostri legali però insistevano sul fatto che un'ordinanza non abolita è ancora valida. Mi ricordo che l'assessore al Commercio di Bologna Degli Esposti ci inveiva contro: 'Ma cosa state facendo? Ma siete matti?'»

Montroni conserva ancora un'agendina dove sono annotate scrupolosamente tutte le date di apertura delle singole Feltrinelli: 1957, Pisa e Milano; 1959, Genova; 1961, ancora Milano; 1962, Firenze; 1963, Bologna. «Io sono arrivato nel 1963 e l'ultima che ho inaugurato è stata nel 2002, il megastore nella galleria Vittorio Emanuele, a Milano». Ogni apertura era una festa per tutta la città.

Ma, al di là di questa rivoluzione di spazi e orari che rende il luogo della libreria un ambiente più democratico e accessibile a tutti, cosa distingue l'attività libraria da quella di un semplice *retail* di altre tipologie di prodotti? E in che senso può determinare la fortuna di un libro o di un editore? Montroni non ha dubbi: ciò che fa la differenza è la competenza dei librai che viene da una accurata formazione professionale. In Germania per poter fare il libraio occorre frequentare un Master biennale; in Italia, dove dal 2001 proliferano master e corsi in editoria, non esiste un percorso accademico dedicato, ma c'è la possibilità di accedere a un'ottima formazione grazie alla Scuola per Librai «Umberto e Elisabetta Mauri» di Milano.

In un articolo uscito sulla «Lettura» il 9 settembre 2018, Aldo Grasso apriva un dibattito sul ruolo del libraio, con un accenno di denuncia dal tono vagamente polemico: «Se penso a come sono ora gestite certe grandi librerie (il *turnover* delle novità rapidissimo, le orride pile dei bestseller, la politica delle rese), con i commessi che cercano sul computer anche i titoli più famosi, mi rendo perfettamente conto che quella del libraio è una categoria in via d'estinzione».[6] Coglie l'occasione per citare alcuni librai che hanno, come si dice, «fatto la differenza»: Carlo Conticelli, chiamato da Feltrinelli nel 1964 a dirigere il negozio di via del Babuino a Roma, è stato «il consigliere, il confidente, l'amico di chi entrava in libreria e aveva voglia di scambiare quattro chiacchiere, il testimone di anni irripetibili: i pomeriggi di fronte al leggendario jukebox, i tornei di freccette, gli happening degli artisti della scuola di piazza del Popolo, le nevrotiche riunioni del Gruppo 63...». O «il principe dei librai» milanesi Cesarino Branduani,[7] da ragazzo di bottega a direttore della Libreria Hoepli che «era diventata il punto di riferimento culturale dell'intera città: giornalisti come Indro Montanelli, Orio Vergani, Leo Longanesi, intellettuali come Prezzolini, Bontempelli, Zavattini, editori quali Vanni Scheiwiller, ma anche industriali, commendatori e nobildonne si rivolgevano a lui per farsi consigliare le novità editoriali più interessanti».

Insomma, il ruolo del libraio negli anni Sessanta conosce una stagione d'oro, e Giangiacomo Feltrinelli ne intuì le potenzialità applicate a un modello commerciale più aperto, democratico, moderno. Per la formazione dei librai, con Montroni presero come riferimento i corsi tedeschi; era fondamentale inoltre che i ragazzi che venivano formati per lavorare in Feltrinelli non avessero esperienze pregresse in altre librerie. Da questa collaborazione nasce il «modello Montroni», ben sintetizzato nel suo *Vendere l'anima*.[8] Prima regola: il culto dello scaffale. Movimentato, assortito, identificato, monitorato, perché un bravo libraio deve sapere *sempre* dove sono i libri. Montroni si rammarica quando incontra librai che devono controllare sui terminali la posizione dei volumi: «Un bravo libraio va dritto allo scaffale».

E, soprattutto, i libri devi spolverarli, tutti i giorni. «Un libraio vero ti accoglie dicendo 'buongiorno', non 'desidera?' E poi se il cliente chiede Dostoevskij non deve andare al computer: deve sapere che titoli ha a disposizione, se sono organizzati per casa editrice, nel settore classici o in narrativa generale, se i libri sono disposti in ordine alfabetico: soprattutto, è uno di quegli autori che non può mancare in un assortimento. Oggi nel 90% dei casi guardano tutti i computer, è un impoverimento. Ecco perché è importante spolverare: per memorizzare dove sono i libri».

Ogni volta che apriva una nuova libreria Feltrinelli, Montroni per i primi sei mesi arruolava personale altamente esperto, tre unità per negozio, che aiutassero a trasmettere un'immagine di qualità ai lettori forti. Sono proprio loro che stabiliscono il successo di una nuova libreria: se l'impressione è positiva ci tornano e contribuiscono al passaparola, altrimenti non ci vanno più.

Per il successo di un libro o di una casa editrice «una buona distribuzione capillare ha sicuramente un valore, ma quello che conta moltissimo è la qualità dei librai, tanto che anche dopo la pensione, dal 2002, dopo aver lasciato la direzione delle librerie, ho continuato a fare formazione». Un corso di due anni per i futuri direttori. «Sei mesi in aula e sei mesi di pratica. E fra i moltissimi candidati siamo stati costretti a scartarne molti, anche alcuni bocconiani». Altri si autoeliminavano da soli: quando capivano che era un mestiere pratico e non teorico, si tiravano indietro. Non volevano spolverare. «Ma come si fa a toccare un libro impolverato? È respingente!»

Nell'estate 2022 Montroni è ospite a Palermo, a Una Marina di Libri, per presentare *L'uomo che sussurrava ai lettori* (Longanesi, 2021). La fiera, allestita in un cortile, era aperta già da qualche giorno, e tutti gli editori esponevano pile impolverate. «L'unico stand in cui i libri erano spolverati era Sellerio. Così mi sono complimentato e Antonio Sellerio mi ha detto: 'Ho imparato la tua lezione'».

La qualità del personale ripaga subito, ed è stata per anni un punto di forza delle Librerie Feltrinelli. Quando nel 1963 aprì la sede di piazza Ravegnana, a Bologna c'erano 17 librerie: una dopo l'altra, chiusero tutte. Quando Montroni aprì la Coop Ambasciatori nel 2005, assunsero 40 ragazzi per un anno, quindi ne tennero 32: la libreria era aperta dalle 9 a mezzanotte, una cosa mai vista, e fatturò 4 milioni di euro, a discapito della storica Feltrinelli. A volte anche un dettaglio pratico può fare la differenza. «Non è sempre vero che quando apri una libreria aumenti il mercato», dice Montroni. Se la movimentazione del settore commerciale del libro passa per centri nevralgici come le librerie, la complessità dell'intero mercato del libro, e la formazione di nuovi lettori, è un discorso ahinoi più complesso.

La competenza dei librai, si diceva, e una certa apertura alle eventuali mode del momento. Perché due persone di seguito hanno chiesto lo stesso libro? Un bravo libraio deve essere in grado anche di informarsi direttamente dal lettore, e saper cavalcare l'attualità. «Quando tre clienti ti chiedono uno dopo l'altro lo stesso titolo, devi domandarti perché. Può essere successo qualcosa che tu non sai. Il valore di un libro viene trasmesso da lettore a lettore: mi consigliano un libro, chiedo dove l'hanno preso, rispondono 'in Feltrinelli': vado, e se il libro non c'è più la vendita è persa. Quando un libro si muove bisogna essere lesti a captarne i movimenti, a cogliere il momento. Alcuni titoli invece non si muovono mai, e dopo sei mesi allora li devi rendere».

Fra ricordi, massime e precetti maturati in una vita da libraio, Montroni racconta uno dei momenti più emozionanti del suo percorso umano e professionale, quando nel 1973, a un anno dalla morte di Giangiacomo Feltrinelli, Inge e Carlo decisero di regalargli la sua macchina: «La Citroën DS soprannominata 'Squalo', una ammiraglia di una bellezza incredibile: Giangiacomo la guidava come se fosse una Rolls-Royce. Entrava in via Andegari a Milano [sede della casa editrice Feltrinelli, *N.d.A.*] a tutta velocità, spaventava il portiere. A volte, mentre viaggiavamo insieme tra Milano e Bologna, toglieva le mani dal volante per prendere appunti. La macchina di Giangiacomo, ti rendi conto?»

Del resto la strada percorsa dal giovane fattorino bolognese e dall'uomo che ne intuì le potenzialità è stata lunga, importante, e largamente coincidente con la storia dell'editoria italiana.

«La macchina degli eventi»: la Libreria Nuova Europa I Granai

C'è un'altra macchina fondamentale nella storia delle librerie, in questo caso metaforica ma non meno veloce, ovvero «la macchina degli eventi».

In origine c'è sempre il fiuto di Giangiacomo Feltrinelli, che per primo volle sperimentare la formula degli incontri con l'autore. La possibilità di conoscere da vicino lo scrittore amato, di poter sentire il libro raccontato dalle sue parole, e di chiedergli un autografo fin dall'inizio attirò un pubblico sempre più cospicuo, con conseguente incremento delle vendite, nuove opportunità di promozione, e talvolta esiti imprevisti: collaborazioni con la stampa, un invito in televisione, altre presentazioni o addirittura il lancio di una carriera politica. Montroni ricorda quando Corrado Augias, che non aveva mai presentato i suoi libri in libreria, accettò il suo invito per una presentazione alla Feltrinelli di Bologna. Era una domenica mattina, c'era molta gente. «Tieni presente che erano i primi anni Novanta, lui non era popolare come adesso. Non era previsto che si fermasse dopo la presentazione, ma andò talmente bene che cambiò idea. Invitai anche Armando Sarti, già assessore al Comune di Bologna e deputato per tre legislature. Fu una colazione stupenda. Sarti chiese ad Augias come mai non si fosse ancora messo in politica. Lui rispose che nessuno glielo aveva mai chiesto. 'Te lo chiedo io' disse Sarti». Ci furono le elezioni europee e Augias venne eletto parlamentare dal 1994 al 1999. «Da allora Augias mi dice 'tu mi puoi chiedere tutto quello che vuoi'».

Torniamo ora ai giorni nostri, e a Roma, dove la Libreria Nuova Europa I Granai ci offre un primo, notevole *case study* di libreria indipendente nel senso montroniano.

Inaugurata nei primi anni Novanta dalle sorelle Barbara e Francesca Pieralice, si trovava al piano superiore del centro commerciale I Granai, un posto lontano dall'immagine romantica delle librerie alla Umberto Saba, ma democratico come sarebbe piaciuto a Feltrinelli senior. Uno spazio di appena 80 mq, esposizione curata, pochissime presentazioni (non ancora nella formula del firmacopie). Alcuni nomi: Dacia Maraini, Giovanni Spadolini, Vittorio Gassman. «E poi i protagonisti del programma televisivo *Avanzi* di Rai 3. Sono venuti tutti, Valentina Amurri, Serena Dandini, Corrado Guzzanti e gli altri», ricordano le sorelle Pieralice. Per il primo compleanno del centro commerciale si fece una festa, «la prima notte bianca d'Italia l'abbiamo fatta noi. Invitammo Luciano De Crescenzo e fummo aperti fino a mezzanotte vendendo centinaia di copie del *Dubbio*. Lui mi chiedeva in continuazione 'a che punto stiamo?' Alla fine di tutto ne dedicò una anche a me: 'A Francesca, perché me ne venda tante altre'». Nel 2003 la libreria scende di piano e si sposta nella sede attuale, si inaugura senza troppo battage, non ce n'è più bisogno. E niente presentazioni. «I libri all'epoca si vendevano da soli».

A inaugurare il nuovo corso di eventi c'è Joe Lansdale nel 2009, con *Sotto un cielo cremisi* (Fanucci, 2009), presentazione con moltissime copie vendute. «Iniziammo a organizzare presentazioni perché dopo il 2008 e la crisi Goldman-Sachs ci fu un primo momento di flessione economica». A rincarare la dose arriva un altro centro commerciale nei paraggi, Europa 2, e altre aperture in zona, come la Feltrinelli di viale Marconi e la

Mondadori di viale Europa. «Ci siamo dovute inventare qualcosa di diverso. Iniziammo con un paio di incontri al mese, mai d'estate». Nessuna pubblicità, solo passaparola.

Dopo i primi tre quattro autori di chiara fama, sono gli editori stessi a corteggiare la libreria. Nel 2012 Carlo Verdone tiene un firmacopie incredibile della *Casa sopra i portici* (Bompiani). «C'era una fila enorme ma avevamo organizzato molto bene il tutto con i cordoni. L'editore fu molto contento e anche lui che, come è noto, è un po' fobico». E, naturalmente, lo fu il pubblico.

A livello di partecipazione tiene banco Alberto Angela: una media di centinaia di copie vendute e 1500 persone per volta. Quando le sorelle Pieralice vogliono un autore fanno di tutto per averlo e si attivano come «segugi» e riescono praticamente sempre. Proprio come è successo con Alberto Angela. Il primo evento con lui comincia alle 18 e finisce alle 21, ma restano in libreria fino a mezzanotte a firmare libri per i clienti che non erano riusciti a venire personalmente. «Gli scrittori stranieri sono incredibili. Il giorno del suo firmacopie, un sabato mattina, Wilbur Smith aveva l'aereo alle 15. C'era una fila enorme, era Carnevale e abbiamo offerto le frappe a tutti». Ma arriva l'ora di andar via, le libraie sono disperate perché hanno ancora una pila di libri da far firmare. La moglie di Smith, Niso, si fa scrivere su un foglio in stampatello tutti i nomi per le dediche che devono ancora essere fatte. Il lunedì immediatamente successivo Barbara riceve una chiamata dalla segreteria di Smith per avere l'indirizzo esatto della libreria e dopo tre giorni il corriere recapita in libreria gli ex libris adesivi personalizzati.

Fra mode e autori di culto, la difficoltà ora è selezionare. «Alcuni eventi vanno fatti per forza e non si può dire di no, altri sono proprio belli e vorremmo assolutamente farli, ma non sempre si riesce a trovare una collocazione». L'istinto del segugio aiuta sempre. Occhi aperti sui giornali, comunicati stampa delle case editrici per capire se gli scrittori internazionali di rilievo con novità in uscita metteranno piede in Italia o a Roma. Barbara racconta con soddisfazione un altro grande successo dovuto all'intraprendenza: «Scoprimmo che Abraham B. Yehoshua sarebbe venuto a Più libri più liberi perché Einaudi aveva organizzato una cena per i librai con lui. Così proponemmo che prima della cena passasse da noi per un firmacopie. Il ristorante che avevano prenotato era di strada, e ce l'abbiamo fatta». Per il primo libro della trilogia di Ken Follett arrivò in libreria la cedola dove era indicata la mail di riferimento per scrivere all'autore. Le libraie decisero di mandargli un messaggio per informarlo che avevano ordinato 1000 copie. «Dopo qualche giorno la cosa si seppe in casa editrice e noi venimmo simpaticamente richiamate all'ordine». Le sorelle mostrano orgogliose un piccolo trofeo arrivato per posta: «Da quella volta tutti gli anni ci arriva il biglietto di auguri di Natale firmato proprio da lui, il primo è redatto a penna con i nostri nomi. Sono tutti diversi, ma tutti molto *British*. Con lui, sua moglie e il cane. Purtroppo non è ancora mai venuto da noi. Ma ci speriamo sempre». L'ultimo biglietto, per il 2022, recita una sola parola quanto mai necessaria: «*Peace*».

Alle lettere affrancate di un certo livello Barbara e Francesca sono abituate, avendo finanche ricevuto la benedizione di papa Francesco in risposta all'invio del loro libro di anniversario, *Quella volta in libreria*,[9] oltre che l'apprezzamento del presidente della Repubblica Sergio Mattarella. Il libro, curato da Roberto Ippolito e pubblicato da Garzanti ma non in commercio, viene dato in dono ai lettori. Una operazione «al contrario» molto interessante: 40 scrittori 'amici' per celebrare trent'anni di attività in un'edizione dono pensata esclusivamente per i lettori affezionati. Una lettura capace di aprire sentieri narrativi diversi che convergono in quel luogo centrale nell'esistenza del libro.

L'incredibile macchina degli eventi targata Pieralice procede senza sosta fino alla pandemia, nel 2020. Poi, come molte altre librerie, anche le sorelle libraie si reinventano proseguendo gli incontri online, non lasciando mai da solo il pubblico, continuando a proporre contenuti e intrattenimento culturale in un momento particolarmente difficile per tutti. «Ci proponiamo ogni mattina, tirando su la saracinesca, di essere una comunità»: ecco la semplice chiave del grande successo di questi anni.

Difficoltà ordinarie e straordinarie

Una libreria, dicevamo, è un'attività commerciale a tutti gli effetti e dunque la prima caratteristica per la sua sopravvivenza è la sostenibilità economica, ovvero un equilibrio tra introiti e spese, ma che miri al guadagno. Quali sono i costi in uscita? Gli stessi di molte attività: affitto dei locali (quando non sono di proprietà, per alcuni pochi fortunati), bollette, stipendi e manutenzione ordinaria e straordinaria. Purtroppo capita sempre più spesso che questo equilibrio vacilli. Tra le 3640 attività indipendenti censite nel 2022, stando sempre ai dati forniti dall'Osservatorio A.L.I., la percentuale di imprese che ha chiesto un fido o un finanziamento nel corso degli ultimi mesi dell'anno in questione è il 24%. Il 70% delle imprese ha visto accogliere interamente la propria domanda di credito. Negli ultimi due anni, per far fronte all'emergenza pandemica, sono stati inoltre erogati numerosi aiuti istituzionali, come i contributi alle Biblioteche per gli acquisti nelle librerie indipendenti, o i bonus delle Regioni.

Tuttavia accade a volte che, finanziamento dopo finanziamento, a un certo punto ci si arrenda, visto che gli aiuti economici non sono sufficienti se non c'è un pubblico di lettori forti a garantire la necessaria crescita. La sopravvivenza non basta. È il caso dello storico negozio Odradek in via dei Banchi Vecchi a Roma, aperto dal 1998 fino agli inizi del 2023. «Dobbiamo dare retta ai numeri». Così, prima dei saluti e dei ringraziamenti, si chiude perentoriamente il messaggio del 26 dicembre 2022 affidato dai gestori Davide Vender e Katia Sardo ai social network, poche righe con cui hanno annunciato la chiusura dell'attività prevista per il 6 gennaio 2023. E i numeri in questo caso sono proibitivi. «Odradek non è più sostenibile, né economicamente, né umanamente». L'analisi finanziaria è tanto chiara quanto sconcertante.

> Quest'anno è stato il tracollo, con incassi giornalieri sotto i 300 euro. I numeri di questo 2022 sono implacabili: 9000 euro di incassi mensili in libreria equivalgono a 2700 euro di guadagni (il 30% di media è il guadagno sui libri). Con 2000 euro di affitto non rimane nulla. In agosto abbiamo incassato 4000 euro contro i 6500 dell'anno precedente, a settembre incassiamo 6500 euro contro i 10.700 del 2021. Tutti i mesi registriamo un calo del fatturato di 2000 euro.

La chiusura dello storico negozio evidenzia, lo dicevamo, la penuria di nuovi lettori, aggravata dal cambio di paesaggio urbano del centro storico di Roma, in balia di b&b e turisti, senza una reale comunità locale, fatta di residenti, «di quartiere». Via dei Banchi Vecchi non è più frequentata dai romani. Gli stessi motivi per cui nel 2013 fu costretta a chiudere la Feltrinelli in via del Babuino, storica sede delle riunioni del Gruppo 63. I negozi del centro chiudono con il declinare del clima culturale che contrassegnava il centro di Roma: quelle che erano le vie della cultura, via Margutta, via dell'Oca, via dei Greci, da anni non sono più abitate da pittori, scrittori, poeti, attori. Si investe tutto sul turismo e sui negozi di lusso, con conseguenze devastanti sui costi degli affitti.[10]

Il caso di Odradek non è diverso da quello di altre librerie nel centro della capitale d'Italia che nel corso degli anni hanno subìto lo stesso destino. Rimanendo a Roma, nel 2019 era stata la volta della Libreria del Viaggiatore di via del Pellegrino e, prima ancora, nel 2011, della Libreria Croce in corso Vittorio Emanuele – vecchio punto di ritrovo di Alberto Moravia, Dacia Maraini, Dario Bellezza e molti altri. Motivo ufficiale: affitti non più sostenibili. Nel caso della Croce, quel canone oggi è pagato da Space 23, negozio di sport degli atleti Marco Materazzi e Stefano Mancinelli. Così, anche nel resto della Penisola, da anni chiudono librerie indipendenti con troppa frequenza.

In un contesto in cui le difficoltà economiche sono molteplici, ci sono poi situazioni paradossali. Come quella di una libreria in attivo su cui è intervenuta comunque l'imposizione di sfratto con conseguente interruzione delle attività. È successo alla Ubik di via Tiburtina, a Roma, all'inizio del 2021 quando l'allora direttore Salvatore Di Maio si vide costretto a comunicare ai suoi colleghi la decisione del gruppo societario che gestiva il punto vendita (300 mq più 150 di magazzino): «Si chiude, le mura sono state affittate a un franchising di scarpe che paga di più». Lo sconcerto del direttore, che si aspettava un premio aziendale per tutto il team, è condiviso dai dipendenti, convinti di lavorare per un'attività che in soli due anni (pandemia compresa) aveva registrato un fatturato sempre crescente. Stupore e amarezza condivisi anche dai vertici di Ubik che avevano apprezzato la creazione di una grande comunità di lettori radicata sul territorio: con il loro sostegno Di Maio con altri cinque soci lavora alacremente per trovare un nuovo locale nello stesso quartiere e a giugno 2021 la Ubik Tiburtina riapre – in tono minore ma pronta a difendere il suo lavoro sul territorio – nella nuova sede di via Cupra.

Le strategie di sopravvivenza del resto sono molte: al di là della vendita dei libri, in quanti modi le librerie cercano di rendere la propria attività sostenibile? Se anche la Strand, la più grande del mondo, ha deciso di diversificare l'offerta proponendo al suo pubblico prodotti di merchandising dedicati alla lettura, è naturale che negli anni pure le attività italiane, indipendenti e non, si siano ingegnate nel cercare di vendere anche altri prodotti per sopravvivere. Articoli di cartoleria (agendine, quaderni, calendari) ma anche oggettistica varia di design dedicata alla lettura e alla casa. Senza necessariamente dover arrivare ai virtuosi ardimenti di Bad Sooden-Allendorf, un paesino di 8500 abitanti nella regione dell'Assia in Germania, dove l'antica libreria di proprietà della famiglia Frühauf ha dovuto fronteggiare una serie di difficoltà economiche seguite all'apertura di grandi centri commerciali nelle vicinanze e all'invecchiamento progressivo della popolazione. Nel 2019, racconta il «New York Times»,[11] i proprietari decidono di liberare alcuni scaffali per permettere la vendita dei prodotti del fornaio del paese, che per gli stessi motivi era stato costretto a chiudere. L'operazione funziona al tal punto che sono gli stessi utenti a chiedere se il fornaio possa ricominciare a vendere anche le salsicce. Detto, fatto. Le salsicce in libreria portano a un incremento totale del 20%. In Italia l'esperienza del cibo in libreria risale al 2012 con l'istituzione delle Feltrinelli RED, in una formula articolata e complessa, molto diversa da questa esperienza frutto invece di un'iniziativa indipendente. RED è acronimo di *read*, *eat*, *dream*, la versione feltrinelliana di *mangia*, *prega*, *ama*. L'offerta, piatti preparati con prodotti derivanti da filiera biologica, sostenibile e artigianale. La libreria diventa un luogo in cui passare diverse ore, condividendo anche un buon pasto in compagnia prima o dopo essersi dedicati alla scelta dei libri. Ma anche le Feltrinelli RED non sono immuni dalla crisi se a Roma nel 2021 viene chiusa quella di via

Tomacelli che ha lasciato spazio alla Esselunga. Per contro non sono poche le librerie indipendenti che offrono un angolo per colazioni, aperitivi, o un semplice bicchiere di vino.

L'idea di uno spazio accogliente e multifunzione non è nuova. Nel 1951 George Whitman apre a Parigi la libreria *Le Mistral*, che nel 1964, a due anni dalla morte di Sylvia Beach, cambia nome in Shakespeare and Company, in omaggio alla libreria omonima fondata proprio da Beach e attiva per diversi anni nella capitale francese con cambio di due sedi, di cui la storica in rue de l'Odéon dal 1919 al 1942: entrambe le librerie sono luoghi di riparo per intellettuali e lettori che non hanno un posto dove dormire. E se Beach era stata un punto di aggregazione per gli scrittori nel primo dopoguerra, da Ford Madox Ford a Francis Scott Fitzgerald e Ernest Hemingway, spingendosi a pubblicare a sue spese la prima edizione dell'*Ulysses* di James Joyce e facendo circolare di contrabbando libri proibiti, attraverso la sua libreria George Whitman si sforzò di portare avanti lo spirito del negozio originario, diventando rapidamente un centro per la vita letteraria degli *expat* a Parigi, che si trattasse dei poeti della beat generation, di Julio Cortázar o di James Baldwin. Mise a disposizione dei posti letto per chi ne aveva necessità, tradizione che sua figlia Sylvia mantiene ancora oggi: otto materassi e reti al piano di sopra dove si può soggiornare solo su invito, riservati a scrittori, studiosi di letteratura e grandi amanti dei libri. In cambio, solo qualche piccolo lavoretto (come spolverare i volumi che, ormai lo sappiamo, non è operazione banale). Una libreria anche per dormire, dunque.

Ma Parigi non è l'unica città dove questo è possibile. L'esperienza è cara ma offerta anche dalla spettacolare The Last Bookstore a Los Angeles: oltre 2000 mq su due piani nel centralissimo quartiere Downtown, è la più grande della West Coast statunitense, e tra le più estese del mondo. Si supera l'abbagliante insegna luminosa rossa su strada e si varca la soglia, la stessa che, uscendo, avvisa laconica: «*You are now re-entering the real world*». All'interno dell'immenso open space ci si può perdere fra i numerosi scaffali disposti a spina di pesce e ordinati per generi, o lasciarsi accogliere su una delle molte poltrone di pelle dislocate per permettere alle persone di accomodarsi, leggere, scegliere i libri da portare alla cassa (e a casa). Fra una scelta inverosimile di volumi nuovi e usati, c'è un grande spazio dedicato ai vinili – un mix di ricercatezza e nostalgia.

Al piano di sopra uno spazio strutturato come un labirinto in cui letteralmente perdersi, un tunnel fatto di volumi e luci, una stanza dove gli scaffali ospitano libri divisi per colore, fino ad arrivare a un magico oblò, un osservatorio privilegiato dentro agli scaffali ricavato a sua volta dai libri, da cui ci si può affacciare per l'immancabile foto ricordo. The Last Bookstore offre la possibilità anche di sposarsi, di organizzare eventi privati. Aperta dal 2005, dopo aver cambiato due sedi, ha saputo far fronte alla crisi del libro di carta dovuta all'avvento dell'e-book e quindi alla progressiva chiusura di alcuni punti vendita – da qui il nome provocatorio «l'ultima libreria» –, grazie alla visionarietà del suo proprietario e fondatore Josh Spencer, che ha saputo creare un senso di comunità intorno a uno spazio tanto grande quanto multiforme che riesce a essere al tempo stesso un parco giochi per bibliomani e un luogo di aggregazione per appassionati.[12]

Tornando in Italia, le difficoltà di sostentamento per una libreria sono e sono state negli anni non solo i generici costi di gestione, o la riduzione delle vendite dovute al boom iniziale degli e-book agli esordi del nuovo millennio: ma il canale di vendita online nel suo complesso che ha agito non solo sui prezzi, a cui ormai è stato fissato un tetto per legge limitando la possibilità di sconto al 5%, ma anche sulla comodità di ricevere in 24 ore un libro a casa propria. Tutti questi fattori sommati a volte hanno contribuito a molte chiusure. Un altro grande danno per le librerie fisiche è la possibilità che gli store online danno del *pre-order*. «Siamo sommersi dai titoli e non c'è più l'aspettativa che c'era un tempo quando doveva uscire una novità. Sicuramente è il pre-order online che ha un po' ammazzato l'eccitazione dell'attesa. Ma gli editori spingono molto sul pre-order, che è l'equivalente della prenotazione per i libri comprati in rete». L'attesa di cui parlano le sorelle Pieralice era un fatto di cui tener conto fino a un paio di decenni fa, quando uscivano pochi libri, gli editori facevano investimenti mirati e c'era una reale aspettativa per l'uscita di pochi e selezionati titoli. «Capita spesso che durante i nostri eventi le persone vengano a farsi firmare la copia con il libro preordinato su Amazon. Per noi è un danno enorme».

E poi ci sono le difficoltà di tipo straordinario che arrivano fino a drammi come gli incendi. È la storia della Libreria Sopra la Penna di Alba Donati.[13] Nel dicembre 2019, la fondatrice decide di cambiare vita e aprire una libreria a Lucignana, il suo paese di origine, poche case sull'Appennino lucchese. Lo fa grazie a un crowdfunding e al passaparola sui social. Da subito la libreria, una sorta di «cottage letterario» immerso nel verde, diventa un luogo di pellegrinaggio. Un incendio la distrugge a un mese dall'apertura; ancora una volta è la comunità ad aiutarla a rimetterla in piedi, appena prima del lockdown. Nonostante la singolare congiuntura di catastrofi che si è abbattuta sulle pietre vive del piccolo cottage lucchese nei suoi primi due anni di vita, oggi la Libreria Sopra la Penna prospera grazie alla rete di lettori che l'hanno voluta fortemente. Alba Donati, dal canto suo, sa bene come «fare la libraia oggi significa anche ingegnarsi per far tornare i conti, leggere di notte, pensare lo spazio come un rifugio e un presidio culturale, raccogliere gli ordini a fine giornata come sassolini che indicano la strada».

Anche la Libreria Internazionale Luxemburg di Torino conta un incendio nel suo curriculum, alla fine degli anni Sessanta. Per salvarla si mosse Fernanda Pivano, organizzando un evento straordinario con protagonista Allen Ginsberg, ospitato dalla 'sorella' Libreria Hellas.[14]

Il 9 giugno 1967 le fiamme colpirono l'esterno della stazione Termini di Roma e misero a rischio la vita della Borri Books, a oggi l'attività indipendente più grande d'Italia, i cui libri subirono grossi danni. Il proprietario Paolo Borri organizzò varie vendite straordinarie con la merce scampata, e fu un grande successo.

> Paolo, poco alla volta, si riprende la galleria della stazione. Non più con un unico grande magazzino, ma con una decina di negozi specializzati. Nel 1990 la svolta: Paolo lascia quelle attività commerciali tradizionali e investe tutte le sue energie nell'apertura di una grande libreria all'interno di Termini. L'idea è che debba essere una libreria che favorisca il contatto diretto tra i lettori e i libri, senza l'intermediazione del libraio.[15]

Nel 2000 prende forma la teca di cristallo disegnata dall'architetto Pierluigi Cerri collocata nell'atrio di ingresso della stazione Termini, che con la sua esposizione a 360 gradi accoglie i viaggiatori di passaggio da e verso la capitale.

Ancora fuoco il 9 luglio 2022 per la cosiddetta «bancarella del professore» in piazzale Flaminio, sempre a Roma – non una libreria fisica ma un *bouquiniste*, un luogo molto amato dai lettori che anche in questo caso hanno messo in moto la macchina della solidarietà, donando libri e permettendone la riapertura. Incendi invece dolosi quelli che hanno interrotto il cammino della libreria La Pecora Elettrica, ancora a Roma, nel quartiere

Centocelle, per ben due volte: la prima il 25 aprile del 2019, la seconda il 5 novembre dello stesso anno, alla vigilia della riapertura. Pare che dietro i roghi ci sia la criminalità organizzata. I proprietari hanno deciso di non riaprire. Dalle fiamme dolose a un'esplosione per motivi strutturali come quella del pilastro all'interno del ristorante che il 16 ottobre 2012 ha determinato la chiusura di Feltrinelli RED di via del Corso a Roma.

Anche l'acqua può rappresentare una minaccia, come sanno bene i librai veneziani. L'alluvione del 2019, 50 cm più alta delle consuete maree, ha danneggiato centinaia di libri nella Libreria Acqua Alta. Del resto quando aprì nel 2004 Luigi Frizzo sapeva bene a cosa andava incontro: da qui non solo il nome dell'attività, ma anche la caratteristica disposizione dei libri «stipati in arredi alternativi, quali vasche da bagno e imbarcazioni dal fascino tipicamente veneziano». Una soluzione inconsueta, ma sicuramente affascinante.

Per la madre di tutte le 'acque alte' dobbiamo però fare un salto di sessant'anni indietro nel tempo. L'alluvione che devastò Firenze nella notte tra il 3 e il 4 novembre 1966 danneggiò seriamente anche la Libreria Feltrinelli di via Cavour. Nel racconto di Montroni, Giangiacomo Feltrinelli lo chiamò nel cuore della notte per dirgli di andare l'indomani nel capoluogo toscano con un camion di segatura, che nonostante l'emergenza riuscì a trovare in tempi brevi. La situazione era drammatica, la libreria era piena d'acqua, il direttore Valerio Bertini e i dipendenti lo aspettavano sconsolati nel fango, tentando di arginare il danno. Ma dalle difficoltà, si sa, possono nascere delle opportunità. Così fu proprio Bertini ad avere l'idea di far mettere i dipendenti a cordone su via Cavour per offrire in vendita quello che Montroni definisce «il primo *instant book* della storia», ovvero *Firenze. I giorni del diluvio* di Franco Nencini. Se ne vendettero oltre un migliaio. Marketing dell'emergenza.[16]

Quando si parla di circostanze straordinarie, cosa può più di una pandemia? Il 9 marzo 2020 l'allora premier Giuseppe Conte annuncia la chiusura di tutti gli esercizi commerciali, librerie comprese. Tutto si ferma, dunque, anche l'incredibile filiera dei libri. I camion non partono più dai magazzini editoriali, le saracinesche dei negozi non aprono e i volumi restano a impolverarsi per un mese, con buona pace di Montroni. Le nuove uscite giacciono negli scatoloni. La reazione delle case editrici è diversa. Alcune bloccano immediatamente la produzione, altre la modificano virando sul digitale. Secondo l'indagine presentata da CEPELL in collaborazione con l'AIE e l'Istituto Poligrafico e Zecca dello Stato[17] nel 2020

> il mercato degli e-book si stima sia cresciuto tra marzo e aprile tra il 48% e il 50% (crescita che ad agosto poi si ridimensiona a un +24% rispetto al corrispondente periodo del 2019). Certo per campagne promozionali, ma anche per riprogettazioni dei piani e delle linee editoriali con titoli instant e-book come *Virus, il libro digitale in divenire* del filosofo Slavoj Žižek (Ponte alle Grazie), o il saggio di Paolo Giordano *Nel contagio* (Einaudi); l'anticipazione in e-book (dal 23 marzo) della discussa autobiografia di Woody Allen (Nave di Teseo, dal 9 aprile in cartaceo); la collana digitale *Microgrammi* di Adelphi ecc.

Così come le case editrici, anche le librerie sono costrette a riorganizzarsi. «Dopo il primo momento di confusione sulla possibilità di effettuare consegne a domicilio (a causa di una normativa poco chiara) – hanno implementato servizi di consegna a domicilio». Questa nuova riorganizzazione e la riapertura per decreto *ad hoc* dopo poco più di un mese provocano un incremento della lettura che le sorelle Pieralice commentano così: «Durante la pandemia all'inizio leggevano tutti, ma poi si sono ritrovati le case piene di libri. Noi siamo state molto penalizzate per un anno e mezzo. Abbiamo riaperto il 20 aprile come le altre librerie, ma il centro commerciale era chiuso». A novembre dello stesso anno parte il secondo lockdown. Da lì in poi inizia una serie di aperture e chiusure a singhiozzo, con l'Italia divisa in zone di colori diversi a seconda del livello di contagio. Le librerie potevano essere aperte in qualsiasi zona in virtù dell'assunto del libro come bene di prima necessità.

Crisi economiche globali, recessioni su scala locale, emergenze climatiche e dolose, pandemia e altre difficoltà hanno indotto più di una volta le comunità di lettori a stringersi intorno ad alcune librerie per evitarne la chiusura, con crowdfunding e iniziative simili; ma almeno una volta sappiamo che è successo il contrario, quando è stata invece una libreria a risollevare l'economia di un intero paese. Siamo in Gran Bretagna e il protagonista di questa storia incredibile è Hay-On-Wye, piccolo centro del Galles meridionale. Un villaggio come tanti, abitato per secoli da pastori costretti dall'industrializzazione e da due guerre mondiali a emigrare nelle città per lavorare. Negli anni Sessanta era di fatto un paese morto: niente servizi, niente scuole, le case abbandonate. È allora che entra in scena Richard Booth, laureato di fresco a Oxford, romantico quanto basta: Booth decise di investire l'eredità ricevuta dallo zio acquistando negli Stati Uniti stock di libri da alcune librerie che stavano chiudendo, e aprì il suo primo negozio di volumi usati nella vecchia stazione dei pompieri di Hay-on-Wye. L'iniziativa ebbe successo e, con la passione tutta britannica per gli eccentrici, arrivarono in molti, attirati dall'anomalia di una libreria viva in un paese fantasma; ciò portò all'apertura di nuovi punti vendita che a loro volta fecero da traino per una lenta ripopolazione del luogo e per altre attività commerciali, caffè, ristoranti, un ufficio postale nuovamente funzionante, una banca, una galleria d'arte. Hay-on-Wye diventa così la prima «città del libro»: oggi conta poco più di 1500 abitanti ma un indotto turistico di assoluto rispetto per bibliofili e amanti della letteratura. Il villaggio gallese è inoltre alla testa di una associazione dedicata ai «paesi del libro», l'*International Organisation of Book Towns*, che comprende fra gli altri Redu in Belgio, Saint-Pierre-de-Clages in Svizzera, Bécherel e Montolieu in Francia, e che dal 1998 organizza l'*International Book Town Festival*.

Hay-on-Wye propone inoltre un festival letterario in proprio, l'Hay Festival, fondato da Norman e Peter Florence nel 1987. Dall'Hay Festival sono nati alcuni spin-off affiliati, tra cui il Book Forum Lviv di Leopoli, attivo online dopo lo scoppio della guerra in Ucraina, ed è il modello a cui si è ispirato il più importante festival letterario italiano, il Festivaletteratura di Mantova, da anni tappa importante per scrittori ed editori italiani e internazionali. Ma il mondo dei festival letterari è quasi un universo a sé, e lo vedremo meglio nelle prossime pagine.

Capitolo quinto

Lo scrittore va in tournée: presentazioni, festival, fiere

La presentazione (in sintesi)

Abbiamo cominciato ad accennare alla pratica delle presentazioni e dei firmacopie, un tempo eventi randomici ed esclusivi, oggi punto fermo irrinunciabile della promozione editoriale.

Cosa si intende esattamente per presentazione di un libro? Si tratta di un evento in cui preferibilmente è presente l'autore in dialogo con un relatore intorno al suo scritto appena o da poco pubblicato (la vita media di un libro, lo ripetiamo, è molto breve). In aggiunta, si possono prevedere letture dal testo con un'attrice o un attore, o anche degli accompagnamenti musicali (meglio se forniti da amici, che non chiederanno un cachet). Normalmente durano circa un'ora – diffidate da quelle lunghissime – e alla fine c'è il cosiddetto «firmacopie», ovvero il momento in cui gli spettatori che saranno stati maggiormente incuriositi dal libro lo avranno acquistato e chiederanno all'autore di farselo firmare: riscontro di pubblico e riscontro commerciale qui coincidono, ed è senz'altro il momento più importante per capire se una presentazione è andata bene o male. «Quante persone c'erano?», ma soprattutto: «Quanti libri hai venduto?» Ricordiamo l'occhio sempre attento alla classifica.

Alcune librerie hanno una sala dedicata (poche, in realtà), altre spostano espositori e scaffali in men che non si dica per rendere l'angolo deputato il più accogliente possibile; non tutte hanno gli spazi adeguati per organizzare un evento di questo tipo, e allora a volte si affidano a sale comunali o private (musei, fondazioni ecc.), e ad altri tipi di collaborazione. Chiaramente la disposizione del tavolo con i relatori e delle sedie per il pubblico deve garantire un bel colpo d'occhio ma essere anche funzionale al fatto che i passanti occasionali possano continuare a girare in libreria, e che il libraio li possa aiutare muovendosi agilmente tra gli scaffali senza intralciare il regolare svolgimento della presentazione – che sarà un interessante sottofondo per chi è intento a scegliere questo o quel volume. La location sarà tanto più grande e prestigiosa quanto più l'autore sarà importante, e capace di richiamare un buon pubblico.

Come abbiamo accennato, tra le prime librerie italiane ad aver organizzato presentazioni, con i relativi problemi di spazio, c'è la Feltrinelli di Bologna. Racconta sempre Montroni: «C'era solo un ingresso, e ogni volta dovevamo svuotare la libreria: ma abbiamo presentato libri importantissimi con la gente fuori. Dagli editori ci facevamo dare un sovra-sconto sui volumi che presentavamo. L'unico modo per far conoscere i libri è presentarli. Nessuno legge più, se non leggono i libri non leggono neanche i giornali. Le recensioni non servono a niente».

Un evento significativo di quegli anni fu la presentazione della *Pelle di leopardo* di Tiziano Terzani,[1] all'epoca inviato in Vietnam, organizzata nella sede del circolo Arci Leopardi, una sala con capienza di 500 persone: «La sala era strapiena. Organizzammo un collegamento telefonico con Terzani che dal Vietnam rispondeva in diretta alle domande del pubblico. Fu una serata memorabile ed emozionante, in città se ne parlò a lungo». Da allora, assicura Montroni, per ogni nuova Feltrinelli che apriva si organizzavano subito presentazioni.

Per tornare ad anni più recenti, a volte le necessità di accogliere un pubblico più ampio si risolvono in pompa magna, con soluzioni adeguate al livello dell'autore presentato, ed ecco che può succedere che dalla sala in libreria si passi direttamente al Colosseo. Il 27 settembre 2018, giorno del suo quarantesimo compleanno, Francesco Totti presenta l'autobiografia *Un capitano*, scritta con Paolo Condò, direttamente nella fossa dei gladiatori.[2] Per la realizzazione della serata, Rizzoli si è impegnata a contribuire al restauro di un cospicuo numero di statue degli Orti Farnesiani e, assieme all'autore, a una altrettanto ingente donazione all'ospedale pediatrico Bambin Gesù. L'evento prevedeva trecento invitati selezionati, e l'immancabile banco per l'acquisto del libro a cura della Mondadori Bookstore di via Tuscolana.

Il modello della presentazione funziona su vari livelli: come abbiamo visto in precedenza nel caso delle sorelle Pieralice e della Libreria Nuova Europa I Granai, è un eccellente strumento di fidelizzazione, e aiuta a consolidare la comunità che gravita attorno a una data libreria; è un modo per promuovere la figura dello scrittore o della scrittrice, in un'epoca in cui è fortemente avvertita l'identificazione fra il prodotto e il suo autore; ed è una soluzione per incrementare la diffusione dei vari titoli con piccoli *boost* alle vendite. Purtroppo però, per motivi legati ai budget e alla quadratura del conto economico, non sempre è possibile per gli editori sostenere economicamente il tour degli autori che dovranno viaggiare con treni, aerei o auto, dormire in hotel più o meno dignitosi e – ebbene sì – mangiare. Impossibile pensare (con le dovute, fortunate eccezioni) di addebitare questi costi alle librerie che comunque vivono di un equilibrio delicato e che rischierebbero di devolvere in logistica e ospitalità tutto il ricavato delle vendite della serata. Come venirne fuori? Vedremo alcune strategie più in là.

Intanto, Nicola Lagioia chiarisce l'importanza di questo momento della vita del libro. «Ogni anno in Italia ci saranno almeno una ventina di libri belli e da non perdere, eppure non tutti possono vincere premi o finire in tv. Il problema è, oggi, trovare altri strumenti promozionali. Io ne ho elaborato uno mio, artigianale, e l'ho usato prima della vittoria allo Strega: per far conoscere *La ferocia*, l'ho portato in giro per l'Italia. Nel frattempo ho dovuto continuare a lavorare per sopravvivere, ma avevo 42 anni e nessun figlio a carico: se non avessi avuto la stessa disponibilità di forze o di tempo per viaggiare, il mio libro non sarebbe arrivato fino a qui».[3]

L'esperimento è stato replicato con il tour *La città dei vivi* nel 2020, solo firmacopie nelle librerie d'Italia durante i vari lockdown.

Stiamo cominciando a capire che se libraio e autore sono contenti, dal punto di vista dell'editore la presentazione non è una cosa sempre gradita: in alcune è richiesta anche la presenza di una persona della casa editrice (che vorrà dormire e mangiare anche lei, verosimilmente), e raramente con le copie vendute si ripaga il tutto. Di conseguenza, per far sì che una presentazione abbia un senso, che sia veramente efficace, e che non si perda nel *mare magnum* di incontri fallimentari e organizzati a casaccio, vediamo quali sono gli elementi fondamentali di un evento dedicato ai libri – in libreria, in un'altra sede o nell'ambito di una fiera o un festival.

Vanno considerate, in prima battuta: la *location* (già catalogata come parola orrenda, ma quest'è), l'ampiezza dello spazio o della sala, il numero di persone che può contenere; le fondamentali *dotazioni tecniche* – serve il microfono, ne basterà uno solo o ne serve uno per relatore? Si può proiettare? Una strategia per adeguare lo spazio è il gioco delle sedie: occorre prevederne un certo numero, posizionate a una certa distanza (le indicazioni pandemiche in questo aiutano), e poi aggiungerne all'occorrenza. Bisogna evitare il colpo d'occhio delle sedute vuote, che deprime gli interlocutori e viene male in foto (le foto: siamo pur sempre il popolo di Instagram, impossibile non registrare sui social l'evento in tempo reale). Occorre valutare, prima di ogni cosa (e se non ci troviamo in una libreria), la *possibilità di vendere il libro*: una *conditio sine qua non*, altrimenti la presentazione non ha ragion d'essere. Troppe volte i responsabili degli uffici stampa sono costretti ad accorrere con i trolley d'emergenza perché i libri non sono arrivati in tempo a destinazione o, peggio ancora, non sono stati mai ordinati. Da parte del commerciale della casa editrice, assicurarsi che le copie siano state ordinate non basta: bisogna controllare anche che siano arrivate. E ancora: *quante copie* saranno necessarie? Si fa una stima in base alle previsioni di pubblico, alle vendite agli eventi di altri autori nello stesso luogo, alla forza dello scrittore. *Chi sarà addetto alle vendite?* In assenza di librai o di intermediari, a volte il personale della casa editrice è costretto a spostarsi per provvedere direttamente. Scegliere la giusta combinazione data/orario non è un elemento trascurabile: fondamentale che non sia in contemporanea con un derby di calcio, con la finale dei Mondiali, con la serata finale di Sanremo o con qualunque appuntamento distraente di massa; e, ovviamente, che non coincida con altri eventi simili. Si passa poi al *presentatore*, tema non banale e da cui può dipendere il successo (o la catastrofe) dell'incontro. Che caratteristiche deve avere? Brillante ma non così tanto da prevaricare l'autore, deve avere ritmo e non parlare solo lui. Che si tratti di accademici o critici letterari ansiosi di replicare il modello di una lezione frontale, o di giornalisti e colleghi scrittori abbagliati dall'opportunità di mostrare doti da intrattenitore altrimenti inespresse, è importante non monopolizzare un tempo che dovrebbe essere dedicato prima di tutto al libro, e poi all'autore. Ma il relatore si paga o no? Il tema è controverso. C'è chi ormai accetta di presentare solo dietro compenso. Serve anche un attore per le letture? Il budget lo permette? Raramente, così a volte si chiamano amici (della casa editrice, dell'autore, del libraio e via dicendo). Si passa poi al disegno di un *invito* – sembra facile, ma provate a vedere in quanti mancano informazioni fondamentali come l'indirizzo, la data. Chi ha soldi per un grafico? – e alla relativa *promozione* diretta con il pubblico (di persona, con social e newsletter) e con la stampa: verrà qualcuno? Il fattore imprevedibilità non va mai trascurato, e con esso l'ansia da prestazione. Fondamentale su questo punto che il luogo che ospita l'evento abbia una sua mailing list e un suo pubblico affezionato, altrimenti è meglio lasciar perdere. Quanto dura? Mai presentazioni lunghe più di un'ora, l'attenzione delle persone dopo un po' cala: la bravura del relatore starà nel capire quando bisogna chiudere perché ad alcuni cala la palpebra, altri avranno lo sbadiglio facile che, si sa è contagioso e potrebbe creare un sonno collettivo, altri saranno visibilmente impegnati in chat digitali interessantissime, alcuni inizieranno a prendere la via dell'uscita. E per gli ultimi superstiti che si fa? Sono previste le *domande del pubblico*? Anche qui ci sono due scuole di pensiero: c'è chi le rifugge come se fossero il male assoluto, memore di «il dibattito no!», e c'è chi pensa che siano fondamentali per stabilire un contatto, alimentare una discussione collettiva. Ed eccoci giunti finalmente al momento della resa dei conti, la vera cartina di tornasole della presentazione, ovvero il fantomatico firmacopie. Per fortuna esistono delle vie di mezzo tra le file interminabili per cui è anche necessario gestire i flussi in entrata e in uscita (con tanto di servizio d'ordine), succede con autori come Roberto Saviano, Francesco Costa, Alberto Angela, Zerocalcare – con lui i tempi di attesa si espandono ulteriormente perché i suoi firmacopie prevedono i celebri «disegnetti» –, e l'imbarazzante deserto dei tartari. Va da sé che un evento riuscito aumenta la credibilità dell'organizzatore, che sarà guardato con fiducia e a tratti con sollievo da editori e autori.

Secondo Antonio Pascale, a cui il gioco è ben noto, le presentazioni tradizionali nella formula autore + presentatore non servono più, anzi possono essere addirittura controproducenti. «Una volta a Galassia Gutenberg ascoltai un relatore che del libro che stava presentando raccontò tutto, anche il post scriptum. Chi se lo compra il libro così?» Lui, che oggi inventa degli spettacoli nuovi per ogni titolo che presenta, l'unico tour che ricorda con piacere è quello del 2022, quando *La foglia di fico* era in finale al Premio Campiello: «Bei posti, bei ristoranti, begli alberghi e, tranne in un paio di occasioni durante le quali il pubblico era completamente disinteressato ma aspettava soltanto di andare a cena, in tutte le altre si sono venduti anche dei libri». L'organizzazione del Campiello è nota per le sue iniziative di promozione della lettura che ogni anno vedono protagonisti i cinque finalisti del premio veneto. L'impianto ce lo chiarisce direttamente Enrico Carraro, presidente della Fondazione Il Campiello e di Confindustria Veneto. «Il tour con i finalisti viene organizzato seguendo diversi criteri, ma con un unico obiettivo: portare la letteratura tra la gente, avvicinare gli scrittori al pubblico. Abbiamo da tempo consolidato diversi rapporti con rassegne letterarie, città e realtà del territorio. Collaboriamo anche con tanti colleghi delle Confindustrie territoriali che ci aiutano a portare il Premio in tutto lo stivale grazie alla loro presenza sui territori. Non da ultimi, gli sponsor stessi, che ci aiutano a costruire bellissimi incontri. Il tutto, chiaramente, seguito da un'attenta analisi da parte nostra attraverso la quale cerchiamo di coniugare le diverse richieste e necessità con i luoghi di maggior interesse anche dal punto di vista culturale, in base alle manifestazioni in essere e al ruolo che le città possono avere nel panorama italiano, come ad esempio le capitali della cultura degli ultimi anni».

Book tour

Siamo arrivati a un tema importante: la presentazione è spesso una di una serie, e gli scrittori oggi vanno sempre più abitualmente in tour. A parte iniziative organizzate *ad hoc* come nel caso del Campiello e anche del Premio Strega, una strategia per permettere agli autori di girare abbattendo i costi è che l'ufficio stampa della casa editrice si trasformi in tour operator, per fare in modo che i passaggi in libreria diventino parte di un percorso con diverse tappe, che a sua volta preveda anche la partecipazione a fiere e festival; sono iniziative che dispongono di un certo budget, spesso con sponsor privati e pubblici che si fanno carico nella maggior parte dei casi delle spese vive. A chi organizza – il solito addetto stampa – non resta che ingegnarsi per ridurre distanze e costi, studiare bene la geografia dei luoghi, degli spostamenti, approfittare di passaggi a metà strada, risolvere la questione meridionale, aggirare la linea gotica e imparare tutti i capoluoghi di provincia – isole comprese. Non è tutto oro quel che luccica, e non solo dal punto di vista organizzativo, ma anche da quello dell'autore. Nel suo delizioso graphic novel *Book tour. L'autore incontra il suo pubblico* (Edizioni BD, 2021), Andi Watson racconta le ansie degli scrittori attraverso il suo protagonista, un autore in tour fra furti, firmacopie disertati, editori irraggiungibili al telefono, hotel fatiscenti.[4] Il book tour come noir metafisico: è ciò che accade anche al personaggio del racconto di Antonio Manzini *Lost in presentation*[5] che espone la fatica, la crudeltà e, al contempo, a volte anche il dubbio dell'inutilità di questo meccanismo. Samuel Protti, un aspirante scrittore, dopo anni di tentativi andati a vuoto finalmente esordisce e va in classifica. Inizia il desiderato carosello delle presentazioni, che presto si trasforma in una sorta di incubo: oltre cento appuntamenti in tutta Italia, in paesi di cui per la prima volta sentiva pronunciare il nome, hotel a due stelle, letti singoli, colazioni solitarie, domande banali, finché «non seppe come, ma arrivò a Como. Per la presentazione n. 75. Il libraio era sorridente, affabile, gentile. Appena lo vide storse il naso. Samuel non si cambiava la camicia da giorni e i pantaloni erano maculati di patacche nere. Puzzava come un cane bagnato». Alla vita dello scrittore in tour Protti finisce col preferire quella, meno stressante, di barbone alla stazione di Pavia.

Un episodio che sembra uscito dal libro di Manzini è toccato a Lagioia, in tour con *La ferocia*. «Il libraio che mi aveva invitato in un paesino siciliano mi attaccò perché riteneva che fosse immorale lo stile di vita degli scrittori come me, che a suo modo di dire se ne andavano in giro per l'Italia trascurando la famiglia. Secondo lui dovevo stare a casa con mia moglie, cosa che peraltro mi sarebbe molto piaciuto fare». La faccenda assunse toni spiacevoli. «All'inizio pensavo che scherzasse, ma non era così, per cui siamo arrivati davvero a litigare. Fu imbarazzante: insomma, arrivi lì, nessuno ti paga, a volte dormi in posti non proprio comodi – da giovane dormivo anche in stanze brutte e spoglie – e visto che non sei pagato mentre giri devi anche continuare a lavorare. Se in questo contesto trovi anche qualcuno che dopo averti invitato ti attacca, be', è spiacevole».

Meglio concentrarsi sui ricordi positivi, tantissimi: «Quelli in cui si crea una sorta di magia e la presentazione stessa diventa un momento di espressione artistica, si crea l'atmosfera giusta, sembra quasi di stare in un ambito teatrale, musicale, attraverso un'improvvisazione costruita soltanto attraverso le parole e il linguaggio. È raro che succeda, ma quando succede è bellissimo».

Questa invece l'esperienza di Mario Desiati: «È un aspetto della mia vita che rimuovo costantemente. Un lato di me sogna un mondo di scrittori alla Elena Ferrante dove conti il romanzo e basta, senza performance e presentazioni». Anche la scrittrice e sceneggiatrice Gaia Manzini ricorda un paio di episodi faticosi: «Un motel brutto e sporco sull'autostrada» dove gli organizzatori di un festival nelle Marche avevano previsto che dormisse con la sua famiglia, e una giornata particolarmente sfortunata in una grande isola italiana. «Era dicembre, ero atterrata in aeroporto e il clima era quasi primaverile. Vengono a prendermi, arrivo nel paese in cui si sarebbe svolto l'incontro, e c'era la neve». Nessuno dell'organizzazione la contatta o le dà informazioni su come organizzarsi. Da sola, prova ad andare a visitare un noto museo di arte contemporanea: chiuso per restauro. Vira sulla visita della casa di una grande scrittrice del luogo, ma è quasi ora di pranzo: tutto chiuso. Ci riprova con il Museo Archeologico Nazionale, e almeno questa visita le riesce. Arriva al luogo dove si sarebbe tenuta la presentazione, una bellissima sala conferenza da 80 posti: vuota. Il relatore arriva con almeno 10 minuti di ritardo, con lui anche sua figlia e un'amica. 80 posti per due spettatrici: la giornata finisce con una cena romantica in un bellissimo ristorante con lo sconosciuto presentatore, «che a quel punto probabilmente mi odiava, perché era costretto a stare lì con me».

La mancanza di pubblico lamentata da Manzini è la situazione imbarazzante che ogni autore teme, ma è anche un battesimo del fuoco. La scrittrice americana esordiente Chelsea Banning, alla fine del 2022, affida la sua frustrazione a un tweet: «Solo 2 persone sono venute ieri al mio firmacopie, sono piuttosto delusa. Soprattutto perché in 37 avevano risposto 'parteciperò' all'evento. Dico davvero, sono seccata e anche un po' in imbarazzo». Non passa troppo tempo che arriva il sostegno di alcuni colleghi: Neil Gaiman, Stephen King, Jonathan Coe, Margaret Atwood, e altri ancora con pedigree di vendite che la giovane Banning a questo punto può solo sognare, raccontano le proprie esperienze di sale vuote, firmacopie disertati, imbarazzo di fronte a relatori visibilmente scocciati. Chi lo avrebbe mai detto? Anche i più grandi bestselleristi hanno vissuto il brivido freddo delle sedie vuote. L'unione (social) fa la forza, Banning è rincuorata, ma probabilmente non il suo editore considerate le mancate vendite.

A parte alcune situazioni paradossali, narrative e/o reali (o, meglio, surreali), va ribadito che le presentazioni sono fondamentali perché permettono di arrivare al lettore, annullano la distanza tra lo scrittore e il suo pubblico. Secondo Giuseppe Laterza «i 'book tour' hanno senso prima di tutto per l'autore, che desidera mettere a confronto le sue idee e poi per animare le librerie come luoghi di incontro». Lo spiega bene anche Gian Marco Griffi parlando del successo di *Ferrovie del Messico*. «Quando i lettori hanno iniziato a leggerlo mi sono sentito meravigliosamente bene, per la prima volta nella mia vita sono stato soddisfatto di qualcosa che avevo scritto. Intanto ero riuscito a scrivere un romanzo esattamente come lo avevo progettato; poi, la soddisfazione che questa cosa abbia incontrato il favore di tantissime tipologie di lettori. Prima nessuno mi conosceva, ora non so più come fare a mettere in calendario nuove presentazioni. Ho fatto tantissimi incontri. Il mio grandissimo problema è che ho iniziato a dir di sì a tutti. È uscito fuori un tour tipo Bruce Springsteen in Europa».

Ci saranno altre presentazioni per il suo prossimo romanzo, ma non saranno altrettanto emozionanti, perché *Ferrovie del Messico* è stato un libro che è letteralmente cresciuto insieme ai suoi lettori. «È bello andare in giro a raccontarlo. E mi consente ogni volta di parlare di qualcosa di diverso, ha molti gradi di lettura, mi fanno spesso e volentieri domande diverse, e questo mi permette di non annoiarmi. Certo è dura, guidare, andare, prendere multe, dormire fuori! Quando sono andato a Catania per lo Strega sono tornato in aereo alle 2 di notte, la mattina dopo ho lavorato, e il giorno dopo ancora sono ripartito in macchina per Macerata».

La presentazione più buffa? Al Libraccio di Alessandria, dove non si è presentato nessuno: «La libraia ha detto: 'Mi è successo raramente'». Le altre invece sono state tutte partecipate, ne è sempre valsa la pena. È sicuramente più bello quando c'è un grande pubblico, ma anche parlare a pochi fa parte del gioco: bisogna guardare con rispetto a chi si è mosso da casa, dal divano, per il tuo libro.

È anche vero che più si va avanti con la carriera di penna, più ci si rende conto che *presentare stanca*; così almeno secondo lo scrittore Vincenzo Latronico.[6] La sua riflessione porta alla ribalta un tema molto importante, che si somma alla fatica che abbiamo cercato di descrivere, ovvero il fatto che l'autore non venga (quasi) mai pagato per presentare il libro, così come (quasi) mai vengono pagati i relatori. Le persone direttamente coinvolte nell'evento sono le uniche di fatto a investire senza la certezza di un ritorno adeguato. Torniamo così anche al tema della difficoltà per gli scrittori di vivere di sola scrittura, a meno che non si scalino le classifiche con vendite ingenti. Latronico si esprime alla vigilia del Salone di Torino, grande contenitore di presentazioni, dove tutto l'indotto guadagna (bar, ristoranti, allestitori ecc.): tutti, tranne l'autore. Ma è proprio vero? In fondo la presentazione è autopromozione, e lo scrittore ha una percentuale sulle copie vendute (anche se piuttosto bassa). Introdurre l'abitudine delle presentazioni a pagamento permetterebbe di ammortizzare i costi per le librerie ospitanti, garantire un cachet (sia pure simbolico) per autore e relatore, e ridurrebbe di molto gli eventi probabilmente aumentandone la qualità – come accade già all'estero.[7] Ma sarebbe sufficiente a evitare le presentazioni con due persone? Per capirlo bisognerebbe rivoluzionare del tutto un sistema ormai consolidato da anni.

Ancora secondo Nicola Lagioia, che ha diretto il Salone del Libro di Torino per due mandati consecutivi, dal 2017 al 2023, oggi il vero successo dipende del tutto dal passaparola, che può innescarsi da una serie di fattori, tra cui naturalmente anche l'esposizione mediatica dell'autore: «La presenza ha una sua importanza ma è molto faticosa e può essere anche un po' ingrata, anche perché, a differenza dei musicisti che vengono pagati per i loro tour, gli autori lo fanno gratuitamente. Per chi ha secondi lavori, chi è dipendente deve chiedere ferie o aspettative, chi è libero professionista deve recuperare le giornate di lavoro perso. Movimentare televisioni, stampa, radio, tv (anche se negli ultimi dieci anni hanno perso la loro forza) e, oggi, soprattutto i social, può servire a innescare il passaparola, che però può decollare anche senza questi elementi».

Il riferimento principale è ovviamente a Elena Ferrante, autrice bestseller internazionale senza averci mai messo la faccia – anzi, alimentando il mistero legato alla sua persona. «E comunque ci sono dei libri che non hanno venduto e col tempo sono diventati classici, come *Moby Dick*. L'unico giudice è il tempo. Fermo restando che secondo me gli autori non sono tenuti a promuovere il proprio libro ma il loro lavoro potrebbe fermarsi semplicemente alla scrittura, prima che il tempo ne decreti o meno il successo letterario, per quanto riguarda la fortuna commerciale, quelli che decidono di andare in giro a presentare le loro opere dovrebbero cercare di proporre formule nuove di volta in volta. Arrivato alla soglia dei 50 anni so che la vita è breve e quindi non vale la pena perdere tempo con queste cose, se non hanno un senso. Ci sarebbero attività più importanti da fare: scrivere un altro libro, leggere, passare molte ore con gli affetti, costruire altrove. Se non ha un senso per me, difficilmente ne trasmetterò uno al lettore: e il punto di vista esistenziale è più importante di quello commerciale».

La soddisfazione dell'incontro col lettore resta un'esperienza importante per chi scrive, ed è uno dei motivi principali per cui Erin Doom, il cui romanzo *Fabbricante di lacrime* (Magazzini Salani) è stato il libro più venduto in Italia nel 2022 con oltre 450.000 copie, ha deciso di svelare la sua identità concedendo un'intervista esclusiva a Fabio Fazio per l'uscita del suo terzo libro, *Stigma*, sempre per lo stesso editore, il primo per cui potrà fare un tour pubblico. Al Salone di Torino non la fecero entrare a un incontro in cui si parlava del fenomeno booktok e anche di lei, tutto esaurito. Che paradosso! Metterci la faccia, tentazione narcisistica o ineludibile legge del mercato? A fine intervista Fazio fa sapere proprio quali sono gli eventi pubblici in cui finalmente sarà possibile incontrare l'autrice e farsi autografare una copia.

In Italia ci sono autori che fanno tour infiniti: Ilaria Gaspari dai suoi profili social ci tiene aggiornati sulle date, i luoghi, i chilometri percorsi in treno, il numero di paesi visitati.

Filippo Guglielmone ricorda che per promuovere ogni libro di Giorgio Faletti si era deciso di replicare per ogni nuovo romanzo la formula vincente che era stata adottata per *Io uccido* (Baldini & Castoldi, 2002), il suo folgorante esordio. «Faletti mi raccontò che era stata organizzata una sorta di tour come quello di una compagnia teatrale, andando a toccare tantissime librerie indipendenti. Lui raccontava in prima persona il suo libro perché appena uscito nessuno gli dava credito: era un comico e nessuno pensava che avesse potuto scrivere un thriller, tanto meno un thriller di successo. A oggi, di tutti i libri che ho visto crescere personalmente *Io uccido* è quello che ha venduto di più in assoluto, è arrivato a cifre straordinarie. Il tour fu una sorta di operazione di convincimento, un porta a porta dell'autore con il pubblico».

I festival letterari

Quando gli eventi si svolgono all'interno di festival culturali e fiere editoriali, alcuni elementi legati all'organizzazione cambiano e si ridimensionano perché le sale e i luoghi deputati sono già definiti a priori, ci sarà solo da decidere come distribuire i diversi autori a seconda di capienza e orari, e come sempre anche in base ai costi. Nelle fiere, ad esempio, gli editori pagano una sorta di affitto per le sale delle presentazioni (non sempre, dipende dagli accordi, ma solitamente è previsto). Il pubblico in teoria dovrebbe essere assicurato ma non è così scontato data la possibile concomitanza di più presentazioni nello stesso momento.

Li stiamo nominando spesso, dunque cerchiamo di spiegare ora nel dettaglio cosa si intende per festival letterari, nello specifico quelli che prevedono incontri direttamente collegati a uno o più libri – e per fiere editoriali.

Partiamo dai festival. Da oltre venti anni nel nostro paese c'è una straordinaria proliferazione di nuove iniziative in questo senso, anche se per convenzione si pensa al Festivaletteratura di Mantova che è il primo per prestigio, e sicuramente il più conosciuto e frequentato. Nato nel 1997 sulla scia dell'Hay Festival, era in realtà stato preceduto da altre esperienze che poi non hanno proseguito il loro cammino: Città del Libro di Campi Salentina (1995) e Chiaroscuro di Asti (1996), censiti da Giorgio Nisini[8] che è a sua volta direttore di un importante e longevo festival, l'Emporio letterario di Pienza con le sue piazze patrimonio UNESCO.

Non esistono molti studi in merito al fenomeno dei festival in Italia: *Effetto festival* è un'articolata indagine di Guido Guerzoni[9] di cui esistono sette aggiornamenti, l'ultimo è del 2022, che cerca da un lato di stabilire una mappa dei festival più importanti, dall'altra prova a darne una descrizione relativa ai meccanismi di organizzazione e funzionamento, fino a indagarne gli effetti (sulla lettura, economici e sociali sul territorio). In particolare, l'edizione 2022, promossa da Intesa Sanpaolo e diretta da Guerzoni con Giulia Cogoli, si è concentrata su otto tra le più prestigiose iniziative presenti sul territorio nazionale: Dialoghi di Pistoia, Procida Racconta, Passaggi Festival, Capalbio Libri, Festival della Mente, Festivaletteratura, Pordenonelegge, Festivalfilosofia, e BookCity Milano, mostrando la necessità di coinvolgere un pubblico più giovane e ipotizzando possibili strategie. Secondo la definizione di Guerzoni riportata nel saggio di Nisini, per festival si intende

> una manifestazione dedicata a un preciso tema culturale, che prevede una pluralità di eventi concentrati spazio-temporalmente, appositamente concepiti per un pubblico non specialistico, in cui vi sia contestualità tra produzione e consumo, unicità del prodotto offerto e centralità dell'oralità, senza forme di competizione, discriminazioni extratariffarie, finalità di lucro e vendite predominanti di prodotti e servizi.[10]

Ne esistono moltissimi, non mappati del tutto scientificamente, ma per esempio Antonio Prudenzano ha il grande merito di avere una sezione aperta su Illibraio.it in cui aggiorna costantemente la lista delle iniziative culturali. Un'altra fonte molto utile di informazioni sul tema sono le pagine che «Robinson – la Repubblica» dedica settimanalmente per segnalare quelli che si svolgeranno di lì a pochi giorni.

Quello che a noi interessa nell'ottica della panoramica sulla vita e il «possibile» successo del libro, è che impatto ha per un testo e/o uno scrittore la partecipazione a una o più manifestazioni di rilievo. Per un autore, a parte la vendita diretta in loco, l'esserci moltiplica la visibilità che potrà portare ad altre iniziative e altri acquisti: possibilità di articoli sui giornali, interviste radio e tv, passaggi sui canali social ufficiali, retweet e repost da parte del pubblico. Un effetto di comunicazione che può aumentare di proporzione fino a raggiungere la viralità.

Essere invitati per un autore esordiente è la conferma di occupare un posto, per piccolo che sia, all'interno di un ambiente o di una scena culturale, un primo step «di carriera»; per un autore più importante, è un gioco di rimbalzo in cui festival e scrittore si confermano vicendevolmente nella propria importanza.

Normalmente, le organizzazioni rimborsano le spese vive (viaggio e pernottamento). A volte, e solo in alcune manifestazioni, per alcuni partecipanti (autori e relatori) si considera anche un gettone di presenza, abitualmente previsto invece quando viene preparato un talk, una *lectio* o un incontro con contenuto *ad hoc* per l'iniziativa.

Un festival funziona così: in una città, un'area geografica, un quartiere, un'isola, si selezionano una serie di luoghi (al chiuso o all'aperto, tenendo conto di tutte le necessità di una presentazione che abbiamo già elencato) in cui organizzare dibattiti, dialoghi e incontri tra scrittori a partire dall'ultimo libro pubblicato. Solitamente queste manifestazioni riescono molto bene in luoghi di dimensioni ridotte che siano facilmente percorribili a piedi. Nella maggior parte dei casi sono estive, proprio per aver la possibilità di scenari suggestivi all'aperto (su un prato, sul picco di una montagna con panorama mozzafiato, in riva al mare, in piazze storiche, e così via). Per la riuscita è molto importante la direzione artistica, ovvero la persona che decide, anno per anno, un tema specifico attorno al quale tessere i vari incontri, a partire naturalmente dalla vocazione primaria del festival stesso (filosofia, creatività, matematica, scienze, storie, sociologia) e che invita gli autori.

Ce n'è per tutti i gusti. Dal fascino meditativo delle isole – Capri con Le Conversazioni, Ventotene con Gita al faro, Procida con Procida Racconta e Gavoi con L'isola delle Storie – al Mediterraneo del Taobuk di Taormina che ospita gli autori in terrazze e piazze affacciate sul mare; e ancora Salerno Letteratura, gli incontri sul litorale di Fano organizzati per Passaggi Festival, il recente Biglietti agli amici a Rimini in luoghi dal sapore felliniano, Il libro possibile a Polignano a mare e Vieste. Poi ci sono le piazze accoglienti e i centri storici d'eccezione come quello di Mantova per il Festivaletteratura o di Sarzana, in Liguria, scenario del Festival della mente; La città dei lettori a Firenze, Conversazioni sul futuro a Lecce e, ancora, Pordenonelegge in Friuli-Venezia Giulia – l'ultimo grande appuntamento settembrino che subito dopo il Festivaletteratura, tra uno spritz e l'altro, chiude l'estate letteraria.

Ricordiamo inoltre ScrittuRa Festival tra Ravenna e Lugo di Romagna, che verso la fine dell'estate fa incursioni in montagna, sulle Dolomiti. Prediligendo scenari più invernali, si può scegliere Cortina d'Ampezzo per Una montagna di libri, o di spostarsi in città: a Torino con Torino Spiritualità, a Milano con BookCity o – in estate – La Milanesiana. I siti archeologici si prestano particolarmente bene a ospitare eventi culturali: il parco del Colosseo, con le adiacenti rovine della Basilica di

Massenzio, ha ospitato fin dalla sua prima edizione nel 2001 Letterature - Festival internazionale di Roma che da tre anni si è spostato nel non meno suggestivo Stadio Palatino. Nel 2023 si è tenuta la prima edizione della rassegna L'ArabaFenice sotto il Tempio di Segesta, solo pochi giorni dopo raggiunto dal drammatico rogo che ha infestato gran parte della Sicilia. Il «problema» di questi luoghi sono i vincoli archeologici che limitano ciò che si può fare e quante persone possono entrare.

Giuseppe Laterza, che di festival ha una certa esperienza avendone fondati un certo numero con la sua casa editrice, tra cui il Festival dell'Economia di Trento e Pianeta Terra Festival di Lucca, ed è l'ideatore di una forma di divulgazione molto efficace e di successo, e ripresa dai più, ovvero quella delle «lezioni di storia», ne chiarisce l'importanza. «Sono occasioni preziose in cui si ritrova una comunità di lettori e più in generale di persone colte che leggono libri e vanno al cinema, ai concerti, ai musei. C'è in Italia una 'élite senza potere', lungimirante e comunitaria, che consta di 3-4 milioni di persone che raramente siedono nei consigli di amministrazione delle imprese o in Parlamento... se il governo del paese ne tenesse conto vivremmo in un paese migliore!»

Il Festivaletteratura di Mantova

Il più importante festival letterario italiano si articola in una varietà di scenari e di proposte pensati per invogliare pubblico e autori (soprattutto i più famosi a livello nazionale e internazionale, che si trovano a dover scegliere fra numerosi inviti). Per i lettori è l'occasione di incontrare gli scrittori più amati e conoscerne di nuovi, ascoltare conferenze e presentazioni interessanti, visitare una città d'arte, trascorrere un fine settimana all'insegna della cultura e del buon cibo. Per gli editori, è un eccellente vetrina e punto di incontro per il *business*, così come per gli autori. In breve, per il mondo editoriale, Mantova a settembre *is the place to be.*

Per alcune iniziative, l'introduzione del biglietto al costo simbolico variabile tra i tre e i dieci euro permette di selezionare in partenza un pubblico motivato, anche all'acquisto del libro. Abitualmente i biglietti sul sito del Festivaletteratura vanno subito sold-out, con un incremento tangibile registrato di anno in anno.

Il 6 settembre del 2023, nell'Ufficio ospitalità del festival al primo piano di Palazzo Castiglioni – fra tappeti preziosi e quadri antichi, sotto l'egida di un imponente lampadario – l'atmosfera è elettrica: la XXVII edizione sta per cominciare, e la responsabile alle pubbliche relazioni Marella Paramatti sorveglia un team di ragazzi e ragazze che non staccano mai gli occhi dai computer e le orecchie dai cellulari se non per accogliere gli ospiti e ascoltare ogni loro necessità – a volte molto articolate. Uno sciopero di Trenord ha creato problemi per i molti relatori in arrivo da Milano, e ad alcuni autori è stato chiesto di partire all'alba, prima dell'inizio dell'agitazione sindacale. Alcuni hanno accettato di buon grado, altri no, e si sono dovute trovare soluzioni alternative. I telefoni squillano in continuazione. Seduti dietro scrivanie di cartone, i responsabili dell'accoglienza non prestano attenzione al livello di *stardom* di alcuni invitati: certo, alcuni di loro non resistono e chiedono a Zerocalcare l'autografo «con disegnetto» sul loro pass, ed ecco arrivare David Sedaris, che chiede di avere in regalo i sacchetti per la raccolta della carta del Comune di Mantova, di cui si è innamorato: «Potrei averne cinque? Uno per ogni casa che ho».

Di aneddoti così ce ne sono a migliaia, da quando nel 1997 il festival nacque in seguito a una ricerca commissionata dalla

Regione Lombardia all'agenzia britannica Comoedia per capire le potenzialità turistiche inespresse delle città della Lombardia meridionale, e Comoedia suggerì di trasformare Mantova in Città del Libro proprio come Hay-on-Wye. Ci volle un po' perché la cosa si concretizzasse grazie al libraio Luca Nicolini (scomparso nel 2020), che insieme ad altre sette persone diede vita al Comitato Organizzatore, motore primo della manifestazione. Immediato il rilievo internazionale del festival: ospite della prima edizione, Salman Rushdie, che viaggiava con una scorta armata per via della fatwa che lo aveva da poco colpito, riuscì comunque a scappare dall'hotel per fare una passeggiata in solitaria.

L'edizione del 2023, di cui abbiamo vissuto in tempo reale l'avvio nel cuore degli uffici organizzativi e in giro per la città, si è chiuso con 65.000 presenze: 46.000 negli eventi a pagamento e 19.000 agli incontri a ingresso libero, il 16% in più rispetto all'edizione 2022, e la più alta partecipazione dopo la pandemia.

I segreti del suo successo sono molteplici: il primo è sicuramente l'indipendenza della programmazione da influenze esterne: il festival è finanziato in minima parte da enti pubblici, e per il resto soprattutto da privati, che non interferiscono nelle scelte creative e organizzative, ma possono legare il loro nome a uno o più eventi, sostenendolo per le spese di logistica, dotazione tecnica, ospitalità.

L'indipendenza di cui Mantova è legittimamente orgogliosa è sottolineata da Alessandro Della Casa, coordinatore della segreteria organizzativa del Festival: «La casistica è varia e differenziata. Per noi è centrale creare situazioni in cui l'autore possa parlare del suo fare letteratura in un modo diverso rispetto a quello della presentazione tradizionale. Diventa un approfondimento, l'occasione di esplorare temi altri rispetto al libro in sé». Del resto le diverse esperienze in tour di Antonio Pascale e Nicola Lagioia hanno dimostrato che un autore deve saper produrre contenuti nuovi per evitare il rischio di presentazioni sterili e ripetitive. A Mantova gli scrittori vengono coinvolti in tre o quattro appuntamenti spesso completamente diversi fra loro. «Alcuni sono molto entusiasti e generosi, vengono anche quando non hanno un'uscita diretta». Altri sono più orientati all'idea di tour promozionale, e in tal caso occorre capire quanto valga la pena forzare la mano. Con diversi autori negli anni si è costruito un rapporto molto forte, e sono loro stessi a contattare il festival con proposte pensate su misura.

Tutto è fatto a titolo gratuito, e l'indotto commerciale non è imponente come nel caso del Salone del Libro di Torino: ma per Mantova è disposto a lavorare gratis anche Vincenzo Latronico, che per l'edizione 2023 ha organizzato una serie di incontri con l'unica motivazione in grado di smuovere uno scrittore: «Sono cinque giorni in cui si vive nell'allucinazione collettiva che la letteratura sia la cosa più importante del mondo». Letteratura e non libro-feticcio, perché il Festivaletteratura non pratica quella «celebrazione del libro come qualcosa di intrinsecamente positivo che è molto diffuso e che spesso è solo marketing».[11]

Fondamentale per la riuscita di un evento che mette la letteratura al centro del discorso è anche l'indipendenza dalle case editrici che sarebbero piuttosto orientate al lancio delle novità, seppure con tutti gli editori ci sia un dialogo costante. È normale, spiega Della Casa, che un editore spinga su alcune uscite e non su altre. «Facciamo incontri preliminari con tantissime case editrici, anche piccole e piccolissime. Quest'anno siamo a oltre novanta. Il rapporto è molto buono e diretto, ma è sempre un'opera di mediazione tra le uscite previste che a volte sono interessanti per il festival, e che in altri casi invece non ci convincono». L'idea del festival è di porre al pubblico la possibilità di ascoltare anche voci nuove o relativamente poco conosciute. A titolo di esempio, nel 2012 Mantova ha ospitato Olga Tokarczuk, in dialogo con Lella Costa: prima di vincere il Nobel per la Letteratura nel 2018, era pubblicata da un piccolo editore, e senz'altro non era ancora nota al grande pubblico. Per l'edizione del 2023 è tornata. «Chiamiamolo investimento riuscito, o scommessa vinta. Non sempre è facile contattare autori internazionali, organizzare la loro partecipazione in collaborazione con l'editore. Ci sentiamo responsabili di ogni proposta al lettore, ed è una responsabilità che ci prendiamo volentieri. A volte invitiamo scrittori stranieri molto apprezzati nei loro paesi ma che in Italia non hanno ancora avuto la ricezione pari al loro valore». Un conto è avere Giacomo Poretti: «Cosa possiamo fare noi per aggiungere qualcosa alla sua fama? È anzi l'occasione di richiamare un pubblico che lo segue e che poi si avvicina agli altri eventi». Un conto scommettere su un'autrice polacca misconosciuta, e quel Nobel arrivato a sei anni di distanza è stato una gioia – e la conferma di averci visto giusto.

Mantenere un equilibrio fra autori noti (o molto noti) e nuove voci da presentare al pubblico è un rischio che a volte ripaga. Se è prevedibilissimo che per Zerocalcare o Umberto Galimberti occorre aspettarsi la sala piena e un lunghissimo firmacopie, in altre situazioni i pronostici non sono così scontati. «Quest'anno abbiamo fatto un incontro sui romantici, sul carteggio Goethe-Schiller pubblicato nel 2022 da Quodlibet: un tomo di oltre 1000 pagine, un argomento certo non di cassetta, eppure la sala era piena. Gli interlocutori sono stati molto bravi, ma venivano tutti dal mondo accademico e non erano noti al grande pubblico. È stata una sorpresa». Inoltre si tratta di un epistolario, genere poco popolare. «Il fatto è che Quodlibet ha realizzato un'edizione importante che andava valorizzata. Avevamo immaginato la partecipazione di qualche studente, di qualche istituto di germanistica, e invece c'è stato un pubblico vastissimo». Stessa cosa per il ciclo sulle scrittrici del Novecento. «In quel caso abbiamo voluto sostenere le scelte di alcuni editori di ripubblicare quattro autrici da tempo fuori catalogo. Non ci erano state proposte subito, l'operazione per quanto meritoria sembrava difficile da sostenere». Anche qui, sale piene.

La cartina di tornasole, lo stiamo vedendo, è sempre il lettore, e bisogna saperlo ascoltare. Gli organizzatori del festival lo fanno anche semplicemente incontrando le persone per strada e parlando con loro. Le osservazioni più comuni riguardano l'adeguatezza o meno del relatore: se prende troppo spazio rispetto all'autore, il pubblico lo manifesta anche in diretta con rumori e applausi liquidatori. Per ogni incontro ci sono voci discordanti, pareri diversi. Alcuni si lamentano perché lo scrittore non ha toccato alcuni temi, altri per il registro utilizzato – troppo leggero o troppo profondo. Per gli autori stranieri, molti riferiscono se l'interprete ha saputo tradurre oppure no. «Noi organizzatori non possiamo essere dappertutto, anzi: nei giorni cruciali siamo incatenati negli uffici e agli incontri non andiamo quasi mai se non per salutare qualcuno». Per questo il riscontro del pubblico è fondamentale: «Il nostro è un lavoro che si fa insieme ai lettori». Una risorsa importante in questo senso sono i numerosi gruppi di lettura che sono proliferati proprio grazie a questa manifestazione e che nella provincia di Mantova sono particolarmente diffusi. L'ultimo rilevamento risale alla fine 2021, con 60 gruppi attivi nella provincia per oltre 1000 iscritti complessivi.

Secondo Giorgio Zanchini, «i festival che resistono nel tempo sono quelli che riescono a costruire un rapporto col territorio coinvolgendo scuole e biblioteche locali, insegnanti ecc. Se no rischiano di essere un'astronave che piomba sul territorio e poi riparte senza lasciare nulla. I festival servono se riescono a costruire coesione sociale e culturale». Mantova in questo è un caso esemplare. «Dopo il festival abbiamo l'opportunità di raccogliere i feedback sugli autori ospiti, su come sono andati gli incontri. Quanto un autore ha reso in pubblico, se ha saputo coinvolgere – non tutti sono in grado di tenere alta l'attenzione – e poi durante l'anno vediamo le proposte che i gruppi di lettura fanno». Alcune persone che lavorano nei circoli sono anche consulenti dell'iniziativa. Per esempio Guadalupe Nettel, scrittrice messicana pubblicata in Italia dalla Nuova Frontiera e ospite nel corso dell'ultima edizione, è stata amatissima dai gruppi di lettura: «In questo caso sapevamo di andare sul sicuro, perché forniscono un campione di lettori abbastanza significativo».

Grande attenzione anche per gli adolescenti che negli ultimi anni hanno un ruolo sempre più attivo nella costruzione degli incontri anche partecipando alla conduzione. I loro interessi sono testati e stimolati tutto l'anno con *Read more*, un progetto che il festival porta nelle scuole dal 2016 e grazie a cui ogni giorno si dedicano 20 minuti dell'orario scolastico alla lettura: i ragazzi possono leggere quello che vogliono. Nei cinque giorni della manifestazione a Mantova c'è Area 6, «Una casa tutta per loro, o quasi», dove «loro» sono le lettrici e i lettori adolescenti, e la casa nel 2023 è in piazza Broletto, dove gruppi di ragazzi accolgono all'ingresso e invitano i passanti a entrare e a scrivere sulle lavagne i titoli dei romanzi più belli letti di recente, fornendo consigli di lettura, suggerendo nuove parole su cui ragionare. E le lavagne sono lì, leggibili, in un'ottica di condivisione.

Emozione, attenzione al lettore e legame col territorio: Libri sulla Cresta dell'Onda

Ogni iniziativa, per nobile che sia, non è mai esente da critiche. Per Paolo Di Stefano: «I festival (non tutti, ovviamente) diventano luoghi di promozione, perché a loro volta iperpromossi dai media: uno spettacolo piuttosto autoreferenziale, riti ripetitivi, con i soliti noti che passano da un festival all'altro, dalle radio, dai giornali, dalle tv, dalla rete. I programmi di Mantova e Pordenone hanno sovrapposizioni di autori da Strega che vanno e vengono ovunque. Poi verrà BookCity, e il giro più o meno si ripeterà».

Ma se qualcosa possiamo imparare dall'esperienza del Festivaletteratura, è che il radicamento sul territorio è un elemento importantissimo per la riuscita di una iniziativa culturale di questo tipo, nell'ottica di fidelizzazione del lettore e di promozione della lettura, e soprattutto per creare comunità in un momento storico in cui il compito appare singolarmente difficile, specialmente quando si è in provincia. Lo sa bene Enza Campino, che insieme a suo fratello Riccardo gestisce da 40 anni la libreria Tuttilibri Mondadori di Formia, in provincia di Latina, e che nel 2023 ha festeggiato i 30 anni da organizzatrice del festival letterario Libri sulla Cresta dell'Onda, ormai un punto di riferimento culturale nazionale. Piazze aperte sul Tirreno, vestigia ciceroniane, sagrati delle chiese, teatri antichi, monasteri e siti archeologici sono da sempre lo scenario privilegiato per gli incontri con i più grandi interpreti dell'editoria italiana e internazionale. Da David Grossman ad Andrea Camilleri, tutti i più grandi sono stati ospiti della cittadina del Sud pontino. Enza e Riccardo, per i quali la lettura è il fuoco che muove tutto, sono stati tra i primi in Italia a intuire che i libri dovevano uscire dalla libreria per andare incontro a chi non leggeva, sia con la formula degli stand all'aperto «che intimoriscono di meno il non-lettore che magari non entra in libreria per una sorta di pudore», sia con gli incontri pubblici, che Enza non ama chiamare presentazioni, un po' per l'immenso lavoro di preparazione che c'è dietro, un po' per la loro peculiare struttura, che prevede un dialogo diretto, disintermediato fra scrittore e pubblico; un'attenzione particolare nella scelta di personalità più orientate in questa direzione; partecipanti preparati, allertati e informati con anticipo; e infine, un posto molto bello, individuato fra Formia, Minturno, Gaeta e Fondi, borghi storici del golfo di Gaeta. Va da sé che è un lavoro che si svolge nell'arco di un anno per riuscire a organizzare quattro o cinque appuntamenti durante tutto il periodo estivo: in più, Libri sulla Cresta dell'Onda è stata la prima iniziativa letteraria a usare la formula mista con musica, arti visive e letture, e anche la prima a essere itinerante tra diversi comuni. Le difficoltà negli anni non sono state poche: spostamenti, palco, location, tutto ha un costo. «Non è sempre semplice avere dei contributi sia pubblici che privati, infatti per noi è fondamentale rimanere fedeli alla nostra idea di festival. È importante che chi ci sostiene sposi appieno il nostro progetto e ne condivida la finalità. Addirittura nei primi anni gli sponsor privati che nel tempo abbiamo provato a contattare apprezzavano l'idea, ma ci chiedevano di trasferire l'iniziativa verso località più glamour, dove c'è un turismo da loro ritenuto più ricettivo. Ma noi siamo a Formia, il golfo di Gaeta è la nostra casa e una libreria è il motore di tutto questo».

Quando Enza Campino racconta questo straordinario viaggio trentennale, gli occhi le brillano e la parola chiave che emerge a più riprese è «emozione», come quella provata con Luis Sepúlveda, ospite dell'iniziativa ormai 24 anni fa. Il sagrato della chiesa di San Francesco a Gaeta era pieno di sedie e «lui sembrava sospeso tra cielo e terra». «Nei giorni attorno alla presentazione lo portammo a fare un giro in barca. Di fronte alla Grotta del Turco gli raccontai la stupefacente leggenda secondo cui la montagna che vedevamo si era spaccata alla morte di Gesù Cristo e successivamente era anche stata usata dai pirati come rifugio. Lui mi ascoltava attento, ma a quel punto sobbalzò e mi disse «questa è LA storia, Enza, i pirati! I pirati!» Quando Sepúlveda è mancato mi sono arrivati dei messaggi di cordoglio, quasi come se fossi una sua parente. Le persone mi scrivevano, mi mandavano le foto dei libri con la sua dedica, i ricordi di vent'anni addietro. Sembrava che il tempo non fosse passato per loro. L'ultimo è stato un ragazzino di 17 anni che mi ha portato a far vedere la sua copia dedicata di *Storia di una gabbianella*. Chiaramente all'epoca lui non era ancora nato, il libro se lo era fatto autografare sua nonna, che lui non aveva fatto neanche in tempo a conoscere».

Ciò che Enza Campino non dice per discrezione, lei che ama il rapporto con gli autori oltre ogni cosa, e sa come coltivarlo, è che subito dopo la morte dello scrittore cileno le venne affidato l'onore di scrivere un testo a nome dei librai italiani sulla rivista che in Portogallo fu realizzata per ricordarlo.

Alberto Angela, amico del festival come suo padre Piero prima di lui, le dedica sui suoi social un testo commosso e intenso ripreso anche dal settimanale «iO Donna» nel momento in cui lei è ricoverata in terapia intensiva in ospedale per le conseguenze del Covid-19. I messaggi che le arrivano anche in seguito a questo intervento sono pieni di affetto e vicinanza, e le restituiscono il senso umano di tutto il lavoro fatto per la comunità. «Ho sempre dato a questi incontri un significato quasi sacro».

Sepúlveda non era ancora così famoso ma il lavoro preparatorio dei librai con i lettori fu fondamentale, e il momento speciale è rimasto impresso nella memoria. Ogni serata ha la sua magia. Roberto Saviano, invitato per parlare del suo libro sull'immigrazione, si lascia rapire dall'atmosfera unica della Tomba di Cicerone e propone una *lectio* sulla potenza delle parole. Tra gli altri ospiti ricordiamo Luciano De Crescenzo, Enzo Biagi, Piero Angela, Umberto Galimberti (anche protagonisti di firmacopie lunghi oltre due ore), Amin Maalouf (corteggiato per ben cinque anni), Tiziano Terzani, e molti altri nomi di rilievo: «Io ho fatto solo da conduttore, da tramite. Ho predisposto in modo da far capire ai lettori che non stavano andando a sentire una presentazione qualunque: dovevano aver chiaro che quello scrittore era lì proprio per loro, altrimenti avrebbero potuto vederlo in tv o altrove. Le persone che presenziano in genere hanno già letto il libro, e arrivano con la loro copia da firmare».

In occasione dell'incontro con Melania Mazzucco per il ventennale di *Vita* (Rizzoli/Einaudi, Premio Strega 2003), che racconta la storia del nonno paterno dell'autrice originario di Tufo, una frazione di Minturno, Enza Campino decide di far realizzare un timbro celebrativo che recita «Approved, Minturno, Italy, 1903», da apporre su ogni libro: il timbro riproduce l'annullo postale sulle lettere che arrivavano dall'America nell'anno in cui i protagonisti del libro lasciano il golfo per cercare fortuna oltreoceano. Il Teatro romano di Minturno è gremito, 1500 persone in un mercoledì di luglio, l'emozione è alta, e all'incontro partecipa anche il regista Claudio Giovannesi, che ha in preparazione il film tratto dal libro.

Radicamento sul territorio significa anche coinvolgere le realtà che con le persone hanno molto a che fare, luoghi spirituali compresi, che spesso hanno avuto un ruolo fondamentale nel preparare il pubblico agli incontri, sottolineandone i messaggi più profondi. Con i sacerdoti che mostrano il libro sull'altare durante le celebrazioni, anche la notte di Natale, e il vescovo che inserisce consigli di lettura nella sua Lettera Pastorale.

In questo senso è fondamentale la collaborazione con le scuole, alle quali Enza Campino propone spesso iniziative *ad hoc*, come quella con Ersilia Vaudo, astrofisica sessantenne che lavora all'Agenzia spaziale europea. Vaudo è di Gaeta, ha pubblicato per Einaudi il libro *Mirabilis*, ed Enza pensa immediatamente che bisogna lavorare su quello che era stato il suo liceo. La scuola le segnala che una volta al mese i ragazzi fanno un'assemblea al Cinema Ariston, il classico film + dibattito, e quella potrebbe essere l'occasione giusta. «I ragazzi dicono di sì. Qualcuno legge il libro prima, si appassiona, l'assemblea è infuocata, noi arriviamo con lei dopo due ore di caos. Oltre agli studenti vengono anche 50 tra suoi ex compagni di scuola e professori. Lei arriva, ed è sorpresa, e di fronte a 600 ragazzi attentissimi fa il suo 'TED'. Subito dopo sale sul palco una sua ex compagna con Riccardo che conduceva l'incontro. Fra le domande dei ragazzi, e la commozione generale, ha dedicato decine di copie di lunedì mattina». L'emozione deriva anche dal fatto che Enza Campino era riuscita a rintracciare un cospicuo numero di fotografie in cui si vedeva il liceo come era all'epoca, insieme all'autrice e ai suoi compagni di classe.

Per restare in ambito scolastico, presso l'istituto d'istruzione superiore Gobetti – de Libero di Fondi la Tuttilibri Mondadori da 22 anni supporta gli instancabili insegnanti nell'organizzazione di incontri senza interruzione. «Invitiamo i più bravi di tutti». Da quella aula magna sono transitati da Pif a Folco Terzani a Marco D'Amore, solo per citarne alcuni. «Gli autori sono colpiti, partecipano solo i ragazzi che vogliono partecipare (tanti) talvolta anche insieme a genitori e nonni e invitano ogni anno classi di altre scuole, compresa una quinta elementare. Quei bambini entrano, prendono il microfono e fanno delle domande molto accurate. Folco Terzani era scioccato! Marco D'Amore stabilì un rapporto speciale con un ragazzino autistico che aveva deciso di leggere il suo libro, lo chiamò al telefono ancor prima dell'incontro».

Parallelamente agli appuntamenti del festival, Riccardo Campino ha concepito Pagine di storia, con una formula diversa da quella tradizionale. La libreria ha dato vita anche a un particolare gruppo di lettura in cui nessuno stabilisce a priori di quale libro si parlerà. Si chiama «Stasera faccio tardi»: con cadenza mensile, alle 19 i ragazzi e le ragazze si riuniscono e parlano con gli altri dei libri che hanno più amato e a volte fanno capolino anche scrittori come Enrico Galiano.

Ogni singola iniziativa svolta negli ultimi tre decenni dalla libraia formiana è una testimonianza di quanto sia centrale il ruolo svolto dai librai nella creazione e nel monitoraggio di un pubblico di lettori, e di quanto (se coltivata adeguatamente) l'interazione con questo stesso bacino, ultimo anello della catena editoriale, sia il terreno fertile per un'attività che non esiteremo a definire politica, in senso lato: far nascere o dare nuova vita a luoghi, eventi, situazioni, ma soprattutto creare legami, fare comunità.

Mercanti in fiera. Il Salone del Libro di Torino

A differenza di un festival, che ricade fra le iniziative promozionali ma non commerciali in senso stretto, una fiera rappresenta il punto in cui i due sentieri in cui abitualmente la vita del libro si biforca – prestigio/comunicazione/diffusione e vendite dirette – straordinariamente si incontrano. Alcune fiere, segnatamente il Salone del Libro di Torino e Più libri più liberi di Roma, sono un grande investimento che, assicurano gli editori, al netto delle spese (invio libri, allestimento, affitto spazio, mangiare, dormire, spostamenti per lo staff) ripaga (quasi) sempre.

Al solito, un po' di storia.

Sebbene iniziative in questo senso fossero organizzate anche prima degli anni Venti, la prima fiera internazionale del libro pensata in maniera strutturata in Italia fu a Firenze, quattro edizioni tra gli anni 1922 e 1932, ma non fu ripresa. Oggi Firenze però ospita Testo [Come si diventa un libro], dal 2022 presso i locali della Leopolda.

Quella italiana più importante, tra le più prestigiose a livello europeo, è senz'altro il Salone del Libro di Torino, nato nel 1988 da un'idea di Guido Accornero: si trattò in origine di una sfida importante, in un paese in cui il numero dei lettori era ancora molto basso. Il primo scrittore a intervenire fu il poeta e premio Nobel Iosif Brodskij, che nel discorso tenuto durante la cerimonia inaugurale dal palco del Teatro Regio disse: «L'idea di tenere un Salone del Libro nella città in cui un secolo fa Friedrich Nietzsche perse il lume della ragione è un'idea luminosa con un buon pizzico di follia». Da allora, il Salone cresce più o meno stabilmente fino al 2017, momento in cui subisce una grossa crisi e viene messo all'asta. Dopo una serie di riorganizzazioni varie, oggi è un progetto dell'Associazione culturale Torino, la Città del Libro e della Fondazione Circolo dei lettori. Sul sito ufficiale ci sono un po' di numeri importanti: oltre 1000 editori, 2000 ospiti per un totale di 1200 eventi distribuiti in circa 40 sale. Sempre nel 2017 comincia la *tenure* da direttore di Nicola Lagioia, che rimane fino al 2023, firmando una ripresa che anno dopo anno ha del miracoloso: l'ultima edizione chiude con 215.000 visitatori, 115.000 mq espositivi, 573 stand.

Il Salone è l'obiettivo da raggiungere per gli editori più piccoli, l'appuntamento da non mancare per quelli medi e grandi. In calendario generalmente nella seconda metà di maggio, idealmente chiude le iniziative invernali e lascia il passo ai festival estivi, e costituisce una straordinaria occasione di incremento delle vendite e di diffusione di titoli da lanciare o da rafforzare.

Come si fa a far convivere le due esigenze, promozione e vendita? La chiave, assicura Nicola Lagioia, sta nella «bibliodiversità». Ovvero, la presenza degli editori sia negli stand che nel programma delle presentazioni non è proporzionale ai loro rispettivi fatturati, questa è la scelta fatta a monte. «Non sarebbe corretto né fedele alla nostra idea di voler rendere un panorama editoriale che è comunque estremamente vario. Per questo c'è una giusta sproporzione a vantaggio dei più piccoli e degli indipendenti che tiene conto della bibliodiversità: il fatto che ci siano varie voci è più importante del peso economico che pure è determinante. Questa scelta premia. Quando facemmo la prima fiera solo con gli editori indipendenti (tranne Feltrinelli e qualcuno altro) la gente venne lo stesso». L'edizione del 2017 a cui si riferisce Lagioia fu la sua prima da direttore, in mezzo alla gigantesca ristrutturazione del Salone che registrò la vistosa assenza dei grandi gruppi editoriali come Mondadori e GeMS. Questi che decisero di partecipare solo a Tempo di Libri, la fiera milanese il cui annuncio, pochi mesi prima, aveva scatenato perplessità e polemiche per la vicinanza delle città e delle date (maggio il Salone, marzo Tempo di Libri), e che sopravvisse per solo due edizioni, entrambe non molto fortunate in termini di pubblico.

Chiarita la chiave della bibliodiversità, entrando nel merito degli incontri: come si scelgono i libri e gli autori? Ovvero, come si lavora al programma? Il dialogo tra il Salone e le case editrici è continuo e dura da settembre fino ad aprile. «Gli organizzatori hanno un elenco di desiderata, gli editori hanno il loro, non sempre coincidono, e bisogna arrivare a compromessi. Nella maggior parte dei casi le case editrici preferiscono portare soprattutto gli autori in promozione, al Salone magari ne interessano altri. A volte può succedere anche che alcuni editori ti fanno venire delle idee a cui non avevi pensato o viceversa, sei tu a dare spunti che gli editori poi accettano di buon grado».

La fiducia reciproca e il dialogo sono frutto di un lavoro di mediazione e si costruiscono col tempo, e nel caso di Lagioia, a partire dal quel fatidico 2017, hanno sempre portato a ottimi risultati. «Una crescita continua: mi sono sentito come un allenatore che ogni anno vince la Coppa dei Campioni con un risultato sempre più eclatante. Forse anche per questo ho lasciato, come gli allenatori: non solo per paura dell'insuccesso – quello è una possibilità con cui fare i conti –, ma anche per la pressione psicologica, perché ogni anno sei costretto a inventarti qualcosa di nuovo. Quando lo fai per sette anni di seguito con dei numeri portentosi, alla fine ti serve una pausa».

Anche per questo successo è stato fondamentale ascoltare i lettori, costantemente. Oltre alle cinque giornate di maggio, il Salone organizza eventi in tutta Italia durante l'anno in partenariato con la Fondazione Circolo dei lettori di Torino. «I lettori li abbiamo ascoltati molto a lungo frequentando le librerie, le biblioteche e gli altri festival, creando un contatto attraverso i social. Così avevamo un polso costante degli umori, delle richieste, dei gusti: abbiamo potuto capire cosa volevano, fare una media delle richieste, elaborare delle proposte che superavano le richieste. L'altra cosa che ci è stata di grandissimo aiuto è stata una disponibilità continua: io rispondevo sempre, a tutti, sui social e alle mail».

Editori, lettori: e gli autori? Anche con loro il rapporto è costante, ma essendo una fiera commerciale il rapporto principale è con gli editori. Tuttavia Lagioia ha dei suoi ospiti letterari ricordi bellissimi, dal novantanovenne Edgar Morin a Svetlana Aleksievič, premio Nobel per la Letteratura, «invitata a un incontro del pre-Salone nel primo anno della mia direzione». Molti scrittori hanno richiesto anni di corteggiamento, come Michel Houellebecq. Un rammarico: non essere riuscito a ospitare Stephen King: «Sarebbe bellissimo se Annalena riuscisse a portarlo a Torino». Annalena Benini è la nuova direttrice, dall'edizione 2024.

Ma a parte i grandi successi, i grandi numeri, le grandi emozioni, ci sono stati anche momenti delicati da gestire a livello organizzativo e comunicativo. Il Salone di Lagioia, nato sotto il segno della polemica con Tempo di Libri, ha dovuto gestire varie amenità; ad esempio, il caso dell'editore di estrema destra Altaforte, la cui richiesta di partecipazione era stata in un primo momento accettata, salvo causare le dimissioni di Christian Raimo dal comitato organizzativo e l'annullamento di eventi da parte di un gruppo di autori (la vicenda si è conclusa con l'intervento della Regione Piemonte che ha imposto ad Altaforte il divieto di partecipazione); o ancora, l'innesco violento di una forte provocazione rivolta direttamente a Lagioia e nata da un servizio (tendenzioso) di *Striscia la Notizia* che cerca di provocare la scrittrice Melissa Panarello a proposito di una frase offensiva pronunciata da Lagioia nei suoi confronti venti anni fa (un avvenimento su cui entrambi avevano avuto modo di tornare, ricomponendolo in termini assolutamente amichevoli); o ancora, il momento di tensione durante l'incontro con la ministra Roccella, invitata a parlare di famiglia, e interrotto da alcune contestatrici. Difendersi dagli attacchi personali e tutelare contemporaneamente l'istituzione che si rappresenta si può, e si deve: «Tra la propria persona e l'istituzione bisogna sempre tutelare l'istituzione, anche sacrificando il proprio punto di vista. Avrei potuto polemizzare con la ministra Roccella, ma io non sono il servizio pubblico, non sono la polizia; ai contestatori, e al pubblico, non era chiaro il mio ruolo istituzionale. Pensavano che fossi un questurino?» Anche sul caso Altaforte, «non stava a me decidere: il direttore è responsabile del programma, non degli stand, che invece fanno capo alla proprietà del Salone. Non bisogna agire polemizzando, anche se si ha ragione da vendere». Chiaramente ammette che queste polemiche gli sono costate molte preoccupazioni e amarezza. «Forse la cosa meno grave è stato il servizio di *Striscia la Notizia*, perché è il loro mestiere quello di spargere zizzania. Se il Salone non ne è mai uscito scalfito, non ci hanno ammaccato, dal punto di vista personale è diverso: alcune ferite fanno male. Per usare una metafora calcistica, ti entrano a gamba tesa, ti prendi il tuo bel calcio negli stinchi, ma alla fine la partita è ancora tua». Come direbbe la regina Elisabetta, *the Crown always wins*.

Oltre il Salone

L'altra grande fiera italiana, l'abbiamo già citata, è Più libri più liberi, nata nel 2002 e promossa direttamente dall'AIE (Associazione Italiana Editori) con l'intenzione di dare spazio principalmente alle case editrici indipendenti, piccole e medie. Consiste di «cinque giornate dove scoprire le novità e i cataloghi di oltre 500 editori, incontrare autori, assistere a performance musicali, reading e dibattiti». Frequentata da lettori e addetti ai lavori, si svolge tradizionalmente nei primi giorni di dicembre, nel weekend dell'Immacolata. Gli editori ne sono entusiasti perché, soprattutto per i più piccoli, poco presenti in libreria, è un'occasione per farsi conoscere e per fare ottime vendite in vista delle festività natalizie. Alcuni librai romani meno, perché sostengono che sottragga loro un'importante fetta di acquirenti nel periodo più florido dell'anno. Le polemiche, supportate dall'A.L.I. (Associazione Librai Italiani), hanno condotto a diverse iniziative di opposizione da parte dei librai che hanno variamente boicottato la manifestazione, e un paio di tavoli di confronto con gli editori hanno portato a un nulla di fatto. A quanto pare gli editori vogliono un Natale scintillante con incassi immediati.

Resta che grazie al ricco programma di presentazioni e incontri è anche un modo per lanciare le ultime novità e far conoscere nuovi autori e autrici al pubblico ormai fidelizzato della manifestazione.

Ospitata fino al 2016 fra le mura razionaliste del Palazzo dei Congressi all'EUR, oggi si svolge presso lo straordinario scenario della Nuvola di Fuksas. Il passaggio alla Nuvola ha significato più spazio per gli editori, una acustica migliore, e un appeal aggiuntivo per il pubblico, che si muove anche per poter ammirare da vicino l'incredibile struttura architettonica.

La Fiera è presieduta da Annamaria Malato, diretta da Fabio Del Giudice, e il programma degli eventi è stato curato per dieci anni da Silvia Barbagallo, che nel 2023 ha lasciato il testimone alla scrittrice Chiara Valerio (dopo la co-curatela del 2022). I suoi numeri: 20 anni di vita, oltre 518 espositori e 600 eventi, Più libri più liberi ha ospitato nel tempo, in ordine sparso, Azar Nafisi, Abraham Yehoshua e Andrea Camilleri, Roberto Saviano e Alessandro Baricco, e molti altri. Che ci fanno gli autori che pubblicano con grandi gruppi editoriali ospiti della fiera della piccola e media editoria? A volte sono lì per aver pubblicato un titolo con un piccolo editore, altre volte chissà, suonano quasi come delle scelte che il pubblico si aspetta.

Festival e fiere sono eventi partecipati e di respiro sempre maggiore. Quelli italiani che abbiamo citato si rivolgono direttamente al lettore, diversi dalla natura totalmente *business-oriented* della London Book Fair o della leggendaria Fiera del Libro di Francoforte, dove i tavoli che fervono non sono quelli delle presentazioni ma quelli in cui si avvicendano agenti, editori e uffici diritti, dove le parole che fanno la differenza sono quelle stampate sui biglietti da visita, sulle schede editoriali, fra letture consumate di notte per un titolo da posizionare in meno di 24 ore.

Tuttavia, un passaggio a Torino a maggio o a Roma a dicembre permette di tastare il polso di un settore, quello dell'editoria italiana, dinamico, sempre più definito, e capace di presentare la sua faccia migliore.

Capitolo sesto

I giornali e la critica letteraria

La rassegna stampa: il gagliardetto del prestigio

Per molti è un rituale per iniziare la giornata, con il caffè; per gli uffici stampa praticamente un obbligo; per gli scrittori appena usciti in libreria con un nuovo titolo, può diventare un'ossessione. Parliamo della lettura quotidiana delle pagine culturali dei giornali, il momento rituale per gli addetti ai lavori e per alcuni appassionati: le pagine dove nomi più o meno noti (e temuti) firmano i loro pareri sui libri in circolazione non sono prive di un'aura fatta di segreti e speciali alchimie, che si intuisce avvengono oltre il confine del foglio stampato o digitale, in quei luoghi inaccessibili ai più che sono le redazioni dei giornali.

Una rassegna stampa è tecnicamente la raccolta ordinata di tutti gli articoli dedicati a un libro; e una rassegna stampa importante, con molti nomi, soprattutto con quelli 'giusti', è il desiderio di tutti, scrittori, editori e uffici stampa: un gagliardetto a segnalare il prestigio raggiunto. Un traguardo che però può lasciare tiepido l'ufficio commerciale, perché non sempre c'è una diretta connessione tra il numero e la qualità delle recensioni sui giornali e le vendite. Il binomio prestigio/introiti a volte procede parallelo, altre no, ma sulla sinergia e sulla sincronicità dei due fattori si può giocare la longevità del libro, la sua possibilità di sopravvivere ai tre mesi di vita media che sono la condanna dei nuovi titoli: in ultima istanza, il suo possibile ingresso in classifica. Ovviamente qui non stiamo parlando del valore letterario delle opere in questione. Come abbiamo già accennato, la storia è piena di bestseller premiati dai lettori e snobbati dalla critica, anche libri che nel tempo sono stati riconosciuti come classici moderni. Se rimane celebre la frase attribuita a Truman Capote e riferita a *Sulla strada* di Jack Kerouac – «questo non è scrivere, è battere a macchina» – le cattive recensioni (come le presentazioni disertate dal pubblico) sembrano essere state una tappa obbligata per chi oggi si trovi a occupare un posto comodo e insindacabile nel canone moderno.

Su Margaret Atwood, il giornale è il «New York Times»: «Ciò che manca, a mio avviso – ciò che ne fa una bruciante delusione dopo un inizio promettente – è la forza distruttiva della satira. [...] Se *Il racconto dell'ancella* non riesce a spaventare, non scuote le coscienze, è perché manca di una visione satirica».

Su Ernest Hemingway, dal «New Republic»: «Maestro del racconto breve, Hemingway è meno sicuro quando si cimenta con la forma romanzo. La fisionomia di *Per chi suona la campana* è a tratti lasca, e a tratti esagerata. Sicuramente è un po' troppo lungo».

Su Francis Scott Fitzgerald, dal «Chicago Tribune»: «Il nuovo romanzo di Scott Fitzgerald, *Il grande Gatsby*, non è altro che un aneddoto magnificato, e per giunta inverosimile... [...] Ciò che lo affligge, fondamentalmente, è il fatto... Fitzgerald sembra essere molto più interessato a mantenere la suspense che a entrare nella pelle dei suoi personaggi».

Terminiamo la rincuorante carrellata con la lapide calata da Andrew Motion su *American Psycho* di Bret Easton Ellis, dalle pagine dell'«Observer»: «Noioso, e per gran parte del tempo profondamente, estremamente disgustoso. Non disgustoso-interessante, ma disgustoso-disgustoso. Nauseante, pieno di sensazionalismi a buon mercato, inutile se non come un modo per far guadagnare al suo autore un po' di soldi e notorietà».

Non ci siamo peritati di nominare tutti i giornalisti, i cui nomi non dicono molto ai più – a differenza degli scrittori che si sono impegnati a ridimensionare.

In Italia, nel Novecento spicca il caso Liala, che Camilla Cederna definiva «scrittrice da manicure». Ma la signora del romanzo rosa, all'anagrafe la contessa Amalia Liana Negretti Odescalchi, coniugata Cambiasi, la quale aveva ricevuto il proprio *nom de plume* da Gabriele D'Annunzio che voleva fosse ortograficamente un'ala, dopo la morte del marito iniziò a scrivere di aitanti aviatori e storie d'amore, per un totale di ottanta romanzi e dieci milioni di copie vendute. Il primo libro andò esaurito in soli 20 giorni.[1] Lidia Ravera sul «Venerdì» la mette in relazione con il genere del *romance* moderno, rappresentato dalle italianissime Erin Doom e Felicia Kingsley che, beatamente ignorate dalla critica, volano alto nelle classifiche.

Già nel 1983 Gian Carlo Ferretti notava una sempre minor incidenza della critica letteraria nell'innescare il successo di un libro, sottolineando la crescente centralità del rapporto tra distribuzione, macchina promozionale e pubblico. Eppure fino alle fine degli anni Ottanta nomi come Pietro Citati, Alberto Asor Rosa, Cesare Garboli o Claudio Magris, firme abituali dei principali quotidiani e settimanali, erano ancora capaci di smuovere migliaia di copie; addirittura le recensioni di Antonio D'Orrico su «Sette» continuano a esercitare il loro tocco magico fino ai primi anni Duemila. Un esempio: nel 2002 Giorgio Faletti, comico noto soprattutto per la sua partecipazione al programma Mediaset *Drive In*, pubblica per Baldini & Castoldi un giallo, *Io uccido* (2002). L'editore era talmente perplesso sulla possibilità di Faletti di venir preso sul serio come scrittore, che all'inizio ipotizzò l'uso di uno pseudonimo. Scartata l'opzione pseudonimo, a pochi giorni dall'uscita, mentre Faletti finisce in ospedale per un ictus, il libro comincia a circolare fra i giornalisti: D'Orrico lo legge in tre giorni, e gli dedica un servizio di copertina sul settimanale del «Corriere della Sera» con un giudizio che non lascia spazio a dubbi: «Non ci crederete ma oggi quest'uomo è il più grande scrittore italiano». Comincia un passaparola che non si fermerà più, fino ad arrivare a oltre cinque milioni di copie vendute solo in Italia e alla traduzione in tutte le principali lingue nel mondo.

La versione di Barney di Mordecai Richler esce in Italia nel 2000 per Adelphi, con una prima tiratura di 15.000 copie. Dopo un inizio stentato, arrivano le prime recensioni positive: Aldo Busi, Mariarosa Mancuso, D'Orrico, e infine Giuliano Ferrara, all'epoca direttore del «Foglio», che se ne innamora e «lo adotta letteralmente», dedicandogli «articoli a ritmo giornaliero, spesso di intere pagine: recensioni d'autore, interviste a fan, all'autore e alla moglie, al traduttore e all'editore. In occasione del soggiorno di Richler in Italia, nel 2001, al quotidiano vengono addirittura allegati due poster».[2] Questo genera un meccanismo di imitazione a catena sulle altre principali testate nazionali e si sviluppa una vera e propria «Barneymania» che porta all'esplosione delle vendite, centomila a un anno dall'uscita.

Considerando il tempo passato e le abitudini mutate, vediamo quali sono oggi i luoghi deputati a parlare di libri su giornali e magazine italiani, dai quali ricavare come un trofeo il fantomatico ritaglio per la rassegna stampa. Tutti i principali quotidiani oggi possiedono una sezione Cultura che consta di un numero di pagine che varia da 1 a 4; alcuni hanno creato dei supplementi dedicati che escono allegati al quotidiano, solitamente nel fine settimana. «Robinson» per «la Repubblica» (in origine allegato il sabato, e da settembre 2023 la domenica), «La Lettura» per il «Corriere della Sera» (domenica in edicola, sabato già in edizione digitale) e «Tuttolibri» per «La Stampa» (sabato), «La Domenica» per «Il Sole 24 Ore» (domenica), solo per citare i principali. Magazine settimanali e mensili solitamente pubblicano rubriche in cui i libri vengono consigliati in pillole (accompagnati dall'immagine della copertina in bella vista), o dedicano spazi più ampi a interviste con gli autori. Pagine speciali a cui viene delegato il compito di rivestire il libro di prestigio culturale, dove gli scrittori e gli editori sperano di vedersi letti e raccontati nella maniera migliore, per poterli a loro volta condividere sui profili social, o fotografare, ritagliare, e archiviare tra documenti e ricordi personali. C'è chi ammette di averli anche incorniciati.

In vario ordine di importanza contano: *il prestigio della testata*, *chi ne scrive* (un critico, un giornalista o un altro scrittore), *lo spazio dedicato* (la doppia pagina, il sogno di tutti; una colonna, un riquadro, una pillola; e che dire del tanto anelato richiamo in copertina?) e, naturalmente, *il giudizio*.

La terza pagina, salotto buono o salotto avulso

Come sono arrivati questi spazi ad avere la forma e il ruolo che oggi si sono conquistati con sempre maggiore forza, combattendo soprattutto nell'ultimo decennio con la crescente potenza (e prepotenza) dei canali alternativi di comunicazione?

In principio era la cosiddetta «terza pagina», la cui nascita viene fatta risalire per convenzione all'11 dicembre 1901, quando «Il Giornale d'Italia» diretto da Alberto Bergamini la utilizzò per la recensione e la cronaca dello spettacolo di Gabriele D'Annunzio *Francesca da Rimini*, con protagonista Eleonora

Duse. Fino a quel momento in terza pagina i giornali pubblicavano abitualmente le puntate dei romanzi di appendice, ma soprattutto servizi e notizie di cronaca. Però come fa notare Paolo Di Stefano l'idea che la terza pagina di argomento culturale abbia una data di nascita precisa è una innocente bufala letteraria «poiché già in precedenza (sin dal penultimo decennio dell'Ottocento) diversi quotidiani regionali e nazionali ('Corriere del Mattino', 'Giornale di Napoli', 'La Tribuna') avevano testato la terza culturale monografica o miscellanea. E quell'11 dicembre non segna, neppure per il 'Giornale' di Bergamini, una nuova consuetudine: semplicemente si continua come sempre. Perché la Terza diventi la Terza, bisognerà aspettare diversi anni».[3]

Del resto con la nascita e il progressivo affermarsi dell'editoria periodica, è lecito dire che già nel Seicento in diversi paesi europei esistevano giornali letterari che recensivano le novità librarie. Diciamo che quell'11 dicembre 1901 segna non la nascita ma un momento di particolare successo per la terza pagina, che raramente si trovava a occuparsi di eventi del rilievo di una prima dannunziana. Però va detto che Bergamini aveva intuito il valore di quello spazio, ed ebbe anche il grande merito di chiamare i più grandi nomi della cultura dell'epoca a riempirlo, da Luigi Pirandello a Federico De Roberto, da Antonio Fogazzaro a Benedetto Croce.

Nel 1901 vede la luce anche «La Lettura», rivista culturale mensile del «Corriere della Sera» voluta dal fondatore Luigi Albertini, diretta dal drammaturgo e librettista d'opera Giuseppe Giacosa, e destinata a diventare un appuntamento fisso mensile per oltre quattro decenni. Nel 2011 il direttore Ferruccio de Bortoli recupera l'idea e la trasforma in inserto settimanale, fra i più autorevoli in circolazione. Nel gennaio 1927, sempre il «Corriere della Sera» comincia a proporre in terza pagina tutti e tre gli articoli culturali principali (apertura, spalla e taglio centrale).

La consuetudine si diffuse fra le altre testate: «Il Resto del Carlino» (con Emilio Cecchi, Umberto Saba e Giovanni Papini), «La Gazzetta del Popolo» e altri. Dopo questa espansione iniziale, iniziò una sorta di fenomeno inverso, ovvero: la cultura comincia a venir relegata a quell'unico spazio.

«La Terza pagina non sarebbe mai dovuta esistere; o almeno, mai [...] come 'salotto bòno della stampa italiana', cinicamente indifferente ai problemi del tempo; mai come diseducatrice sistematica di generazioni di sprovveduti lettori, incantati con trucchi lessicali di bassa forza e distratti da futili descrizioni di fiumi esotici». Sulla terza pagina del «Giorno», nel 1962 Alberto Arbasino dichiara la propria insofferenza a un'istituzione di cui faceva peraltro parte, e che definirà, in contrapposizione all'idea del salotto buono della stampa italiana, «salotto avulso».

Nel 1976 Eugenio Scalfari fonda «la Repubblica» e col nuovo modello di quotidiano, accanto all'adozione del formato tabloid, si inizierà a estendere l'approfondimento culturale a tutto il giornale. Si comincia nel 1977 con «Weekend», inserto dedicato ai consumi culturali; negli anni Novanta arriva «Wimbledon», il torneo inventato da Giorgio Dell'Arti in cui i lettori erano chiamati a mettere a confronto libri meno noti fra gli ultimi usciti, proponendo le loro recensioni – un tentativo di aprire le porte del famigerato salotto buono. Nel 2019 il direttore Carlo Verdelli riesuma quel «gioco» che ha per protagonista il lettore e non il critico. Dell'Arti racconta l'origine della sua idea: «Gli editori stampano ogni anno una quantità enorme di libri ma, quando si tratta di passare alla promozione, gli sforzi si concentrano su pochi autori, di solito i più noti. Gli altri vengono messi sul mercato per vedere cosa accade: se hanno successo bene, in caso contrario dalla loro pubblicazione la casa editrice ci ha rimesso relativamente poco. Allora mi sono domandato: 'in mezzo a questo mare di volumi che rimangono nell'ombra ci sarà qualche perla?'»

La risposta è sì: per tutta la durata della seconda fase del concorso, fino al 2022, ogni sabato su «Robinson» veniva pubblicata una classifica provvisoria con le varie fasi eliminatorie, con una partecipazione alta e costante. Sulla stessa scia, anche «La Lettura» pubblica a fine anno una classifica di qualità con i voti dei lettori.

Tipologie: dalla recensione alle stelline

Un po' di chiarezza ora sulle forme di scrittura in cui si misura la dimensione dell'apprezzamento e del prestigio. Quella più classica è *la recensione*, ovvero un testo critico più o meno lungo in cui si racconta il contenuto del libro (stando attenti a non bruciarlo troppo, ché oggi non c'è parola più temuta di *spoiler*), si dà un giudizio su scrittura, lingua, trama, e lo si confronta con opere affini per natura e per struttura, più o meno contemporanee, e con altri libri dello stesso autore. Oggi è abitudine che prima ancora del testo completo, il recensore indichi, accanto al titolo, il proprio gradimento in stelline. «Un chiaro segnale di infantilizzazione» secondo il critico letterario e professore universitario Gianluigi Simonetti. «Le valutazioni sintetiche con stelline o voti vengono dalla critica giornalistica cinematografica o musicale; linguaggi artistici dignitosissimi. Però nel Novecento eravamo abituati a pensare che la letteratura fosse un linguaggio troppo ricco e complesso per essere sottoposto a una pagella sbrigativa». Quindi se si applica quel metro di valutazione ai libri significa che la poesia e il romanzo sono qualcosa che si può giudicare come si giudicano una canzone pop o un blockbuster. «Non credo che i libri, specialmente i grandi libri, si prestino a valutazioni sommarie. Per esempio, il romanzo appena riscoperto di Céline, *Guerre*: che si fa, mettiamo le stelline a Céline?»

Le interviste, invece, possono essere nella formula classica di domanda e risposta con l'autore (realizzate dal vivo, via mail oppure online) o è anche molto diffusa la forma della conversazione letteraria, in cui l'articolo procede lungo un discorso unico senza soluzione di continuità con i virgolettati dello scrittore. Sempre più spesso, soprattutto sulla «Lettura», si vedono interviste in cui il giornalista diventa una sorta di moderatore e stimolatore di un dialogo tra due nomi della cultura accumunati da temi o esperienze.

Un'altra possibilità è *l'anticipazione di un estratto del testo*: l'appeal di questa forma di promozione varia per il giornale a seconda dell'importanza dell'autore, che ovviamente figurerà come firma del pezzo. La pubblicazione dell'estratto di norma avviene nei giorni precedenti all'uscita in libreria e serve come *teaser*, altrimenti «se lo trovano già dappertutto non ha senso».

Esiste poi anche la possibilità di un *articolo tematico* in cui si mettono insieme diversi libri sullo stesso argomento, un po' meno appetitoso in termini di reputazione.

In generale, per i giornali prevale la corsa a precorrere la notizia, uscire prima di tutti, a costo di bruciare troppo presto un libro per superare i competitor. Ed è per questo, come fa notare Francesco Longo, che

> a volte si ha l'impressione che l'inserto sia eccessivamente schiacciato sull'attualità: è raro che si parli di libri usciti in libreria già da settimane o da mesi, o che di un libro si torni a parlare più volte, proponendo magari voci che abbiano apprezzato e altre che siano state deluse da un romanzo. Questo schiacciamento sul presente – la corsa a raccontare

> eventi, festival e novità, la corsa a proporre anticipazioni, a puntare su libri del momento, mostre del momento, tendenze del momento – lascia troppo intendere che la cultura sia ormai preda di un continuo vorticare, e si comporti esattamente come tutti gli altri prodotti di consumo.[4]

Questo è uno dei motivi per cui i libri hanno una vita breve e per cui la scommessa della comunicazione letteraria si gioca nei primi due, al massimo tre, mesi di lancio. Siamo ancora una volta di fronte al paradosso dell'iperproduzione, che è il problema originario, e che questo meccanismo promozionale non fa che alimentare.

Gli abitanti del «salotto avulso»

Così come esistono diverse forme di articoli, ci sono anche differenti tipologie di recensori. Abbiamo i *giornalisti culturali*,[5] ovvero giornalisti professionisti specializzati in editoria e temi culturali, che sono i principali animatori degli spazi che stiamo descrivendo. La giornalista Maria Teresa Carbone, grande conoscitrice del mondo della stampa e dell'editoria, ha dedicato una serie di interessanti interviste al lavoro culturale per la rivista online «Le parole e le cose». Una delle domande ricorrenti ai vari intervistati, fra i quali Gianluigi Simonetti, Paolo Di Stefano, Francesca Borrelli, Andrea Cortellessa, Giorgio Zanchini, è se abbiano ancora senso la definizione e l'etichetta di giornalista culturale: e ciò perché, soprattutto sui giornali, sembra essersi annullata la distanza tra lui, il critico letterario e lo scrittore-recensore.

Chi è dunque il *critico letterario*? Tecnicamente, non è né un giornalista né un divulgatore, ma uno studioso di testi letterari che – vero e proprio oggetto di indagine – vengono valutati per così dire «in sé», non per l'interesse del momento, editorial-sociologico e culturale in senso lato. Tutto questo grazie a strumenti di lavoro teorici e pratici che abitualmente si apprendono – appunto – studiando. Se il critico è un accademico interessato al testo, il giornalista culturale è interessato al libro come oggetto complesso (e potenzialmente volatile), e può decretarne il livello di interesse relativamente a un momento e a un pubblico di riferimento. Il critico può intravvedere invece del libro quelle caratteristiche che lo porteranno a sopravvivere al primo momento di promozione, se ha la stoffa del classico, o semplicemente un valore intrinseco indipendente dal valore commerciale. Se la crisi dei ruoli colpisce entrambi, è perché hanno in comune la funzione di mediatore in una società ormai disintermediata.

In occasione dei trent'anni della celebre rubrica *Babele* sul «Venerdì di Repubblica», Corrado Augias, stimato esempio di giornalista culturale, trae l'occasione per riflettere non solo sul senso di quel suo spazio, ma anche sui termini della questione.[6] «Qui si segnalano libri meritevoli di essere letti». Non è uno spazio di critica, perché «la critica è giudizio, decisione, discrimine». È questo il motivo per cui può permettersi di non pubblicare mai una stroncatura, ma solo *consigli* di belle letture – a suo giudizio, s'intende, articolati secondo criteri di cura editoriale, autorevolezza dell'autore, livello di documentazione e ricerca. E, infine, «in ogni caso, nessun favore. Il che, attenzione, non significa non guardare con simpatia i libri di autori di cui si sia fatta già conoscenza (letteraria)». E tant'è per la definizione di giornalista culturale.

Va da sé che se il giornalismo culturale parla più il linguaggio dei lettori, la critica soffra di un pubblico mediamente meno attento e meno attrezzato a seguirne quelle che a tratti appaiono cavillosità per pochi, e che un articolo di critica in confronto a un TikTok di 30 secondi appare più astruso dei manoscritti di Qumran. Vero è anche che soprattutto sulle pagine dei giornali italiani è spesso difficile capire chi sia chi e chi faccia cosa, e l'impressione generale che molti ne traggono (più tra gli addetti ai lavori che tra i lettori) è quella di una *clique* di gente che si scambia favori.

In un dibattito relativo al tema della critica portato avanti alla fine del 2022 sulla «Stampa», Loredana Lipperini sostiene che si pubblichino troppi libri, e che neanche il più volenteroso dei critici riesca a stargli dietro. Paolo Di Stefano rincara la dose: «Simmetricamente alla significativa produzione di libri, anche la comunicazione culturale dei giornali è abbondante e anche sovrabbondante, non si preoccupa di orientare, è piuttosto deficitaria sul piano critico, perché la figura del critico (quello letterario più del critico cinematografico o teatrale o musicale) ha perso ruolo e prestigio o forse semplicemente non ha più un gran senso, perché è sopraffatto dall'abbondanza dell'offerta e dall'identità indistinta del fruitore».

E riflette su un tema importante e cruciale che probabilmente fa la differenza, ovvero il compenso del lavoro culturale. «Peraltro, un tempo il critico viveva dell'ingaggio giornalistico, pagato e anche strapagato da quotidiani e settimanali, per esprimere un giudizio di valore sui romanzi. In mancanza di un riconoscimento economico adeguato, la funzione recensoria viene distribuita tra giornalisti interni e recensori per lo più occasionali, spesso scrittori chiamati *ad hoc*». Questo ha creato anche una moltiplicazione di canali di informazione alternativi. «Il problema resta la selezione, perché all'abbondanza indiscriminata e soverchiante della produzione editoriale corrisponde un'abbondanza altrettanto confusa sul piano dell'informazione e della critica. Nell'epoca dell'indistinto, il problema è il filtro e la selezione. L'offerta di qualità c'è ma è difficile individuarla».

Anche Michela Murgia, ospite di Giorgio Zanchini su Rai 3, sosteneva che la critica letteraria non esiste più, perché – udite udite – «sono proprio gli scrittori a non volerla». «Ma penso che mi abbia dato una risposta troppo liquidatoria sulla critica», racconta Zanchini. «Certo i critici hanno perso di centralità: detto questo le recensioni sugli inserti ci sono ancora, qualche volta molto ben fatte. E poi c'è l'universo della rete». Secondo Mario Desiati, invece, «Murgia parlava di una sua esperienza personale, ossia che gli scrittori quando fanno la riunione con l'ufficio stampa, preferiscono mandare il libro ad altri scrittori e scrittrici che ne possano scrivere. Ovviamente tanti di loro inseriscono nell'elenco anche il critico di grido o quello con la rubrica sulla rivista di nicchia, ma nel lancio spingono più il racconto del libro con il pezzo di un autore affermato, anche ostile o lontano dalla propria visione, piuttosto che la recensione del critico. È una questione di ricezione. Personalmente invece trovo la critica letteraria utilissima anche quando è parziale e faziosa».

Simonetti conferma la testimonianza di Desiati, e dice che negli ultimi anni quando un editore punta molto su un titolo, per la comunicazione lo affida generalmente ad altri scrittori oppure a vip che non si occupano tecnicamente e professionalmente di letteratura, ma che hanno a loro volta un pubblico consolidato e quindi un potenziale maggiore impatto sulle vendite. «In questo modo si salta la mediazione della critica letteraria più specialistica e più novecentesca. L'idea è che sui lettori abbia più impatto il giudizio di uno scrittore famoso, popolare, o di qualcuno di noto piuttosto che l'opinione di un critico letterario». Chiaramente questo tipo di interventi affidati a colleghi, vip, tuttologi o intellettuali della domenica mancano di qualunque forma di visione critica del testo. «Hanno una impostazione di solito empatica, se non encomiastica, entusiastica, un po' perché spesso non hanno e non vogliono avere i ferri del mestiere, un po' perché è difficile che uno scrittore voglia parlare male di un altro scrittore, a maggior ragione poi se scrive per la stessa casa editrice del libro che sta recensendo o se fa riferimento allo stesso gruppo editoriale o se intende mantenere buoni rapporti con l'ambiente editoriale in generale».

Ecco così che il libro verrà presentato in maniera molto soggettiva e idiosincratica, come «un'esperienza di lettura» – una smartbox della letteratura. «Si tende poi a parlare più dei contenuti che della forma: un po' perché la forma ha bisogno di più tecnica per essere analizzata, un po' perché si pensa che il lettore sia più interessato al cosiddetto 'messaggio'». Si dice che è un libro «necessario, che manca, che fa male o che fa bene. Viene trattato in una logica spesso corporativa, in cui è importante non danneggiare nessuno».

Anche Antonio Pascale sostiene che le recensioni di oggi abbiano poco valore letterario. «Se sono scritte da personaggi riconoscibili possono dare una buona spinta ai libri, però il valore letterario credo sia fondamentale; io lo cerco non sui giornali ma sui siti o su riviste specializzate. Mi interessa che qualcuno esamini approfonditamente un testo». La forma alleggerita delle recensioni sui giornali fa sì che in pochi riescano a movimentare un po' le acque. «Per vendere, alla fine quello che conta veramente è il passaparola – e in parte i social network».

Negli ultimi anni si lamenta la nascita di «bolle» letterarie. Eppure anche questa non è una novità. Ancora secondo Simonetti, «il Novecento letterario italiano è sempre stato fatto di bolle. Anche Pasolini, Moravia, Morante, Penna formavano una bolla, erano amici, si vedevano tutti i giorni, non c'erano i social ma c'erano le cene da Cesaretto. Però poteva succedere, ed è effettivamente successo, che quando esce *La Storia* di Elsa Morante Pasolini la recensisce e l'attacca violentemente, quando esce un articolo di Pasolini che a Calvino o a Moravia non piace, Calvino o Moravia ne scrivono polemicamente». Al che Morante e Pasolini, per esempio, rispondevano argomentando, e bolla o non bolla, amici o nemici si sviluppava un confronto utile per i lettori: al di là delle amicizie e dei rapporti, il dibattito culturale era preso molto più seriamente.

Molte odierne comunicazioni letterarie manifestano un certo disprezzo per il lettore, trattandolo come se avesse bisogno di un teatrino di basso livello per decidere di acquistare un libro, e non disponesse di strumenti per decifrare una discussione critica. Simonetti parla di «una dialettica di impoverimento progressivo della vita culturale. Chi fa comunicazione letteraria inizia a vedere, a pensare che l'asticella si sia un po' abbassata, che i lettori non ci arrivino. Di conseguenza si sente in dovere di proporre qualcosa di ancora più semplificato. E là dove qualcuno dovrebbe alzare il tiro, in realtà tutti – editori, scrittori, divulgatori – giocano al ribasso». Ognuno pensa che l'altro sia più sprovveduto di quello che è, e non sappiamo dove finisca il dolo e dove cominci la pigrizia. «È vero che tutta la cultura umanistica è in declino, quindi la competenza media dei lettori anche grazie alle banalità e al conformismo dei social, si livella verso il basso, anche se di lettori ce ne sono molti più di prima. Ma il discorso si semplifica anche perché gli spazi di approfondimento e indipendenza vera si restringono». «Snaporaz», la rivista online che Simonetti ha fondato dopo l'esperienza con la prima edizione di «Le parole e le cose», ha l'intenzione di aprire questo tipo di spazi, non solo per la letteratura, ma per l'arte e la cultura in genere. «È un tentativo abbastanza isolato, che si basa molto sulla fiducia nella qualità non solo di chi scrive ma anche di chi legge, su una volontà comune di andare oltre la superficie e dirsi la verità. E andava fatto perché mancava».

Secondo Paolo Di Stefano il peccato originale è proprio in quella data fatidica a cui si riconduce la nascita della Terza pagina, associata irrimediabilmente a D'Annunzio, «un marchio d'origine che avrebbe gettato la sua ombra lunga sulla cultura dei giornali italiani, fatua quanto magniloquente».

E ricorda quando nel 1975 uscì *Il sipario ducale* di Paolo Volponi: «La critica parlò di un romanzo tradizionale. Certo, in qualche misura lo era se confrontato ad altri titoli di Volponi come *Memoriale* o *Corporale*, ma oggi, rispetto al 99 per cento della produzione attuale, il suo stile e la sua sintassi ci appaiono fortemente sperimentali. Il livello di originalità formale allora era molto più alto ed era molto più bassa la soglia di tolleranza della sperimentazione». E anche lui fa un ragionamento sul lettore che sembra cambiare in base all'offerta, in un certo senso adeguandosi a essa. «Si potrà certo anche dire che era un pubblico diverso, ma non dimentichiamo che oggi è il lettore forte (quello da festival), che rappresenta poi lo 'zoccolo duro' del mercato, a imporre i suoi desideri e il suo gusto, e anche il gusto del lettore forte si è decisamente adeguato al mainstream editorial-letterario. È una sorta di circolo vizioso. Dunque, non so dire quanto la medietà comunicativa della letteratura sia intenzionale o indotta. Di certo è l'aria del tempo».

Per il meccanismo di «mutuo soccorso» tra sodali sulla stampa lo scrittore e giornalista Fulvio Abbate parla di «amichettismo», termine eloquente. Paolo Di Stefano specifica che esiste ed è sempre esistito. «Il fenomeno nuovo e sistematico è lo scrittore chiamato *ad hoc* a scrivere una recensione (positiva) per l'amico scrittore per lo più della sua stessa casa editrice. Non si era mai visto in queste proporzioni. Altra cosa è il critico 'fedele' allo scrittore per affinità o per stima: ricordo che un grande (dimenticato), anzi uno dei più grandi critici, Giuliano Gramigna, recensiva sempre le nuove uscite di Arbasino, di Manganelli o di Volponi, ogni volta aggiungendo qualcosa, e senza mai ripetersi. L''amichettismo' oggi è accentuato dall'appartenenza a un quotidiano in opposizione a un altro: parlare per primi e parlare bene del proprio collaboratore è quasi un dovere (ne ho goduto anch'io come scrittore). Sempre a proposito del *Sipario ducale*, ricordo una recensione di Carlo Bo sul 'Corriere' piena di dubbi: eppure Volponi era un collaboratore del 'Corriere'. Il caso più clamoroso in questa direzione fu la stroncatura del *Pendolo* di Eco scritta da Citati sulla 'Repubblica'. Stroncato e stroncatore appartenevano allo stesso giornale, una sceneggiatura che oggi sarebbe impensabile».

Sempre in tema di recensioni, quando uno scrittore si presta a recensire il libro del collega non lo fa solo per aumentare il prestigio del recensito, ma probabilmente anche per aumentare il proprio, e la propria presenza sui mezzi di informazione, cosa che potrebbe sempre pagare in libreria con i propri romanzi disponibili.

Il problema è il livello di analisi, che innesca l'ennesimo paradosso editoriale: questa sorta di democratizzazione al ribasso, di rimozione dei linguaggi specialistici, di semplificazione dei racconti, non ha minimamente eliminato la sensazione che sulle pagine dei giornali scriva per lo più il solito salotto avulso.

Stroncature, queste sconosciute

Se da un certo momento storico in poi le buone recensioni hanno smesso di incidere sulle vendite, una cattiva recensione può invece determinarne l'insuccesso? Mario Desiati ci fa un esempio di «critica mancata» che a suo dire fa male ai libri. «Nella mia esperienza personale mi sono imbattuto nell'uso spregiudicato di un pezzo di Giorgio Manganelli come giustificativo per un certo modo di giudicare un libro. È un testo che oggi possiamo leggere nell'edizione del *Lunario dei Sanniti* dove scrisse: 'Non ho letto, né leggerò, finché ragione mi assista, il romanzo *Il Padrino*; già il fatto che un libro sia romanzo non depone a suo favore, è un connotato lievemente losco, come i berretti dei ladruncoli, i molli feltri dei killers, gli impermeabili delle spie...' Conosco più di qualcuno che si fa bello con questa citazione per giustificare la pigrizia di non leggere i libri di cui non scrive e ne parla male. È un vero peccato».

In passato la stroncatura era abbastanza praticata. Oggi a parte alcuni rari casi, come Davide Brullo, Massimiliano Parente e pochi altri – un'area critica che Simonetti definisce ironicamente, citando Baudelaire, «un'oasi di orrore in un deserto di noia» –, difficilmente vedremo una recensione negativa e ancora più difficilmente vedremo nascere un dibattito serio e articolato intorno a essa. «Sono figure che non spostano il bilancio complessivo perché uno stroncatore seriale e compulsivo vale tanto quanto uno che fa elogi seriali e compulsivi, cioè poco. In ogni caso a essere spesso sacrificata è la volontà di capire, con rispetto e senza pregiudizi, cosa c'è nelle pieghe di un testo letterario».

«La stroncatura in sé non so quanto serva» annota Zanchini, «se fatta bene, forse serve agli scrittori per riflettere sul loro lavoro». Quando ha scritto analisi puntuali di revisione critica di libri o autori di successo, Simonetti non ha mai raccolto repliche pubbliche; si è persa l'abitudine a un confronto civile di idee tra critici e scrittori, le reazioni sono diventate private o 'social', inutili da un punto di vista culturale e a volte un po' penose anche umanamente. Altra aria rispetto alle polemiche pasoliniane, o al giorno in cui Michele Mari, a seguito di una feroce stroncatura di D'Orrico, si recò nel suo ufficio e gli diede un altrettanto feroce schiaffone.[7]

Neanche a Paolo Di Stefano è mai capitato di ricevere risposta a una sua stroncatura. «Ricordo una mia severissima recensione sul primo libro di Teresa Ciabatti (annunciato da Einaudi come un capolavoro), che ancora adesso mi viene rinfacciata alla luce dei successi dell'autrice. La quale, a onore del vero, mi ha ringraziato qualche anno dopo. Vere polemiche sono nate in altre occasioni».

Alessandro Baricco nel 2006 rivendicò la necessità di una vera lettura critica di una sua opera a seguito di due articoli dedicati ad altri romanzi in cui Citati e Ferroni, che pure non lo avevano mai degnato di una critica vera e propria, inserivano a mo' di frecciatina due frasi negative rispettivamente sulla sua *Iliade* e su *Questa storia*; scrisse quindi il pezzo *Cari critici, ho diritto a una vera stroncatura*: «Mi sorprende il loro sistematico sottrarsi al confronto aperto. La critica è il loro mestiere, santo iddio, che la facciano. Cosa sono queste battutine trasversali messe lì per raccogliere l'applauso ottuso dei fedelissimi?».[8]

Da un'altra epoca arriva invece la storia di Enzo Golino. Dal 9 agosto 1988 a settembre 1992 il critico aveva tenuto sul mensile «Millelibri» edito da Giorgio Mondadori una rubrica, *Sottotiro*, due pagine di stroncatura – fra le «vittime» Vincenzo Consolo, Pietro Citati, Andrea De Carlo, Alberto Bevilacqua e molti altri. A distanza di anni, chiede ad alcuni autori una replica, che raccoglie in un libro.[9] Le reazioni sono diverse, ma in molti esprimono gratitudine per essere stati letti davvero. Nanni Balestrini precisa: «Se chi scrive un libro non accetta il rischio di essere giudicato, si astenga dal pubblicarlo. Se lo fa sia grato comunque a chi lo ha letto e ha speso tempo e intelligenza per occuparsene». Gli fa eco Michele Serra: «Il punto è che mi rendo conto, leggendo Golino, che Golino mi ha letto e questo è già qualcosa. [...] Perché in genere, lo dico per esperienza, la critica non è testuale, è contestuale».[10]

Paolo Di Stefano auspica sempre più stroncature. «È un genere ormai in totale disuso, spesso tendenzioso e velenoso, ma permette di vedere il libro da un punto di vista insolito, coraggioso, invita al dubbio. Ricordo con piacere quelle di Mamurio Lancillotto sul Domenicale del 'Sole' negli anni Ottanta-Novanta. Era lo pseudonimo di Roberto Cotroneo. Poi ricordo bellissime stroncature di Alfonso Berardinelli e Piergiorgio Bellocchio, di Cesare Cases, di Goffredo Fofi, oltre quelle di Enzo Golino. Ma soprattutto Giovanni Raboni era un maestro della stroncatura breve ma argomentata; si leggeva la domenica sul 'Corriere'. Tutta archeologia».

L'ufficio stampa

Già in una lettera del 6 gennaio 1981, Luigi Malerba accusava Valentino Bompiani di non aver fatto abbastanza pubblicità al suo libro, nonostante le buone recensioni: serviva anche un investimento economico in più da parte dell'editore, che gli risponde il 21 gennaio dello stesso anno spiegando i problemi economici con cui gli editori si trovano a fare i conti: rese, tirature esatte, giacenze. «La durata di un libro diventerà quella del suo passaggio in libreria. Scomparso l'editore protagonista, come i tempi hanno voluto, i direttori editoriali pagano l'autonomia delle scelte letterarie e ideologiche coi risultati economici. A lei, caro Malerba, *pax et bonum*».[11]

Quando parliamo di promozione a mezzo stampa si tratta sempre di uno scambio e di accordi presi «senza portafogli»: il giornale dedicherà spazio al libro in cambio di una intervista in esclusiva, di un contenuto in anteprima, il tutto rigorosamente gratis. Ed è normale che sia così perché il giornale fa informazione, anche nelle pagine culturali.

Diverso è il caso degli investimenti pubblicitari in cui entrano in campo i budget degli uffici marketing e in cui gli spazi sulle pagine vengono acquistati. Ma chi è il pusher di informazioni da cui tutti i canali che parlano di libri traggono linfa vitale e che dialoga con tutti, giornalisti, critici, direttori di giornali, autori, editori? *L'ufficio stampa*.

Parliamo di una professione denominata come le quattro mura della stanza che occupa e che incarna un paradosso potenzialmente mortificante: è quella figura della casa editrice che per costituzione è dietro le quinte e tuttavia il lavoro che svolge mira a un'estrema visibilità per i libri che promuove e, di conseguenza, per i rispettivi autori e per il marchio. Lo conoscono tutti ma non compare mai (o quasi) pubblicamente. Passaggi televisivi e radiofonici, articoli sui giornali, tutta la sua attività è mirata a far sì che la stampa passi il più possibile la *sua* notizia e che ciò abbia una ricaduta sulle vendite, producendo altre notizie, il passaparola, altri scontrini e ancora notizie. È invisibile, eppure è sempre insieme all'autore in occasione di ogni intervista, ogni presentazione. È la persona che a volte deve risolvere situazioni diplomaticamente complicate: una stroncatura, una intervista che ha distorto le parole dell'interessato. Un abile stratega che però deve sembrare la persona più accomodante tra tutte. Probabilmente, quello o quella che dorme sonni meno tranquilli in una casa editrice. Questa figura più volte nominata, e che molto nomineremo, è di fatto fondamentale nella vita e nella comunicazione di un libro. Secondo Zanchini, «la differenza nella ricezione di un'opera la fa molto l'attività e la capacità dell'ufficio stampa». Normalmente ogni casa editrice ha un addetto stampa interno, o più di uno, a seconda dell'entità delle pubblicazioni. Alcuni si affidano a professionisti esterni, ma in questo caso viene a mancare un elemento che può essere prezioso nella promozione di un libro e di un editore, ovvero l'identificazione con il marchio.

L'ufficio stampa comincia a leggere il libro quando è in bozza, ne studia attentamente la notiziabilità, individua i suoi referenti sulla carta stampata (così come sugli altri mezzi di comunicazione) e lo propone al giornalista (interno o esterno). L'ultima parola spetta comunque al caposervizio della sezione Cultura, che stabilirà lo spazio da accordare in base all'importanza del volume e alle scadenze (se ci sono già troppi pezzi da mettere ma il libro non si può rimandare, allora ci sarà, ma con uno spazio più piccolo) – sempre che non arrivi una diversa indicazione dal direttore del giornale.

In questo delicato ruolo di mediazione tra l'editore, i mezzi di informazione e il lettore, la notiziabilità di un dato titolo è dunque un punto critico, perché, come abbiamo visto a più riprese, oggi pubblicare un volume non sempre è un'operazione mediaticamente sufficiente a sé stessa. Qual è la notizia? È la domanda che come addetto stampa avverti sempre dietro l'angolo e a cui sai di dover rispondere, anche se non ti viene esplicitamente posta. I libri da recensire si selezionano sempre più secondo questo criterio. Un esempio: quando la casa editrice e/o annuncia l'uscita della *Vita bugiarda degli adulti* di Elena Ferrante, il primo romanzo dopo il successo planetario della quadrilogia dell'*Amica geniale*, il livello di interesse è molto alto. Ci si chiede: cosa avrà scritto di nuovo, la misteriosa autrice? Nessun giornale potrà permettersi di bucare la notizia, né la casa editrice può permettersi di bruciarla con una sola testata. Così elabora una strategia, diciamo così, «democratica». Annuncia con tre settimane di anticipo, via mail, a tutti i caposervizio delle pagine culturali delle principali testate nazionali, che allo scoccare della mezzanotte invierà via mail il pdf del libro (con relativa password per aprirlo). Il 5 novembre 2019 a 48 ore dall'uscita in libreria tutti pubblicano la loro personale lettura del libro, facendo entrare come tema della recensione talvolta anche la formula di lancio promozionale.

A parte queste rare, fortunate eccezioni, l'ufficio stampa deve tenere bene a mente quali sono i suoi interlocutori e selezionarli abilmente per il cosiddetto invio stampa, ovvero la prima tranche di spedizione di copie a giornalisti che pensa possano scrivere del libro perché è nelle loro corde. Le copie omaggio sono una voce di spesa molto importante per le case editrici e quindi vanno dosate, ma a volte le cose succedono anche per caso. Può uscire un articolo importante per il solo fatto che un giornalista abbia ricevuto quel libro, senza neanche bisogno di chiamarlo. Ma è vero, tante altre vanno perse, spesso ritrovate sui banchi dei mercatini di seconda mano. Una volta un autore trovò su una bancarella un libro che aveva personalmente dedicato a un amico giornalista. Per questo bisogna fare un'abile selezione a monte, ma serve intuito, e bisogna avere un'idea del gusto e delle inclinazioni di ciascuno. E siccome spesso gli editori vogliono gli articoli, ma poi si lamentano se l'ufficio stampa ha dato troppi omaggi, fondamentale è lavorare su una fitta rete strategica di relazioni che necessita di un certo numero di rapporti fidelizzati. Chiamare tutti per ogni libro è una pessima strategia, può essere anche controproducente così come inviare centinaia di mail e sollecitazioni che è più facile cestinare che leggere. Inoltre è fondamentale interpretare al meglio i desideri dell'autore, acquistare la sua fiducia, per procedere speditamente con la promozione avendo la sua piena disponibilità.

Il meccanismo di comunicazione implica quindi una serie di fattori strategici, non ultimo il fattore tempo. Sbagliare i momenti di azione può essere fatale, abbiamo visto che raramente i giornali escono in ritardo rispetto alla diffusione in libreria. Ed è sempre dietro l'angolo la risposta passivo-aggressiva: «Lo avrei recensito ma è troppo tardi». Fra notti in bianco e una certa familiarità con la gastrite nervosa, nove volte su dieci se qualcosa va storto è colpa dell'ufficio stampa.

Il lato positivo è che si tratta di un lavoro interessante, privilegiato, di relazione, e in continua evoluzione: cambiano i mezzi di informazione e bisogna adeguarsi alle novità per non restare indietro. E l'innovazione più grande è la comunicazione digitale con l'esplosione dei blog, poi dei social network, soprattutto di TikTok.

Vediamo ora l'impatto della rivoluzione digitale sulla comunicazione letteraria.

Capitolo settimo

Lit-Web: blog e social network

I blog letterari: le stanze virtuali di dialogo sui libri

Un tempo si parlava di libri nei caffè letterari o nei salotti intellettuali, e se ne leggeva sui giornali. Negli ultimi venti anni i luoghi di elezione per questo tipo di interazione si sono smaterializzati, e hanno preso varie forme, dai blog ai social network. Il primo fenomeno che ha minato di molto il primato dei giornali di carta in questo senso è stato la nascita e la diffusione massiccia dei blog letterari. Vere e proprie «stanze» private in rete gestite da persone comuni, professionisti dell'editoria, giornalisti e scrittori, che hanno iniziato a fare riflessioni personali sulle novità editoriali e ad avere sempre più pubblico che transitava in quegli spazi virtuali e interagiva con loro.

Nati nel 1997 negli USA, i blog arrivano in Italia all'inizio del nuovo millennio e hanno significato una rivoluzione comunicativa e sociale, basata su un nuovo modo di informare e, al tempo stesso, di confrontarsi e interagire. Tra il 2002 e il 2007 si assiste a un vero e proprio boom. Secondo una ricerca dell'«Online Journalism Review», nel 2010 esistevano più di settanta milioni di blog attivi in tutto il mondo, di cui quattrocentomila erano italiani.

Nel 2007 negli USA viene pubblicato *The Bookaholics' Guide to Book Blogs* di Rebecca Gillieron e Catheryn Kilgarriff, in cui i book blogger vengono indicati come delle valide alternative ai critici letterari, sottolineandone l'indipendenza e la passione. Le comunità intorno a queste nuove forme di divulgazione libraria iniziano ad allargarsi e con esse le potenzialità di un pubblico anche al di fuori della rete, persone che vanno in libreria e acquistano o che ordinano online direttamente dopo aver letto un parere positivo. Oggi molti book blogger sono direttamente affiliati a canali di vendita online come Amazon e IBS.

Il 2012 è l'anno di k.Lit, il primo festival europeo dei blog letterari (ma non si ha traccia di edizioni successive). Tra i *lit blog* italiani nati agli inizi degli anni 2000 troviamo «Nazione Indiana» (2003) e poi «Il primo amore» che nasce nel 2006 e si compone di un folto gruppo di fuoriusciti da «Nazione Indiana» come Tiziano Scarpa e Dario Voltolini. «Vibrisse», attivo dal 2000, è curato da Giulio Mozzi, editor, consulente editoriale e talent scout, demiurgo del successo di *Ferrovie del Messico* e «scopritore» di Aurora Tamigio, allieva del suo corso di narrazione e autrice del *Cognome delle donne* (Feltrinelli, 2023), altro titolo da classifica. Dal 2006 c'è anche «vibrisselibri». Fra i primi anche «Lipperatura» di Loredana Lipperini, uno tra i più seguiti anche ai giorni nostri, «Booksblog», «Carmilla», «minima&moralia» è il blog di minimum fax, «Sul Romanzo» è fondato da Morgan Palmas (2009), il già citato «Le parole e le cose» da Gianluigi Simonetti e Guido Mazzoni che nel 2020 passano il testimone a Massimo Gezzi, che era stato con loro il fondatore, e Italo Testa. E poi ancora, «Satisfiction», creato da Gian Paolo Serino, «Letteratitudine», aperto da Massimo Maugeri nel 2006; e, infine, «Giap», il blog dei Wu Ming. Nato nel 2000 come newsletter gratuita, dopo 10 anni è stato trasformato in blog.

Temi legati al mondo dell'editoria, recensioni, saggi critici: ognuno di questi spazi virtuali si è specializzato in un determinato ambito legato ai libri riuscendo a creare un luogo riconoscibile per il lettore, a cui dava e dà la possibilità di interagire. Il successo genera situazioni sempre più strutturate e professionali. «Letteratitudine» nel 2012 inaugura anche l'*Osservatorio LitBlog* curato da Maugeri con Francesca G. Marone, in forma di «rubrica settimanale destinata a segnalare alcuni dei post pubblicati dai blog letterari italiani» come specificato sul blog stesso. In generale oggi il «formato-blog» appare un po' antico e superato, vent'anni di vita in termini di esistenza digitale sono abbastanza da rendere archeologia per chi li aprisse ora i vecchi post di «Nazione Indiana». Ricordiamo ancora una volta che dopo l'esperienza di «Le parole e le cose», Simonetti, recidivo, ha fondato nel 2022 «Snaporaz», che si presenta chiaramente in modo diverso: «Non è un blog: è una testata giornalistica digitale, interamente dedicata alla cultura» e, in quanto tale, presuppone contenuti liberi ma anche leggibili solo dietro sottoscrizione di abbonamento. Stessa cosa per «Lucy. Sulla cultura», il primo progetto editoriale di Nicola Lagioia post-Salone: «Una rivista multimediale che si occupa di cultura, arti e attualità». Dopo la sbornia della disintermediazione assoluta, dopo che la facilità di scrittura ha fatto sì che si scrivesse molto, tutti, e gratis, si torna a sentire il bisogno di contenuti strutturati, di competenza e, occorre dirlo: di investimenti economici, sia pure minimi. Giunti sin qui è importante fare una distinzione tra i blog letterari, le versioni web di quotidiani e magazine e le riviste e le testate giornalistiche che sono esclusivamente online. Indubbiamente, il web è permeato da numerosi spazi dedicati alla discussione letteraria, offrendo al lettore l'opportunità di imbattersi agevolmente in contenuti di tale natura. Nel corso degli anni, questi luoghi virtuali hanno conquistato una posizione di rilievo, superando in influenza sia il tradizionale supporto cartaceo che la critica specializzata.

Dai libri nei blog ai libri dai blog

Che legame avevano e hanno dunque i libri con i blog? Abbastanza stretto, fra pagine che si occupavano nello specifico di libri, e altre che sono diventate libri esse stesse. Soprattutto all'inizio, la parola chiave – il vero salto rispetto ai giornali – è «interazione»: si creano community che dialogano grazie a un semplice click. Luogo di confronto, rifugio dove incontrare i propri simili, ma anche territorio di polemiche infinite e scontri epici, in alcuni casi fertili e letterariamente interessanti, in altri casi esemplari di solipsismo un po' patologico.

Nel 2004 Loredana Lipperini cura per Einaudi *La notte dei blogger*, una raccolta di racconti scritti da diciotto tra i più noti blogger di allora. Nelle recensioni uscite si evidenziava la direzione imboccata verso un nuovo tipo di scrittura, «nuovo» e – con una parola un po' spaventosa – multipiattaforma. Fra le scelte di Lipperini, Giulia Blasi, blogger di «Sai tenere un segreto?» (ancora online, ma l'ultimo post è del 2012, in cui annuncia il passaggio a un sito internet personale), e oramai scrittrice, e Gianluca Neri, fondatore di «Macchianera», che poi passa dal blog alla televisione.

Gli editori iniziano a vedere in questi spazi virtuali non solo dei possibili contenuti ma anche dei bacini di pubblico garantito per la diffusione dei prodotti editoriali.

Dalla passione di Roberto Emanuelli per la scrittura, all'inizio degli anni Dieci nasce un blog di successo in cui si firma Erre, dove inizia progressivamente a veicolare dei contenuti che dovranno confluire in un libro. Nel 2015, di fronte al rifiuto di un importante editore, sceglie di intraprendere la strada dell'autopubblicazione con il portale ilmiolibro.it per il suo primo romanzo, *Davanti agli occhi.* Attorno al libro si raduna una comunità di lettori appassionati che in parte proviene dai precedenti lettori del blog, in parte si amplifica anche grazie alla grande promozione social fatta dall'autore. Si scatena il fatidico passaparola che si traduce in vendite e il testo raggiunge rapidamente la vetta della classifica su ilmiolibro.it, attirando l'attenzione di un piccolo editore, Edizioni Efesto, che decide di ripubblicarlo in forma tradizionale nel 2016. *Davanti agli occhi* diventa un piccolo caso editoriale, con la sua grande fetta di pubblico, spingendo l'editore Rizzoli a ritornare sui propri passi e a offrire a Emanuelli un contratto per un nuovo romanzo, insieme all'acquisizione dei diritti del primo. Così nel 2017, esce il suo secondo libro, *E allora baciami*, che ottiene un notevole successo, entrando nella classifica dei dieci più venduti in Italia. A oggi, ha superato le 100.000 copie vendute in formato cartaceo, oltre agli e-book. Nel 2018, Rizzoli pubblica una terza edizione di *Davanti agli occhi*: appena uscito, balza subito al secondo posto nella classifica della narrativa italiana e rimane nella top ten per diverse settimane. Emanuelli, che oggi ha otto romanzi all'attivo, ha chiuso, sin dalla pubblicazione del primo, il blog: importante esperienza di scrittura condivisa sul web che tanta parte ha avuto per l'avvio della sua attività di scrittore.

Diversa l'esperienza di Emmanuela Carbé: le storie raccontate sul suo blog «Lumicino» nel 2005 diventano un libro pubblicato da Laterza nella collana Contromano nel 2013, intitolato *Mio salmone domestico.* Carbé ricorda: «All'epoca dei blog non avevo scadenze regolari e scrivevo con estrema facilità. Più che un blog avevo costruito una discarica, con pochi colori, senza link e immagini, senza commenti». Alla povertà grafica corrisponde una scrittura che man mano diventa più consapevole restando lieve, contemporanea ed episodica, e dove il dialogo della protagonista con un cartonato a forma di salmone ricorda vagamente atmosfere calviniane. Carbé racconta che in realtà il passaggio dalla scrittura per il blog all'organizzazione dei contenuti per un libro cartaceo non è stato semplice: «L'unica persona che è riuscita realmente a parlare a 'salmone' domestico, a immaginarlo in una forma cartacea, definitiva eppure non necessariamente romanzesca, è stata Anna Gialluca di Laterza».

Se un editore decide di «prendere per mano» un testo che deriva da un blog, oltre alla cognizione del suo valore commerciale, ha la consapevolezza di trovarsi davanti a qualcosa di nuovo, in termini di scrittura, forma, contenuti, potenziale autoriale. Massimo Coppola, editore e fondatore della casa editrice Isbn, alla ricerca di qualcuno che conoscesse la realtà dei call center per il suo programma di MTV *Avere vent'anni*, nel corso dell'immancabile incursione nella blogosfera come possibile incontro di talenti, si imbatte nel blog di una certa Michela Murgia, intitolato «Il mondo deve sapere».[1] «A quel tempo i blog erano una forma di espressione molto usata, i social non avevano ancora il ruolo che hanno oggi. Appena l'ho letto ho pensato che sarebbe stato un grande romanzo». Deve combattere inizialmente contro la posizione difensiva dell'autrice, che poi accetta. «Ci fu molto poco editing. La scrittura era già lì, la potenza era già lì. Quando la incontrai mi trovai di fronte una persona insolitamente agguerrita. Non era una scrittrice, era qualcosa di più». Il libro esce nel 2006, ed è subito un caso editoriale. *Il mondo deve sapere* ha un inaspettato successo immediato e lei riceve subito (e accetta) una proposta da Einaudi. «Chi fa un mestiere culturale, se incontra un oggetto come quel blog, non può non voler interagire. E poi sarebbe stata solo questione di tempo. È stata una questione di incroci fortunati, ma il merito è tutto suo. Le sarebbe accaduto magari un anno dopo, due anni dopo. Sono felice di aver pubblicato il suo primo romanzo, ma lo considero uno scambio alla pari».

Dai blog ai social: come si informano i lettori

Con l'avvento dei social network, molti book blogger hanno affidato alle loro pagine personali la comunicazione dei contenuti che offrivano nelle loro stanze online amplificandone la popolarità e, con essa, l'appetibilità dei contenuti proposti. Da qui all'uso dei social non solo come diffusori di link ma anche di contenuti precipui il salto è stato breve. Si passa dall'essere book blogger a book influencer (che si sia bookstagrammer o booktoker poco conta).

Francesca Crescentini, alias «Tegamini», 212.000 follower su Instagram, inizia a proporre contenuti proprio aprendo nel 2010 un classico blog personale in forma di diario, tuttora attivo, in occasione del trasferimento in una nuova città per il suo primo lavoro. Poi su Snapchat con una formula originale, e l'hashtag #LibriniTegamini: lì dà consigli di lettura personalizzati, che continua anche dopo la chiusura di Snapchat sugli altri profili social. Nel 2018, «Il Sole 24 Ore» ha inserito Tegamini (e i canali social collegati) nella sua classifica dei 10 book blogger italiani più influenti.

Giulia Ciarapica, giornalista culturale e scrittrice che è stata anche book blogger e che oggi ha un ampio seguito sulle sue pagine social, con Franco Cesati Editore nel 2018 ha pubblicato un libro sul tema: *Book blogger. Scrivere di libri in rete: come, dove, perché*. «La lettrice geniale» è invece il blog di Elena Giorgi, animato anche da altre collaboratrici, dove pubblica vere e proprie recensioni. Sia sul blog che sulla sua pagina Instagram specifica di leggere solo per piacere e non per lavoro, e di selezionare personalmente i libri da segnalare, chiedendo di evitare l'invio di copie e «consigli non richiesti».

Ilenia Zodiaco inizia con il blog «Con amore e squallore», fermo al 2016. Molto attivo invece il suo canale YouTube (oltre 92.000 iscritti) dove registra video, anche molto lunghi, con diversi consigli di lettura. Numerose le interazioni. E su Instagram (66.000 follower), @conamoreesquallore, è molto presente anche con la sua immagine personale, oltre che con i libri. Altro grande dispensatore di consigli video sui libri (ma non solo, visto che parla anche di profumi e di film) è il booktuber Matteo Fumagalli, sul suo canale da oltre 136.000 iscritti dove tra stroncature e volumi che gli sono piaciuti tenta la carta del divertimento per avvicinare le persone alla lettura.

Non solo esperienze che vengono dai blog, a volte le pagine Instagram dedicate ai libri nascono non necessariamente a supporto e come evoluzione di uno spazio virtuale precedente. Sul «social delle foto», Petunia Ollister, *nom de plume* di Stefania Soma, ha inaugurato un filone molto imitato da altri creator, ovvero la foto del libro «ambientata» a colazione: #bookbreakfast. Immagini scattate dall'alto, dove una tazza di caffè non manca mai e il contorno è abbinato sia come colori che come contesto alle copertine del libro. Per alcuni anni, fino al 2019, il suo format è stato anche una rubrica settimanale su «Robinson – la Repubblica». Su Instagram, Giulia Valentina, 960.000 follower, oggi influencer e fashion blogger a tutto tondo, è stata animatrice di un circolo di lettura con libro a sorpresa insieme a Camilla Boniardi alias Camihawke, 1.3 milioni di follower, content creator (anche lei autrice di un libro, *Per tutto il resto dei miei sbagli*, pubblicato da Mondadori nel 2021). «Zelda was a writer» (66.000 follower), Camilla Ronzullo, ha creato un circolo di lettura che poi è diventato reale con incontri di persona.

Come abbiamo visto, i blogger hanno molto usato anche YouTube come canale per la creazione di video in cui si consigliano libri, soprattutto in serie, uniti da un *fil rouge*, si mostrano con degli *unbox* (video registrati al momento dell'apertura del pacco), ma poi anche Facebook, Twitter, Instagram e, soprattutto, TikTok con la sua attuale forza dirompente sulle vendite. Questi social si sono contesi negli anni il primato di essere i più seguiti (in assoluto, al di là di quelli più orientati a contenuti editoriali) e anche i più decisivi nel determinare il dibattito su un libro e quindi anche la possibilità che si generasse un passaparola e il conseguente successo. Gli influencer dei libri che agiscono attraverso i diversi profili social sembrano essere molto consapevoli di questo «potere» sul loro pubblico. Si parte dall'idea che migliaia di lettori ignorino paginoni dei giornali, pubblicità e passaggi televisivi, ma che preferiscano farsi raccontare il libro da una persona seduta sul divano di casa sua che si dedica a loro.

Restando nell'ambito dell'innovazione digitale, nel passaggio dai blog ai social, indubbiamente, la differenza, nell'ottica delle vendite dei libri, l'hanno fatta quindi i social. Lo certifica lo studio dell'AIE *I social che stanno cambiando il mercato*, presentato a Più libri più liberi l'8 dicembre 2022. Il digitale

> ha modificato i modi attraverso cui il cliente/lettore viene a conoscenza delle novità in uscita: non avviene più solo attraverso la visita al punto vendita, la lettura delle «recensioni»/segnalazioni negli inserti letterari, il tradizionale «passaparola» face-to-face con amici e conoscenti, ecc., ma anche ricorrendo a nuove «figure professionali» create dalle dinamiche dello stesso ecosistema.

L'indagine sui comportamenti autodichiarati di un campione rappresentativo della popolazione nazionale tra i 15 e i 74 anni, relativi ad attività svolte nei 12 mesi precedenti, porta a un risultato importante:

> Le segnalazioni sui social network sono il secondo fattore che influenza l'acquisto di libri: lo cita come decisivo il 14% dei lettori. Solo lo sconto, con il 17% di citazioni tra i lettori, è più determinante. [...] Dopo sconti e social network, i fattori che più influenzano l'acquisto di libri sono l'esposizione in libreria (10%), le classifiche sui siti di e-commerce (6%), le recensioni-interviste sui giornali (5%), le interviste radiofoniche e televisive agli autori (5%), i consigli dei librai (4%) a pari merito con gli algoritmi di segnalazione dei siti di e-commerce.

Ma in che modi e in che direzione i social influenzano gli acquisti?

> L'8% dice di essere influenzato soprattutto da segnalazioni di amici e personaggi pubblici non direttamente legati al mondo del libro, il 6% dai canali social degli editori, il 4% da influencer di settore. Nella classifica dei social network, all'interno del 14% di lettori/acquirenti che si dicono influenzati, dominano Instagram (54%) e Facebook (53%), seguiti da YouTube (29%) e TikTok (26%), Twitter al 14%.

Quindi è importante tanto il ruolo dell'influencer di settore, quanto la fonte primaria dell'editore e la sua capacità di far parlare del libro a diverso titolo su diverse pagine per così dire influenti. Lo vedremo più nel dettaglio.

Grazie ai social si parla addirittura della creazione di un «canone alternativo» a quello fornito dalla critica. È un tema che sottolinea Alberto Casadei recensendo il libro di Isotta Piazza

Canonici si diventa. Mediazione editoriale e canonizzazione nel *e* del *Novecento* (Palumbo, 2022). Casadei spiega come l'azione dei social sia decisiva nella definizione di nuovi gusti e nuovi indirizzi – oltre che di autori sfuggiti ai radar dei canali tradizionali:

> Si può parlare appunto di un nuovo canone, molto diverso rispetto a tutti quelli precedenti. Possiamo chiamarlo il «canone alternativo» dell'era del web [...] Come ci si arriva? [...] È noto che alcuni booktoker, ovvero influencer nel settore dei libri attivi sulla piattaforma TikTok, raggiungono in Italia i 200 mila follower, un numero davvero elevato in rapporto a qualunque tipo di blog o di sito letterario tradizionale. Nel concreto, i consigli sono molto spesso seguiti, e per esempio è noto che, nel 2022, il maggior successo di vendite, nell'insieme, è toccato a due libri molto consigliati dai booktoker, scritti da Erin Doom.[2]

La smaterializzazione del salotto avulso viene in un certo senso ratificata dal direttore della Fondazione Bellonci Stefano Petrocchi durante la serata finale del Premio Strega, il 6 luglio 2022: «Ora esistono i social, i salotti si sono spostati lì».

Filtro lentiggine: #booktok

Quando si pensa a TikTok e ai libri, due universi apparentemente scollegati tenuti insieme dall'hashtag #booktok (che seleziona gli account che parlano di libri sul social cinese), e nel nostro caso #booktokitalia, vediamo una sequela di filtri lentigginosi, occhialoni da nerd e poco make-up, quasi a sottolineare che sì, siamo in video, ma agli amanti dei libri di certe futilità non interessa nulla. Le registrazioni per lo più non sono belle per impostazione e qualità (le inquadrature sbilenche fanno venire i giramenti di testa), gli sfondi quasi sempre con librerie piene di volumi – una specie di delirio bibliomane molto popolare. I libri non vengono mai mostrati del tutto prima della fine, per incuriosire e obbligare alla visione integrale della clip; unica concessione all'estetica pop-cheap, i *claim* urlati e scritti in colori fluo: si va da «Libri che mi hanno fatto dimenticare di star leggendo» a «Le storie d'amore migliori nei libri», a «Libri che vanno letti una volta nella vita» e, ancora, «Libri autoconclusivi che non smetterò mai di consigliarvi» (vanno molto anche i «libri spicy», nuova definizione del caro vecchio libro erotico, o dei romanzi rosa che virano sul soft-porn). Non di rado si trovano equazioni del tipo «se hai amato... allora leggi...» ma anche «questo libro mi ha distrutto l'anima» (possibilmente con accompagnamento sonoro drammatico); poi ci sono i titoli segnalati per genere, romanzi rosa, fantasy, romance e così via. Insomma c'è veramente l'imbarazzo della scelta tra i consigli dei booktoker italiani, che per i più giovani sono oramai un canale talmente irrinunciabile di ispirazione per le loro nuove letture che molte librerie si sono dotate dell'angolo booktok. Una scelta sensata, e comunque il librario o la libraia sono presenti a suggerire – con toni meno urlati e senza slogan messianici – un buon titolo da portarsi a casa.

Tra i booktoker più attivi troviamo prevalentemente ragazzi dai 13 (età minima per iscriversi) ai 24 anni. Per diventare spacciatore di libri online, sono sufficienti un telefono con telecamera e la volontà compulsiva di raccontare e consigliare i propri romanzi preferiti, senza altri condizionamenti.

Ecco alcuni tra i booktoker italiani più seguiti. Segnaliamo @arianna_craviotto (oltre 570.000), Megi Bulla alias @labibliotecadiDaphne, booktoker che ha oltre 435.000 follower. Dopo di lei abbiamo @magsbook (oltre 270.000) e Valentina Ghetti, insegnante, oltre 240.000 follower.

Il sito di informazione editoriale ilLibraio.it ha cominciato di recente a dedicare ampio spazio al fenomeno con una sezione speciale #booktok, in cui, oltre a presentare recensioni dei libri più amati sul social, stila anche una classifica di gradimento relativa al canale. TikTok è molto diverso da Instagram e lo sta progressivamente raggiungendo per appeal rispetto ai contenuti proposti dagli influencer dei libri. Il social di Mark Zuckerberg, nato per la comunicazione e la condivisione attraverso le fotografie, dava l'idea della perfezione estetica, della foto pensata e fatta bene, i volumi venivano fotografati, quasi come se di un'opera contasse innanzitutto la bellezza della copertina «instagrammabile». Lo abbiamo visto con Petunia Ollister. Con l'introduzione delle storie, che di norma sono visibili per 24 ore, e la recente innovazione dei *reel* (video), anche il social delle foto ha iniziato ad aprirsi a una maggiore spontaneità, quella che sembra la cifra stilistica di TikTok.

I booktoker sono influencer che oltre ad aver contribuito alle vendite immediate di nuove uscite, a partire soprattutto da tendenze americane, hanno mandato in classifica libri pubblicati già da alcuni anni. Anzi, in questo caso TikTok funziona ancora meglio e ce lo conferma Filippo Guglielmone: «Con i creator si lavora solo sul catalogo. TikTok non è uno strumento con cui lanciare novità perché secondo noi il motto 'accattetevillo' non funziona su questo social. Sono community che vogliono scegliere, devi stare molto attento, devi ascoltarli in modo aperto e umile (che è un ossimoro pensando all'editoria). Questo è un lavoro di convincimento che come ufficio commerciale abbiamo fatto sui diversi publisher del gruppo Mondadori».

Quindi, in termini di programmazione promozionale, gli editori hanno intercettato questa creatività e questo bisogno e hanno capito che gli strumenti che moltiplicano le vendite sono cambiati. Per cui, continua Guglielmone, «sono tantissime le iniziative che stiamo facendo con TikTok senza apparire. Fino a pochi anni fa l'istituzione era Antonio D'Orrico. Oggi ci sono dei creator noti a un determinato pubblico a far sì che libri che noi abbiamo in catalogo da anni diventino dei bestseller clamorosi. Di esempi negli ultimi tempi ne abbiamo una valanga. È più di un anno che lavoriamo con determinati creator e parte del lavoro della rete vendita è quello di rendere edotti i librai di quello che noi stiamo facendo».

Lo stiamo vedendo a diversi livelli, i vari anelli della vita di un libro sono tutti legati tra loro, non avrebbe senso fare una grande comunicazione se poi il titolo non fosse disponibile in libreria. «Abbiamo fatto tanti contest con i creator per lanciare i libri, cacce al tesoro con un numero selezionato di librai e questo ha innescato degli strumenti di comunicazione sui social che sono stati molto potenti con risultati strepitosi di vendita».

Dunque gli editori hanno intercettato fenomeni esplosi spontaneamente e per caso cercando di comprenderne i meccanismi per replicarli con operazioni mirate. Un esempio è stato il caso di *La canzone di Achille* (Sonzogno, 2013) di Madeline Miller uscito nel 2011 negli USA con grande successo, finendo nella classifica del «New York Times» e poi entrato tra i primi dieci libri più venduti nel 2022 grazie alle *views* (stimate in oltre 250 milioni) su TikTok a circa dieci anni dalla prima pubblicazione. Il booktok su questo libro parte dagli Stati Uniti e poi arriva in Italia. «La Repubblica» pubblica una nuova edizione del libro in allegato col giornale dal 17 settembre 2023, per inaugurare la versione rinnovata di «Robinson»: il romanzo è consigliato proprio dalla comunità di booktoker che afferiscono al giornale che da un paio di anni dedica due pagine fisse ai consigli di lettura forniti da alcuni creator selezionati di settimana in settimana.

Sul social piacciono molto anche i libri con grande introspezione psicologica meglio se «fanno piangere», come *Una vita come tante* di Hanya Yanagihara; anche l'esaltazione per questo romanzo è partita prima dagli Stati Uniti arrivando successivamente in Italia. Il libro era stato pubblicato nel 2015 (in Italia da Sellerio nel 2016) arrivando a un ampio successo tra il 2022 e il 2023 anche grazie a TikTok. Eppure è un tomo di oltre 1000 pagine. Sembriamo molto lontani dai tempi in cui uscì *La Storia* di Elsa Morante che fu molto criticato perché accusato di essere un romanzo popolare che faceva piangere. Oggi questo elemento sembra un plus, soprattutto per il pubblico di adolescenti. A proposito delle critiche a Morante, Marco Belpoliti scrive: «quello che la critica marxista in particolare rifiuta è proprio il pathos narrativo della *Storia*. Non si concede alla scrittrice di far piangere i suoi lettori, o che usi quella che Calvino chiama la 'tecnica letteraria della commozione'».[3] E invece questa caratteristica oggi sembra avere un buon trend su booktok.

Matteo Codignola, traduttore di *Follia* di Patrick McGrath, uscito per Adelphi nel 1998, ne racconta l'incredibile seconda vita avuta grazie a TikTok:[4]

> dopo un paio di anni da bestseller (in Italia, significa un centinaio di migliaio di copie nell'arco dei dodici mesi), ne ha avuto un'altra ventina, altrettanto soddisfacente e più rara, da long seller (significa, tra le 10 e le 15.000 copie l'anno). Sembrava non dovesse finire mai e invece è finita all'inizio del '22, quando senza una ragione apparente le vendite hanno cominciato a schizzare in alto, attestandosi sulle 1500 copie a settimana.

La ragione? «All'inizio dell'anno un cospicuo gruppo di TikToker [...] aveva deciso di promuovere il libro, innescando quella versione digitale del passaparola che quando funziona, ormai lo abbiamo imparato, è definitiva». E che caratteristiche aveva questo romanzo per poter piacere ai creator del social per giovanissimi? Atmosfera (un ospedale psichiatrico), climax, ritmo pieno di suspence, storia d'amore coinvolgente, giochi di seduzione.

Secondo il *TikTok What's Next Report 2023*, negli Stati Uniti, su 825 milioni di copie vendute nel 2021, booktok avrebbe contribuito direttamente alla vendita di 20 milioni di copie. Anche *It Ends with Us* di Colleen Hoover – con una stima di oltre 1,7 miliardi di visualizzazioni complessive – è tra i dieci libri più venduti nel 2022. Sara Scarafia su «Robinson – la Repubblica» il 7 gennaio 2023 racconta l'esplosione del successo dell'autrice americana costretta a vivere in una roulotte con la sua famiglia prima di diventare una scrittrice bestseller che con l'hashtag #colleenhoover ha superato tre miliardi di visualizzazioni. Il suo editore italiano, Sperling & Kupfer, ha saputo intercettare le ragioni del suo successo amplificandole: per il lancio del sequel, *It Starts with Us*, ha dato brani in anteprima ad alcuni booktoker per farne anticipare la lettura per i loro follower prima dell'uscita ufficiale in libreria (10 gennaio 2023).

Il 31 dicembre 2022 «Robinson» dedica un'intervista anche a un'altra scrittrice con boom di vendite in quell'anno, Holly Jackson. Lei, inglese vera, non solo nel nome, esplode grazie al passaggio del suo libro in una serie televisiva e poi su booktok. E, in questo caso però, sul settimanale della «Repubblica» a intervistarla sono proprio alcuni booktoker che hanno contribuito alla diffusione e alla pubblicizzazione dei suoi libri.

Grande successo anche per i volumi della serie *After* di Anna Todd. Quelli che stiamo citando sono tutti libri che appartengono ai generi Romance o Young Adult elemento che rimarca l'età media (adolescenti) non solo dei creator ma anche degli utenti. La già citata ricerca dell'AIE specifica anche un altro effetto «dell'ecosistema digitale», ovvero quello di aver creato un nuovo canale in cui circolano altre «forme narrative», diverse rispetto a quelle autoriali tradizionali. Narrazioni che talvolta approdano, grazie a nuove forme di scouting, al mercato editoriale. E questi canali difatti iniziano a dialogare costantemente tra loro.

Infatti esistono anche dei social network dedicati esclusivamente alla scrittura e alla lettura, da cui Anna Todd arriva, e che, al pari di alcuni blog letterari in passato, oggi suscitano il grande interesse degli editori. Così è stato per Marco Figini, ora direttore editoriale di Magazzini Salani. Intervistato da Aisha Cerami sull'«Espresso» il 12 febbraio 2023, parla del successo di *Fabbricante di lacrime* di Erin Doom che proprio lui ha individuato su Wattpad. Con una community che nel mondo aggrega oltre 90 milioni di utenti, il social offre una grande possibilità di interazioni e scambio tra scrittori e lettori. A seguito delle numerose visualizzazioni dei suoi testi Erin Doom si era autopubblicata su Amazon; Figini ne intuisce le potenzialità e trasforma le sue parole in libro di carta. All'inizio vende 15.000 copie, poi esplode grazie ai booktoker. *Fabbricante di lacrime*, lo abbiamo visto, è stato il titolo più venduto in Italia nel 2022. La copertina è perfetta per essere mostrata in video, i contorni di una farfalla luminosa e trasparente che si libra in volo sullo sfondo nero della pagina, molto simile a quella di altri bestseller che piacciono al pubblico di TikTok. È anche questo un modo che gli editori sembrano usare per aumentare le possibilità di passaggi in video dei creator più influenti, provare a reiterare le copertine dei libri che a loro sono piaciuti e che in qualche modo hanno già segnalato.[5]

Questione di target: i social e le case editrici

Stiamo notando che i social sono strumenti che si possono inserire in maniera incisiva nella vita di un libro. È chiaro però che bisogna individuare il giusto target. Uno stratega della comunicazione come Silvio Berlusconi lo aveva intuito bene intanto decidendo di crearsi un profilo personale, aperto il primo settembre 2022 in vista delle elezioni del 25 settembre seguendo a ruota Matteo Renzi e Matteo Salvini, e poi guadagnandosi molte critiche, ma anche milioni di *views*, per il primo video in cui si presentava rivolgendosi al pubblico come se parlasse a dei bambini: «Ciao ragazzi! Su questo canale parleremo del vostro futuro». Questione di target, dunque. E se i politici volevano intercettare il voto della fascia d'età dei giovanissimi, secondo Gianluigi Simonetti anche per i libri vanno fatti dei distinguo in merito ai destinatari del messaggio. «Erin Doom che va forte su TikTok forse avrà meno efficacia se passa a Rai 3 intervistata a *Quante storie* da Giorgio Zanchini. Certo non le farà male ma la via TikTok mi sembra più affine a quel tipo di libro per come me lo immagino io. E sicuramente Erin Doom allo Strega non avrebbe senso perché quel premio tende a escludere la narrativa di genere». Semmai è lo Strega Giovani – osserva Simonetti – che da quando esiste sembra orientato a identificare e premiare, tra quelli di qualche ambizione letteraria, i romanzi più promettenti dal punto di vista commerciale. «Possiamo forse dedurre» conclude ancora Simonetti «che oggi sono i giovani il laboratorio del nuovo romanzo commerciale. O almeno di un certo suo tipo».

Della stessa idea è Filippo Guglielmone che mette in relazione il fenomeno anche con il poderoso successo della serie tv prodotta da Rai Fiction – Picomedia *Mare fuori*: «Ha contenuti molto forti pensati per gli adolescenti e agisce esattamente come TikTok grazie ai temi che veicola e che funzionano su quello specifico target». Lo ripetiamo, tantissime emozioni e sentimenti dirompenti fanno la differenza sul canale. «Credo che l'esperienza della pandemia ci stia restituendo una generazione di lettori che ha dovuto attingere alla propria fantasia per dare una risposta alle privazioni che stiamo ancora imparando a leggere e che ci darà tantissimo di cui ragionare nei prossimi anni come editori. Osservando le challenge che ho visto fare ai miei figli mi sono impressionato. Hanno fatto un uso straordinario della fantasia essendo privati della realtà. Noi adulti ci siamo messi a fare ginnastica, le pizze, loro invece si sono immaginati un mondo che non potevano vivere. Questo nei libri che si vendono si percepisce in maniera straordinaria».

Proprio per tale motivo quindi occorre differenziare le operazioni commerciali e promozionali a seconda del testo.

Dal social alla vita reale: molti festival ormai stanno organizzando non solo degli incontri live dove i booktoker propongono dei contenuti che di solito postano sul social, ma anche la loro partecipazione ad alcuni talk come moderatori al pari di giornalisti culturali o critici letterari. Quindi la loro voce non resta più solo virtuale.

Se da un lato per gli editori gli influencer dei libri sono veicoli fondamentali da intercettare, è altrettanto importante per ogni casa editrice avere dei propri profili attivi come punto di riferimento per i lettori. Secondo la già citata ricerca dell'AIE, tra il 14% delle persone che si informa sulle novità editoriali attraverso i social, il 6% dichiara di prediligere i profili ufficiali delle case editrici. Negli ultimi anni quasi tutti gli editori si stanno dotando della figura professionale del social media manager, ma non tutte hanno un budget e una mole di pubblicazioni che lo permetta in termini di conto economico. Normalmente, tra gli editori più piccoli è «tacito» che dei social si occupi l'ufficio stampa. Ma è chiaro che con il carico di lavoro dovuto a promozione stampa, eventi e altro i social siano i primi a essere trascurati o non sono curati professionalmente.

Un caso da segnalare da questo punto di vista è la nascita della casa editrice Accento, fondata da Alessandro Cattelan nel 2022 a Milano e diretta da Matteo B. Bianchi che ci racconta l'idea alla base del progetto: pubblicare autori esordienti ponendo, appunto, «l'accento su di loro». «La nostra attività è un unicum perché abbiamo Cattelan alle spalle. Quindi possiamo contare su una sorta di testimonial interno che è un'anomalia rispetto alle altre case editrici». Quindi Accento ha la possibilità unica di parlare tramite i suoi social a un pubblico molto ampio. Soprattutto su Instagram dove il fondatore ha quasi 2 milioni di follower e poi anche tramite la sua trasmissione quotidiana, *Catteland* su Radio Deejay, dove spesso ospita gli scrittori che hanno pubblicato il loro libro d'esordio. Scopriamo che Cattelan ha creato la casa editrice con la esplicita volontà di usare la sua popolarità per aiutare gli esordienti, di qualsiasi età, che altrimenti sarebbero poco considerati. «Se sui social possiamo contare sul suo appoggio, in libreria contiamo sulla scelta rigorosa dei testi (pubblichiamo cinque esordienti l'anno e riceviamo letteralmente migliaia di proposte) e sulle copertine. Le nostre copertine sono tutte di grande impatto con immagini sempre molto forti per attirare lo sguardo del lettore. Abbiamo una politica un po' aggressiva in questo senso proprio perché sono autori al primo libro. Il nome della casa editrice non spicca in copertina, Accento è scritto in rilievo e quasi non si vede. Invece in Italia le gabbie grafiche degli editori sono fatte in modo che sono la prima cosa che un lettore riconosce. Noi lavoriamo sull'immagine che deve colpire, facciamo un ragionamento molto anglosassone. In una libreria americana non riconosci l'editore di un libro dalle copertine».

Di fatto cosa viene mostrato sui social come prima cosa dei libri, soprattutto su Instagram? La copertina, appunto. Dunque Accento è il primo editore che nasce con l'idea di comunicare il proprio catalogo principalmente tramite i social, anche «se poi chiaramente ci sono anche recensioni e la comunicazione letteraria classica».

A parte questo caso eccezionale di «editore/testimonial», come e in quanti modi gli editori possono usare i social per la promozione dei libri? Si possono prevedere delle anticipazioni/teaser delle novità, ad esempio mostrando le ciano non rilegate, pagine interne un po' sfumate, foto della copertina. Si darà inoltre l'annuncio dell'uscita in contemporanea con il lancio in libreria, e successivamente si accompagnerà la vita del libro con la pubblicazione di recensioni, interviste, inviti per le presentazioni e altri eventi. Se l'autore «ci mette la faccia» è ancora meglio, soprattutto se molto famoso: si possono preparare delle clip in cui lui stesso presenta al lettore l'opera. I post sui diversi social possono essere semplici o sponsorizzati, l'obiettivo è sempre il medesimo, quello di cui stiamo indagando i meccanismi: raggiungere il maggior numero di lettori possibili. Per un editore è molto importante lavorare bene anche in questo senso, per creare una community e per avere una voce riconoscibile, che il pubblico avrà come strumento informativo.

Un caso su tutti. Il profilo Twitter, ora X, di Einaudi è stato fondato nel 2009 da Stefano Jugo, oggi social media manager e responsabile marketing della casa editrice torinese. Per la sua forza comunicativa è detto anche «il bot». Il profilo dell'editore sulla piattaforma dei cinguettii è stato un vero caso studio, ha raggiunto un numero molto alto di follower in breve tempo (nel 2013 erano 118.000, oggi oltre 212.000) con una voce molto riconoscibile e con una grande interazione con il pubblico. Uno dei punti forti è stato il farsi veicolo di informazioni culturali che esulassero dai contenuti di Einaudi. Per alcuni anni Twitter è stato l'unico profilo social di Einaudi, solo alla vigilia dell'uscita nel 2018 di *The Game* di Baricco, che proprio all'era digitale dedicava il suo saggio, nel quartier generale di Torino si decide di aprire anche le pagine Facebook e Instagram. Per dare un avvio importante ai nuovi canali social si organizza una diretta proprio tra Baricco e Ian McEwan.

Nel 2021 Jugo vince il premio «Mattia Serafini» per la migliore campagna social con quella dedicata al romanzo di Diego De Silva *I valori che contano (avrei preferito non scoprirli)*. Negli ultimi anni Twitter non ha più grandissima forza e appeal per editori e utenti in fatto di libri.

D'altro canto, lo abbiamo visto, contemporaneamente per l'editore è fondamentale anche intercettare i creator che si occupano di libri per informarli delle novità in uscita, stando attenti, come fa l'ufficio stampa con i giornalisti, a fare delle comunicazioni molto mirate e distinte per i gusti di ognuno. Negli anni dell'esplosione dei book influencer gli editori hanno organizzato molti incontri *ad hoc* con lo scrittore riservati a un numero selezionato di persone. Un modo per far esplodere immediatamente anche sul web il libro appena uscito in libreria.

Il meccanismo promozionale che intercetta questo canale di comunicazione lo spiega bene Francesco Longo.[6]

> Negli ultimi anni, la promozione dei libri avviene ormai per tappe fisse, studiate dal marketing che, insieme all'ufficio stampa, pensa alle strategie per i social. Una pioggia di libri arriva alle persone giuste che fotograferanno la copertina. Alcuni diranno di non essere riusciti a dormire la notte per l'intensità del libro, altri grideranno al capolavoro, fino alla mattina dopo, quando si ricomincerà con un altro libro indimenticabile. Questo rumore di fondo – una sovra-

esposizione di autori non sempre all'altezza del reale talento letterario – è diventato forse troppo assordante e fastidioso agli stessi «addetti ai lavori», alle stesse persone che votano per i premi, magari agli stessi Amici della Domenica che stabiliscono la Cinquina dello Strega. Esporsi, essere divisivi, prendere la parola quotidianamente è sì una strategia per avere notorietà, un pubblico di affezionati, ma è anche un modo per riempirsi di nemici silenziosi.

«La gloria minuta di un like»: gli scrittori e i social

E lo scrittore? Per l'autore del libro è importante trovare una propria voce riconoscibile per entrare in contatto con il pubblico. Alcuni sono naturalmente bravi a comunicare, altri meno: può essere un problema di maggiore o minore agio nell'utilizzo del mezzo, che nella percezione resta ibrido – podio amplificato e salotto di casa. O può essere addirittura il disvelamento di alcune difficoltà di ordine grammaticale che da uno scrittore davvero non vorremmo.

Molti si limitano a usare le proprie pagine solo per dare notizia delle loro pubblicazioni, dei loro impegni pubblici, della loro rassegna stampa. Altri, invece, arricchiscono tutto questo con racconti e riflessioni scaturite dalla vita quotidiana, altri ancora intervengono su temi di attualità, consigliano libri di altri scrittori (per lo più amici) o intervengono sul caso editoriale o la notizia del momento nel mondo delle lettere (e non). Rosella Postorino fa parte di quest'ultimo gruppo: presente in maniera equamente distribuita fra post personali, post promozionali e riflessioni varie, in seguito alla mancata vittoria allo Strega del 2023 ha dimostrato di sapere utilizzare in maniera efficace anche il silenzio.

Mario Desiati su questo tema ammette di essere «privo di alcuna abilità comunicativa. Ho usato i social in passato per pubblicare qualche appunto di cose che leggevo o foto di luoghi che mi interessavano. Ora ho perso le password sul telefonino italiano e apro Instagram solo quando sono a Berlino. Ma quando ci entro mi diverto. La vanità, il narcisismo esasperato che stimola il meccanismo del gradimento istantaneo dei contenuti, fa sì che l'argomento sia antropologicamente soddisfacente per gente come me che gode nel vedere dove si può arrivare per la gloria minuta di un like. Garboli prima che nascessero i social parlava di un mondo diviso tra narcisi di volontà e narcisi di libido: credo che i compilatori compulsivi di post siano i primi, mentre quelli che come me ne godono solitariamente e oscuramente, pensando 'non mi avrete mai', siano i secondi. Insomma siamo tutti facce dello stesso disagio».

Più spiccio Antonio Pascale: «Il mio rapporto con i social è praticamente inesistente».

Nicola Lagioia usa molto i social, su cui ha creato una grande community che lo segue e interagisce con lui, ma si è dato una sua personale regola. «Se li impiegassi solo come strumento di promozione personale mi annoierei tantissimo e diventerei una sorta di piazzista di me stesso, invece li uso anche per produrre altri tipi di contenuti culturali». Con l'importante specifica però di stare attento a non farlo troppo, perché «comunque, indirettamente, stiamo lavorando per qualcuno che non ci paga. Dare qualcosa di sé, ma non dare troppo, altrimenti ci sono altri modi per raggiungermi (podcast, libri, radio ecc.)». Sui social si crea una comunità ed è molto importante saperla usare. «Io sono molto accorto, non essendoci un filtro editoriale è molto facile incorrere in delle scivolate, farsi prendere dal narcisismo e dal protagonismo, oppure dall'immediatezza della comunicazione. Almeno una volta nella vita tutti siamo caduti in qualche trappola social». Racconta di quanto sia stata bella e coinvolgente l'interazione con moltissimi ventenni, con cui non aveva mai dialogato direttamente, e che lo hanno contattato sulla sua pagina Instagram durante la promozione della *Città dei vivi*. E ricorda anche la grande attenzione che ebbero i suoi post e le sue *stories* durante il tour per lo stesso libro nelle varie librerie d'Italia: «Tappa per tappa mi fotografavo con il mio libro e con un libro di altri che mi era piaciuto e che avrei voluto leggere. Mi sembrava bello fare promozione oltre che al mio lavoro anche a quello di altri autori che stimo o che mi piacciono». Grazie a lui abbiamo visto il volto di molti librai e avuto numerosi consigli di lettura da ogni angolo d'Italia. «Il mondo dei social network è quello in cui viviamo, quindi credo che non si possa far finta di nulla; bisogna usarli con attenzione e discrezione. Come ogni luogo in cui camminiamo l'importante è rendere lo spazio circostante un po' migliore di quanto non sia e non peggiore di quanto già sia. Questa è la responsabilità che sento: non sempre mi riesce, ma qualcosa in questi anni spero di averla imparata».

Attenzione e discrezione, sottolinea Lagioia. Elementi importanti, considerando che ci sono anche gli scrittori che a volte si autosabotano pur senza rendersene conto. Luca Ricci dà un rendiconto finzionale di un autore che si iscrive sui social network nel suo romanzo *Gli invernali* (La nave di Teseo, 2021):[7] «A ogni modo lo scrittore inizia a prenderci gusto. Non solo pubblica quasi ogni giorno, ma il tono dei suoi messaggi è cambiato: lo snobismo degli esordi ha lasciato il campo a un'empatia maniacale, che a volte sconfina nella ruffianeria. Lo scrittore lascia perdere i suoi pensieri alati sull'arte di scrivere e si mette a pubblicare le foto di quello che cucina a pranzo e cena. Inoltre si premura di accompagnare le citazioni erudite con qualche foto emozionante, perlopiù panorami mozzafiato su porzioni di natura incontaminata. I follower raddoppiano in breve tempo, e lo scrittore si sente meglio: adesso può guardare dall'alto in basso i suoi tanti colleghi approdati sui social per i suoi stessi confusi motivi e che, in diversi casi, vendono anche più di lui».

Il rischio di questo processo per gli autori è quello che identifica Marco Archetti in un articolo sul «Foglio»:[8]

> il meccanismo è fatale: ci si approssima sempre di più all'immagine che si desidera offrire al mondo, si lavora sodo per confermarla, ma più la si conferma agli altri e più la si conferma a noi stessi, in una spirale autoriduttiva che Casanova – grande esegeta di pulsioni – sintetizzerebbe con: «A furia di ripetere una menzogna si finisce col credere che sia vera». Il punto è: a fronte di tutto questo, lo scrittore, che fa? In virtù della sua superiore capacità di squarciare il velo delle sintassi collettive, esce immune dal trappolone? No. Perché l'autodidascalia permanente ubriaca. L'autodidascalia permanente non fa prigionieri.

Un altro scrittore molto attivo e molto influente sui social è Roberto Saviano: 1 milione di seguaci su Instagram, 2,5 milioni su Facebook, oltre 100.000 su TikTok. Quando sbarca su TikTok qualcuno lo critica per il video inaugurale: «faccio lo scrittore e vivo sotto scorta». Ma ripetiamo la necessità di adeguamento al social e al target. Con questi numeri è uno degli autori più ambiti da editori e colleghi di penna per far sì che consigli il loro libro sui suoi profili con un post, un reel, ma anche con una semplice storia che dura 24 ore. È lo stesso motivo per cui gli si chiedono i *blurb* per le fascette dei libri: è una persona molto popolare.

Zerocalcare, che ha un milione di follower su Facebook, 1 milione e 200.000 su Instagram, nel 2022 sbarca su TikTok con gran clamore e un grandissimo numero di *views* e follower quasi immediato (al momento conta oltre 370.000 follower). L'iscrizione, lo spiega lui stesso, è dovuta alla grande consapevolezza del valore di TikTok come comunicazione:

> Le altre stanno morendo, con alcune piattaforme non riesci a interloquire con persone che stanno sotto i 50 anni, quindi è difficile. Ho dovuto capire in che modo potevo declinare le cose mie, non faccio i balletti, non faccio i doppiaggi con canzoncine. Ci ho messo un po', ma mi sembra di aver trovato una chiave che è usare un certo tipo di racconto che si fa con la voce, che devi supportare con i disegni.

Anche se gli editori di Bao ci tengono a specificare che la presenza di Zerocalcare sui social era fondamentale «ai tempi in cui postava regolarmente storie brevi, ora è più una valvola di sfogo creativa, per lui, e non è un elemento fondante della nostra comunicazione sui suoi lavori».

A ogni modo gli autori che sanno comunicare bene sui social amplificano la loro popolarità, di conseguenza il rapporto con il lettore e la possibilità che i loro libri vengano maggiormente notati.

Sembra essere meno programmato il profilo personale di Maurizio de Giovanni su Facebook, e un po' più disordinato: ai suoi oltre 70.000 fan annuncia i suoi libri, i suoi eventi, viene taggato da chiunque in ogni tipo di iniziativa (evidentemente non ha il controllo dei tag attivo) ed esprime spesso la sua fede calcistica napoletana e altre idee personali. Potremmo sintetizzarlo come il profilo di un simpatico *boomer*.

Altri autori usano Instagram ma non come autopromozione, ci fanno altro, fotografano scene di vita quotidiana, paesaggi o altre cose, tornando alla funzione precipua per cui il social è nato, in fondo. Lo racconta l'interessante ricerca condotta da Maria Teresa Carbone per il suo libro *Che ci faccio qui? Scrittrici e scrittori nell'era della postfotografia* (Italo Svevo Edizioni, 2022), in cui esamina foto e pratiche social di Emanuele Trevi, Helena Janeczek, Giorgio Falco e molti altri.

«Funerale social»: l'ultimo saluto a Michela Murgia

È stata un'esplosione di post la morte di Michela Murgia e soprattutto il suo funerale. Sia Simonetta Fiori sulla «Repubblica» (11 agosto 2023) che Paolo Di Paolo sempre sulle pagine dello stesso quotidiano[9] parlano della forza che lei ha avuto nel comunicare proprio sui social e quindi non stupisce il clamore mediatico esploso su quegli stessi canali, soprattutto Instagram, che la scrittrice ha usato anche per le sue battaglie ideologiche. «Da non nativa digitale, è sbarcata sui social per tempo, con impressionante e inarrivabile (per il 100% degli scrittori italiani viventi) abilità, con un'intelligenza giocosa, capace di adattare i contenuti alle forme e alle piattaforme» come sottolinea Di Paolo. Ed è proprio questo annullamento della distanza, l'avere lo scrittore «a portata di mano», poterlo vedere e ascoltare dal proprio divano di casa che fa la differenza anche nella percezione di un libro. Come abbiamo già visto, sin dal suo blog poi diventato un romanzo, Michela Murgia a livello comunicativo si è sempre posta in un dialogo di diffusione di una esperienza personale che però grazie alla sua voce diventava universale, fino alla fine. Come enfatizza su Instagram anche Luciana Littizzetto, scrivendo «ci hai insegnato come vivere ma anche come morire».

«Non usava Facebook e Instagram per offrire, come quasi tutti, un goffo, prolisso, convenzionale diario: li usava come spazi per compiere gesti diversi in una sequenza molto ampia di gesti». Così ancora Paolo Di Paolo, che parla appunto del «più grande funerale social della storia». La letteratura e i libri che si mischiano con la vita (che sta per finire). E così abbiamo visto scorrere su nostri telefonini le foto di Chiara Pasqualini del suo matrimonio queer, dove c'erano anche altri scrittori: Nicola Lagioia, Chiara Valerio, Chiara Tagliaferri. La scrittura che si amplifica con la quotidianità che viene a sua volta fotografata e condivisa fino alla morte annunciata. Abbiamo visto che il fattore «morte» ha un suo peso specifico nelle classifiche dei libri. Nel caso di Murgia anche solo l'annuncio mediatico di un tragico imminente destino ha portato il libro simbolo di questa inevitabilità nei primi posti. Per lo stesso motivo piazza del Popolo era gremita di persone che non erano riuscite a entrare nella Chiesa degli Artisti durante il suo funerale, il 12 agosto 2023. Numerose le dirette dell'evento, una morte annunciata mediaticamente, malattia raccontata passo passo, e un funerale social.

> Fan delusi, restano fuori e seguono funerale su Facebook. C'è delusione da parte dei tanti fan giunti a Piazza del Popolo per dare l'ultimo saluto a Michela Murgia. La piccola Chiesa degli artisti, infatti, contiene solo poche persone e centinaia sono rimaste fuori. Sotto il sole cocente e un grandissimo caldo. In molti cercano riparo dalla parte di via del Babuino, all'ombra, paralizzando di fatto il traffico. Chi è rimasto fuori, e sono tantissimi, segue la cerimonia funebre sui cellulari attraverso la diretta Facebook. E c'è qualcuno che si sente anche male e deve accomodarsi al bar Canova, di fronte alla Chiesa degli artisti, per rinfrescarsi e riprendere le forze.

Così recita la diretta dal sito della «Repubblica». La delusione che deriva dalla non partecipazione e condivisone. Su Instagram Murgia aveva e ha tuttora, perché il profilo non è stato chiuso, oltre 580.000 follower. Una comunità che, come fa notare Pasquale Quaranta sulla «Stampa»,[10] è ora rimasta «orfana». Ma il giornalista sottolinea al tempo stesso che la sua scomparsa ha fatto emergere un fenomeno inedito «favorito in gran parte dai social media, che ha permesso al suo pensiero di estendersi oltre la dimensione letteraria». E che sicuramente non si disperderà, forse è anche per questo che Chiara Valerio durante l'orazione funebre ha deciso di rivolgersi alla sua amica scomparsa parlando al futuro.

Capitolo ottavo

I premi letterari, croce e delizia

Tra outfit e gettoni d'oro

Dopo un esordio di successo con un libro tratto dal suo blog, Michela Murgia entra definitivamente del pantheon degli scrittori italiani grazie alla vittoria del Super Campiello nel 2010 con *Accabadora* (Einaudi), a tutt'oggi considerato il suo romanzo migliore.

I premi letterari possono essere in effetti dei momenti fondamentali per la diffusione di un'opera e la consacrazione del suo autore al grande pubblico. C'è chi passa la vita cercando ossessivamente di vincerne uno, chi lo rifiuta, chi lo accetta ma non lo ritira, chi trascorre mesi a decidere un outfit adeguato alla premiazione, chi perde e il giorno dopo si prodiga in polemiche di cui, a volte, poi si pente. Croce e delizia degli scrittori, apportatori di fama e successo (relativamente parlando), i premi a volte riescono a mandare una carriera dalla stampa alle stelle in men che non si dica – o anche il contrario.

Il rapporto ambivalente fra scrittore e premio è cosa nota. Thomas Bernhard, autore del libro *I miei premi* (Adelphi, 2009), quando viene a sapere che ha vinto il Grillparzer (massimo riconoscimento conferito dall'Accademia delle Scienze di Vienna), per prima cosa decide di comprarsi un abito buono in lana. «Il mio proposito era di acquistare, seppure di confezione, un abito di pura lana della migliore qualità, color antracite, nonché i calzini adatti, una cravatta e una camicia di Arrow, molto fine, a righine grigie e azzurre».[1] Dietro al gesto vezzoso di volersi presentare agghindato per l'occasione si nasconde la sottile satira bernhardiana rivolta all'iniziativa – il premio, la cerimonia – il cui effetto agisce in superficie sullo scrittore, una pacca all'ego. Non resta che ringraziare l'Accademia attraverso un vestito nuovo, rispondere all'apparenza con l'apparenza.

Il giorno dopo la vittoria di Mario Desiati al Premio Strega, nel 2022, il web e i giornali si popolano di commenti sul suo outfit arcobaleno: «arrivato alla cerimonia vestito Valentino – con abito gessato, blusa color crema, collarino fetish – occhi truccati e con una mascherina rainbow che faceva pendant con le Converse», sono tutti concordi nel definirlo «vincitore anche nel look».[2] Desiati racconta che «è stato un gioco, un modo per presentarmi in sintonia al libro che presentavo. Credo abbiano fatto più discutere gli accessori dell'abito. In particolare il *choker*, il collarino che indosso nelle mie feste fetish. Sono stato più sobrio di quanto sono solitamente nella mia vita 'non ufficiale'». Non erano passate inosservate sul palco del Ninfeo neanche le sneakers gialle, bianche e blu della Lidl indossate da Emanuele Trevi, vincitore dell'edizione 2021: le scarpe avevano avuto un inspiegabile quanto imprevisto momento di gloria qualche mese prima, essendo andate sold out all'indomani del lancio negli store.

Al di là dell'apparenza, dell'immagine e della fama, parlando di premi letterari e del loro appeal sugli editori e sugli scrittori, va ricordato che alcuni hanno anche un valore economico importante, sia perché prevedono un compenso in denaro, sia perché agiscono come moltiplicatori di vendite. Thomas Bernhard nel 1964 decide di spendere i 5000 marchi assegnatigli dal Premio Julius Campe per comprare la prima automobile della sua vita. Paolo Cognetti, coerentemente con le sue passioni naturalistiche e montanare, opta per l'investimento su una stalla. Mario Desiati confessa di averli impiegati per una necessità più stringente: «Con i cinquemila euro del premio ho pagato l'affitto, visto che per sei o sette mesi non ho potuto lavorare».

Tra stupori e gran rifiuti

Nel 1964 Jean-Paul Sartre fa il *grand geste* che oggi probabilmente nessuno azzarderebbe: rispedisce al mittente il Premio Nobel per la Letteratura. Motivazione: «Ho sempre rifiutato le onorificenze ufficiali. [...] Questo atteggiamento si basa sulla mia concezione del lavoro di scrittore. Uno scrittore che prende una posizione politica, sociale o letteraria deve usare solo i mezzi a sua disposizione, cioè la parola scritta». Sartre non era stato il primo. Lo aveva preceduto, nel 1918, il poeta svedese Erik Axel Karlfeldt, membro dell'Accademia di Stoccolma, che ascrisse il rifiuto al conflitto di interessi, e il premio gli fu assegnato postumo. Nel 1958 era stata la volta di Boris Pasternak, preoccupato per la sua incolumità di scrittore sospetto dissidente nella Russia sovietica. L'Accademia non si era fatta intimidire, lui preferì declinare.

Il Nobel non è poca cosa: è la consacrazione più ambita, l'equivalente di un posto fisso nel Canone letterario, e anche il premio più remunerativo, circa 900.000 euro più una medaglia d'oro, anch'essa di valore (e c'è anche chi l'ha venduta). È un riconoscimento alla carriera e non solo a un libro, viene annunciato da una telefonata personale ma i giornalisti in genere arrivano prima, e smuove un livello di battage che – se non è affrontato ideologicamente, alla Sartre, non lascia che una reazione, ben sintetizzata da Doris Lessing, appena nominata vincitrice:

«Oh Cristo!». Che poi spiega, «erano trent'anni che lo aspettavo. La gente che non ha sentito parlare di me, adesso, andrà a comprare i miei libri. È una bella cosa, guadagnerò un po' di soldi».[3] In sintesi, tutti i benefici che uno scrittore può ottenere con la vittoria di un premio importante. È l'11 ottobre 2007 e Doris Lessing, rientrando a casa in taxi dopo aver fatto la spesa, trova i giornalisti che l'aspettano con la notizia di cui era ancora ignara. La soddisfazione è tanta dopo l'attesa durata tre decenni: «Ho vinto ogni premio che c'è in Europa, ogni dannato premio. E con questo sono deliziata di averli vinti davvero tutti, l'intera collezione. Ho fatto scala reale». La vittoria fa schizzare in classifica i suoi libri in tutto il mondo. A volte vincitori meno noti favoriscono le piccole case editrici, come nel caso dell'«Orma», storico editore di Annie Ernaux, vincitrice nel 2022.

Doris Lessing non poté partecipare alla cerimonia perché l'età e questioni di salute le rendevano difficile spostarsi; stessa cosa per Harold Pinter, che non riuscì a presenziare nel 2005 perché gravemente malato, e l'anno precedente per Elfriede Jelinek. Bob Dylan, il primo e finora unico cantautore premiato per meriti letterari, all'annuncio tace e risulta praticamente irreperibile. Dopo un mese scrive all'Accademia, accettando il premio e dicendo di non poter presenziare alla cerimonia per impegni precedentemente assunti. Non sono in pochi a chiedersi cosa abbia pensato in quei trenta giorni, e quali oneri possano essere più importanti della cerimonia per il tuo Nobel. Alla premiazione, a Stoccolma, chiede di presenziare all'amica storica Patti Smith, alla quale affida un breve messaggio, e che canta *A Hard Rain's a-Gonna Fall*; lui ritirerà il premio fisico, medaglia e assegno, nel gennaio successivo, in un incontro blindato con i membri dell'Accademia che poco dopo rilasciano un commento in linea con l'intera vicenda: «Sembrava contento». A noi piace immaginarlo mentre il 10 dicembre 2016 stacca i telefoni e se ne va a pesca.

Il Premio Strega: «Un premio che nessuno ancora avesse mai immaginato»

Se come aspirazione del mondo intero c'è il Nobel, in Francia c'è il Goncourt a far schizzare le vendite e far decollare carriere, in Spagna il Cervantes, in Gran Bretagna il Booker Prize e oltreoceano, negli USA, il National Book Award e il Pulitzer, in Italia, e lo abbiamo già citato ampiamente, c'è il Premio Strega, fondato nel 1947 da Maria Bellonci insieme a suo marito Goffredo Bellonci.

«Già da tempo cominciavo a pensare a un nostro premio, un premio che nessuno ancora avesse mai immaginato. L'idea di una giuria vasta e democratica che comprendesse tutti i nostri amici mi sembrava tornar bene per ogni verso; confermava il nuovo acquisto della democrazia».[4] Così la scrittrice racconta la nascita di una competizione nata nell'immediato dopoguerra in seno agli Amici della domenica, un gruppo di intellettuali che si riuniva tutte le domeniche nella sua casa, e sostenuta dal mecenatismo di Guido Alberti, patron del Liquore Strega di Benevento che gli diede il marchio e il nome.

Alla morte di Maria Bellonci, nel 1986, Anna Maria Rimoaldi crea la Fondazione Bellonci che tuttora gestisce e organizza il premio e di cui fino al 2007, anno della sua scomparsa, ha garantito la gestione. Poi il testimone è passato a Tullio De Mauro e infine a Stefano Petrocchi, che nel 2013 ha avuto l'incarico di direttore, dopo aver lavorato per anni al fianco di Rimoaldi e De Mauro e che, ammette, in tempi non sospetti «come lettore il premio non lo conoscevo molto. Al liceo mi avevano fatto leggere *Il Gattopardo*, *Paese d'ombre* e *Il nome della rosa*. Il primo libro che comprai influenzato dalla fascetta 'Premio Strega' fu quello che mi accompagnò nel mio viaggio interrail del 1990, appena terminata la maturità: era *La chimera* di Sebastiano Vassalli».

Fino al 2007 tutto passava fra le mani di Annamaria Rimoaldi. Gli editori spesso le facevano vedere le bozze per capire se un libro era candidabile, per essere sicuri che ne avrebbe sostenuto la candidatura, quanto meno che non l'avrebbe osteggiata. Nel corso degli anni, sotto la guida di Petrocchi, sono state introdotte nuove regole volte soprattutto a garantire la pluralità nella possibilità di partecipazione alla competizione.

Fra le novità della nuova gestione, l'introduzione nel 2015 di una regola che prevede che nella cinquina finale sia presente almeno un titolo di una piccola casa editrice – per evitare il dominio dei grandi gruppi. Per la prima volta nel 2020 abbiamo avuto quindi una sestina, e nel 2022 addirittura una settina, per via di un pari merito. Dice Petrocchi: «Se la vittoria diventa prevedibile è la cosa peggiore che agli organizzatori possa capitare. Dal 2017 abbiamo riflettuto sul fatto che negli anni precedenti le concentrazioni editoriali, in particolare l'acquisizione di Rizzoli da parte di Mondadori, rischiavano di impoverire ai nastri di partenza il parco degli autori che concorrevano, perché gli editori di uno stesso gruppo non si fanno concorrenza tra di loro e operano una preselezione interna dei libri che potrebbero concorrere ogni anno. Così Mondadori, Rizzoli ed Einaudi ne avrebbero probabilmente proposto solo uno ciascuno. Quello per noi sarebbe stato un problema e abbiamo provato a cambiare le regole del gioco per avere più possibilità di scelta».

Fino al 2018 il regolamento prevedeva che gli unici a poter candidare i libri, esclusivamente opere di narrativa, fossero gli editori attraverso la presentazione di due votanti. Dal 2018 invece i romanzi possono essere proposti da un solo votante, senza l'intervento dell'editore, ed ecco che nel 2023 i titoli proposti raggiungono un record: 80. La pluralità ha portato a casi in cui in dozzina, ma anche in finale, arrivassero due libri dello stesso editore – nel 2021 le autrici erano Lisa Ginzburg e Maria Grazia Calandrone, entrambe per Ponte alle Grazie, nel 2022 Mario Desiati e Veronica Raimo avevano firmato i romanzi finalisti per Einaudi (arrivarono tutti e due in cinquina), nel 2023 ci sono stati Vincenzo Latronico e Igiaba Scego (per Bompiani).

Resta stabile il meccanismo per cui fra le proposte in entrata un comitato direttivo seleziona dodici titoli, la dozzina, annunciata ad aprile. A giugno un'ulteriore scrematura porta alla definizione della cinquina di finalisti (o sestina o settina, come abbiamo visto), che si contenderanno la serata al Ninfeo.

I votanti si riuniscono due volte all'anno storicamente presso casa Bellonci a metà giugno, oggi sede della Fondazione Bellonci (ma da dopo la pandemia la semifinale è definitivamente spostata presso il Teatro Romano di Benevento). Inizialmente erano poco meno di duecento, oggi sono quattrocento. Il più anziano è, fino a non molto tempo fa, Brunello Vandano, nato nel 1916; la più giovane, Giulia Ciarapica, del 1989. Dall'edizione 2010 si è aggiunto anche un *pool* di lettori «forti» segnalati dalle librerie indipendenti, e che cambiano di anno in anno. Inoltre, dal 2017 si considerano 20 voti collettivi di scuole, università e gruppi di lettura (15 tenuti presso le Biblioteche di Roma), oltre a 200 preferenze espresse da studiosi, traduttori e intellettuali italiani e stranieri selezionati da 20 Istituti italiani di cultura all'estero. Così il numero complessivo degli aventi diritto al voto raggiunge un totale di 660.

Moltiplicatore delle vendite (e della popolarità)

Per ritirarlo non serve il frac, al vincitore spettano «solo» 5000 euro che, se paragonati al Nobel, fanno sorridere, ma una ricerca condotta nel 2013 (e poi aggiornata nel 2016) dall'economista Vincenzo Scoppa con Michela Ponzo ha dimostrato che vincere lo Strega moltiplica di almeno 5 volte le vendite. Scoppa e Ponzo hanno analizzato le classifiche dei libri più venduti dal 1975 al 2005 pubblicate sull'inserto «Tuttolibri» della «Stampa». Nel 2013 il romanzo *Resistere non serve a niente* di Walter Siti era arrivato alla finale del premio Strega con 30.000 copie vendute: dopo una settimana dalla vittoria ha raggiunto le 40.000, che in alcuni giorni sono diventate 80.000, rendendo necessarie due ristampe. Nel 2009 *Stabat Mater* di Tiziano Scarpa è passato da 8000 copie vendute pre-Strega alle 90.000 post. *La solitudine dei numeri primi* di Paolo Giordano letteralmente esplode, da 65.000 copie arriva al milione di copie. E, ancora prima, nel 2002, Margaret Mazzantini con *Non ti muovere* restò stabile in classifica per 65 settimane. Grande impennata delle vendite anche per i romanzi di Sandro Veronesi, Edoardo Nesi e Maurizio Maggiani. Numeri meno eclatanti ma comunque alti per Alessandro Piperno e Niccolò Ammaniti.[5] In molti casi, il fattore Strega ha inciso fortemente anche sulle vendite del secondo classificato, come è capitato a Veronica Raimo con *Niente di Vero*, arrivato secondo dopo *Spatriati* di Mario Desiati. Il fattore di moltiplicazione è ben spiegato anche dal caso *La ferocia* di Nicola Lagioia.

> Uscito a settembre 2014, in nove mesi *La Ferocia* aveva venduto all'incirca 20 mila copie. Dal 3 luglio 2015, dopo poche ore dalla proclamazione festeggiata dallo scrittore barese sorseggiando assieme alla moglie il liquore da cui prende il nome il premio, il libro ha cominciato ad essere acquistato a un ritmo non previsto e a scalare le classifiche: 3700 copie la prima settimana, 5 mila la seconda, 6 mila la terza. Un aumento di oltre il 70% delle vendite in un mese, rispetto alla cifra registrata in quasi un anno di esposizione in libreria. «È un risultato sorprendente e gratificante, rispetto ai nu-

meri a cui sono abituato io sono un botto di copie», spiega Lagioia a *FQMagazine*. «La mia filosofia è sempre quella di limitare il danno, sono sempre cauto rispetto a ciò che mi accade a livello professionale. Ora dovrò cambiare paradigma. Posso quindi confermare: il premio Strega ha moltiplicato e di molto le vendite del mio libro». Se la media di vendite de *La Ferocia* è stata per mesi di 3-400 copie a settimana, che diventano 8-900 nelle settimane precedenti il premio, ora si è passati a cifre praticamente da bestseller. «Intanto sono riuscito a far sopravvivere il libro per nove mesi, e non è poco. Poi non mi sarei mai aspettato la finale dello Strega o addirittura la vittoria. L'aspetto forse più sorprendente è che il premio Strega ha funzionato non per un libro di consumo, ma per un libro lungo, complesso, con un sacco di personaggi e voci, un libro, come si dice oggi, anche se sembra un ossimoro, «molto letterario».[6]

Lo Strega manda in classifica. A riprova di questo, commentando la top ten dei libri più venduti della settimana su «Robinson», il 15 luglio 2023 Claudia Morgoglione scrive: «Tre giorni. Sono bastate 72 ore ad Ada D'Adamo, vincitrice postuma del Premio Strega più appassionante e più aperto degli ultimi anni, a balzare in vetta alla classifica [...]». Sullo stesso giornale, una settimana dopo, il 22 luglio, la collega Raffaella De Santis torna sul tema[7] evidenziando il significativo incremento delle vendite a pochi giorni dal riconoscimento. «A due settimane dalla vittoria del Premio Strega, *Come d'aria* di Ada d'Adamo ha più che raddoppiato le vendite: entrato in finale con quasi 25.000 copie vendute, oggi ne conta circa 60.000. Un'accelerazione di 35.000 copie in pochi giorni è una prestazione che mette alla prova un piccolo editore come Elliot, abituato a ben altri numeri». Conferma Loretta Santini, editrice del romanzo vincitore: «Non eravamo attrezzati ma ci siamo rimboccati le maniche. I dipendenti della tipografia, la Print on Web di Frosinone, hanno preso talmente a cuore la cosa che hanno voluto lavorare anche nel weekend. La finale si è giocata di giovedì e loro fino alla domenica non hanno mai staccato per poter garantire le spedizioni di migliaia di copie alle librerie già dal lunedì mattina. Siamo riusciti a distribuire subito 120.000 volumi. Abbiamo fatto le spedizioni direttamente dalla tipografia senza passare per Messaggerie, il nostro distributore, e alcuni di noi sono andati in tipografia a fascettare».

La vittoria di una piccola casa editrice indipendente, con tutte le difficoltà economiche che si trova a fronteggiare, ci porta anche a una ulteriore riflessione: se è vero che vincere lo Strega, o un altro premio importante, fa vendere, bisogna preliminarmente considerare che ciò implica anche un grande sforzo economico-logistico e gestionale da parte dell'editore, nella misura in cui il regolamento richiede che siano a suo carico un numero ingente di copie per tutti i giurati – ovviamente oltre a quelle aggiuntive per la stampa che vanno calcolate per continuare a lavorare sulla comunicazione del libro, per diffonderlo tra la critica e i lettori. Per tacere di addetti stampa (spesso bisogna assumere dei rinforzi solo per il premio), comunicazione, spostamenti per seguire gli eventi e via dicendo.

Esiste poi tutta una serie di effetti legati al premio che possono incidere sul successo dello scrittore e sul suo percorso professionale. Primo fra tutti il prestigio che porta a nuove proposte e/o incarichi editoriali e giornalistici; la partecipazione ad altri premi, festival e iniziative culturali varie. Dal momento in cui vengono dichiarati i primi dodici finalisti, gli stessi sono parte di un vero e proprio «tour de force Strega» che coinvolge tutti gli attori che abbiamo visto finora – librerie, presidi, biblioteche, club del libro, festival, istituti di cultura esteri, incontri sui social. La dozzina è per due mesi una piccola comunità letteraria itinerante, e anche quando i 12 passano a 5, resta attiva fino alla vigilia del gran giorno.

«Manovre di guerra in tempo di pace»

Ritorno economico e prestigio fanno sì che intorno a questo premio storicamente ci siano state grandi aspettative e, parallelamente, anche grandi polemiche. «Attorno ai premi ci sono spesso manovre di guerra in tempo di pace» diceva Gesualdo Bufalino, che esordì nel 1981 con *Diceria dell'untore* (Sellerio): Bufalino entra in cinquina ma è l'anno del *Nome della rosa*, e lui deve «accontentarsi» del Campiello. Fra i giurati del Campiello, quell'anno, c'era Elisabetta Sgarbi, che vota Bufalino nonostante le pressioni del fratello Vittorio che cercava di imporle Anna Banti, direttrice della rivista «Paragone» molto ambita per i critici d'arte. È comunque l'inizio di una onorata carriera.[8]

Roberto Calasso partecipa allo Strega nel 1989 con *Le nozze di Cadmo e Armonia* e finisce secondo per soli tre voti, dopo Giuseppe Pontiggia. La sua presenza non fu esente da polemiche, perché era il primo editore-scrittore a partecipare al premio. Da allora Adelphi non ha più mandato libri allo Strega fino al 2022, quando entra in dozzina *Nova* di Fabio Bacà – ma Calasso era già scomparso.

In tema di polemiche, la prima e più agguerrita risale al Sessantotto, il protagonista è Pasolini che ritira il suo *Teorema* dalla competizione dicendo che il meccanismo democratico del premio si è deteriorato con le ingerenze dell'industria culturale, e dell'industria editoriale in particolare: «Il Premio Strega è completamente e irrimediabilmente nelle mani dell'arbitrio neocapitalistico». Dopo il ritiro di Pasolini Moravia si dimette dal comitato direttivo per solidarietà, e i votanti che gravitano attorno a Moravia, Geno Pampaloni e Mario Tobino, sempre per solidarietà, comunicano che si asterranno dal voto. La frattura pesa e segna un momento di crisi per il premio, che Maria Bellonci risolve con un compromesso, chiedendo a tutti di votare scheda bianca ma di andare a votare. Pasolini aveva il gusto per la polemica «premonitrice», ma è difficile dargli torto quando, scorrendo l'albo del premio, dalla seconda metà degli anni Sessanta i vincitori si alternano esclusivamente fra autori Rizzoli e autori Mondadori. Nello stesso periodo il Campiello viene vinto per sette anni consecutivi dalla Mondadori.

«Il problema non era tanto il funzionamento del premio, ma la configurazione editoriale del paese» riflette Petrocchi.

Sin da quando nasce, infatti, il premio ha un meccanismo inedito, con una vasta partecipazione di addetti ai lavori, un centinaio di persone, e la stessa Maria Bellonci lo definiva già «una polveriera» perché la giuria era (ed è tuttora) composta da persone che hanno la capacità di prendere la parola nel dibattito pubblico e volentieri la prendono, entrando in conflitto. Questo crea una sorta di «bolla polemica» nei tre mesi della stagione del premio: la rissosità degli intellettuali del Novecento è quasi proverbiale. «L'idea stessa di bolla crea già le condizioni per far sì che nascano delle polemiche; è normale che uno vinca e gli altri ci rimangano male, ma il motivo vero è che la polemica sui premi letterari è diventata un genere giornalistico. I giornali raccontano volentieri quello che succede all'interno di un premio, ma lo riaggiustano in forma polemica perché così ritengono di avere più audience e di titillare la curiosità dei lettori». E a volte sembrano fare quello di cui accusano il premio stesso. «Ricordo un titolo di ilLibraio.it quando un anno comunicammo la dozzina: *Quattordici esclusi*. E certo, erano 26 candidati e dovevamo sceglierne 12!»

Antonio Moresco, escluso dalla finale nel 2016 con il suo *L'addio* (Giunti), scrive in un articolo di suo pugno sulla «Repubblica»:[9]

> Sapevo quanto il gioco fosse truccato. Eppure, certo per mia inguaribile ingenuità, a 68 anni e dopo avere scritto tanti libri e dopo quello che sta iniziando a succedermi all'estero, mi ha impressionato il fatto di non essere stato neppure ritenuto degno di entrare nella cinquina degli attuali finalisti, come mi ha impressionato che nel più noto premio nazionale tutti i finalisti, tutti, nessuno escluso, abitino a Roma.

Del resto anche le polemiche di Pasolini toccarono pure il discorso dei «grandi esclusi», che non avevano mai partecipato o vinto. Tra questi, chiarisce il direttore della Fondazione Bellonci, «Gadda, Calvino e Pasolini non hanno mai vinto lo Strega, ma neanche il Campiello. Il loro era un tipo di narrativa che a un certo punto ha cozzato contro i premi letterari».

La delusione di Gian Marco Griffi e altre amarezze

Diversa è la storia editoriale di Gian Marco Griffi, scrittore pochissimo noto prima di diventare il caso editoriale del 2022 con *Ferrovie del Messico*, pubblicato da un piccolo editore come Laurana: arriva in poco tempo a vendere moltissime copie, vince numerosi premi, entra in dozzina allo Strega ma, dopo averci creduto, si ferma sulla porta della cinquina. La sera dell'8 giugno 2023 subito dopo aver appreso che «per lui lo Strega finiva lì», Griffi rientra nel suo hotel beneventano e affida l'amarezza a un post sul suo profilo Facebook:

> Gli Amici della domenica hanno fatto fuori lo scrittore del lunedì. *Ferrovie del Messico* ha preso più voti dalle biblioteche, dai gruppi di lettura, dalle librerie indipendenti e dagli istituti di cultura italiana all'estero – che in tutto sono 260 e rotti – che da tutti gli Amici della domenica/Nemici del lunedì – che sono 400 – [...] È stato un po' divertente e un po' no. In ogni caso mi congedo dal Premio Strega 2023 ringraziando tutti.

Il post è accompagnato da una foto in cui la cartolina con l'immagine grafica del Premio in corso è sformata e logora. La sintesi «un po' divertente un po' no» è molto efficace per descrivere l'attitudine dei partecipanti verso un premio che per tre mesi chiede una dedizione di tempo ed energie quasi assoluta: nel racconto *Crepuscolo a Roghudi Vecchio* contenuto nella raccolta *Tutti i nostri premi*,[10] Griffi racconta di uno scrittore (suo omonimo) esausto del turbinio di concorsi e premi che gli tocca per sbarcare il lunario: «Alla fine il Griffi lo trovano impiccato allo sciacquone del cesso. A dirla tutta lo trovano sul pavimento con la faccia nel foro di scarico della turca, il suo peso ha rancato via tutto, cassetta, sciacquone, cintura di pelle».[11]

La delusione ce la spiega meglio in privato. «Faccio un esempio. Io ho giocato a calcio fino ai 25 anni. Mi ricordo ancora una volta l'ultima giornata di campionato in cui ci stavamo giocando il passaggio dal quinto al sesto posto e io sbagliai il rigore. Fu una delusione immensa. Figurati lo Strega, più o meno la stessa sensazione».

A proporre la sua candidatura era stato non un nome qualunque, ma Alessandro Barbero, vincitore del Premio Strega nel 1996 con il suo romanzo d'esordio *Bella vita e guerre altrui di Mr. Pyle, gentiluomo*, a sua volta scoperto da Aldo Busi. E, per gratitudine verso Busi, Barbero nel 2013 aveva lasciato il comitato direttivo del Premio per poter candidare e sostenere proprio Busi con il suo *El especialista de Barcelona* – della cui sorte immobiliare abbiamo già detto.

Anche Lisa Ginzburg ha espresso su FB il suo disappunto per non essere entrata in cinquina; mentre nel 2019 Roberto Cotroneo, che non entra neanche in dozzina, affida il suo dissenso, proprio come Moresco, alle pagine della «Repubblica», dove con l'occasione risponde a una critica generale ai romanzi candidati per quell'anno, (dunque, esclusi dai dodici, proprio come il suo) che era stata mossa dal presidente della Fondazione Bellonci Giovanni Solimine: «molti non erano adeguati a una competizione di questo livello»: «Questa è una società letteraria che dimentica i libri veri perché troppo impegnata a cercare miracoli editoriali nei santuari culturali sparsi per il paese. E lo Strega è uno di questi santuari».[12]

Esattamente dieci anni prima, nel 2009, la presentazione delle candidature fu segnata dalla mancata partecipazione di Mondadori che aveva già vinto le due edizioni precedenti, con Giordano e Ammaniti, e che dichiara di volersi prendere una pausa alla ricerca di nuovi autori. Quell'anno il vincitore designato sarebbe stato Daniele Del Giudice con *Orizzonte mobile* (Einaudi, e quindi ancora del gruppo di Segrate), ma lui stesso smentì la sua candidatura ancora una volta sulla «Repubblica»: «Il libro stampato non ci appartiene più, e il nostro accompagnarlo è un po' ridicolo, come se uno pretendesse di spingere avanti ciò che è stato prima. Un premio non riconosce l'autore, serve piuttosto a far conoscere un libro che va comunque per il mondo per suo conto».[13]

Antonio Pascale, che dello Strega è un votante e che era stato candidato nel 2022 con *La foglia di fico* (ma non entrò in dozzina), prova a chiarire quello che secondo lui è il meccanismo del premio, che in un certo senso si evince da tutti gli aneddoti che abbiamo proposto: «Funziona per onde, si vince o si perde in funzione dell'onda, e non grazie a giudizi puntuali sui libri in gara. Funziona per onde nel senso che ogni anno c'è uno scrittore o una scrittrice che deve vincere, così si dice, e lo dici una volta, lo dici un'altra volta finché alla fine si forma un'onda. Quando si è formata ci sono molte probabilità che finisca in bellezza la sua corsa, cioè i votanti contribuiscono a sostenere l'onda per trascinamento emotivo, chi si vota questo anno? Il meccanismo emotivo è così forte che ci sono pochissime possibilità che l'onda si infranga prima del tempo». Conclude proponendo una possibile alternativa a questo andamento: «Il modo per rinnovare lo Strega è solo uno: i lettori/votanti devono leggere tutti i libri in gara ed esprimere un giudizio reale e non come avviene di solito, cioè lasciarsi condizionare dall'onda».

Tutti guardano allo Strega, anche se tra gli scrittori a volte sembra esserci una sorta di prudente snobismo: «non mi interessa» dicono in molti. Eppure, lo stiamo vedendo, le polemiche sono sempre all'ordine del giorno. Sempre secondo Petrocchi, «una delle particolarità del premio Strega è che è un premio che si vince ma anche che si perde. Negli altri premi conta la vittoria, se non hai vinto hai partecipato, non sei quello che ha perso come è nel Premio Strega. Questo perché oltre ai benefici economici in termini di vendite porta all'autore anche qualcos'altro, ti dà un riconoscimento all'interno della società letteraria a cui tu appartieni. Sentirsi parte o rifiutati da quella società letteraria è importante e ci sono autori che lo sentono più di altri».

Alessandro Baricco sulla «Repubblica» dice di non aver voluto mai partecipare allo Strega neanche come votante, spiegando di non essere capace di autopromuoversi e causando lo stupore dell'intervistatrice Simonetta Fiori:

> Ho fatto tante cose ma parlo poco. Non sono mai andato al premio Strega per esempio. Da giovane mi scrissero per invitarmi a votare nella giuria, risposi «no grazie». Non ho mai

voluto partecipare, non è la mia tazza di tè. Fare il proprio mestiere senza preoccuparsi della società letteraria è molto piemontese. Forse è un misto di arroganza e timidezza, una ribellione venata di paura.

Il cruccio di Petrocchi, da animatore dell'iniziativa, non è tanto quello delle polemiche sui grandi esclusi o sui non vincitori, o perdenti che dir si vogliano. «Il compito di chi organizza il premio è sempre quello di creare le migliori condizioni perché gli autori migliori concorrano. Quello che semmai a me crea problemi è per esempio il fatto che ci siano scrittori che non abbiano mai concorso in generale. Uno di questi è Antonio Tabucchi, che io ritengo uno dei massimi narratori che l'Italia ha avuto dagli anni Ottanta in poi, e che ha concorso al premio soltanto con il suo primo libro pubblicato da Mondadori alla fine degli anni Settanta, e poi non più. Michele Mari non ha mai concorso e non so se mai concorrerà. Ecco, lì c'è qualcosa in cui credo che il premio abbia mancato. Una volta Tabucchi telefonò per chiedere come proporre come votante un candidato. Io colsi l'occasione per chiedere 'Maestro, ma lei non ha intenzione di partecipare?', e lui mi disse 'Ma no, io sono vecchio, adesso vivo quasi per lo più tra Parigi e Lisbona, mi pare difficile'. Come organizzazione ti devi porre il problema, devi pensare che manca qualche condizione».

Alla fine ha ragione Vanni Santoni: «Il problema non è il Premio Strega o il suo regolamento. Il problema è che c'è un solo Premio Strega».[14]

Vittoria postuma

Prendiamo ora lo Strega del 2023. Per quell'onda invisibile di cui parla Pascale, tra gli addetti ai lavori sembrava nell'aria che Rosella Postorino fosse destinata alla vittoria che avrebbe avuto il sapore di una consacrazione, dopo il grande successo avuto con *Le Assaggiatrici* (Premio Campiello 2018, Premio Rapallo, Premio Chianti, Premio Vigevano Lucio Mastronardi, Premio Pozzale Luigi Russo, Premio Wondy, a cui aggiungiamo traduzioni in 32 lingue e una trasposizione cinematografica in corso). Inoltre, poiché esiste una sorta di legge non scritta nell'alternanza degli editori che vincono di anno in anno, era plausibile che un podio toccasse all'editore Feltrinelli.

Tutto come da programma, *Mi limitavo ad amare te* esce nel gennaio 2023 con grande plauso di pubblico e critica, va subito in classifica, entra nella dozzina e poi in cinquina. Ma le certezze iniziano a incrinarsi sin dal primo aprile, data della prematura scomparsa di Ada D'Adamo, autrice di *Come d'aria*, la storia toccante del difficile rapporto tra una madre malata e una figlia gravemente disabile dalla nascita. Ada D'Adamo muore a due giorni dalla proclamazione dei candidati, l'impatto emotivo è molto forte. Così inizia a insinuarsi la possibilità che il premio forse lo vinca lei, vuoi per la storia, vuoi per le circostanze, vuoi per la letterarietà del testo. La sfida iniziale sembrava doversi giocare tra Postorino e Romana Petri, autrice di *Rubare la notte* (Mondadori), ma l'onda si increspa, *Come d'aria* vince il Premio Strega Giovani. Ma la proclamazione della cinquina il 7 giugno 2023 non lascia dubbi: la sfida finale sarà tra Postorino, prima con 217 voti e Ada D'Adamo, seconda con 199. Petri è quinta con 167 voti. Il 27 giugno, a pochi giorni dalla finale un libraio riferisce di aver ricevuto una mail dalla rete vendita in cui si sostiene che Rosella Postorino sembra avere «ottime possibilità di vittoria ma non si sa mai (scaramanzia)» e quindi si invita chi fosse interessato a inviare un ordine che, si assicura, «verrà evaso solo in caso di vittoria». La strategia commerciale non fa una piega. Invece, già dai primi scambi al Ninfeo il 6 luglio, alcune persone presenti alla serata riferiscono che anche la stessa autrice Feltrinelli sembra consapevole che quella sera non salirà sul palco. Perde per appena 15 voti. Si tratta della quarta volta nella storia del Premio dalla sua fondazione che il riconoscimento viene assegnato postumo: era capitato a Giuseppe Tomasi di Lampedusa con *Il Gattopardo* nel 1959 (morto senza neanche vedere il suo libro pubblicato proprio da Feltrinelli); a Mariateresa Di Lascia con *Passaggio in ombra*, edito ancora da Feltrinelli, nel 1995 (a lei e ad Alessandro Leogrande Mario Desiati aveva dedicato la sua vittoria nel 2022), e infine alla stessa Maria Bellonci con *Rinascimento privato* nel 1986 (Arnoldo Mondadori Editore).

Casa Bellonci e il Ninfeo di Villa Giulia

> La Star, l'Accademico, l'Alieno, lo Scrittore Stimato, l'Ospite d'Onore. Ecco la cinquina sempre possibile, senza sapere quali saranno i nomi in gara. Se il premio Strega fosse un genere letterario sarebbe un giallo. Non solo per il colpo di scena finale (non sono mancati nella storia del premio schede cruciali arrivate per posta con fatali giorni di ritardo, o sorpassi di appena un voto, alla faccia di chi crede che esista una regia), ma sarebbe un giallo anche per la struttura fissa dei protagonisti dei vecchi libri del mistero con il morto, l'assassino, l'investigatore, il maggiordomo. [...] Per chi partecipa, il premio Strega è sicuramente un romanzo di formazione, che per alcuni prende i colori della tragedia o del libro dell'orrore. L'intrattenimento, insomma, è garantito solo per chi osserva.[15]

Francesco Longo sintetizza ironicamente alcuni passaggi che individua come meccanismi del premio che a suo dire si ripetono di volta in volta. Ma esiste anche un contorno di aneddoti, accadimenti, incontri, outfit, pettegolezzi, presenze eminenti e visibili assenze intorno ai due momenti cruciali della votazione, la cinquina a Casa Bellonci (ora al Teatro Romano di Benevento) e la serata finale al Ninfeo.

Nel cuore dei Parioli, in una palazzina signorile e discreta, Casa Bellonci ora è un museo aperto alle visite ed è la sede della Fondazione e il quartier generale del premio – che nel 1998 stava rischiando di rimanere senza uno spazio, quando Petrocchi arrivò per uno stage. C'era un contenzioso in corso fra la proprietà di Casa Bellonci, il premio e la Fondazione. Nelle more della risoluzione di questo problema si decide di avviare un inventario dell'archivio che nel frattempo era stato definito di eccezionale interesse culturale dal Ministero dei Beni culturali. «Nella casa sono conservati beni archivistici e librari di notevole importanza, in particolare quello di cui mi sono occupato io con altre tre persone era l'inventario del carteggio di Maria e Goffredo Bellonci, e poi tutta la corrispondenza che i Bellonci hanno avuto con i protagonisti della cultura letteraria del Novecento, che sono stati i principali animatori del Premio Strega». Petrocchi fa i suoi due anni di stage, e il Comune di Roma interviene acquistando l'immobile. Nel 2001, salda fra le mura di Casa Bellonci, Anna Maria Rimoaldi chiede a Petrocchi di entrare nella segreteria della Fondazione e di occuparsi anche del premio. «Oggi la Fondazione ha cinque dipendenti, all'epoca eravamo solo due». È a Casa Bellonci che fino al 2019 si svolgevano le semifinali, in una serata di solito ad alta temperatura a metà giugno. Votanti e giornalisti stipati fra corridoi stretti e salottini, schiacciati contro le librerie, con l'immancabile ricambio di calici di prosecco sempre più caldo in mano. Il sogno di Dagospia, che negli anni ha immortalato chignon e parrucchini, pashmine e tubini e ogni forma di sgraziataggine nei vari assalti al buffet. Sopravvivere alla calura senza aria condizionata dell'attico più ambito del mondo delle lettere permetteva di assistere da vicino a vari colpi di scena. «'Sono venuto in ritardo e tutti i famosi se ne sono andati già: c'è solo Enzo Golino, con cui ho discusso anni fa e che ora non mi saluta', ha detto [Vittorio Sgarbi, *N.d.A.*] con la sua solita verve, prima di dedicarsi alla cosa che gli riesce meglio, essere cioè un eccellente critico d'arte. Con Stefano Petrocchi [...] e con alcuni giornalisti presenti, ha fatto un tour artistico spiegando la storia dei tanti quadri appesi alle pareti della casa»:[16] è il 10 giugno 2015, a Casa Bellonci la serata della cinquina si avvia alla conclusione e quando arriva Sgarbi i famosi sono già andati via. I pochi presenti si trovano circondati dal codazzo immancabile dei giornalisti che, sbucati non si sa da quale antro, seguono le uscite del critico d'arte più controverso d'Italia, dal 2023 anche sottosegretario alla Cultura. Un anno importante, il 2015: in cinquina entra Elena Ferrante, che accetta il guanto della partecipazione lanciatole da Roberto Saviano solo a patto di non dover mai apparire in pubblico (ma non c'era ancora l'abitudine del tour promozionale, quindi la sua assenza pesa relativamente). E Zerocalcare arriva in dozzina con *Dimentica il mio nome*, secondo fumettista candidato dopo Gipi, l'anno precedente.[17] Non entra però in cinquina, andando via da Casa Bellonci forse incrociando Sgarbi che entrava di soppiatto.

Invece alla serata finale al Ninfeo di Villa Giulia, il 6 luglio 2023, «Vittorio Sgarbi arriva dall'ingresso principale. Solo con un paio di amici. Un tempo arrivava alla fine. Va verso il ministro Sangiuliano. Non si siedono vicino».[18] I tavoli degli editori sono circolari e ben distribuiti nello spazio antistante il palco. Per gli altri presenti, è un territorio selvaggio fatto per metà di buffet e per metà di open bar, dove servono il *signature cocktail* Stregotto, un mix di Liquore Strega, bitter rosso e chinotto Neri.

> Alla serata finale ci si va per autopromozione, per trovare lavoro: la gente semplicemente ti vede, si ricorda di te e allora ti propone qualcosa... «Ah, Filì, senti, me la fai te la introduzione a Conrad?» o «C'è un programma televisivo che parte tra un mese, ti va di fare l'ospite fisso?» o «Ci vieni quest'anno alla rassegna nel Salento?» Tutto molto romano, molto levantino, (quasi) offensivamente casuale, piacevolmente sbracato.

Lo fa notare il critico letterario Filippo La Porta intervistato da Cristiano de Majo.[19]

Caratteristiche dei libri in gara

Considerando tutti i benefici che si possono avere con la partecipazione e l'eventuale vittoria, si può quindi ipotizzare che gli editori a volte scelgano e programmino un'uscita *ad hoc* per il premio? O, addirittura, che esista un canone, un modo in cui i romanzi devono essere scritti per poter arrivare in finale, o finanche, vincerlo?

Petrocchi i libri in concorso li conosce bene dal 1996, quando con l'Accademia degli Scrausi, un'associazione di studenti e studiosi sorta in seno alla cattedra di Storia della Lingua Italiana della Facoltà di Lettere e Filosofia dell'Università La Sapienza di Roma nel settembre 1992, partecipava con un voto collettivo. «Mi ricordo che mi piacevano moltissimi libri finalisti che poi non vincevano. Per esempio mi piacque moltissimo il libro di Eraldo Affinati *Campo del sangue* che avevamo presentato come Accademia. Poi avevo amato *Nel corpo di Napoli* di Giuseppe Montesano o *Q* di Luther Blissett, e qualche anno prima mi aveva colpito molto anche la lettura di *L'amore mo-*

lesto di Elena Ferrante, che pure aveva concorso quando era uscito. Il premio aveva la capacità di trovare autori nuovi da rivelare a un pubblico più ampio. Erano libri che non avrei notato se non fossero arrivati tra i finalisti».

Petrocchi individua però un cambiamento di direzione in un anno ben preciso, visione che coincide con le riflessioni di Antonio Franchini sul cambiamento nella produzione editoriale italiana: «Il 2001 segna uno spartiacque, è allora che cominciano a cambiare i libri che partecipano e vincono lo Strega. Cambiano i gusti letterari. Negli ultimi anni Novanta erano stati premiati autori di lungo corso: Magris, Maraini, Siciliano. Premi dati sì al libro, ma anche alla carriera. Scommettevano poco. Dal 2000 in poi con Ferrero, Starnone, Mazzucco, Mazzantini, Giordano, Ammaniti, Veronesi, il premio ha il coraggio di azzardare di più, salgono alla ribalta nuovi autori. Il merito è di Anna Maria Rimoaldi, della sua visione che a un certo punto ha avuto anche un riscontro di vendite notevole».

I principali bestseller Premio Strega degli anni 2000 sono *Non ti muovere* di Margaret Mazzantini (2002) e *La solitudine dei numeri primi* di Paolo Giordano (2008): quest'ultimo, confessa Petrocchi, è anche il suo Strega del cuore. «Ho scommesso fortemente sulla sua candidatura».

Tutto ciò ha coinciso, come abbiamo detto, con un cambio nella produzione editoriale. Dall'antologia dei Cannibali, nel 1996, c'è voluto del tempo perché questa nuova ondata di autori si affermasse e riuscisse a determinare un cambio di gusto, se non altro nella giuria del premio. Secondo Petrocchi il libro che vince deve soddisfare in posizioni variabili ciascuna delle tre principali componenti della giuria: quella accademica, quella critica e quella dei lettori comuni. Corrado Alvaro, Amico della domenica, diceva che bisognava abbattere la torre d'avorio e avvicinare la letteratura al pubblico. «Il lettore comune andrà a cercare nel libro soprattutto una trama avvincente e personaggi credibili, la critica letteraria andrà a scegliere degli elementi di novità e invece i lettori che fanno parte dell'accademia andranno a cercare la qualità letteraria stabilita e consolidata. È difficile determinarlo dall'inizio, ma sostanzialmente secondo me il libro che vince soddisfa questi tre pubblici diversi. Non deve avere una novità troppo spiccata perché altrimenti sarebbe troppo sperimentale e i libri sperimentali al Premio Strega non hanno mai avuto fortuna. Ma un qualche elemento di novità però lo deve contenere, dal punto di vista della struttura e della lingua. Il resto è presente in proporzioni variabili». E continua con dei rilievi statistici: «Il romanzo storico è un tipo di libro che allo Strega è sempre stato abbastanza premiato. Nell'albo d'oro è rappresentata quasi tutta la storia dal Medioevo a oggi. Un'altra cosa importante è che sia un romanzo in cui la società italiana possa riconoscersi. Questo implica un respiro piuttosto ampio, per far passare un po' dentro lo spirito del tempo, anche quando si tratta del racconto di fatti privati». Nei romanzi che vincono lo Strega il lettore deve in qualche modo potersi riconoscere. «E poi naturalmente c'è un requisito minimo comune, che è la qualità letteraria della trama, una lingua letteraria più o meno innovativa ma di un certo livello, un'elaborazione stilistica che si apprezza sulla pagina».

Gianluigi Simonetti ha dedicato un intero libro, *Caccia allo Strega*, alla puntuale analisi e descrizione di come sono fatti i volumi che entrano in cinquina – dal punto di vista formale, ma con esito sociologico, e approccio critico: costanti tematiche, scelte stilistiche e linguistiche, che vanno a costituire una ricetta per i «romanzi da premio». Una sinergia sempre più salda fra istituzioni letterarie ed esigenze di un certo mercato editoriale *smart*: «Molti dei libri recentemente premiati con lo Strega si direbbero attratti dal salto verso il grande pubblico molto più che dalla consacrazione nel parterre ristretto degli addetti ai lavori (e degli stessi produttori)».[20] I premi non lavorano per il Canone, ma semmai per il Gusto, che è molto più aleatorio; cercano e valorizzano forme alla moda, più che forme resistenti all'usura del tempo. E a questa analisi giunge attraverso l'intersecarsi di tutti i ragionamenti che abbiamo visto su come è cambiata la comunicazione letteraria e, di conseguenza, anche a volte la produzione degli autori. In questo senso secondo lui i premi letterari sono stati progressivamente più esposti e sensibili a romanzi influenzati dalla «cucina editoriale», che è comprensibilmente in cerca di bestseller, e che diventa sempre più ingombrante nella fase creativa di un libro. E se all'inizio lo Strega era stato creato proprio per garantire agli scrittori più promettenti un «successo di prestigio» e contrastare certe logiche da «successo di mercato», favorendo autori meno noti per accompagnarli attraverso la porta principale nella stanza dei bottoni editoriale, sembra che ora si stia «mettendo al servizio della letteratura industriale che era nato per contrastare».[21] Quindi ecco il ritratto sommario di come, secondo le sue ricerche e considerazioni, dovrebbe essere fatto un libro che aspiri alla cinquina. Un romanzo che nei primi anni Venti del Duemila aspiri almeno alla cinquina tende a uniformarsi ad alcuni orientamenti strutturali suggeriti dal mercato: possibilmente scritto da una donna, o da un uomo non troppo anziano, su un tema definito, con una sinossi facile da raccontare e da 'comunicare'. Importante che vengano toccati alcuni argomenti di sicura presa emotiva: in questo momento vanno bene tutte le diversità, tutte le vittimizzazioni, tutte le forme di impegno civile; l'infanzia (e la maternità), il protagonismo femminile, la ribellione adolescenziale; la violenza bellica o terroristica o criminale. Un tema di richiamo funziona anche meglio se raccontato in uno schema biografico o autobiografico; la lingua non deve essere troppo complicata ma neanche troppo elementare, stesso discorso per lo stile, non tortuoso e possibilmente emotivo. Preferibile un finale se non ottimistico almeno aperto, senza eccessive cupezze. Lingua e stile devono essere scorrevoli, ma non eccessivamente elementari; senza orpelli letterari ma con qualche metafora a effetto, qualche macchia di colore che 'faccia letteratura'.

Insomma: quella di Simonetti è un'analisi molto diversa rispetto a quella di Petrocchi.

Vedremo quale sarà l'evoluzione del più ambito riconoscimento italiano nei prossimi anni, che nel frattempo continua il suo percorso di innovazione con la recente istituzione del Premio Strega Poesia (2023), per portare il genere più misconosciuto e di nicchia finalmente alla ribalta, verso un nuovo pubblico.

Il Premio Campiello

Nonostante il suo ruolo cruciale per il successo di un'opera, tuttavia lo Strega non è l'unico premio italiano, né il più antico. Un ruolo importante è giocato anche dal Campiello. Il libro *Visto si premi*, edito dalle Edizioni Santa Caterina e scritto dagli alunni del Master Professioni e Prodotti dell'editoria di Pavia nel 2019, presenta una indagine sui retroscena delle vittorie e delle sconfitte letterarie di diversi premi attraverso documenti d'archivio, corrispondenze inedite, rassegne stampa e interviste.

Fondato nel 1962 per volontà dell'allora presidente di Confindustria, Furio Cicogna, e del suo vice, Mario Valeri Manera, il Premio Campiello, secondo per fama solo allo Strega, è tecnicamente il riconoscimento dato dagli industriali veneti, che come una sorta di moderni mecenati mirano a diffondere il piacere della lettura attraverso la promozione della narrativa italiana. Le ragioni della sua importanza nel panorama culturale italiano ce le racconta Enrico Carraro: «Ha alle spalle ben 61 anni di storia e prestigio, guadagnato negli anni grazie al grande lavoro con il quale gli industriali veneti hanno voluto contribuire, in accordo con i valori dell'imprenditoria, allo sviluppo della cultura e alla promozione di una narrativa di alta qualità. È divenuto ben presto un premio ambito: a cominciare dalla *Tregua* di Primo Levi nel 1963, è stato via via assegnato ad autori che sono oggi annoverati tra i protagonisti della storia letteraria del nostro paese. L'autorevolezza e il prestigio sono arrivati nel tempo, anche grazie ai grandi nomi che ne hanno fatto parte e al meccanismo della doppia giuria che garantisce trasparenza e indipendenza».

La selezione è affidata infatti a una doppia giuria, quella dei letterati, diretta al suo terzo mandato da Walter Veltroni e composta da altri intellettuali (Pierluigi Battista, Federico Bertoni, Daniela Brogi, Silvia Calandrelli, Edoardo Camurri, Chiara Fenoglio, Daria Galateria, Lorenzo Tomasin, Roberto Vecchioni e Emanuele Zinato). «Si tratta di una modalità di voto che prevede una prima selezione a opera di una Giuria di Letterati ed esperti, mentre il vincitore viene decretato dalla Giuria Popolare composta da 300 lettori, nominati annualmente, e scelti da una platea eterogenea di persone. Il voto finale viene poi validato da un notaio durante la cerimonia finale a testimonianza dei valori che contraddistinguono il Premio» chiarisce Carraro, che sottolinea anche l'indipendenza del premio dal controllo delle case editrici. La struttura e l'organizzazione della Giuria Popolare garantiscono l'assenza di influenze esterne, così come la selezione dei votanti è assicurata da un severo sistema di verifica dell'identità che esclude partecipanti precedenti o possibili portatori di interessi. «Il tutto per garantire i principi essenziali di terzietà, indipendenza, e trasparenza che ci caratterizzano sin dalle prime edizioni e che hanno portato il premio a essere il riferimento nel panorama letterario italiano che oggi rappresenta. Per lo stesso motivo, la Fondazione appartiene agli imprenditori del Veneto associati a Confindustria che ne sono i soci e i principali sostenitori finanziari, e non ha nessun legame con case editrici e/o rappresentanti di interessi letterari/editoriali. Questa sua indipendenza si riflette sulla governance e sul comportamento che gli organi costituenti la Fondazione hanno nei confronti di tutti gli 'attori' dei concorsi, a tutti i livelli, a partire dalle giurie che sono totalmente libere di prendere decisioni e di fare le proprie scelte in autonomia». Questo dovrebbe tenerlo lontano da quei possibili meccanismi di «salottismi» che periodicamente fanno gridare al complotto per il Premio Strega. Con alcune eccezioni?

C'è infatti un passaggio preliminare fondamentale, quando il presidente della giuria dei letterati viene scelto dal presidente della Fondazione Il Campiello insieme al Comitato di Gestione composto da un gruppo di imprenditori veneti che si occupa dell'organizzazione e dell'ideazione di tutte le attività del Premio. Nel 2015 Piergiorgio Odifreddi recriminò di aver già ricevuto una lettera di nomina come presidente della giuria, quando invece la carica venne pubblicamente conferita a Ilvo Diamanti.

«La selezione della cinquina finalista avviene a opera esclusiva della Giuria dei Letterati che, una volta ricevute le opere in gara, tra quelle inviate e pubblicate nell'ultimo anno, si riunisce in più occasioni per discutere e confrontarsi sui titoli. Un continuo lavoro di lettura, ricerca, verifica, confronto, che dura mesi e che porta a una rosa di libri sui quali la giuria lavora fino alla cerimonia di selezione. In questa occasione, ogni giurato esprime le proprie preferenze sui libri e le motivazioni per le quali li ritiene meritevoli fino a che cinque sole opere non ottengono un numero di voti sufficiente a esprimere la maggioranza. Da questo momento in poi la cinquina passa alla valutazione della Giuria Popolare che viene chiamata a esprimere il proprio giudizio e che decreta il vincitore durante la serata finale. Da quest'anno è stato introdotto un sistema di votazione elettronico certificato che consente ai lettori di esprimere il proprio voto senza sprechi di carta e quindi senza le schede cartacee utilizzate finora». I votanti sono tenuti a mantenere l'anonimato fino alla cerimonia finale, pena l'esclusione. «Purtroppo, in passato è successo di dover escludere qualcuno che aveva rivelato la propria identità come giurato, a riprova della grande attenzione alle tematiche di trasparenza e integrità che ci hanno sempre contraddistinto. Per tutelare il rispetto di questi parametri, i giurati vengono sostituiti annualmente e a tutti loro chiediamo la verifica dell'identità tramite codice fiscale per evitare di avere presenze doppie».

Quindi il voto non è influenzabile né prevedibile o dichiarabile. Antonio Pascale, vincitore del Premio Selezione Campiello, arrivato secondo subito dopo Bernardo Zannoni nel 2022, ne parla come del riconoscimento più importante che abbia mai ricevuto: «Lo preferisco rispetto agli altri premi perché la giuria dei letterati dichiara il voto e quindi si assume una responsabilità. Poi i lettori mandano le loro schede secondo un meccanismo che dovrebbe garantire la correttezza». Eppure nel ricordo di quella felice esperienza da finalista c'è un momento divertente e – per così dire – premonitore, che potrebbe essere accaduto anche ai personaggi di Simi o Manzini. «Ho capito che avrei perso il Super Campiello quando con tutti i finalisti siamo stati invitati in una bellissima villa messa a disposizione da una contessa veneta e ricca. Non appena mi sono avvicinato a lei mi sono accorto che non mi voleva, anzi mi scansava proprio, e invece voleva stare a tutti i costi con Zannoni. Lì ho capito che non ce l'avrei fatta».

Il Supercampiello viene assegnato a settembre a Venezia: quando a fine maggio vengono annunciati i cinque finalisti, si annuncia anche il vincitore del Campiello Opera Prima. Il premio per il 2023 è stato assegnato a Emiliano Morreale con *L'ultima innocenza* (Sellerio). Rispetto al tema della pluralità dell'offerta editoriale rappresentata dal premio, il presidente specifica: «In 61 edizioni abbiamo avuto tantissime case editrici rappresentate, sia tra i vincitori che nelle cinquine in generale. Un parterre eterogeneo sia per dimensioni che per notorietà e presenza. Mondadori forse, soprattutto all'inizio, nei primi anni, è stata una delle case editrici maggiormente rappresentate e che ha vinto di più. Negli ultimi anni, visto il buon prodotto che trattano, c'è stata anche una discreta affluenza di case editrici minori, con una media del 20% tra i libri ammessi negli ultimi due anni». Questo è evidente a uno sguardo all'albo d'oro. Tra i vincitori si nota una discreta presenza di libri Sellerio: di Gesualdo Bufalino abbiamo già detto, e c'è *Non tutti i bastardi sono di Vienna* di Andrea Molesini nel 2011, nel 2014 *Morte di un uomo felice* di Giorgio Fontana e nel 2015 *L'ultimo arrivato* di Marco Balzano. Infine, nel 2022, la vittoria dei *Miei stupidi intenti* di Bernardo Zannoni.

Anche per i libri che hanno vinto il Campiello il successo di vendite sembra essere garantito, e il premio può diventare un tassello fondamentale nella vita di un libro anche dal punto di vista commerciale. «Sicuramente rappresenta una vetrina importante in grado di incrementare le vendite dei libri che vi partecipano ma anche un palcoscenico per il lancio e il rilancio di scrittori ed editori». A differenza dello Strega, «al momento non esistono veri e propri studi che certifichino un aumento delle vendite consequenziale alla vincita del Premio o alla presenza in cinquina, tuttavia, dalle ultime verifiche effettuate per stilare il nostro primo Report di Sostenibilità abbiamo potuto constatare che mediamente la partecipazione al Premio si traduce in un raddoppio delle vendite per gli scrittori. Quel che è certo è che la partecipazione ai premi letterari è un fattore estremamente positivo per gli scrittori, con ricadute notevoli non solo per il successo in libreria ma anche per la grande visibilità che ne consegue e il prestigio ottenuto. È anche l'occasione per dare visibilità a generi, editori e soprattutto ad autori che faticherebbero da soli a raggiungere il grande pubblico e che, grazie alla partecipazione al Campiello, possono riuscire a indirizzare la propria carriera verso il successo».

L'occhio clinico di Gianluigi Simonetti non ha risparmiato l'organizzazione veneta dalla sua analisi sulla qualità dei libri «da premio». Ha notato che

> se negli ultimi anni lo Strega si è per così dire un po' «campiellizzato», assorbendo parte dell'attenzione che il premio veneziano ha sempre riservato alla ricerca di romanzi contraddistinti da un adeguato e visibile tasso di letterarietà, il Campiello, dal canto suo, si è forse un poco «streghizzato», accogliendo talvolta in cinquina, e poi premiando attraverso la giuria popolare, romanzi non di rado studiatamente sintonizzati con la cronaca, accuratamente accordati alle tendenze letterarie e di costume [...].[22]

Secondo Simonetti, anche il Campiello (come lo Strega) ha premiato spesso, negli ultimi anni, il «nobile intrattenimento», anche se alla fine di un diverso processo di selezione e votazione. Dice Simonetti che «se una prima selezione è svolta da una giura tecnica, composta in gran parte da professori universitari e personalità della cultura, la decisione finale è presa da una giuria popolare: se la giuria tecnica apre a testi più facili e ruffiani, di solito quelli vincono alla fine». Un po' come accade con lo Strega Giovani. «È un meccanismo che secondo me andrebbe un po' oliato perché rischia di avvicinare il Campiello allo Strega. Però è vero anche che il Campiello si avvicina allo Strega già a livello di scelte tecniche. Ho infatti l'impressione che la stessa giuria dei letterati tenda troppo spesso a delle selezioni un po' pop, poi valorizzate dalla giuria popolare».

Strega e Campiello secondo Carraro sono entrambi «premi letterari di altissima qualità che intendono valorizzare l'eccellenza letteraria del nostro paese. Non a caso, e in più di un'occasione, i libri segnalati dalla nostra Giuria vengono contemporaneamente segnalati anche dallo Strega, riconoscendo negli stessi titoli i libri più rappresentativi dell'annata». Ma è costretto ad ammettere che in questi anni la produzione letteraria si è un po' standardizzata: «Gli stessi editori sono molto più attenti al mercato, forse osano meno, pubblicano libri che pensano possano piacere al pubblico, giustamente. Gli editori indipendenti forse sono quelli che si permettono di osare di più, e ce ne sono. Quindi sì, cambia il mercato, cambiano i premi. Per quanto riguarda il Campiello però, non credo che questi cambiamenti ne abbiano stravolto il profilo; tra i nostri libri finalisti, ma anche vincitori, ci sono stati esordienti, testi meno popolari e case editrici non sempre appartenenti a grandi gruppi editoriali. Il desiderio è quello di rimanere al passo coi tempi senza trascurare la speranza di trovare, sempre, opere di straordinaria bellezza. Negli anni poi, abbiamo sempre lavorato molto affinché il Premio potesse rinnovarsi e arricchirsi; penso al Campiello Giovani e al Campiello Junior, ad esempio, ai tanti progetti che abbiamo ideato per creare veri e propri laboratori di sperimentazione tra le arti dedicati ai ragazzi». Proprio come ha fatto lo Strega con l'istituzione del Premio Strega Giovani, del Premio Strega Europeo e del Premio Strega Poesia.

Altri premi

Il primo premio italiano in assoluto, per ragioni cronologiche, è stato il Premio Bagutta istituito nel 1926, tra le mura di una trattoria milanese, dove un gruppo di amici decide di dare visibilità a libri scelti da loro senza ingerenze da parte del governo. Il Viareggio Rèpaci nasce in Versilia nel 1929, aprendo la stagione dei grandi riconoscimenti letterari del Novecento. Un premio «da spiaggia» fondato da Leonida Rèpaci e ideato per premiare il miglior romanzo di narrativa della stagione: oggi accanto alla Narrativa prevede anche sezioni di Poesia e Saggistica. Negli anni lo hanno vinto nomi che poi si sono rivelati protagonisti della scena culturale italiana, Veronesi, Gadda, Morante, Baricco, Tabucchi, Saviano e molti altri, anche molti degli esclusi allo Strega.

Nel 1962 lo vinse *Il giardino dei Finzi-Contini* di Giorgio Bassani. Fu un successo anche di pubblico (centomila copie solo nei primi cinque mesi) e diventò un bestseller. Già vincitore dello Strega nel 1956 con *Cinque storie ferraresi*, fino alla sua seconda consacrazione ufficiale Bassani era noto soprattutto per essere l'editor/editore del *Gattopardo* di Tomasi di Lampedusa, che aveva talmente rimaneggiato da doverlo co-firmare, e che aveva vinto a sua volta lo Strega – postumo.

Di diversa natura rispetto a quelli che abbiamo citato finora è il Bancarella, istituito nel 1953 e organizzato dalla Fondazione Città del Libro presieduta da Ignazio Landi e dalle Unioni Librai Pontremolesi e delle Bancarelle. Viene assegnato annualmente al volume più venduto tra quelli segnalati dai librai pontremolesi (che ne selezionano 6) e da 200 librai indipendenti italiani selezionati che votano. La prima edizione nel 1953 fu vinta da *Il vecchio e il mare* di Ernest Hemingway, nel 1958 toccò al *Dottor Živago*, in un susseguirsi di bestseller più o meno famosi. Nel 2009 tocca a Donato Carrisi con *Il suggeritore*, il suo primo libro; nel 2023 a Francesca Giannone con *La Portalettere* (Nord), 172 voti su 179 totali. Con 14 edizioni in 6 mesi, il romanzo di Giannone – i cui diritti cinematografici sono stati acquisiti da Lotus Production – è stabilmente ai primi posti delle classifiche sin dal lancio a inizio gennaio. È tanta la soddisfazione dell'autrice per il premio al primo libro che arriva a farsi tatuare il titolo sull'avambraccio e a mostrarlo fieramente su Instagram: «*I did it!*» Sabato 29 luglio 2023, sulla scia della vittoria, torna in classifica al quinto posto della generale e nelle settimane successive risale velocemente, fino a essere certificato come uno dei libri più venduti del 2023. Per la casa editrice Nord è il quarto grande successo recente dopo i due titoli della saga dei Florio di Stefania Auci (*I Leoni di Sicilia* e *L'inverno dei Leoni*), *La casa sull'argine* di Daniela Raimondi e *Al di qua del fiume* di Alessandra Selmi. Tutte saghe familiari legate a un determinato contesto geografico costruite sin dal paratesto per sembrare un'unica grande famiglia letteraria. Così, nella comunicazione della *Portalettere* tutto ha funzionato allo stesso modo, compresa la vittoria del Bancarella, che l'anno precedente era stata proprio del secondo volume dedicato ai Florio, *L'inverno dei Leoni*.

Ricordiamo infine il Premio Calvino, fondato nel 1985 subito dopo la morte dello scrittore, come il Brancati, del 1967, o il Comisso del 1979. Sono moltissimi i riconoscimenti per così dire «minori», ma che contribuiscono ugualmente al prestigio e al nome dell'autore. Su tutto, come dice Ernesto Franco, direttore editoriale di Einaudi, svolgono un lavoro di diffusione culturale importante. Perché non dobbiamo dimenticarlo: «Il nostro problema è la lettura».[23]

Capitolo nono

Lo schermo: passaggi televisivi, film, serie

I libri in tv

Raccontando le potenzialità dei social network nell'ambito della comunicazione editoriale abbiamo visto quanto *stories* e *reel* – filmati brevi nella maggior parte dei casi girati senza una gran regia, ma immediati e spontanei, – siano oggi spesso decisivi nella diffusione e nella vita di un libro. Per la prima volta nella storia, abbiamo una mole enorme di contenuti promozionali di qualunque tipo, anche editoriale, a portata di smartphone: scorriamo distrattamente i feed ed eccoli lì, libri consigliati in pillole video da 20 secondi o poco più su TikTok o su Instagram.

Una passaggio abbastanza epocale per chi era abituato a veder passare i libri sullo schermo della televisione, sia che qualcuno li raccontasse mostrandocene la copertina, sia che lo scrittore ne parlasse in prima persona, intervistato dal giornalista di turno.

La storia delle relazioni fra televisione ed editoria è lunga quanto la storia della tv. Andando a ritroso,

> nel gennaio 1954 il monopolio della Rai dà inizio alle trasmissioni televisive, che in pochi anni si estendono in modo

capillare a tutta la penisola e a tutti i ceti sociali. Nel 1957 si ha per la prima volta un calo nella vendita dei biglietti cinematografici, inizio di una lunghissima crisi, mentre la televisione già agli inizi degli anni Sessanta è il mezzo di comunicazione egemone, che integra progressivamente tutti gli altri media in posizione subalterna e ha influenze profonde sui linguaggi di tutte le arti.[1]

Quello fornito da Gian Carlo Ferretti e Stefano Guerriero è il quadro dell'Italia del boom economico in cui la tv ha avuto un ruolo fondamentale e dirimente anche nell'informazione e nella comunicazione libraria. Il tema delle abitudini di lettura degli italiani è sin da subito molto sentito in Rai, e già nel 1960 va in onda *Chi legge? Viaggio lungo le rive del Tirreno*, una inchiesta di Mario Soldati nata da un'idea di Cesare Zavattini: il risultato dell'indagine è che un terzo degli italiani non legge perché non sa leggere, ed è intuibile come la tv di Stato avesse a cuore un'idea di servizio.

Come presentare i libri senza ridurre il tutto a mera promozione? Ci hanno provato in tanti e con varie formule. Fra i primi programmi dedicati specificamente ai libri, segnaliamo *Il commesso di libreria* di Franco Antonicelli, che andò in onda in sette puntate, tra il 13 dicembre 1953 e il 21 aprile 1954. Nel 1955 arriva in Rai Luigi Silori, che legherà il suo nome a numerosi format culturali: prima la rubrica quindicinale *In libreria*, quindi *Enciclopedia TV*, e infine uno spazio di «libri, autori, avvenimenti culturali in Italia e fuori» battezzata *Decimo miglio. io.* Fino al 1973 Silori fu l'unico a occuparsi di libri in tv, apparendo anche in programmi diversi. *Libri per tutti* e *Segnalibro* furono i suoi format di maggior successo e in questo un ruolo fondamentale lo giocò sicuramente anche la collocazione nelle fasce serali. Spesso fu paragonato a Bernard Pivot, autore del celeberrimo programma francese *Apostrophes*[2] che aveva una struttura simile a quella inventata da Silori vent'anni prima: interviste agli scrittori, filmati sull'ambientazione dei libri, letture di brani fatte da attori teatrali.

Un primo cambio di paradigma culturale avviene alla metà degli anni Ottanta, quando nasce *Mixer cultura* in onda su Rai 2 dal 20 febbraio 1987 fino al 1991. Gli autori sono Giovanni Minoli, Giorgio Montefoschi e Aldo Bruno, il conduttore Arnaldo Bagnasco. Ogni settimana, in seconda serata, Bagnasco ospita scrittori, critici: si parla di libri, di temi di attualità editoriale – spesso con un gusto marcato per la polemica. Le critiche non mancano, e denunciano il programma come emblema dell'impoverimento del dibattito culturale italiano. Un esempio: la sera del 27 febbraio 1987 c'è ospite Giovanni Raboni che aveva appena pubblicato un librino uscito in allegato con il settimanale «L'Europeo» intitolato *I cento romanzi italiani del Novecento*. In studio c'è pure Alberto Asor Rosa che lo accusa fermamente di avere inserito anche alcuni racconti, quindi di non aver tenuto fede al suo stesso criterio di selezione. Asor Rosa paragona «i cento romanzi» a liste più popolari e relative a prodotti commerciali di consumo come «i cento ragù». In studio anche Aldo Busi, escluso dalla selezione – sosterrà serafico: «Non me ne importa nulla». Raboni risponde invocando l'arroganza dell'industria culturale che cerca consenso, e che va arginata. Il giornalista Valerio Riva, dall'altra parte della scrivania, rincara la dose e racconta di una iniziativa portata avanti sul «Corriere della Sera» il 31 dicembre 1986, due mesi prima: il giornale aveva pubblicato e messo a confronto l'effettiva classifica di vendita di libri, e una classifica interna compilata da ottanta collaboratori del giornale chiamati a scegliere fra i 15 titoli più venduti attraverso un vero e proprio gioco della torre: «Quali tra questi portereste con voi nel 1987?» Degli ottanta interpellati risposero solo in trenta, e il risultato fu una grande disparità tra la lista dei bestseller e quella dei libri scelti dai lettori per così dire d'eccezione. Riva sostiene costituiscano una sorta di «cerchio magico della letteratura italiana», o il solito «salotto avulso» arbasiniano. Per curiosità, nella classifica basata sugli scontrini, i protagonisti indiscussi erano Umberto Eco e Alberto Bevilacqua; in quella alternativa, Italo Calvino e Pietro Citati. Secondo Riva, Bevilacqua era stato escluso dal cerchio magico, così come anche Maria Bellonci, scomparsa un anno prima e in libreria con *Rinascimento privato* (Mondadori), proprio lei che con lo Strega aveva sostenuto fortemente un ambiente, ora da quell'ambiente veniva esclusa. Riva racconta che Eco, collaboratore del «Corriere», aveva cancellato dalla lista delle preferenze per il voto *Il nome della rosa*. Asor Rosa dice di aver ricevuto la scheda ma di aver trovato il gioco ridicolo. Così pure Bevilacqua, che commenta: «Sono sistemi da sirenetto. Tutta questa faciloneria è estremamente colpevole anche perché le scelte sono state anonime». È interessante notare come il dibattito su vendite, bestseller, scrittura alta e scrittura bassa, mercato culturale come industria fosse già molto acceso, e come i temi attorno a cui infuriavano le polemiche fossero sempre gli stessi.

Ma è con *Babele* di Corrado Augias che arriva un primo spartiacque a indicare un nuovo modo per occuparsi di libri. In onda in seconda serata su Rai 3 dal 6 aprile 1990 fino al 13 giugno 1993, per un totale di quattro stagioni, *Babele* è un salotto in cui si conversa di libri e cultura senza eccessi, uno spazio in cui ci si confronta pacatamente grazie alla moderazione autorevole ma garbata del conduttore. Tra i numerosi ospiti, autori sia di narrativa che di saggistica – Roberto Calasso, Gesualdo Bufalino, Antonio Tabucchi, Dacia Maraini, Sandra Petrignani, Vincenzo Cerami e molti altri.

L'eredità di *Babele* è stata portata avanti dallo stesso Augias attraverso tre decenni con programmi diversi. *Cominciamo bene – Le storie* va in onda dal 2003 al 2010 su Rai 3 in tarda mattinata: il programma prendeva spunto da un libro per parlare di un tema di attualità. Dal 2013 al 2016 lo spazio viene affidato alla conduzione di Concita De Gregorio con *Pane Quotidiano*, dal 2017 Augias torna a occupare la stessa fascia oraria con *Quante storie*, ospite fissa Michela Murgia con le sue stroncature del mercoledì: è questa la rubrica in cui fu «vittima» lo sventurato Fabio Volo.

Augias segna il tentativo di far uscire l'ambiente letterario dal tourbillon di polemiche a cui sembrava condannato, per restituirlo a una dimensione di divulgazione, confronto e scambio. È un cambio di passo, certamente, ma arriviamo al 1994, e siamo alla vigilia di una piccola rivoluzione, per la promozione dei libri e della lettura.

1994, l'anno della svolta

Nel 1994 esordisce in Rai un programma dal titolo provocatorio, *L'arte di non leggere*, condotto da Carlo Fruttero e Franco Lucentini: scrittori autori di bestseller, umoristi, editor, traduttori, la coppia Fruttero & Lucentini è un punto fermo nella storia cutural-editoriale italiana. Nella prima puntata, che intuiamo subito non convenzionale, spiegano il titolo ispirato a una frase di Schopenhauer: «L'arte di non leggere è assai importante. La condizione per leggere le cose buone è infatti di non leggere roba cattiva, perché la vita è breve, e il tempo e le forze sono limitate». Si presentano come «lettori maniaci» che selezionano per conto del lettore le letture buone e quelle da scartare, perché «alla fine il lettore maniaco rischia di non leggere nulla per leggere troppo». Il loro obiettivo è di incuriosire e incoraggiare a leggere determinati libri. Nel programma, che durava dieci minuti e prevedeva i due comodamente seduti sul divano di casa Fruttero a Torino, si dedicavano ai classici della letteratura italiana e internazionale. Dall'*Odissea* alle *Poesie e Prose* di Giacomo Leopardi, passando per *Alla ricerca del tempo perduto* di Marcel Proust: leggerli o non leggerli? Partendo da questa domanda, seguivano discorsi di punti di vista straordinariamente acuti e divertenti. Interessante ricordare che, per fare pubblicità alla trasmissione, fu realizzata una sorta di concept book con le pagine volutamente vuote e bianche. Un libro per promuovere una trasmissione che parlava di libri.

Con Fruttero & Lucentini il libro esce dagli studi televisivi con scrivanie e poltroncine, e torna sul suo luogo di elezione, il divano. Questo è davvero un cambio di passo, che dichiara la possibilità di parlarne in maniera non solo meno polemica, ma più rilassata, meno congelata, meno *salottiera*. Il passaggio successivo di questa piccola rivoluzione è quel che potremmo definire l'applicazione del metodo MTV alla divulgazione letteraria: nel 1994 va in onda su Rai 3 per la prima (e unica) volta *Pickwick, del leggere e dello scrivere*,[3] dieci puntate in cui un relativamente ancora poco conosciuto Alessandro Baricco raccontava con grande chiarezza e fascino affabulatorio classici antichi e moderni – da *Madame Bovary* di Gustave Flaubert a *I versi satanici* di Salman Rushdie. In uno studio che richiamava una stazione ferroviaria, chiara allusione alla lettura come viaggio, alle estati in interrail con il libro nello zaino, alla disponibilità dei lettori a farsi portare altrove, Baricco era affiancato da Giovanna Zucconi e il programma era arricchito da interviste a personaggi del mondo della cultura: l'atmosfera era nuova, rilassata, priva della pompa che fino ad allora circondava l'idea di cultura in Italia. *Pickwick*, lo ripetiamo, durò per un'unica stagione e ogni puntata registrava l'impennata dei titoli citati in libreria. Quanto a Baricco, che in jeans e camicia per dieci settimane ha curato l'educazione ai classici di diversi appartenenti alla generazione X e di alcuni millennial, è lecito dire in questo caso: era nata una stella.

Un'eredità importante: da Babele *a* Quante storie

Fra una rivoluzione digitale e l'altra, la vita del libro in tv continua ancora oggi, e la formula di Corrado Augias si è rivelata alla lunga la più longeva e inossidabile, per via di quel misto di autorevolezza e disponibilità a dialogare senza atteggiamenti censori o pedagogici.

Nel 2019 Augias lascia il testimone della conduzione di *Quante storie* a Giorgio Zanchini. In termini di efficacia del mezzo televisivo per la comunicazione dei libri è illuminante un dialogo fra i due in occasione dei venti anni della trasmissione.[4] Nel corso della puntata, i due ricordano come Angelo Guglielmi, per diversi anni direttore di Rai 3 ed ex Gruppo 63, non volesse i libri in televisione: Augias si batté molto per convincerlo che attraverso i libri si poteva parlare di tante cose diverse. Non pensarono mai a un talk show – «i talk show vanno maneggiati con cura» – ma sempre a un programma di interviste (seguendo il consiglio di Eugenio Scalfari all'intervistatore: «Ricordati sempre di fare la parte di quello che non sa»). E poiché l'esperienza breve ma *game-changer* di *Pickwick* aveva dimostrato che l'unico in grado di raccontare i romanzi in televisione era Alessandro Baricco, a *Quante storie* si parla solo di saggi.

Quindi è vero che parlare di libri in televisione è molto difficile? Giorgio Zanchini, col quale abbiamo ragionato su questo tema, ci fa notare anche che alcune trasmissioni ben fatte come *Gargantua*, andata in onda nel 2008 su Rai 3, non riuscirono ad affermarsi. Si trattava sostanzialmente di un talk show sui libri con ospiti di qualità. Secondo il conduttore di Rai 3 fecero fatica perché le puntate «erano un po' surciliose, rischiavano di far sentire lo spettatore inadeguato, magari erano molto ben strutturate ma davano comunque l'idea di una cultura elitaria». Inoltre «il rapporto tra libri e televisione, come insegna Aldo Grasso, è indubbiamente difficile. Qualcuno dice che i due media sono incompatibili, si sono tentate tutte le strade, libri nei giochi, salotto colto, libri alla Pivot, libri messi in una forma teatrale. Nessun format si è imposto. Alessandro Baricco era il più bravo di tutti, per cui se parlava del *Giovane Holden* o dei libri di Jack London faceva vendere un sacco di copie».

Ma Baricco è uno scrittore con un istinto fuori dal comune per l'affabulazione. «Io invece nasco come radiofonico, nella cultura del GR, diciamo che non ho né quelle capacità né quelle ambizioni, anche se *Quante Storie* viene ritenuta un buon *market mover*, ovvero uno strumento per vendere i libri. Io sono cresciuto in un mondo in cui, come diceva Frédéric Martel nel suo saggio *Mainstream*, quando usciva un libro il percorso per farne parlare non era molto complesso. Bastava che uscissero due, tre recensioni su giornali importanti, e un paio di interviste tra radio e tv (prima dei social si intende, prima delle rete). Questo era ciò che spettava a un ufficio stampa per far parlare di un libro in un perimetro abbastanza leggibile. Oggi è molto più articolato perché non è facilissimo capire quali siano i *market movers* più efficienti, e oltretutto ce ne sono tantissimi».

Quante Storie ha funzionato e continua ad andare in onda forse anche «perché fa vendere i libri. Stefano Mauri e Giuseppe Laterza mi hanno detto che se gli autori vengono ospiti da noi loro notano un incremento significativo». Eppure a *Quante storie*, lo dicevamo, si dà spazio solo alla saggistica, un genere solitamente non molto premiato dagli acquisti. «Scegliamo saggi che ci permettono di parlare della contemporaneità. Usiamo il libro per parlare di altro, e grazie ai filmati che la redazione cerca *ad hoc* si delinea un percorso narrativo che propone spunti per parlare di temi di interesse generale». Ci spiega che la trasmissione fa tra i 6 e i 700.000 spettatori al giorno, 800.000 nei periodi migliori. «Abbiamo una pressione notevole da parte dalle case editrici. Quando mi cercano per i romanzi io rispondo sempre che non ci occupiamo di narrativa, e che comunque non decido io, ma la redazione».

Allora come si scelgono i titoli di cui parlare e gli autori da intervistare, tenendo conto di questa grande investitura commerciale? «Cerchiamo di essere pluralisti sulle case editrici con in più quell'elemento piuttosto crudele ma da considerare: l'audience. Siamo su una tv generalista a ora di pranzo, per cui su 10 ospiti più o meno la metà devono essere quelli che noi chiamiamo in gergo 'facce', cioè personaggi riconoscibili dal nostro pubblico. Non puoi avere dieci libri solo di sconosciuti o di accademici, altrimenti gli ascolti vanno male. Se hai Gianrico Carofiglio e Carlo Rovelli puoi ospitare anche qualche sconosciuto».

Quindi si fa una sorta di bilanciamento tra il valore dei libri, la notorietà del personaggio e le esigenze dettate dagli ascolti e dalla rete. «Contano facce e temi, ma anche il traino della trasmissione che ci precede: per fare qualche esempio Mattioli e Augias con un libro sull'opera lirica in Italia sono andati così così come ascolti, Cottarelli è andato bene, benissimo Garattini con il suo libro sulla salute spiegata ai ragazzi (il nostro è un pubblico anziano), un grande fisico come Tonelli dà risultati ondivaghi, mentre Franzinelli e Cazzullo su Mussolini sono andati invece molto bene». In generale, funzionano i temi «anti-sistema».

Anche la trasmissione *Rebus* che Zanchini conduce dal 2022 la domenica pomeriggio, prima con Augias e poi con altri conduttori che si alternano, sempre su Rai 3, dà una buona spinta alla vendita dei libri. «Una volta con Luca Zaia, presidente della Regione Veneto, abbiamo parlato della *Casa a Nord-Est* di Sergio Maldini (Marsilio): il libro è andato esaurito subito. Anche se la casa del titolo si trova in Friuli e non in Veneto, e questo ha scatenato sui social le critiche dei lettori più attenti e severi».

Zanchini specifica che si trova molto più a suo agio con i saggi. «Trovo difficili le interviste sulla narrativa perché si rischia di dire cose banali, soprattutto sui romanzi nuovi. L'autore si presta relativamente alla tua interpretazione, per non parlare dei poeti – quando a *Rebus* arrivano autori che leggono una loro poesia mi dico: e ora che gli chiedo? Preferisco parlarci prima. Mi piacciono molto le interviste politiche e socio-economiche. Tra l'altro sono in difficoltà con l'introspezione, la soffro un po'. Ma ho dei copioni, gli autori sono bravissimi, *Quante storie* ha una squadra veramente di altissima qualità».

Per concludere: «Un autore difficilissimo da intervistare è Claudio Magris, lo ammiro molto come scrittore e intellettuale. Gioca un campionato a parte. Altre interviste interessanti sono quelle con i teorici della letteratura, o in generali gli umanisti; come Tullio De Mauro, lo intervistai quando era ministro. Sono interessanti anche gli storici e gli studiosi della cultura. E un piccolo desiderio l'ho realizzato intervistando a fondo – in un libro – Marino Sinibaldi».

A tutto volume*: dalla classifica al lettore*

Mentre in Rai si passava dal salotto dai dialoghi accesi di *Mixer cultura* alle interviste pacate di Augias, sulle reti private Fininvest di Silvio Berlusconi prendeva il via un nuovo importante esperimento televisivo in tema di libri. Il 16 novembre 1992 va in onda su Italia 1 la prima puntata di *A tutto volume*, presentato dall'attrice e conduttrice Alessandra Casella, a cura di Gregorio Paolini e scritto ed editato da Davide Tortorella con Stefano Carati: una squadra molto affiatata. «Vi parleremo dei primi dieci libri in classifica tra quelli che ci arriveranno. La prima hit parade letteraria», così esordisce Casella dal treno della metro milanese dove chiede alle persone «che cos'è la qualità?» quando si parla di libri. Le repliche di *A tutto volume* andavano in onda su Rete 4 e Canale 5 in orari molto diversi tra loro, e questo fu decisivo per catturare diverse fasce di ascoltatori. L'esperienza durò dal '92 al '94, con l'ultima stagione condotta da Daria Bignardi. La struttura della trasmissione resta sempre la stessa: Casella è per ogni puntata in una città diversa e si sceglie un tema, si fanno vedere e si commentano le clip dei libri in classifica e per ogni puntata vengono consigliati anche uno o due «libri caldi» autonomamente scelti da Casella e Tortorella. La fiera Bologna Erotica, Cinecittà, Gardaland, il Carnevale di Viareggio, un centro commerciale di Carugate, una redazione giornalistica: ogni iniziativa, ogni luogo che garantiva una certa aggregazione di pubblico erano l'occasione per proporre puntate tematiche sui libri che terminavano quasi sempre in una libreria e con una lettura da un romanzo. Una puntata andò in onda dalla città di Dubrovnik bombardata dai serbi nel 1991, e che quell'anno ospitava simbolicamente l'International Pen Friends. Il sindaco diede una sentita testimonianza del valore della lettura durante la guerra, un momento che Casella ricorda con grande emozione.

La classifica di riferimento da cui prendeva le mosse il programma era quella di Adhoc di «Tuttolibri – La Stampa» del sabato precedente. Per la prima volta una trasmissione di libri che partiva dalle classifiche, quindi dai dati di vendita. L'aspetto commerciale prevaleva sull'aspetto letterario. Televisivamente il libro esce da quella dimensione solo intellettuale in cui era stato incasellato per molti anni, in un senso molto diverso dall'operazione Pickwick. La genesi di questa idea ce la racconta Alessandra Casella: il tutto cominciò con una telefonata di Silvio Berlusconi. «Mi vide alla trasmissione *Il gioco dei nove* e mi chiamò, non era ancora entrato in politica: 'Senta signorina, sarei contento se stasera venisse a cena da me'». Non era ancora l'epoca degli scandali e del bunga bunga, e Berlusconi, ricorda Casella, era un punto di riferimento preciso per le persone che lavoravano per le sue reti. Era molto presente. «Vado a cena da lui, con me c'erano anche Giampiero Mughini, Marina Berlusconi e un suo assistente. Lui sapeva che io ero milanista ed ero soprattutto contentissima di incontrare il presidente del Milan. In tv era un momento di grande fermento. Mi chiese di fare una trasmissione di 'calcio elegante'. Io gli dissi: 'Presidente, lei va allo stadio, io vado allo stadio, dalla nostra bocca esce di tutto lì, sono gli eleganti che diventano popolari allo stadio, non viceversa. Il calcio rende popolari tutti perché ci si permette di fare delle cose tribali che di solito non si fanno'».

A fine serata Mughini se ne va, e Berlusconi e figlia le mostrano una stanza rotonda piena di libri – avevano appena comprato Mondadori. «In quel momento sono impazzita perché spendevo tutto quello che avevo in libri, libri, libri e ancora libri. Quando ero piccolina dicevo a tutti di non farmi regali di compleanno ma chiedevo 10.000 lire per comprarmi 8-9 tascabili. Berlusconi mi regalò un sacco di romanzi e io fui felicissima».

Dopo due settimane una nuova telefonata, stavolta era Gregorio Paolini che le annunciava che il presidente voleva fare una trasmissione di libri. «Aveva letto nei miei occhi il tipo di passione che avevo, e io accettai immediatamente. Eravamo però costretti alla classifica, l'impianto era deciso dalla rete e da lui perché bisognava che ci fosse una voce esterna che stabiliva quali erano i titoli di cui parlare, e non una voce interna. Partendo dalla classifica però io e gli autori sceglievamo solo i libri che ci piacevano veramente, avevamo una grande libertà in questo senso. Inoltre naturalmente qualche pubblicazione Mondadori nella classifica c'era sempre. Penso che Berlusconi l'abbia voluta anche per questo».

Quindi il proprietario di una grande casa editrice che fattura molto decide di fare una trasmissione di libri che fu da molti bollata come «commerciale» sia perché partiva dalle classifiche e cioè dalle vendite, sia perché il modo in cui parlava di quei testi era giudicato troppo banale, ben diverso dal lavoro che portavano avanti Baricco e Augias. Ma, assicura Casella, «i rapporti con Augias erano meravigliosi, non c'era competizione, eravamo i paladini della lettura in Italia. Io dicevo sempre che noi eravamo il corso base, Alessandro Baricco il corso avanzato e Corrado Augias la specializzazione di laurea. Era la critica che aveva problemi e storceva il naso, gli editori ci adoravano». Racconta di come gli ambienti culturali fossero sconvolti dal fatto che si parlasse di classifiche, che se ne parlasse in mezzo alla gente e con tono scherzoso e divertito, «ma poi si sono dovuti rimangiare le loro stesse parole riconoscendo la nostra competenza. All'inizio dicevano che non si potevano vendere libri come le caramelle con i videoclip, che era riduttivo. Ma i nostri videoclip erano bellissimi».

Abbiamo visto quanto il lettore sia fondamentale nella vita di un'opera sia al momento dell'acquisto sia nella ricezione della comunicazione che gli editori mettono in atto. Sin da subito *A tutto volume* lo pone al centro con la tecnica della *vox populi*, ovvero filmati in cui la conduttrice gira per le città o le librerie e chiede gusti di lettura e pareri su diversi libri. Casella è orgogliosa di essere stata tra i primi con il suo programma a far parlare i lettori ma anche del fatto che *A tutto volume* inaugurò le prime esperienze in Italia in tema di realizzazione di videoclip in cui si raccontavano i libri. In realtà il videoclip promozionale senza conduttore, qualcosa di molto vicino all'informazione commerciale attuale, era stato usato su Rai 1 fra il 1988 e il 1989 per il programma *Il libro, un amico*. Tra i testimonial scelti da Casella e il suo team, un giovanissimo Lorenzo Jovanotti, che oggi dai suoi social è un eccellente *market mover* di libri, per raccontare *Il postino di Neruda* di Antonio Skármeta (Garzanti, 1989): un videoclip per entrare diretti in classifica. «Fino a quel momento aveva venduto 3-4000 copie: dopo la trasmissione in una settimana arrivò a 60.000. Gli scrittori sono sempre stati felicissimi perché se parlavo di un libro ne parlavo a ragion veduta. L'ho sempre fatto con molta serietà». Casella chiedeva ai testimonial di aderire solo se il libro lo avevano davvero apprezzato. «Io stessa non consiglio mai libri che non mi piacciono. Credo che la lettura sia un virus positivissimo che passa per passaparola e passione. Per me un fiore all'occhiello: i tassisti che mi dicevano: 'Ho letto questo libro grazie a lei, allora non è così noioso leggere'. Oppure una portinaia che un giorno mi disse 'signora Casella, io la devo ringraziare'». Casella è convinta di una cosa: «Penso che si possa costruire un successo a tavolino. I successi che noi abbiamo costruito hanno funzionato perché eravamo innamorati del libro e i lettori lo percepivano».

L'attenzione al pubblico ripaga, sia per gli ascolti sia per la diffusione della lettura. «Tantissima gente mi ha detto che ha cominciato a leggere grazie a quella trasmissione. Per me la lettura è sempre stata una tale profonda gioia, mi ha salvato la vita molte volte. Non sono mai uscita senza un libro. A cinque anni leggevo come una dannata, vivevo nei libri, leggevo non solo i libri ma anche il 'Corriere dei piccoli', i racconti di fiabe dell'Ottocento di mia nonna che erano orrifici. Quei libri ce li ho ancora in campagna. Volumi illustrati con tavole terrificanti, erano feroci, seppur poi con lieto fine. Ero pazza di questi volumi, i miei mi spegnevano la luce ma io avevo preso una lucina a forma di Pluto – quelle per i bambini per non aver paura – sotto cui piazzavo il libro. Berlusconi aveva saputo anche che dietro le quinte di una trasmissione comica che facevo all'epoca, si chiamava *Televiggiù*, leggevo».

A tutto volume fa di media il 18% di share, uno straordinario risultato per una trasmissione culturale. Nel 1994 Berlusconi entra in politica, il clima cambia. «Dalla rete mi accusavano di fare propaganda di sinistra. Mi proposero un significativo aumento di cachet, dicendo che però per proseguire il programma avrei dovuto rigorosamente attenermi a un autore che sceglieva i libri da segnalare e di cui avrei dovuto rispettare i testi pedissequamente, e io non accettai. Dissi mi dispiace, Davide è endemico alla trasmissione, le mie scelte letterarie sono endemiche alla trasmissione, non prenderei mai delle posizioni politiche. Iniziavano i *mala tempora*, stava diventando pesante, offensivo per la trasmissione e per la mia intelligenza. Ai tempi la televisione era di un maschilismo sfrenato e non erano abituati a donne che dicevano no».

Dal 6 novembre 1994 il programma viene affidato a Daria Bignardi che lo conduce insieme a David Riondino, e va avanti per una sola stagione.

Al di là di quelle che abbiamo già raccontato, ci sono state negli anni altre diverse trasmissioni dedicate ai libri come contenuto principale. Ne citiamo solo alcune senza pretesa di esaustività perché le esperienze in questo senso sono state davvero tante. Si pensi a *Per un pugno di libri* su Rai 3, diventato un punto di riferimento per i lettori proprio perché per molto tempo è stato uno dei pochi programmi esclusivamente dedicato alle amate pagine. Negli anni alla conduzione si sono alternati Geppi Cucciari, Patrizio Roversi, Neri Marcorè (per ben dieci anni, dal 2001 al 2011) e Veronica Pivetti, con la presenza fissa in studio anche di Piero Dorfles. Il format è quello di un quiz intorno a un libro in cui si sfidano due classi scolastiche di istituti di secondo grado. Anche il pubblico da casa è chiamato a partecipare attivamente e questo è stato un ulteriore elemento di successo del programma.

Su Rai Educational un'altra esperienza di rilievo è CultBook di Stas' Gawronsky, che lo ha ideato e condotto dal 2004 al 2016, in cui il giornalista parlava di libri con corredo di musica, video e interviste, molto apprezzati dai lettori-spettatori.

Dal 2016 sulla piattaforma RaiPlay.it va in onda regolarmente *Play Books*, un mix di interviste, quiz, suggerimenti di lettura, poesie, romanzi, filosofia, serie tv, il tutto con un linguaggio rapido, digitale, adatto anche per i più giovani che si mira così ad avvicinare alla lettura.

Infine, su Iris, canale di Mediaset, ricordiamo l'esperienza di *Ti racconto un libro*, condotto da Marta Perego e Christian Mascheroni; e anche Laeffe, il canale televisivo del Gruppo Feltrinelli, ha un programma dedicato ai libri (e ci mancherebbe): *Lettori. I libri di una vita* che mette al centro del racconto proprio i lettori.

I libri nelle trasmissioni generaliste

Quando si parla di libri in tv è opportuno distinguere tra le trasmissioni specifiche di cui abbiamo dato conto finora, e i programmi generalisti in cui si parla anche di libri, quali ad esempio *Domenica In* di Mara Venier, *Che tempo che fa* di Fabio Fazio o il *Maurizio Costanzo Show*, e che hanno avuto e hanno ascolti molto alti. Offrono quindi una grande occasione di promozione perché possono arrivare a un pubblico molto più ampio rispetto ai programmi di settore.

Sempre Giorgio Zanchini ci aiuta a riflettere sull'efficacia commerciale di questo tipo di programmi in termini di vendite, sicuramente forte qualche anno fa, anche più dei format dedicati, un po' meno oggi nell'era della frammentazione dei pubblici.

Un esempio di libro passato per gli studi di *Domenica In* e baciato dal successo grazie a un'intervista con «zia Mara» Venier ce lo fornisce Filippo Guglielmone. «Un caso che mi ha molto colpito, e che conferma che non c'è una regola sempre valida per il bestseller, è quello di *Come un respiro* di Ozpetek, uscito nel 2020 con una tiratura importante ma non gigantesca, e arrivato a oltre 200.000 copie». L'innesco è stata un'intervista. «Ozpetek ha deciso di aprirsi e questo è arrivato alle persone. Il valore moltiplicativo delle apparizioni tv ormai è sempre più basso se l'autore non riesce a trasferire delle emozioni. In quel caso lui lo aveva fatto in maniera molto forte, e il fatto che fosse domenica pomeriggio, con un'audience importante, ha garantito un incremento straordinario delle vendite».

Un passaggio a *Domenica In*, anche solo per lo share di cui gode la trasmissione, è considerato una garanzia da molti uffici stampa, anche se naturalmente questa equazione non vale con tutti i libri e per tutti gli autori. Funziona soprattutto con chi ha una capacità di bucare lo schermo, altrimenti il tutto si risolve con un'ospitata.

Fino a dieci anni fa con un'intervista da Fabio Fazio l'editore poteva quasi matematicamente calcolare il tipo di ristampa da fare in funzione del tipo di autore: oggi non è più così scontato. «Probabilmente quel tipo di talk è un po' più stanco rispetto ad altri format. Abbiamo osservato una dinamica calante rispetto alle vendite. All'inizio degli anni Dieci l'attività dell'ufficio stampa era concentrata su due schemi: *celebrity books* + ospitata da Fazio, che voleva dire dalle 30 alle 100.000 copie in più a seconda del tipo di scrittore. Dieci anni fa ci potevi scommettere, oggi non succede più. Oggi non c'è un media su cui puoi fare previsioni accurate in anticipo, la dieta mediatica è molto più frammentata e creare l'*echo-chamber* è molto più complicato». Ancora una volta, canali come TikTok hanno scalzato la forza comunicativa della televisione. «Molte delle dinamiche importanti in termini di vendite le stiamo riscontrando sui canali social, su un pubblico più giovane».

Anche Antonio Pascale, che oltre a essere scrittore è autore di programmi televisivi, tra cui *Belve*, sostiene che non esistano allo stato attuale dei formati interessanti sui libri intesi come strumenti per muoversi nel mondo, a parte quello di Fazio. «Gli unici che esistono sono abbastanza noiosi. Solo *Che tempo che fa* in determinate condizioni riusciva a far vendere i libri. Qualche anno fa Pippo Baudo mi diceva che negli anni Ottanta e Novanta *Domenica In* faceva vendere molto. Chiaramente non i romanzi di Moravia, ma libri più generalisti adatti al pubblico della trasmissione».

Ma allora qual è stata la formula magica che ha portato *Che tempo che fa* a diventare uno dei programmi più corteggiati dagli editori? La storia degli esordi è curiosa. Nato nel 2003 con la conduzione di Fabio Fazio come format di informazione a tema prettamente meteorologico, come suggerisce anche il titolo, dall'anno successivo cambiò impostazione, trasformandosi in un talk show dedicato all'attualità, all'intrattenimento e alla cultura. Partito dalla collocazione in prima serata su Rai 3 è andato in onda in diversi orari per alcune stagioni anche su Rai 1 e Rai 2, per poi stabilizzarsi come trasmissione di punta della terza rete fino a maggio 2023, prima del passaggio sul canale Nove di Discovery. Con 1200 puntate complessive, è il programma più visto di Rai 3 con una media di 2,4 milioni di telespettatori a serata. Grazie agli ascolti di *Che tempo che fa*, Nove è stata in alcune occasioni la seconda rete d'Italia.

Sono molti gli scrittori italiani e internazionali transitati sul divano di Fazio: David Grossman, Ken Follett, Piero Angela, Barack Obama, Roberto Saviano subito dopo l'uscita di *Gomorra* e poi quasi per tutti i suoi libri, Fabio Volo e molti altri. Negli anni il conduttore è stato affiancato da altri pensatori e intellettuali per i consigli di libri e autori, come Giovanna Zucconi, Massimo Gramellini, Michele Serra. A beneficiare dell'effetto moltiplicatore delle vendite anche scrittori non presenti in studio e libri non del tutto contemporanei, come quelli che consigliava Roberto Saviano, dalla poetessa polacca Wisława Szymborska a Vasilij Grossman solo per citarne alcuni. Il 4 febbraio 2012, a pochi giorni dalla morte del Premio Nobel per la letteratura 1996, Saviano legge una poesia di Szymborska dal libro *La gioia di scrivere* (Adelphi): quasi in contemporanea su Amazon se ne vendono circa ottocento copie. Adelphi farà di seguito due ristampe da 15.000 copie l'una.

Del boom di vendite esploso con il passaggio di Lara Cardella al *Maurizio Costanzo Show* con il suo libro *Volevo i pantaloni* abbiamo già detto. Il salotto serale di Maurizio Costanzo, andato in onda dal Teatro Parioli di Roma, con alcuni anni di interruzione, dal 1982 al 2022 sulle reti Mediaset è stato un punto di riferimento per molti telespettatori e lettori. La prima edizione del libro di Severino Cesari, *Colloquio con Giulio Einaudi*, che abbiamo già citato, uscì per Theoria nel 1991. Nel libro Einaudi elogiava il *Maurizio Costanzo Show* come unica trasmissione televisiva in cui si parlava di libri. L'editore torinese, a cui sarebbe piaciuto tenere una rubrica sui libri in tv pur dichiarandosi non esperto, auspicava uno spazio dove ospitare un dialogo approfondito tra uno scrittore e un critico, una discussione sulle recensioni uscite, con il coinvolgimento di due-tre lettori. Una cosa seria, non come Costanzo che considera il più bravo di tutti

> ma che fa sempre cose un po' sue personali, di umore, di atmosfera o di tema generale. Non è che sia un dibattito sul libro. Uno spegne e dice: simpatico quello scrittore lì, quell'altro però è una barba. Non c'è mai vera tensione positiva o negativa sul libro, né è questo che interessa Costanzo. La tv ha poi una forza tale che il libro, anche se già sepolto, risorgerebbe subito in vetrina. Un miracolo che difficilmente anche la penna più fina riesce a fare.[5]

L'atmosfera del salotto più amato dagli italiani ha diffuso il suo «tocco magico» sui titoli di Susanna Tamaro, Giobbe Covatta, Luciano De Crescenzo, Alberto Bevilacqua ospite quasi fisso, Aldo Busi, Maurizio Maggiani, Alda Merini e molti altri. Successo, fama e vendite erano tre ingredienti sempre associati a quel programma televisivo in cui Costanzo funzionava da garanzia di qualità, proponendo una sorta di suo canone personale.

Nel 1985 la casa editrice Adelphi su volontà dell'editore Roberto Calasso pubblica *L'insostenibile leggerezza dell'essere* di Milan Kundera, tra i maggiori bestseller degli ultimi quarant'anni. Con una prudente tiratura iniziale di 10.000 copie, le vendite decolleranno, per ammissione dello stesso Calasso, grazie a Roberto D'Agostino, che si era innamorato finanche del titolo di quel romanzo e lo utilizzava quasi come fosse un tormentone nella trasmissione televisiva *Quelli della notte* condotta da Renzo Arbore (da aprile a giugno 1985). In un anno si vendettero 225.000 copie. Il libro è tornato in classifica dopo la morte di Kundera, ma c'è chi sostiene che il successo originario di quel romanzo abbia salvato Adelphi da un momento di crisi in cui versava.

Gli esperimenti fatti per parlare di libri sul piccolo schermo sono arrivati fino all'ideazione e messa in onda di un talent dedicato alla scrittura. *Masterpiece* andò in onda nel 2013 in seconda serata su Rai 3 ma non ebbe gli ascolti sperati. I giudici erano Giancarlo De Cataldo, Taiye Selasi e Andrea De Carlo, con vari ospiti fra scrittori ed editori. Il primo classificato, Nikola Savic, classe 1977, di origini serbe, ha vinto la pubblicazione del suo *Vita migliore* con Bompiani – nelle intenzioni originarie veniva promessa addirittura la stampa di 100.000 copie. Nascita e consacrazione di un nuovo scrittore? Le 100.000 copie si sono davvero stampate (e vendute)? «100.000 copie tra libro stampato ed e-book» questa la formula che usò la Bompiani allora. Ricorda Matteo B. Bianchi, scrittore ed editor, che pure ha esperienza come autore televisivo: «A mio avviso, *Masterpiece* è stato un esperimento non riuscito per il semplice motivo che la scrittura è una delle attività meno compatibili con la tv. Mentre può essere interessante vedere un cuoco che prepara una ricetta o uno sportivo che si allena, osservare qualcuno scrivere non ha senso. Per questo gli autori avevano inserito delle prove, come scrivere un racconto in pochi minuti o raccontare il proprio romanzo a un editor durante un tragitto in ascensore. Queste sfide potevano conservare uno spirito televisivo ma non avevano nessuna attinenza con l'attività di uno scrittore reale. Inoltre, poiché il programma non è andato bene, anche il libro del vincitore non ha avuto successo. Ma del resto la promessa di una tiratura esorbitante per un esordiente è un rischio che nessuno dovrebbe mai prendersi, perché alla fine è sempre il mercato a stabilire quali saranno i veri bestseller, al di là di ogni campagna pubblicitaria possibile».

La forza della tv non ha funzionato per un libro che proprio in televisione è nato. Quindi, ancora una volta, ha ragione Zanchini? In televisione è molto difficile parlare di libri, figuriamoci scriverli? Un controcanto a questo punto di vista arriva sempre dal piglio lucido di Matteo B. Bianchi. «Ho la netta impressione che in tv non ci siano programmi di libri perché non c'è nessuna volontà di farli, ma anche una scarsa abilità nel concepirli. Di libri si parla ovviamente (i grandi romanzieri ospiti da Fazio, i saggisti nelle trasmissioni di Augias o Zanchini, per fare degli esempi), ma una vera e propria trasmissione dedicata non esiste. Le poche volte che dedicano uno spazio ai libri, per esempio le prime serate nella giornata della lettura, sono cose seriosissime, imbalsamate, che ammazzerebbero di noia anche un professore della Sorbona. Mi sembra che non siano in grado di concepire un linguaggio pop applicato ai libri, mentre io credo che sarebbe davvero essenziale farlo. Certo, non avrà mai il successo plateale di una trasmissione di Maria De Filippi, ma trovo anche completamente folle il fatto che in un quadro in cui siamo sommersi di programmi dedicati esclusivamente alla cucina non ci sia un singolo programma che abbia la dignità del programma dedicato ai libri».

E riflette sull'evidenza che persino l'unico esempio del format di relativo successo *Per un pugno di libri*, come abbiamo visto, era un quiz, un gioco applicato ai libri. «Però era già un esempio di come, se si trova il meccanismo giusto, si può parlare anche di libri in modo non noioso. Il limite era che per fare il quiz si parlava solo di opere classiche e quindi non c'era un legame con l'attualità». Si dice «convinto che dei tentavi più seri in questo senso non siano stati fatti per cecità dirigenziale ma che ci sarebbe ampio margine».

Le rubriche dei Tg: l'esempio di Billy

Le trasmissioni dedicate e gli spazi all'interno dei programmi generalisti non esauriscono tutte le possibilità che abbiamo di sentir parlare di libri in tv. Ci sono anche i servizi culturali dei Tg, oltre che le rubriche specifiche nell'ambito dei telegiornali stessi e che hanno una formula ancora più particolare perché si basano prima di tutto sulla brevità. Pensiamo per esempio al delizioso *Billy* a cura di Bruno Luverà, in onda dal 2011 ad agosto 2023. Da circa 40 anni il Tg1 della domenica alle 13:30 ha una rubrica di libri con questa collocazione, che nel tempo ha cambiato nome: da *Tg1 Libri* condotto da Luigi Saitta per 18 anni, fino al 2006, quando con Gianni Riotta diventa *Benjamin*; nel 2009 Augusto Minzolini cambia il nome in *Billy*, perfettamente evocativo nel richiamo al nome della popolarissima libreria in legno di IKEA, i conduttori sono Marco Frittella con Alessandra Di Tommaso. Dopo un anno la conduzione e la cura passano a Bruno Luverà e Caterina Doglio. Doglio lascerà il Tg1 per Rainews, l'intera gestione verrà curata da Luverà, fino al 2023. Da settembre dello stesso anno *Billy* è tornato a chiamarsi *Tg1 Libri*, con la cura di Angelo Polimeno Bottai e la collaborazione di Gianni Maritati.

Luverà, che ha lasciato il Tg1 per la carica di vicedirettore degli Approfondimenti della Rai, riannoda il nastro dei ricordi dei suoi 12 anni tra le pagine e lo schermo. «La forza principale di *Billy* è stata la collocazione, la domenica a ora di pranzo. Si tratta dell'edizione del Tg con il picco di share settimanale (in media 4 milioni di telespettatori), e *Billy* ha sempre oscillato tra il 30% – a volte arrivando al 33% – e il 25-24% di share, sono ascolti altissimi. La rubrica solitamente fletteva di uno o due punti rispetto alla media del telegiornale, ma capitava anche che a volte andasse meglio. Questo significa: non è vero che parlare di libri in televisione ti faccia perdere ascolto. È uno dei pregiudizi più difficili da scardinare. *Billy* ha dimostrato che semplicemente dipende da come lo fai». E in questo troviamo una conferma delle riflessioni di Matteo B. Bianchi.

La collocazione e l'ottima audience da sole però non sarebbero riuscite a fare di *Billy* quello spazio di approfondimento intelligente, originale e anche divertente che ha contribuito a mettere in discussione il pregiudizio e che ha avuto il merito di far avvicinare alla lettura moltissime persone. Diventato appuntamento imperdibile, rituale da pranzo di famiglia, *Billy* deve infatti la sua popolarità tra i lettori, gli uffici stampa, gli editori e gli scrittori, a un format molto originale. Tecnicamente parlando, dopo la sigla di apertura, nello spazio di quattro minuti la rubrica proponeva tre interviste, della durata di circa un minuto, e una coda, con la segnalazione di un libro, per lo più a fumetti.

In una «gabbia» temporale corta, «il primo passaggio fondamentale per provare a realizzare un prodotto di qualità è la scelta, la selezione dei libri da presentare diventa decisiva. Quindi occorre imparare a dire di no, tanti 'no' alle richieste degli uffici stampa degli editori. I pochissimi 'sì' definiscono l'identità della proposta letteraria della domenica. Poi la differenza la fa la lettura, tassativa, dei testi. perché da questo impegno dipende un terzo elemento fondamentale nella costruzione della rubrica: l'intervista. Necessariamente breve, si gioca su due o tre domande, che da una parte abbiano la capacità di far capire a chi sta a casa la storia narrata nel libro, dall'altro diano la possibilità all'autore di raccontarsi al meglio». Luverà parla anche di una questione di rispetto, «se leggi solo la quarta di copertina non rispetti lo scrittore. Scrivere è fatica e questo grande lavoro va onorato, l'unico modo per rispettarlo è leggere il libro. In un solo minuto, lo scrittore deve riuscire a inserirsi in una dimensione che non è la sua, ovvero un tempo brevissimo, molto diverso dal tempo lungo della scrittura. Non tutti sono disponibili a parlare della propria opera solo in sessanta secondi».

Ma tutti gli ospiti ci hanno provato, anche perché *Billy* è stato uno degli spazi più appetibili e più ambiti dal punto di vista della comunicazione letteraria. «La rubrica televisiva più seguita consente una grande visibilità» annota Luverà, «ma deve essere chiaro che non è un luogo di pubblicità. Questa differenza deve averla ben presente chi cura una rubrica di libri, la pubblicità è uno spazio di comunicazione a pagamento, il giornalismo culturale è informazione». Saper distinguere tra pubblicità e informazione è la chiave per valutare un prodotto televisivo, e rappresenta un obbligo morale per il giornalista. Fondamentale a questo proposito è «formulare domande in cui non ci sia alcun ammiccamento, sottolineatura sulla bontà del libro o il riferimento alle vendite, al successo editoriale: se uno è interessato a quel tipo di criterio si va a cercare le classifica. Nella rubrica si parla di contenuti».

Il passaggio di un titolo su *Billy* produce un alto grado di visibilità, con un effetto anche sulle vendite. I libri degli editori più piccoli la domenica a volte entravano immediatamente nella classifica di Amazon, anche in posizioni altissime. «Chiaramente la pressione degli editori è molto forte, i tanti 'no' che si dicono definiscono le regole del rapporto con gli uffici stampa e gli editori, a loro deve essere chiaro fino a dove si possono spingere per proporre un libro. Una collaborazione chiara, dove un suggerimento non può essere vincolante, consente di evitare la deriva della vetrina, la cosa peggiore per una rubrica culturale. Se diventi schiavo o cameriere degli uffici stampa che ti consigliano le nuove uscite, gli autori che vendono di più, i loro scrittori emergenti, da far crescere, se diventi tecnicamente un passacarte è evidente che il tuo spazio di autonomia si annulla, la tua credibilità si sbriciola. Il giornalista culturale diventa un 'vetrinista' degli editori, con buona pace dei lettori. Una metamorfosi inaccettabile, in cui il criterio selettivo diventerebbe la grandezza dell'editore, con quello più grosso destinato a pesare di più».

Qui fanno comodo due regole: mai nella stessa puntata due libri dello stesso editore, alternare tra grandi case editrici o grandi gruppi editoriali e case editrici medie e piccole. Molto precisa la scelta, sin da subito, di inserire fra le proposte dei libri quelli a fumetti e i volumi fotografici, scelte non condivise dagli editori di narrativa e saggistica. «Questa novità ha creato molti mal di pancia. Erano considerati dei linguaggi di serie B. Il fumetto non era un libro. Così come le opere dei fotografi. La mia logica aveva un senso nel gioco della diversificazione dell'offerta, ma ha pesato anche una passione personale per il fumetto e la fotografia». L'autore più corteggiato dal giornalista Rai, quello che per ben sette anni ha rifiutato di essere intervistato, è Altan. «Io ci tenevo tantissimo, ma lui era molto schivo. Ci sono riuscito forzandomi: l'ho catturato, se così si può dire, a un festival del fumetto, l'ho stretto a un tavolo, tecnicamente gli ho quasi estorto l'intervista, ma era l'unico modo per ottenere la conversazione tanto agognata».

Un'altra regola di *Billy* era non parlare di libri autoprodotti, salvo il caso eccezionale, in cui si capiva che per quell'opera l'unico accesso possibile al lettore era l'autoproduzione: «Questo perché gli editori sono una torre d'avorio. Le loro scelte spesso sono improntate a logiche in cui il marketing la fa da padrone e diventano ciechi rispetto a testi meritevoli di pubblicazione».

Nell'ottica di favorire l'innovazione dei linguaggi televisivi tradizionali, tra le idee vincenti per *Billy* c'era anche quella di uscire dallo studio, «che è di una rigidità pazzesca», ed eleggere a luogo delle interviste piazza Borghese a Roma, dove ci sono le tradizionali bancarelle di libri usati. Questo ha creato, dietro le quinte, anche degli episodi divertenti, dovuti ad esempio a improvvisi cambiamenti atmosferici durante le registrazioni. «Se parli di libri in maniera noiosa, il risultato è la noia. Allora come fai? Eviti l'intervista *one to one* in studio, seduti. Il format del 'talk show' ormai è morto da anni. Devi provare a cambiare registro, sperimentare chiavi narrative diverse, mettendoti in gioco e facendo del gioco un antidoto alla seriosità ingessata e paludata».

In piazza Borghese i *bouquinistes* romani propongono volumi del passato, anche questa una passione di Luverà, «tracce» da preservare, nel «tentativo di salvare la memoria attraverso la carta». La scelta della location esterna ha prodotto un rimando evocativo forte: parlare di libri appena usciti circondati da libri più antichi. Se lo scrittore si doveva intervistare per forza in casa editrice allora bisognava preferire la terrazza, e se proprio si doveva fare all'interno Luverà ha inserito dei correttivi. In alcune interviste ha usato dei Playmobil, ogni pupazzetto corrispondeva a un personaggio della storia e lo scrittore ci poteva giocare per raccontarla. «Ho fatto qualche volta l''intervista cartonata', come con il fumettista Zerocalcare: da un lato domanda e risposta tradizionale e poi quella disegnata, quindi coerente con il linguaggio dell'autore». «Intervista su carta?» recita una voce fuori campo sulla vignetta con la replica scritta sulla pagina: «Meglio, almeno non si impiccia con le parole». L'intervista cartonata Luverà l'ha sperimentata anche con lo scrittore francese Daniel Pennac, che non è un fumettista, ma ama disegnare. Le domande erano formulate da personaggi disegnati da Luverà, abile con la matita, e Pennac rispondeva graficamente. Un modo per scoprire, anche, qualcosa di nuovo su un autore molto noto.

Un'altra innovazione, l'utilizzo della palla che «ha creato un semi-terremoto nel telegiornale. Con Federico Rampini parlavamo di globalizzazione, avevo gonfiato un pallone-mappamondo delle mie figlie: facevo la domanda e glielo lanciavo e lui faceva lo stesso con me. Sempre nel campo di gioco di piazza Borghese, ho palleggiato con Maurizio de Giovanni, che aveva scritto un libro in cui il calcio era protagonista. Lui mi ha detto di avere un bellissimo ricordo di questa cosa». Così tra passioni personali, scelte di luoghi alternativi, correttivi pratici che movimentano la scontata ritualità dell'intervista, *Billy* è sempre stato in cerca di sentieri narrativi non prevedibili. Come con Elvira Serra. «La scrittrice aveva pubblicato un libro sul tradimento, così ho fatto l'intervista alla sedia vuota e lei rispondeva come voce fuori campo, con l'effetto straniante dell'assenza. Se il protagonista di un romanzo era l'assenza, allora volevo anche scenicamente creare il vuoto, con la mancanza dello scrittore (di cui però sentivi la voce)».

Ogni regola che si rispetti, l'intervista all'aperto, prevede le sue eccezioni: Andrea Camilleri e Gianni Berengo Gardin sono stati intervistati nei loro studi.

Luverà ricorda che la cura della rubrica ha avuto dei momenti anche «di alta pericolosità». Ci sono state interrogazioni parlamentari in cui si chiedeva quale fosse il criterio di scelta dei libri proposti, se fosse rispettato il pluralismo culturale. «Ho sempre fatto attenzione a evitare che *Billy* diventasse il mainstream del pensiero politico di destra, di centro, o di sinistra. Il fatto che si chiedesse conto della rubrica era un indicatore della sua importanza, un appuntamento culturale molto seguito».

Nell'ottica di creare una comunità di lettori intorno a *Billy*, Luverà intuisce sin da subito che bisogna interagire anche con il pubblico delle nuove piattaforme. Così fonda e gestisce una pagina Facebook che ha superato i 100.000 followers. E indice un concorso, «Il libro dell'anno», vinto nel 2011 da Antonio Pennacchi con *Canale Mussolini*, e nel 2012 da Vittoria Coppola con *Gli occhi di mia figlia*. Il romanzo della giovane scrittrice, pubblicato da un piccolo editore pugliese, Lupo, ebbe un gran battage stimolando una sorta di patriottismo letterario regionale: tutta la Puglia lo votò, battendo Pietrangelo Buttafoco, e Luverà ci racconta che il libro vendette più di diecimila copie, un numero incredibile per un editore così piccolo.

Tra le altre rubriche dedicate ai libri nell'ambito di un Tg ricordiamo *Achab Libri* a cura di Carola Carulli su Rai 2 (di domenica), *La Lettura* di Carlo Gallucci per il Tg5 che va in onda col favore delle tenebre (ma sul sito di Mediaset sono sempre disponibili i video delle singole interviste); e, ancora, *Eureka Street*, lo spazio di approfondimento che andava in diretta subito dopo il notiziario dell'ora di pranzo di Rai News 24, e poi in replica anche in altri orari, direttamente dallo studio con ospite l'autore in dialogo con un giornalista della redazione cultura, guidata da Fabio Cappelli, per circa sette minuti, che in televisione significano moltissimo. Il massimo della popolarità è quando l'autore è ospite in studio durante il telegiornale, quindi non in una rubrica dedicata. È successo a Niccolò Ammaniti (Tg1 delle 20), e a Rosella Postorino, Tg1 delle 8 del mattino (il giorno prima della proclamazione della dozzina dello Strega 2023). In quel caso alla pari dell'inflazione, della guerra, del delitto, del meteo, il libro *è* la notizia.

Le riduzioni cinematografiche, e l'autore come «marchio»

I libri sul piccolo o grande schermo possono finirci anche per altri motivi, ovvero per le storie che raccontano e che possono essere trasformate in film o serie televisive. Generalmente, nel percorso della vita di un libro, la tanto agognata trasposizione arriva quando ha già avuto successo, quasi come fosse una diretta conseguenza della sua popolarità, o quando il successo è alle porte: in entrambi i casi la scelta della produzione o del regista di turno non farà altro che amplificarlo. Così i romanzi andranno in libreria con una nuova fascetta con l'informazione, quando non vengono addirittura ricopertinati con i volti degli attori e delle attrici. Il libro vivrà una seconda vita in libreria e probabilmente anche nelle classifiche. Se i passaggi in televisione, soprattutto in alcuni tipi di trasmissione, sono molto ambiti, la notizia dell'acquisto dei diritti cinematografici di solito viene data in pompa magna, come un obiettivo massimo finalmente raggiunto. Una nuova, sicuramente più popolare, forma di comunicazione, una industria che smuove flussi di denaro che l'editoria in genere vede molto di rado, e che darà una rinnovata vita al volume e alle vendite.

Date queste altissime potenzialità commerciali, non stupisce la delusione di Vitaliano Brancati nel notare che l'editore Bompiani non aveva sfruttato la notizia dell'anteprima alla IX mostra del cinema di Venezia del 1948 del film *Anni difficili* diretto da Luigi Zampa, tratto dal racconto principale del suo *Il vecchio con gli stivali*, per dare visibilità al libro. In una lettera del 21 settembre 1948 leggiamo: «Caro Bompiani, non ho visto nessun *Il vecchio con gli stivali* a Venezia. Si sarebbe potuta fare un'esposizione nel vestibolo del Palazzo del Festival. Il film suscita moltissimo interesse e furibonde discussioni... Qui a Roma nessuna fascetta. Fra poco ti manderò alcune fotografie del film tra le quali potrai scegliere per la nuova copertina».[6] Il film superò infatti il pericolo della censura, venne premiato con la Coppa ENIC, e Brancati aveva intuito già oltre 70 anni fa l'importanza e la forza della comunicazione integrata, nel bene e nel male.

Nella scelta delle storie da raccontare, per i registi, ancora una volta, il Premio Strega risulta un bacino importante dal punto di vista della fortuna di un'opera, anche fuori dalle pagine, tanto che da diversi romanzi vincitori sono state tratte altrettante pellicole cinematografiche. Sin dal primo sul podio in assoluto, *Tempo di uccidere* di Ennio Flaiano (1947), anche se il film è arrivato tardivo nel 1989 grazie al regista Giuliano Montaldo. Nel 1955 Michelangelo Antonioni firma la regia di *Le amiche*, tratto da uno dei tre romanzi brevi della *Bella estate* di Cesare Pavese che aveva vinto il premio nel 1950. Nel 2023 *La bella estate* diventa un film con la regia di Laura Luchetti. Ci sono poi i casi di grande successo del *Gattopardo* di Luchino Visconti (1963, Palma d'Oro a Cannes), oggi tra i primi dieci film italiani più visti in assoluto; il già citato *Il nome della rosa* di Jean-Jacques Annaud tratto nel 1986 dal bestseller di Umberto Eco. *Non ti muovere*, diretto da Sergio Castellitto, arriva nel 2004, due anni dopo rispetto al Premio Strega vinto da sua moglie Margaret Mazzantini. Sandro Veronesi fa l'*en plein*. Vince per due volte lo Strega, cosa che era successa solo a Paolo Volponi prima di lui, e in entrambi i casi arriva la trasposizione sul grande schermo: *Caos calmo* è diretto nel 2008 (quattro anni dopo il riconoscimento) da Antonello Grimaldi, *Il colibrì* nel 2022 da Francesca Archibugi, appena un anno e mezzo dopo la vittoria. Sono stati tratti film anche dalla *Solitudine dei numeri primi* di Paolo Giordano e dalle *Otto montagne* di Paolo Cognetti (Premio Strega 2017): uscito nelle sale italiane alle fine del 2022, scritto e diretto da Felix Van Groeningen e Charlotte Vandermeersch.

Una visione acuta della nascita del successo di Cognetti anche in chiave cinematografica ci viene data ancora una volta da Gianluigi Simonetti. Ragionando sempre attorno alla pianificabilità o meno del successo editoriale, il critico letterario ha cercato di esaminare alcune strategie. «Gli editori amano puntare su opere legate a un autore dall'identità precisa e chiara, possibilmente poco letteraria, perché sanno che questa identità rafforza molto il libro nel momento in cui viene immesso nel circuito della comunicazione. E tanto meglio se alcuni aspetti strutturali e tematici del libro sono coerenti rispetto all'identità dell'autore: se si può proporre al lettore una sorta di 'opera mista' che mescoli invenzione letteraria e realtà biografica dello scrittore».

Quindi secondo questa interessante lettura si tratterebbe di una dialettica che tiene insieme da un lato quello che il testo è nella sua forma e quello che l'autore è nella sua identità e dall'altra parte quello che l'editore vorrebbe farci in chiave di comunicazione. «Il profilo dell'autore diventa sempre più importante e meriterebbe un discorso a parte perché la mia impressione è che si vada verso una sorta di simbiosi tra autore e opera; sempre più l'opera si appoggia all'autore e l'autore all'opera. L'industria culturale scommette molto su una sorta di forma integrata, cioè una sorta di interpretazione figurale per cui in realtà il discorso stilistico non riguarda più solo l'autore ma il testo stesso, tra fiction e non fiction e tra invenzione letteraria e realtà mediatizzata. Anche lo scrittore deve avere caratteristiche formali come l'opera. È importante che abbia una biografia interessante e comunicabile, anzi direi tanto più importante quanto meno è interessante il libro che ha scritto».

La montagna per Cognetti è quindi un caso esemplare di questo ragionamento. Simonetti racconta come lo scrittore abbia esordito nell'editoria media e piccola, con racconti molto interessanti in cui lui come autore non appare, «c'è solo l'opera e l'opera è molto bella». Poi passa a una grande casa editrice, l'Einaudi, «scrive *Le otto montagne* in cui l'intreccio narrativo si gioca sulla sua passione per la montagna che è anche una parte della sua vita, perché sappiamo – in quanto ce l'hanno appositamente comunicato – che vive in una baita, una sensibilità ecologica, questa bella faccia da guida alpina: tutte queste cose si collegano col romanzo stesso, romanzo secondo me interessante, forse un po' noioso, ma che può essere comunicato facilmente e che infatti diventa anche un film di successo».

Da quel momento in poi Cognetti è un autore che scrive di montagna e dintorni (su e giù), come il recente *Giù nelle valle* (Einaudi, 2023) «romanzo duro e levigato come un sasso», in cui «Paolo Cognetti scende dai ghiacciai del Rosa per ascoltare gli urti della vita nel fondovalle», come recita la presentazione sul sito della casa editrice. Ma Cognetti non ci sta alla definizione di «scrittore di montagna» e sulla «Lettura» sembra rispondere indirettamente a Simonetti: «Mi ribello. [...] perché mi sembra riduttivo dire 'scrittore di montagna'. Non significa niente. Sono uno scrittore, la montagna è un luogo, ha senso tanto quanto dire 'scrittore milanese'». Per Simonetti, tuttavia, la questione cruciale per il lettore non è tanto come Cognetti si sente di essere, ma come viene comunicato (anche suo malgrado) dai mass media. Con Cognetti si è cercata proprio la fusione tra una certa immagine dello scrittore, un aspetto tematico di moda (l'ecologia, la riscoperta della montagna), e un aspetto anche formale (stile molto asciutto, una sorta di equivalenza formale della montagna). In questa ottica, il salto verso il grande schermo sembra quasi scontato. Gli attori scelti come protagonisti per il film, Luca Marinelli e Alessandro Borghi poi, farebbero avvicinare alla montagna e alle pagine anche i più restii.

Anche secondo Giuseppe Laterza oggi «il nome dell'autore è l'elemento più rilevante del successo di un libro. Questo implica un'attenzione costante da parte dell'editore ad accrescere la notorietà dei suoi autori, naturalmente senza sacrificare la qualità della comunicazione». Ma chiaramente, aggiunge, «la comunicazione è fondamentale e per un libro parte dal titolo e dalla copertina. La moltiplicazione e frammentazione dei canali la rende oggi molto più complicata». E rispetto al suo catalogo specifica alcuni esempi di grandi numeri raggiunti, ripetiamo non scontati per la saggistica: «I nostri bestseller sono legati ad alcuni autori, come Alessandro Barbero e Stefano Mancuso, per citarne solo due. È difficile trovare una 'regola' del successo: un editore prova sempre a 'serializzare' i bestseller ma è spesso frustrato, posto che, come scriveva il grande economista John Maynard Keynes, '*publishing is a gambling business, kept alive by occasional windfalls*': i 'colpi di vento occasionali' sono difficili da programmare...» Come dargli torto.

Dalla pagina al piccolo schermo: le serie

Le storie premiate dallo Strega non sono state l'unico bacino di ispirazione per i film. I diritti di *Gomorra* erano stati acquistati da Matteo Garrone ancora prima che scoppiasse il caso che ha portato Saviano a vivere sotto scorta. Esce nel 2008, oltre 34 milioni di incassi in tutto il mondo e numerosi premi e riconoscimenti: il film ha esportato definitivamente l'immaginario della Napoli criminale per come ce la immaginiamo oggi. Allo stesso modo, l'immagine di Roma in balia della Banda della Magliana è stata definitivamente scolpita prima dal libro di Giancarlo De Cataldo e poi dal film omonimo diretto da Michele Placido, *Romanzo criminale* (2005), e soprattutto dalla serie televisiva nel 2008, per la regia di Stefano Sollima: tra le prime produzioni italiane, la seconda fiction in assoluto prodotta da Sky, fu accompagnata anche da una campagna di marketing virale, e fu definita a più riprese «l'unica serie italiana di cui possiamo andare fieri», e «uno degli esiti più riusciti della fiction italiana». E il libro continua a volare.

Con lo stesso meccanismo del successo del grande schermo che amplifica quello del libro, che crea una comunità di lettori e telespettatori che vorrebbero che il libro e il film non finissero mai, arriva anche la serie *Gomorra*, sempre su Sky: 5 stagioni dal 2014 al 2021, viene venduta in tutto il mondo, proprio come il libro era stato già tradotto in diversi paesi. Così, seguendo il ragionamento di Simonetti, opera e autori si fondono: Saviano vive sulla sua pelle gli effetti del potere della camorra, Giancarlo De Cataldo è il magistrato scrittore che racconta la Roma criminale trasformando le carte dei processi in forma narrativa. Sky crea dei video promozionali in cui Saviano parla in prima persona, va ospite in tv, anche in programmi generalisti come *Amici* di Maria De Filippi.

Ma prima ancora dell'avvento di Sky, sin dai primi decenni di vita della televisione pubblica, il rapporto con la letteratura è sempre stato strettissimo. Gli sceneggiati – allora le fiction si chiamavano così – erano spesso tratti da romanzi già famosi. Seguendo questa importante tradizione, la Rai ha prodotto la grande serie di successo italiana tratta da un libro in produzione seriale: *Il commissario Montalbano*, con quindici stagioni all'attivo dal 1999, ispirata dai romanzi di Andrea Camilleri con protagonista il commissario siciliano di Vigata interpretato da Luca Zingaretti (e Michele Riondino nello spin-off *Il giovane Montalbano*). I libri hanno venduto trenta milioni di copie, con traduzioni in 120 paesi, e anche la serie ha un successo straordinario in Italia e all'estero (è trasmessa in venti nazioni). La Rai continua le sue produzioni basate su libri in serie con altri grandi personaggi, come *Rocco Schiavone* (dal 2016, cinque stagioni ancora in produzione, protagonista Marco Giallini) tratta dai romanzi di Antonio Manzini, il cui protagonista è un poliziotto *borderline* insofferente alle regole: in entrambi i casi l'editore è Sellerio. L'uscita dei romanzi con al centro Schiavone ormai dà una certezza di vendita, e questo anche grazie al successo del piccolo schermo. L'ultimo degli uomini di legge ad andare per la maggiore in tv è *Il commissario Ricciardi*, su Rai 1 (dal 2021, ancora in produzione), protagonista dei romanzi di Maurizio de Giovanni pubblicati da Einaudi. O ancora, fuor di caserma, si veda il successo dell'*Allieva*, tre stagioni su Rai 1 dal 2016 al 2020, sulla figura di Alice Allevi, il medico legale dei romanzi di Alessia Gazzola editi da Longanesi.

Sky ha continuato a produrre serie tratte dai libri e ora questa impostazione sembra diventata proprio una linea editoriale su cui punta moltissimo. In arrivo *M. Il figlio del secolo* dal romanzo di Antonio Scurati, Premio Strega 2019. *Sky è a caccia di libri*,[7] titola un articolo del «Giornale della Libreria» che a febbraio 2021 intervista Emanuele Marchesi, Head of Development di Sky Italia, ovvero la persona incaricata di cercare delle storie e trasformarle in fiction, e che quindi guarda moltissimo ai libri. Tra le più recenti, *Anna*, miniserie in sei puntate tratta dal romanzo di Niccolò Ammaniti, che ne è anche regista; in lavorazione *La città dei vivi* dall'omonimo libro di Nicola Lagioia. Entrambi pubblicati da Einaudi. «Sky ha comprato i diritti del libro» dice Lagioia. «Quelli televisivi e cinematografici sono processi industriali, mentre quello dei libri è più artigianale: per fare un libro non c'è bisogno di una grande spesa iniziale se non quello della sopravvivenza fisica del suo autore; per iniziare a fare un film ci vogliono i soldi». È per questo motivo che richiede tempi lunghi, si inizia e poi si interrompe continuamente. «Il mio è solo un augurio che sia una bella serie, non essendo il regista non ho il controllo su come sarà». Stefania Auci ha pianto quando le hanno fatto vedere il girato dei *Leoni di Sicilia*, la serie Disney+ con la regia di Paolo Genovese tratta dai suoi due romanzi pubblicati dalla casa editrice Nord con protagonisti la dinastia dei Florio. Il primo volume nel frattempo ha venduto quasi un milione di copie in tutto il mondo. «Sono scoppiata in un pianto disperato, tutti terrorizzati, il regista in affanno. Spaventata l'attrice Ester Pantano. Ma erano lacrime di gioia, per la bellezza del risultato». La scrittrice siciliana pronuncia queste parole ad Agrigento, dal palco del festival La strada degli scrittori. E conferma anche in una intervista con Enrico Del Mercato sul «Venerdì di Repubblica» di aver molto apprezzato il risultato: «Per ovvie ragioni la perfetta fedeltà al romanzo non c'è, ma la serie ne ha mantenuto intatto lo spirito».[8] Sin dai primi confronti con il regista Genovese, assicura Auci, «ho capito che lui aveva il massimo rispetto per il mio lavoro».

La popolarità di un libro alimenta quello della serie e/o viceversa? Lo spiega ancora una volta Marchesi.

> Non c'è una regola prefissata. *Petra* è stato un grande nostro successo dell'anno scorso [2020, *N.d.A.*] ed è stato tratto dai libri di Alicia Giménez-Bartlett che non solo erano già stati pubblicati (in Italia da Sellerio), ma che avevano già avuto un adattamento per lo schermo. Ovviamente un grande successo editoriale o di critica aiuta, ma non è un criterio fondamentale. Abbiamo rapporti con case editrici e agenti letterari che ci fanno proposte a vari stadi di preparazione del libro, se riteniamo che le informazioni meritino un approfondimento li contattiamo ed è una cosa che stiamo facendo in maniera sempre più organica. Esploriamo il mondo dei romanzi, ma anche quello dei graphic novel e altro ancora, perché oggi c'è una grande richiesta di nuove idee.

Interrogato sull'importanza della serie tv come moltiplicatore delle vendite di un libro, ne chiarisce anche il meccanismo promozionale, pensato *ad hoc* per fare in modo che tutto funzioni alla perfezione. Con l'editore

> lavoriamo a stretto contatto perché c'è uno scambio virtuoso: la tv ti porta un'amplissima platea, il libro un nucleo di lettori affezionati, molto appassionati e coinvolti. La promozione in libreria, la classica fascetta, il libro accreditato nei titoli di coda della serie e un lavoro di ufficio stampa e promozione che vede l'autore del romanzo coinvolto in prima persona sono solo alcuni degli strumenti che si possono attivare. Davvero le collaborazioni sono molto strette: un esempio, anche se non relativo alle serie prodotte da noi, è il lavoro congiunto che abbiamo fatto noi e Mondadori per offrire al pubblico la storia di *Trono di spade*, come libro e serie televisiva.

Ed ecco che torna sempre più utile il ruolo dell'autore del libro che metta la faccia nei canali di comunicazione, nella scrittura del film o della serie, sui suoi social network fino ad arrivare a casi estremi ipotizzati da Simonetti in cui già a priori avviene l'identificazione dell'autore con la sua opera. Tanto che a volte sembra che la scrittura venga dirottata per incontrare il favore del pubblico che da lui si aspetta un certo tipo di prodotto e, conseguentemente, perché no?, anche la prossima stagione della serie tanto amata. Secondo Marchesi le caratteristiche principali che deve avere un libro per poter aspirare a diventare una serie sono la ricchezza della trama, «devono succedere un sacco di cose», personaggi che permettano agli spettatori di entrare in relazione emotiva con loro, e infine l'originalità: ogni opera ha «una scintilla che la distingue dalle altre».

Oltre a Rai e Sky, il boom dei servizi di streaming come Netflix ha portato a un aumento vertiginoso delle produzioni, del pubblico (soprattutto nei periodi di lockdown da pandemia), rendendoli canali sempre più appetibili per editori e autori. I consumatori di serie possono diventare potenziali acquirenti dei libri da cui sono tratte: per citare solo il 2022, Netflix ha distribuito *La vita bugiarda degli adulti* tratta dal libro di Elena Ferrante e *Fedeltà*, la miniserie di sei puntate tratta dal romanzo di Marco Missiroli con protagonista Michele Riondino.

Nel 2019, appena prima della pandemia, l'AIE ha presentato la ricerca *La serialità televisiva, la lettura e l'acquisto di libri*[9] in cui come dato interessante viene fuori un importante legame tra la fruizione di serie tv e il consumo di libri. «La qualità della lettura (misurata in termini di libri letti) è maggiore tra coloro che seguono le serie tv rispetto a chi non le segue e alla media della popolazione, soprattutto tra i deboli lettori. Il 34% di coloro che seguono serie tv legge 1-3 libri rispetto al 25% della media; il 17% 4-6 libri rispetto al 15%».

Riportiamo altre conclusioni molto significative ai fini della nostra analisi e a cui ci affidiamo per una disamina puntuale dell'andamento delle vendite in conseguenza delle messe in onda:

> L'esame tra la messa in onda di una serie tv e le vendite in libreria e negli store online (con l'esclusione di Amazon) realizzata da IE-Informazione editoriali e dall'Ufficio studi AIE, pur nella varietà dei casi, mette in luce alcuni aspetti comuni nelle dinamiche d'acquisto e alcune particolarità dovute al titolo/serie tv programmata. Tutti gli otto titoli presi in esame – in una serie storica molto lunga (da qui la necessità di riportare il dato in base 100 del bimestre: 100

corrisponde al valore della maggior vendita avuta tra 2009 e 2019) – mostrano tutti maggiori crescite delle vendite:
Gomorra da 3,34 a 12,81 con la prima stagione; da 3,48 a 17,77 con la seconda;
Trono di spade (tutti i titoli usciti): da 5,29 a 70,62 con la prima stagione; da 47,53 a 73,33 con la seconda; ecc.
L'uomo nell'alto castello da 22,74 a 74,64 con la prima stagione;
Tredici da 0,24 a 100 con la prima stagione (ma non avviene lo stesso con la seconda);
L'amica geniale (tutti i titoli usciti): da 25,02 a 100 con la prima stagione;
Il nome della rosa da 40,62 a 100 con la prima stagione.

Ancora dati. Nel 2021 AIE porta avanti una ricerca specifica sugli effetti delle vendite in libreria a seguito del grande successo della serie *Leonardo* co-prodotta da Lux Vide e Sony Pictures Television in collaborazione con Rai Fiction. Il periodo considerato è 15 marzo - 4 aprile, vale a dire quello compreso tra la settimana precedente alla messa in onda delle prime due puntate della fiction (23 marzo) e la settimana dei due episodi successivi: l'incremento generale delle vendite di tutte le tipologie dei libri dedicati al grande pittore italiano (narrativa, saggistica, libri illustrati, cataloghi d'arte e molto altro) è del 156%. Un caso eccezionale, considerando che il prodotto televisivo non è tratto da un libro in particolare ma comunque ha un impatto dirimente sul mercato editoriale, anche su titoli di cui nel 2021 non era stata venduta neanche una copia.

Una iniziativa molto interessante è il gruppo di lettura lanciato proprio da Netflix nel 2021, intitolato *But Have You Read the Book?* e presentato dall'attrice Uzo Aduba, interprete di Suzanne Warren nella serie pluripremiata *Orange Is the New*

Black (e tratta da un romanzo di Piper Kerman). Le diverse puntate sono disponibili sul canale YouTube della piattaforma. L'iniziativa nasce dalla collaborazione con Starbucks: lo studio è proprio uno Starbucks Cafè dove, oltre alla conduttrice, si avvicendano ospiti cast, regista. Di solito c'è anche un contributo da parte di chi ha scritto il libro – noi consigliamo la puntata dedicata a *Sweet Magnolias* (*Il colore delle magnolie*) ispirata ai romanzi di Sherryl Woods pubblicati da Barnes & Noble.

Ancora su Netflix, diverso è il caso di Zerocalcare. La sua serie animata *Strappare lungo i bordi*, distribuita sulla piattaforma a partire dal 17 novembre 2021, non è tratta da un libro ma è un prodotto originale che però ha amplificato oltremodo la sua fama di autore – oltre ad averne definitivamente sancito il successo internazionale. Dalla casa editrice Bao fanno sapere che di sicuro la popolarità di Zerocalcare è tornata a vantaggio di Netflix stesso, ma l'uscita delle puntate ha dato un impulso fortissimo ai suoi libri. Nel 2023 un nuovo prodotto seriale del fumettista sulla stessa piattaforma, *Questo mondo non mi renderà cattivo*, va ulteriormente a incrementare questo meccanismo di popolarità. Diverso il caso del film tratto nel 2018 dalla *Profezia dell'Armadillo*: «È passato abbastanza in sordina a causa di una lavorazione tormentata, e non ha influito in modo significativo sulle vendite del libro». Non sempre è tutto oro lo schermo che luccica.

Capitolo decimo

La voce: dallo schermo alla radio e ai podcast

La radio: una vecchia amica

Il cinema e la televisione continuano a essere percepiti come moderne forme di comunicazione: del resto sono i due mezzi che hanno dovuto adeguarsi e assorbire l'influenza accelerata di un numero enorme di cambiamenti tecnologici. La radio in confronto è una vecchia amica, apparentemente impermeabile al delirio dell'innovazione costante: una discreta accompagnatrice che nel corso degli anni ha tessuto parte integrante delle nostre esistenze, anche in termini di consigli di lettura, permeando le giornate con il solo potere del suono, ma ha dovuto competere con il potere egemonico delle immagini.

Nata negli anni Venti, prima del boom cinematografico, ben prima all'invenzione della televisione, la radio si è affermata come il primo mezzo di comunicazione capace di penetrare direttamente nelle case, stabilendo un legame immediato con gli ascoltatori. Questo potere è stato sfruttato in molteplici modi: la radio ha agito come strumento «politico», che si trattasse delle *fireside chats* di Franklin D. Roosevelt o delle trasmissioni propagandistiche del periodo nazifascista; e ha svolto un ruolo fondamentale nella comunicazione clandestina dei resistenti.

Sono passati cento anni da quando il 5 ottobre 1924 la voce ferma e ben riconoscibile di Benito Mussolini rimbalzò da un microfono in una stanza di Palazzo Venezia in tutta Italia invitando all'ascolto del primo discorso radiofonico d'Italia. Il giorno successivo, il 6 ottobre, segna la nascita della prima trasmissione su questo mezzo di informazione gestita dall'URI, l'Unione Radiofonica Italiana. La speaker è Maria Luisa Boncompagni, e il programma è un mix di musica di vari generi, informazioni meteorologiche e notizie legate alla borsa. Intrattenimento, previsioni del tempo, finanza: dalle sue origini la radio è stata un potente catalizzatore, un motore di diffusione di notizie e prima elaboratrice di un immaginario (nazional) popolare attraverso il solo potere delle parole e della musica.

I programmi radiofonici hanno trasportato per decenni gli ascoltatori in mondi fantastici, spingendo la nostra mente oltre i confini di uno schermo e regalando un intrattenimento che a differenza del cinema e della tv non ha mai richiesto impegni economici importanti agli utenti.

Ma nonostante la sua struttura resti immutata, la radio si è evoluta nel corso del tempo. Con l'avvento del web, e nel 2004 del podcasting – l'adattamento dei contenuti al concetto di *on demand* –, è iniziata una vera e propria «radio renaissance». Rete e podcasting hanno reso il mezzo ancora più accessibile, permettendo di portarlo ovunque attraverso l'introduzione di app dedicate, la prima delle quali è stata rilasciata da Apple nel 2012. Imbottigliati nel traffico cittadino o durante la sessione mattutina di jogging, per isolarci nella confusione di un autobus o per avere compagnia mentre si rassetta casa o si prepara la cena, la radio è un contrappunto non invadente, tiene le mani libere, ma esige attenzione, alla maniera del Re in ascolto dell'omonimo racconto di Italo Calvino.

Il potere della comunicazione audio era stato intuito e amplificato anche da Paul Davison e Rohan Seth, fondatori nel 2019 di Clubhouse, un social network basato sulla voce che inizialmente si chiamava molto eloquentemente Talkshow. Il «social audio» esplode come popolarità tra il 2020 e il 2021, in pieno lockdown: gli utenti potevano comunicare tra loro solo attraverso le parole, senza l'obbligo del video, creare delle stanze dove dialogare anche con perfetti sconosciuti, invitare altre persone. Tra i partecipanti molti influencer noti e personaggi pubblici di rilievo come Elon Musk e Oprah Winfrey. Il successo del social induce Facebook, Twitter e Linkedin alla creazione di stanze audio. Naturalmente, tra i vari argomenti di discussione, si parla anche di libri. L'esperienza tuttavia perde progressivamente popolarità e il social viene usato sempre di meno, complici anche alcune scelte sbagliate nella gestione degli algoritmi.

Poco male. Che si tratti di onde radio analogiche e di un tradizionale palinsesto con le telefonate in diretta, o di app digitali sviluppate per i diversi dispositivi a cui affidiamo la nostra vita quotidiana, l'esperienza radiofonica ha un posto sempre più importante della comunicazione nel nuovo millennio.

Dar voce alla cultura: Radio 3, la lezione di Fahrenheit *e* Il cacciatore di libri

In questa ottica pluralista e sempre più diversificata, per rispondere alle esigenze di un pubblico progressivamente più strutturato, nel secolo che ci separa da quel primo proclama al microfono sono stati realizzati anche molti programmi culturali, alcuni con i libri al centro. La prima fu *L'approdo*, da un'idea di Adriano Seroni e Leone Piccioni. Uno spazio breve di trenta minuti che si apriva alla cultura, e prese il via il 3 dicembre 1945, alla fine della Seconda guerra mondiale. Fino a quel momento era mancata una trasmissione che si dedicasse alla cultura e alle arti e bisognava cambiare il ruolo della radio, da organo del regime a mezzo di divulgazione. *L'approdo* ebbe grandissimo successo e il merito di dar spazio a una pluralità di voci, anche quelle di autori che durante il regime erano stati marginalizzati o censurati. Andò avanti per oltre 1700 puntate fino al 1977 con anche alcuni tentativi di imitazione: venne creata una rivista con lo stesso nome, e il programma Rai omonimo si ispirò all'esperienza di Seroni.

Come e in quanti modi ci affidiamo soltanto alla voce di qualcuno per orientarci nelle letture? I canali sono diversi: sulla scorta dell'esperienza dell'*Approdo*, esiste un numero rispettabilissimo di trasmissioni radio e podcast che parlano delle nuove uscite editoriali, di podcast tratti dai libri e che quindi ne ampliano o sintetizzano i contenuti (citiamo per completezza anche gli audiolibri, file audio che propongono la lettura integrale di un volume).[1] A differenza della televisione, la radio e i podcast hanno un valore aggiunto che risiede nella possibilità di accompagnare il pubblico ovunque si trovi (o in diretta o on demand, online e offline) ma, soprattutto, gratuitamente.

Partiamo dai canali tradizionali, le radiotrasmissioni: parlare di libri alla radio in Italia significa parlare di *Fahrenheit*. Tra i più longevi e autorevoli programmi radiofonici, in onda dal 27 settembre 1999, *Fahrenheit* fu ideato da Marino Sinibaldi con un nutrito gruppo di lavoro, la maggior parte dei quali è ancora nel team della redazione; il nome deriva evidentemente dal romanzo distopico *Fahrenheit 451* di Ray Bradbury, in cui si parla di un mondo dove la lettura e la detenzione di libri sono considerate illegali, e il rogo dei libri è un atto pubblico rituale (451° Fahrenheit è la temperatura a cui la carta prende fuoco).

Punto di riferimento per il pomeriggio culturale di Radio 3 dal lunedì al venerdì dalle 15 alle 18, *Fahrenheit* raccoglie l'eredità di *Lampi* (di primavera, estate, autunno, inverno, a seconda della stagione), di cui Sinibaldi era un co-conduttore, e prima ancora del *Paginone*.

Nel corso del tempo l'ossatura e la struttura del format sono rimaste sempre fedeli a sé stesse: «un programma dedicato ai libri e alle idee», e conseguentemente un contenitore pomeridiano «fatto di storie, di incontri e di eventi dai festival letterari. E dove trovano posto le parole degli scrittori e dei poeti, le scelte dei lettori, degli editori e dei gruppi di lettura. Il luogo dove si ritrovano gli amanti della letteratura, dalla tradizione dei classici alla narrativa contemporanea». Tra i presentatori di lunga data, oltre a Sinibaldi, poi diventato direttore della rete, si sono avvicendati (e si avvicendano) ai microfoni Loredana Lipperini, Felice Cimatti, Carlo D'Amicis, Tommaso Giartosio, Graziano Graziani e di recente anche Susanna Tartaro che è la curatrice del programma. All'interno di ogni puntata ci sono diverse sezioni: «Caccia al libro», incentrata sulla ricerca di volumi fuori catalogo; la rubrica «Ad alta voce», dove nel corso di alcune settimane viene data la lettura integrale di un romanzo; l'intervista di apertura – ad autori, intellettuali e pensatori – è una finestra sulle novità del dibattito editoriale e del mondo in generale. Il numero di libri che complessivamente vengono segnalati, fra classici e nuove uscite, è molto alto.

Se alcune cose sono rimaste immutate, in oltre vent'anni di puntate è cambiato il pubblico e di conseguenza il rapporto di *Fahrenheit* con gli ascoltatori. Ascoltando la trasmissione oggi si percepisce una sorta di competizione tra ascoltatore e conduttore. In radio il rapporto con il pubblico, il suo riscontro, può essere immediato grazie alla possibilità di interagire in diretta tramite sms, telefonate e e-mail. La possibilità di partecipazione – qualcosa che la radio permetteva da ben prima del web – con conseguente fidelizzazione degli ascolti sono un volano prezioso per la diffusione e la vita di un libro. Gli editori ne sono consapevoli, e la redazione del programma è sollecitata da moltissime proposte degli uffici stampa. Prestando attenzione alla selezione delle opere puntata per puntata si percepisce la volontà degli autori di dar voce a tutti: non solo narrativa e saggistica ma anche poesia, letteratura per ragazzi (addirittura i libri pop-up), e un'alternanza di piccoli e grandi editori. Restando sintonizzati nelle tre ore di intrattenimento culturale si avverte distintamente il senso della scelta, e i libri vengono proposti al pubblico quasi come se fossero i consigli di un amico. Che rapporto c'è fra *Fahrenheit* e il mercato editoriale? Nell'ottica del ritorno anche solo in termini di prestigio per editori e scrittori, è un punto di riferimento irrinunciabile per la comunicazione di un libro; gli uffici stampa sanno che esser scelti dalla redazione garantisce una sorta di marchio di qualità capace di imporre un'opera ai radar di un vasto pubblico di fedeli ascoltatori; stessa sensazione per gli esordienti che a *Fahrenheit* a volte concedono la prima intervista, come una sorta di ingresso nel «club dei professionisti».

Fahrenheit non è e non è stato l'unico programma in radio dedicato ai libri. Otre la fatidica fascia oraria 15-18, la stessa Radio 3 concede all'argomento altri spazi. Da *Qui Comincia* a *Tutta la città ne parla*, da *Pagina 3* a *Radio3 Suite,* passando per *La lingua batte* e *L'isola deserta*, pur con impostazioni differenti, i libri vengono sempre usati come bussole attraverso cui orientare il discorso intorno a determinati temi.

Quanto agli altri canali di Radio Rai, format dedicati sono stati *Galassia Gutenberg*, in onda nel pomeriggio su Radio 1 dal 1995 al 1997 e condotto da Arnaldo Colasanti e Massimo Onofri; o ancora la rubrica del mattino *Il baco del millennio*, fu condotta dal 2000 al 2007 da Piero Dorfles. Su Radio 2 invece, il riferimento per i consigli di lettura è stata la trasmissione *Il libro oggetto*.

Fra i vari altri programmi radio in cui si parla solo di libri, o anche di libri, citiamo *Il cacciatore di libri* su Radio 24, condotto da Alessandra Tedesco. Il programma si presenta come «un inviato virtuale in libreria per scoprire le ultime novità», e in ogni puntata propone «interviste dal vivo a scrittori italiani e stranieri per parlare dei protagonisti dei romanzi, dei temi, ma anche dei retroscena». La trasmissione va in onda da quindici anni ogni sabato, alle 6.30 del mattino e poi in replica alle 15.30. In una intervista con Morgan Palmas, Alessandra Tedesco sostiene che, se le case editrici fino a qualche anno fa sottovalutavano la potenzialità della radio, ora ne hanno compreso l'importanza in termini di comunicazione e la considerano come un mezzo strategico per far conoscere le opere e gli scrittori, soprattutto se riescono a lavorare in sinergia con i social che agiscono da cassa di risonanza. Insomma, partendo dalla radio «bisogna pensare in modo armonico a tutti i mezzi di comunicazione». Considerando che Radio 24 è un canale di informazione e non di intrattenimento, *Il cacciatore di libri* costituisce una parentesi, quasi un'oasi narrativa nel flusso costante delle news; per programmi come questo è importante il ruolo del conduttore. È fondamentale non comunicare con gli ascoltatori dall'alto in basso, ma conquistarne la fiducia attraverso una comunicazione orizzontale, amichevole.

Sia sulle radio della Rai che nella galassia delle radio private esistono anche molte trasmissioni generaliste in cui viene dato spazio ai libri e che hanno un notevolissimo riscontro come, solo per citarne una, *Deejay chiama Italia* di Linus e Nicola Savino, in onda tutti i giorni dal lunedì al venerdì dalle 10 alle 12.

Essere ospite in studio per uno scrittore è occasione di grande popolarità.

Rispetto alla crescente importanza della radio come mezzo di comunicazione intorno ai libri, Nicola Lagioia, in un intervento online nell'ambito di un talk organizzato dal Forum del Libro nel 2021, ha condiviso una sua riflessione molto giusta: la radio oggi è una cassa di risonanza ancor più importante dei giornali. Per esempio, quando a *Pagina 3* (la rassegna stampa quotidiana che lui stesso conduce a intervalli regolari) si leggono le recensioni che i giornali dedicano ai libri, a volte il passaggio radiofonico fornisce al libro più visibilità di quanta ne garantisca l'articolo, il che dà un'idea del cambiamento dei tempi: «L'ho sentito alla radio» scalza dal podio «l'ho letto sul giornale», motivo per cui gli uffici stampa sembrano cercare sempre di più gli spazi radiofonici trascurando un po' i giornali, oggi nettamente minoritari quanto a prestigio.

Del resto la radio ha tutto quel che serve – tutto, meno l'immagine. E con il libro ha in comune la stoffa di cui è fatta, ovvero le parole.

Secondo Giorgio Zanchini, che ripetutamente tiene a precisare «anche se faccio televisione adesso, sono e resterò sempre un uomo di radio», si riesce molto meglio a parlare di libri in radio rispetto alla tv. Tanto che nel 2016 Carlo Mancini e Matteo Fago tengono a battesimo Radio Libri, unico (finora) esperimento di web radio interamente dedicata ai libri. L'esperienza è durata poco, ma chissà che non venga ripresa da altri e in altre forme.

Radio 3 negli anni ha affiancato anche altre occasioni di comunicazione libraria, come i festival e le fiere. Far spostare la radio nelle città e alle iniziative culturali è stata un'idea di Marino Sinibaldi che è risultata vincente. Oggi Radio 3 trasmette in diretta dal Festivaletteratura di Mantova, dal Salone Internazionale del Libro di Torino e da Più libri più liberi a Roma. Ha organizzato festival come Materaradio di Radio 3, tra i primi a intuire il potenziale di quella città che nel 2019 è diventata Capitale europea della cultura. Inoltre, con l'iniziale coinvolgimento di Radio 3, Marino Sinibaldi, Rosa Polacco e Michele De Mieri hanno fondato un festival originale, Libri Come, che si tiene ogni anno presso l'Auditorium Parco della Musica Ennio Morricone di Roma.

I podcast dedicati ai libri: il caso di Copertina

I podcast hanno origine agli inizi degli anni 2000, quando la diffusione di contenuti audio online trova slancio con l'introduzione dell'iPod di Apple. Nel 2004, il giornalista del «Guardian» Ben Hammersley conia il termine «podcast», combinazione di «iPod» e «*broadcast*». Con l'avvento di piattaforme come iTunes, il podcasting ha conosciuto una crescita esponenziale, supportata da una diversificazione di argomenti e stili. Negli ultimi anni, il ruolo di piattaforme come Spotify è diventato sempre più significativo, con investimenti notevoli e accordi per diritti esclusivi. La professionalizzazione dei podcast ha progressivamente coinvolto produttori, sponsor e modelli di monetizzazione. Oggi, i podcast coprono un'ampia gamma di argomenti e sono prodotti da media tradizionali, individui e aziende specializzate. Questa forma di contenuto multimediale si è trasformata da una nicchia a una delle principali modalità di consumo di informazioni e intrattenimento.

In Italia i primi podcast culturali appaiono tra il 2014 e il 2015 quando sia Radio 3 che Radio 24 iniziano a rendere disponibili sui loro siti internet le registrazioni delle puntate integrali, scaricabili gratuitamente e ascoltabili quindi anche offline.

Secondo un'indagine condotta dall'Ipsos sull'ascolto dei podcast nel 2022,[2] che in questo senso monitora i dati dal 2019, «il podcast in Italia è in robusta salute dal punto di vista della capacità di attrarre e interessare il pubblico, sta acquisendo una sua collocazione nelle abitudini media e rappresenta, quindi, a tutti gli effetti un'opportunità con grande potenziale per creare valore nel settore dei contenuti». Quanto ai numeri, «gli ascoltatori di podcast raggiungono nel 2022 quota 36% (circa 11,1 milioni di utenti tra i 16-60enni, cioè ben 1,8 milioni in più rispetto a un anno fa), con una crescita significativa rispetto al 31% registrato nel 2021, l'incremento più consistente registrato da quando è iniziato il monitoraggio Ipsos». E i principali fruitori sono i più giovani, che utilizzano come *device* per l'ascolto principale lo smartphone. «Il pubblico dei podcast rimane marcatamente giovane (43% di under 35), con titolo di studio ancora più elevato rispetto al 2021 (nel 2022 i target laureati raggiungono il 30%) e molto concentrato tra i professionisti (11%)».

I dati che arrivano per i primi sei mesi del 2023, attraverso una ricerca NielsenIQ (NIQ) per Audible presentata al Salone del Libro di Torino, confermano questo trend positivo: quasi 1 italiano su 3 ha ascoltato un podcast o audiolibro nell'ultimo anno. Dal 2022 gli ascoltatori di podcast sono aumentati di un milione.

Non stupisce quindi che anche in tema di libri stiano nascendo molti prodotti specifici in questo senso. Ma andiamo con ordine. In Italia la prima società a produrre podcast tematici è stata storielibere.fm. *Scritto a voce* è l'eloquente *claim* per quel che si presenta come «un progetto di narrazione e intrattenimento che si propone di ridare centralità alla parola». Nata nel 2018 su iniziativa di Rossana De Michele e Gian Andrea Cerone, alle soglie del 2020 storielibere.fm aveva già festeggiato il traguardo di 2 milioni di ascolti. Le prime persone contattate furono poche e scelte: Michela Murgia, Matteo B. Bianchi e pochi altri.

I primi podcast dedicati all'editoria sono di Matteo B. Bianchi, *Esordienti. Errori da non fare*, una sorta di radio-tutorial per scrittori alle prime armi, del 2018; e pochi mesi dopo *Copertina*, dieci stagioni, ancora in onda. B. Bianchi racconta che, chiamato dai fondatori di storielibere.fm, aveva avuto subito l'idea di un podcast sui libri ma ci ha messo alcuni mesi a concepirlo perché non riusciva a trovare la scintilla giusta. «Ho ascoltato diversi podcast inglesi e americani, ho scartato diverse ipotesi di impostazioni più convenzionali, come ospitare critici letterari o scrittori, finché non ho avuto l'illuminazione di coinvolgere i librai, perché era una cosa che non faceva nessuno. Il libraio è un lavoro vocazionale, uno non apre una libreria se non ama la lettura, non è un punto vendita tradizionale».

Una volta realizzato che la voce dei librai è il vero anello di congiunzione tra lo scrittore e il lettore, la inserisce nel suo appuntamento mensile che dura di media tra i 35 e i 40 minuti. Il podcast ha una struttura più o meno fissa, con alcune piccole rubriche che si sono via via aggiunte di stagione in stagione: parte con una curiosità in ambito bibliofilo, poi ci sono i suoi suggerimenti di lettura e, di puntata in puntata vengono chiamati vari librai in tutta Italia per raccontare il loro lavoro e dare consigli di lettura. «Credo che per un podcast di questo tipo l'aspetto personale sia fondamentale, deve emergere la passione, ecco perché ci sono sì i miei consigli, ma la figura del libraio mi permette di parlare, conservando un dato di realtà, da e con tutta Italia, da nord a sud passando per il centro, in città o in periferia, e anche con alcune librerie italiane all'estero. Ho una fotografia molto ampia e tantissime testimonianze».

Ogni libreria ha una comunità di lettori che le ruotano attorno. «Una libreria oggi come oggi è un vero e proprio centro culturale, di questo ormai ho la certezza. Ho parlato con i responsabili di punti vendita in piccoli centri, e queste realtà funzionano perché non devono fare i numeri delle grandi catene e sono degli avamposti di cultura. Organizzano corsi, gruppi di lettura, invitano gli scrittori a presentare i loro libri; soprattutto in territori culturali più isolati queste iniziative sono fondamentali, dove c'è meno offerta c'è spesso più fame di cultura».

Matteo B. Bianchi riflette sul fatto che fino a un decennio fa il libraio poteva essere anche solo un semplice venditore, ai nostri giorni questa figura non esiste più se non nelle grandi catene. Il libraio indipendente oggi instaura un rapporto con il cliente, lo consiglia, nasce una relazione. «Volevo che *Copertina* fosse uno spazio libero per le passioni personali. Sono stato il capo autore di *Dispenser* di Radio 2 per sette anni, eravamo in tre e questa esperienza mi ha insegnato che quello che funzionava di più erano i servizi legati alle nostre passioni personali. Se sono appassionato di una cosa la conosco meglio e ne parlo con maggior intensità rispetto a un argomento di cui non so niente, e questo all'ascoltatore arriva. Il coinvolgimento emotivo è diverso, parlare delle passioni e ossessioni letterarie funziona».

Un'evidenza che caratterizza il podcast di cui ci stiamo occupando è l'assenza delle interviste agli scrittori, trattandosi di uno spazio di approfondimento lungo e articolato ma non necessariamente legato all'ultima novità editoriale. Il podcast, lo ripetiamo, ha il vantaggio di permettere un ascolto dilazionato, e non deve necessariamente correre dietro la moda del momento. «Da autore televisivo e radiofonico mi rendo conto che quando esce un nuovo libro la scelta più banale è quella di invitare lo scrittore. Per questo gli autori in promozione sono dappertutto. Quindi anche il mio spazio sarebbe stato solo l'ennesima vetrina di un autore che in un determinato momento è presente su tutte le piattaforme, a partire da quelle di maggior richiamo. Questo per me costituiva un problema. Io volevo distinguermi ed essere originale, e benché fossi il primo, volevo partire da un punto di vista inedito. Inoltre dovevo sentirmi libero di dire cosa mi piace e cosa no, ma se intervisti lo scrittore non puoi non dirti favorevole al suo libro».

E il rapporto con gli ascoltatori? Per un prodotto che esce con cadenza mensile l'ascolto è calcolato non solo sul giorno dell'uscita ma sul mese di riferimento e sul tempo totale in cui resta online, episodio dopo episodio. Di media sono 15.000 a puntata, «fedelissimi». «*Copertina* ha ormai una comunità di ascoltatori. Ogni volta che vado a presentare un mio libro almeno tre o quattro persone mi dicono 'io sono qua perché ti ascolto tutti i mesi, perché sei una voce che mi accompagna sempre, ti volevo guardare in faccia'. Dicono che si percepisce il trasporto e l'entusiasmo». Il riscontro arriva di persona ma in questo modo generico. «Dalla signora che a Torino, al Salone del Libro, mi ha chiesto una foto da far vedere ai figli perché *Copertina* è una passione di famiglia, al libraio che mi chiede di parlare al telefono con la moglie che è fan sfegatata del podcast, in generale percepisco molta gratitudine. Alcuni mi hanno accusato di aver fatto spendere loro troppi soldi in libri». Spesso il riscontro arriva per via indiretta, sui social, dove sbucano i tag, «l'ho letto perché me lo ha consigliato Matteo B. Bianchi».

Dietro a un grande coinvolgimento personale e al piacere di raccontarlo, l'autore-scrittore-conduttore precisa di essere a proprio agio sperimentando un modo di fare cultura che si distacchi dalla maniera tradizionale, a suo dire ancora «molto paludosa». «I programmi culturali radiofonici hanno un tono che trovo un po' vecchio. La sensazione che mi trasmettono è 'stiamo facendo una cosa seria perché parliamo di libri e parliamo di cultura'. E invece io per impostazione e per formazione sono naturalmente più pop, parlo di cultura perché mi piace, e ne parlo con passione autentica. Alla serietà o alla autorevolezza prediligo un atteggiamento partecipe, curioso, appassionato. Anche in questo *Copertina* si distingue: non ho mai neanche immaginato di intervistare un critico letterario. Io voglio esperienze personali, un coinvolgimento umano diverso». Inutile precisare a questo punto che Matteo B. Bianchi non si considera un intellettuale. «Non ho mai fatto parte della categoria, e non volevo che il mio podcast avesse questo tipo di impostazione. Da scrittore mi è capitato di venire intervistato in radio e che nel corso del mio intervento mettessero un pezzo di musica dodecafonica. 'Ma li volete proprio ammazzare questi ascoltatori?' ho pensato. *Copertina* ha uno spirito molto più ruspante».

Abbiamo parlato del conduttore, dei librai, dello scrittore e del pubblico. Qual è stata invece negli anni e qual è la reazione degli editori a questo nuovo modo di raccontare e consigliare i libri? Matteo B. Bianchi gode del punto di vista privilegiato di chi è stato il primo a battere una strada oggi più seguita, e ad averla vista popolarsi stagione dopo stagione. «I primi tempi, quando chiamavo gli uffici stampa e i librai dovevo spiegare che cosa fosse un podcast. In molti mi hanno confessato di averlo ascoltato e scoperto solo dopo la mia telefonata. Oggi il podcast è un mezzo più diffuso, soprattutto presso il pubblico più giovane, ma la massa è ancora relativamente poco avvezza. C'è persino chi finge di conoscerli e magari mi dice 'il tuo podcast non l'ho ancora visto', senza capire che è un prodotto audio, altri dimostrano la loro completa ingenuità chiedendomi 'ma come faccio a sentirlo?'»

Gli editori però conoscono il mezzo: sanno, e lo sa B. Bianchi, perché è capitato che a volte un libro nominato a *Copertina* risalisse diverse posizioni nelle classifiche Amazon. Un effetto quindi c'è, anche se difficile da registrare. «Oggi è cambiato del tutto anche il lavoro dell'ufficio stampa, che ha una pluralità di nuovi soggetti con cui relazionarsi: i podcaster, gli youtuber, i profili letterari di Instagram e TikTok... Devono inventarsi strategie e interlocutori diversi ogni volta. Io stesso non ricevo in automatico le novità, gli editori mi mandano alcuni titoli che ritengono vicini al mio stile, altri me li devo procurare personalmente».

Con la sua community di ascoltatori fedelissimi e un tono divulgativo e disinvolto, *Copertina* resta una risorsa utile e nuova per orientarsi nel mondo del libro, magari con l'aiuto prezioso dei librai coinvolti di volta in volta.

Un altro podcast che ha a che fare con i libri ma che ne analizza gli attori principali in termini di realizzazione e diffusione è *Alfabeto italiano* di Maria Teresa Carbone. Realizzato ancora da storielibere.fm per la Farnesina, ogni puntata racconta l'editoria del nostro paese in 24 parole dalla A alla Z ed è disponibile anche in inglese, francese e tedesco e distribuito nelle relative nazioni.

Dal 29 maggio 2023 «Il Post» propone *Timbuctu* di Marino Sinibaldi dal lunedì al venerdì tutti i giorni alle 16, che parla di libri «con i libri». Scorrendo tra le puntate, gli argomenti spaziano dai mestieri dell'editoria all'anniversario dello sbarco del 3 ottobre 2013 a Lampedusa, dall'ultimo libro di David Sedaris all'*affaire* Vannacci, dal Premio Strega al conflitto in Ucrania: i libri permettono di dire qualcosa sul mondo e il mondo ci riporta inevitabilmente ai libri.

Prima ancora di *Timbuctu*, dal 15 marzo 2023 «Il Post» ha lanciato invece un podcast mensile dedicato, *Comodino*, condotto da Ludovica Lugli e Giulia Pilotti. In ogni puntata si selezionano due titoli tra uscite recenti e meno recenti, spaziando molto tra i vari generi, e costruendo attorno ai testi scelti una chiacchierata a più voci «sui libri e sulle cose che stanno loro attorno».

Considerando che il panorama dei podcast è in continua evoluzione, e il quadro che possiamo darne è conseguentemente incompleto, citiamo comunque Chiara Beretta Mazzotta, che dà consigli di lettura con *Libri a Colazione*, Ilenia Zodiaco con *Inside Books*, e Paolo Roversi che con *Scaffali Roversi* propone, approfondisce e suggerisce grandi autori che l'hanno ispirato.

Anche Chora Media, la grande piattaforma di podcast originali ideata e creata da Mario Calabresi, dal 2022 ospita un prodotto dedicato alle nuove uscite, *Voce ai libri*, della giornalista Silvia Nucini: ogni puntata prevede l'intervista a una scrittrice o uno scrittore in promozione con una nuova pubblicazione.

La libraia tascabile di Cristina Di Canio, che è appunto una addetta ai lavori, è un podcast pieno di informazioni direttamente dagli scaffali della libreria. È la stessa Di Canio a raccontarne il successo in un post sulla pagina FB. «Ho accettato di usare la mia voce che ho sempre trovato troppo squillante e stridula. [...] In tutte queste settimane il podcast è rimasto nella classifica dei più ascoltati, questo significa che i libri e le librerie hanno ancora un sacco da dire e raccontare».

E di questo siamo certi anche noi, grazie alla sua e alle molte voci che accompagnano gli amati volumi nel loro lungo viaggio fino alle nostre librerie private.

Postilla

Altri ingredienti del successo e un caso editoriale

Finora ci siamo occupati della vita materiale del libro dal momento in cui viene imballato sui muletti della legatoria in poi (arrivo in libreria, ma anche partecipazione a premi, fiere, festival letterari e così via) e anche di una fase precedente più immateriale, per così dire, quella in cui il libro ancora non è stato stampato ma già viene promosso dagli agenti nelle librerie e dagli uffici stampa con i media. Il nostro percorso ha avuto come focus sempre quello di capire come e in quanti modi tutti questi passaggi (fisici e non) possano influire sul successo di un determinato titolo. Per concludere, vediamo ora altri elementi che in alcuni casi possono contribuire all'apprezzamento di un'opera e che però non riguardano direttamente la vita del libro successiva alla stampa, ma sono passaggi addirittura precedenti alla sua scrittura.

Facciamo dunque un passo indietro lungo la filiera editoriale per fare la conoscenza delle tre figure che, oltre all'autore, accompagnano (o compilano) un file .docx, Times New Roman punto 12, sulla porta del mondo reale: traduttore, editor e ghostwriter.

Cominciamo con il traduttore.

Il traduttore: «Il mestiere dell'ombra»

Quando si ha a che fare con un libro straniero, in termini di scelte preventive che l'editore può fare per rendere il libro di qualità, un fattore da non sottovalutare (*il* fattore, a dire il vero) è quello della traduzione. La traduzione è un'arte, una disciplina sottile che svolge un ruolo cruciale nella diffusione e nell'accessibilità della letteratura in tutto il mondo. Mentre gli autori possono creare storie coinvolgenti e profonde in una lingua, è il traduttore che permette a quei tesori letterari di viaggiare attraverso le barriere linguistiche e di raggiungere un pubblico globale. L'importanza della traduzione nel successo di un libro è profonda e multiforme, influenzando ogni aspetto della fruizione letteraria. Per rimanere nel nostro angolo di osservazione, tra i traduttori che hanno fatto la storia della nostra editoria c'è Renata Colorni, il cui nome è indissolubilmente legato all'impresa titanica della traduzione e cura delle *Opere* di Sigmund Freud in 11 volumi a cui ha lavorato come interna alla casa editrice Boringhieri per sei anni dal 1973, senza dedicarsi ad altri progetti. Per Adelphi ha tradotto, tra gli altri, Thomas Bernhard e Arthur Schnitzler, e per Mondadori ha diretto la storica collana i Meridiani. Nel suo libro, dal titolo eloquente *Il mestiere dell'ombra. Tradurre letteratura* (Henry Beyle, 2020), chiarisce molto bene il ruolo e il lavoro del traduttore, cercando di distinguerlo dallo scrittore anche con tratti psicologici. «Lo scrittore, qualunque sia il suo valore, è di norma narcisisticamente concentrato sul proprio io, sulla propria concezione della vita, sul proprio mondo, ferocemente attaccato alla peculiare espressività che negli anni si è faticosamente costruito». Invece, continua, «il traduttore 'puro' ha una attitudine psicologica molto diversa, è disposto a far tabula rasa di sé stesso, e anche di quelle che sono le sue eventuali, o comunque rimosse o represse, doti espressive».

All'indomani della scomparsa di Ernesto Ferrero si è ricordato a più voci, tra gli altri suoi meriti, lo straordinario lavoro di traduzione di *Viaggio al termine della notte* di Louis-Ferdinand Céline, un testo complesso, e una traduzione che a differenza di altre non è invecchiata.

Una traduzione può infatti fare il suo tempo, nei limiti in cui 'invecchia' la lingua scelta per la resa italiana (lo sa bene chi ha letto i classici nelle traduzioni primo-novecentesche, dove abbondavano bicchieri di sciampagna e gite in landò). Non è una difficoltà da poco, quella di saper garantire in traduzione la longevità di un testo. I primi due volumi della saga di *Harry Potter* furono tradotti da Marina Astrologo, i successivi furono affidati a Beatrice Masini. La terminologia magica di J.K. Rowling ha richiesto nel tempo più di un aggiustamento in corso d'opera, finché Salani non ha deciso di commissionare una revisione della traduzione di tutti i titoli della saga a un comitato di traduttori ed editor guidato da Stefano Bartezzaghi. Uno degli oggetti di discussione furono le traduzioni dei nomi dei personaggi (menzione speciale al riuscitissimo Albus Silente che traduce un meno ieratico Dumbledore) e di alcuni termini ricorrenti che non avevano evidentemente un corrispettivo – da *muggles* a 'babbani' c'è un vero e proprio salto di invenzione. Come sottolinea Bartezzaghi, per la coerenza generale del progetto (che prevede film, videogiochi, il sito Pottermore e più in generale la macchina promozionale che si muove come un moloch a livello globale), risultano cruciali le prime traduzioni, le più complesse perché incaricate di definire il contesto generale dell'opera, e necessariamente le più imprecise (per non avere il quadro completo di tutti «i capitoli» successivi). Il rischio in casi come questo è quello di apportare cambiamenti a volte necessari a un universo che conta già milioni di lettori fedeli al personaggio e alla sua lingua, e che per *Harry Potter* è una community agguerritissima e preparata.

Auntie Mame di Patrick Dennis venne pubblicato nel 1955 negli Stati Uniti dove ebbe un incredibile boom di vendite. La Bompiani ne acquistò i diritti e pubblicò quasi immediatamente un'edizione italiana, *La zia Mame*, nella traduzione di Orsola Nemi e Henry Furst; il libro passò quasi inosservato, nonostante la trasposizione cinematografica hollywoodiana diretta da Morton DaCosta nel 1958 che ebbe invece negli Stati Uniti un grande successo. Nel 1966 Bompiani lo ristampa; nel 1974 ci riprova Garzanti con una nuova edizione. Il libro continua a non decollare finché nel 2009 la casa editrice Adelphi dà alle stampe una nuova edizione con la traduzione di Matteo Codignola: risultato, 300.000 copie vendute. Gran parte di questo clamore è stato attribuito proprio alla traduzione di Codignola, a partire dalla semplificazione del titolo in un più secco *Zia Mame*, complice una promozione massiccia che suggerisce la volontà di Adelphi di raggiungere un pubblico più ampio rispetto al suo tradizionale, per un romanzo che subito si configura più di intrattenimento (aggiungiamo la scelta di un pantone rosso-rosa per la copertina, che richiama i colori e la grafica della cover della prima edizione originale). Come ebbe a scrivere Pietro Citati sulla «Repubblica», *Zia Mame* ha incantato «sia i lettori colti, sia la grande massa dei cosiddetti lettori comuni».[1]

L'editor

Arriviamo ora al secondo tassello umano della nostra fase 'pre-promozionale'. Si tratta dell'editor, in italiano 'redattore', termine-ombrello che copre una larghissima parte di professioni editorial-giornalistiche, dove si ha a che fare con qualcosa che potremmo definire «organizzazione e sistemazione dei contenuti» – non necessariamente parole scritte. L'editor in casa editrice è dunque colui che accompagna il testo verso la sua forma finale, interagendo con l'autore o l'autrice, in linea con l'identità del marchio editoriale. Capita, soprattutto per gli esordienti, che l'idea e la trama del libro siano originali, adatte al periodo storico, interessanti, commerciabili (o tutte queste cose insieme), ma che la scrittura richieda un lavoro importante di pulitura, ritmo, lessico, struttura. Nessun lettore saprà mai il livello di intervento attraverso cui il testo che sta leggendo è passato, sono informazioni che rimangono nella sfera misteriosa del *dicunt*. Si sa di alcuni rapporti fra editor e autore che passano dalla sindrome di Stoccolma a sentimenti di autodistruzione, e che alimentano la leggenda sul potere occulto del primo, da Gordon Lish e Raymond Carver a Giorgio Bassani e Giuseppe Tomasi di Lampedusa. Abitualmente, come sempre accade, la realtà è più prosaica, e l'editor è una creatura meno mitologica e più stressata (più dell'autore?). Non sempre interviene direttamente, a volte il suo ruolo è quello di una guida esperta, in grado di dispensare consigli preziosi per il lavoro dello scrittore, a volta funziona come un occhio esterno in grado di rilevare stonature o punti critici. Fondamentale in ogni caso un rapporto di fiducia con l'autore, che spesso è legato alla propria opera in maniera sentimentale e, soprattutto se esordiente, accoglie con un certo timore quelle che possono venire percepite come critiche o intrusioni esterne.

Ogni casa editrice ha editor di solito specializzati nei diversi generi. E, oggi come in passato, il talento testuale si riflette a volte anche in carriere da scrittori: sono stati editor di valore Italo Calvino, Natalia Ginzburg, Cesare Pavese ed Elio Vittorini, lo sono oggi Rosella Postorino, Alberto Rollo, Chiara Valerio, Marco Peano e Christian Raimo – solo per citarne alcuni. (Si potrebbero aggiungere molti pettegolezzi editoriali in questo paragrafo, ma è la terza volta che l'editor di questo libro che state leggendo li cassa).

Il ghostwriter

A volte per garantire la leggibilità di un testo, l'editor non basta. Negli ultimi due decenni abbiamo assistito a un'intensa proliferazione di libri scritti da personaggi noti del mondo della politica, dello spettacolo, della televisione, dello sport, per tacere del boom editoriale di youtuber, influencer e via dicendo. Va da sé che nella maggior parte dei casi si tratta di libri commissionati dall'editore per cavalcare l'onda della curiosità generale: il pubblico che questi personaggi portano con sé costituisce una base di vendite certe (o quasi) che può avere vari effetti positivi. *Mutatis mutandis*, è un po' come è stato negli anni del successo dei blog per i libri scritti dai blogger. L'editore intercetta un fenomeno che a sua volta ha un pubblico. Il libro così diventa un *badge* di rispettabilità per il personaggio – visto che è ancora alto il prestigio che deriva dall'aver pubblicato –, e per l'editore rappresenta la possibilità di aumentare un fatturato che potrà reinvestire in libri più letterariamente importanti, ma più di nicchia (anche dal punto di vista del mercato).

Ovviamente se la celebrity in questione non solo non scrive per professione, ma, come spesso è il caso, neanche per hobby, prima ancora dell'editor serve un ghostwriter, «l'autore fantasma» che scrive il libro al posto di chi metterà il nome in copertina. Il fantasma a volte non è così misterioso: Federica Pellegrini, ospite di Fabio Fazio per presentare il suo libro *Oro* (La nave di Teseo, 2023), ha ringraziato pubblicamente la scrittrice Elena Stancanelli per averla accompagnata nella scrittura di questo libro, e nella pagina finale dei ringraziamenti le si rivolge in termini di gratitudine: «Ti ho raccontato tutto, tutto quello che so di me, spero di non essermi dimenticata niente, e tu mi hai disegnata come solo uno spirito affine può fare. Mi hai capita in profondità, decifrando le sfumature dal volume della mia voce, a volte anche vedendo le mie lacrime».

L'esistenza dei ghostwriter non è nuova: spesso, riguardo ad autori straordinariamente prolifici su più fronti (televisione, giornali, varie ed eventuali), ci si chiede: ma dove trova il tempo?, e non possiamo che congetturare sull'esistenza di qualche oscuro lavoratore della vigna letteraria.

Fabrizio Patriarca, scrittore e ghostwriter, ha scritto su «Snaporaz» un approfondimento interessante sul tema:[2]

> Stando ai dati, ho un numero di lettori, come ghost, decisamente alto rispetto ai lettori dei libri «miei». Questo non stupisce né scoraggia: è un impiego come un altro del terziario intellettuale, segue le logiche di comparto – per come la vedo io, un ghost non ha maggiore o minore dignità di un traduttore. Lavoro rigorosamente freelance o sotto l'egida di un'agenzia. Vendo servizi da ghostwriter o da «consulente» (che è un modo morbido per rappresentare editing pesanti, dove si interviene in maniera anche massiccia sul singolo paragrafo). Lavoro coi privati o su commissione delle case editrici. In quest'ultimo caso, «consulenza» è la dicitura che appare sui contratti.

Un impiego come un altro, insomma, molto più remunerativo di quello di scrittore (almeno nel suo caso, ma vien da pensare, con tutti i ragionamenti fatti finora, anche in generale):

> La differenza tra scrivere il libro di un altro e scrivere il tuo posso quantificarla al dettaglio: per fare un romanzo mio ci impiego in media quattro anni e riscuoto un anticipo che mi fa campare un paio di mesi. Per un ghost prendo quattro o cinque volte di più, ma ci metto tre mesi (se la commissione

è privata il prezzo sale, ma si rateizza e consegno un po' per volta, così posso schedulare più lavori insieme).

Accade anche che il ghostwriter sia una star, e il suo reclutamento il primo indice dell'enorme investimento che un editore sta organizzando attorno a un libro.

E questo ci dà la possibilità di parlare di un titolo in particolare (che ci permette di tirare le fila di questa nostra lunga escursione nella vita del libro, non priva di faticose alture e insidiosi quanto spinosi rami da schivare), uno dei pochi casi di cui possiamo dire con certezza: ecco un bestseller annunciato.

Spare. Il minore

In principio fu il tennis.

Nel 2009 l'autobiografia di Andre Agassi, *Open*, passa dall'essere un bestseller mondiale, ma di quelli che si trovano sugli espositori degli autogrill, a *guilty pleasure* per lettori super-competenti. La storia c'è, come direbbero nelle redazioni: un immigrato armeno-iraniano vagamente paranoico, pugile fallito, proietta le sue frustrazioni sui quattro figli, sperando di farne dei campioni sportivi. Il più piccolo la stoffa del campione ce l'ha, suo malgrado si piega (letteralmente) alla volontà paterna, e il risultato sono un Edipo molto complicato e otto grandi Slam. La storia è soprattutto raccontata bene: il taglio giusto, l'intreccio di vita personale e carriera, l'occhio dietro il mondo feroce dello sport agonistico. Il campione in questo caso non è solo Agassi, ma J.R. Moehringer, il ghostwriter. Agassi, si dice, lo aveva scelto dopo averne letto l'autobiografia,[3] uscita cinque anni prima, secondo il tennista «l'unica autobiografia letta fino ad allora che non mi sembrasse una totale autopromozione». Quando decidono di renderne nota l'identità – Moehringer a Mantova confessa che Agassi si era dimostrato quasi ingrato –[4] cominciano le ricostruzioni: Moehringer si è trasferito per due anni a Las Vegas per poter intervistare Agassi tutti i giorni, Moehringer per il libro ha studiato Freud e Jung, Moehringer ha imparato a giocare a tennis...

Ma chi è il re dei ghostwriter? 59 anni, vincitore di un Premio Pulitzer per il giornalismo quando ne aveva 36, non vuole, non ha mai voluto, il suo nome in copertina.

Torna alla ribalta all'inizio del 2022, quando esce la notizia che il principe Harry, nel rutilante tourbillon di esplosive confessioni sulla sua vita, ha firmato un contratto da 22 milioni di dollari con la casa editrice Penguin Random House per – si dice – quattro titoli, il primo dei quali è un'autobiografia che già solo a evocarla fa tremare i polsi dei *royal watchers* di tutto il mondo. E se nessuno probabilmente si aspettava che il principe avrebbe voluto e potuto scrivere un libro, non tarda a uscire la conferma dell'ingaggio di Moehringer per (sempre nell'ambito del *dicunt*) 1 milione di dollari. L'annuncio congiunto alle indiscrezioni sui cachet non è che il primo segnale dell'investimento mastodontico che l'editore sta mettendo in piedi attorno a un libro che, solo per essere stato evocato, è già un caso editoriale. L'iter promozionale viene realizzato in accordo con tutti gli editori del mondo, la casa madre stabilisce l'embargo (ovvero l'obbligo di riservatezza per chiunque lavorasse al progetto), si vendono i diritti per l'uscita in contemporanea, oltre che in inglese per gli USA e il Regno Unito, in 14 paesi. In Italia l'editore è Mondadori. Racconta Filippo Guglielmone: «Con le librerie abbiamo fatto il pre-order, cosa che non si fa tradizionalmente. Era talmente tanta l'attesa che abbiamo pensato che anche questo potesse essere uno strumento per aumentarla. C'è stata una grande ridondanza di comunicazione, fin troppa». Per raggiungere il pubblico che Penguin aveva in mente, e che giustificasse un investimento iniziale da oltre venti milioni, è stato necessario lavorare con tutti gli strumenti a disposizione sia sulle librerie fisiche che sul digitale. Il battage è talmente alto che da lettore è inevitabile inciampare su quel libro.

L'onda dell'anticipazione monta, appare finalmente una data di uscita mondiale, fissata per il 10 gennaio 2023. La morte di Elisabetta II l'8 settembre 2022 sembra un'eccellente cassa di risonanza, e cambia vagamente gli equilibri in gioco: Carlo diventa re d'Inghilterra e all'ufficio legale di Penguin forse viene un mancamento, perché un conto è avere a che fare con un non-istituzionale principe di Galles, un conto è avere di fronte gli avvocati di Stato; si comincia a vociferare di cambiamenti in corso d'opera, o addirittura di ripensamenti, ma il calendario editoriale è inamovibile. I traduttori sono al lavoro in tutto il mondo, non sappiamo esattamente quando arrivi nei vari paesi il manoscritto definitivo, quel che sappiamo è che Mondadori, per essere in libreria il 10 gennaio (il che significa – a spanne – un testo in stampa ai primi di dicembre) mette in piedi un team di quattro traduttrici, Sara Crimi, Manuela Faimali, Valeria Gorla e Laura Tasso, che firmano a loro volta un contratto che sembra scritto dai servizi segreti.

L'embargo va a monte il 5 gennaio, quattro giorni prima dell'uscita in libreria, quando viene resa pubblica la traduzione spagnola per l'errore di un libraio che lo espone anzitempo, e dalla traduzione spagnola ci si affretta a ritradurre in inglese una serie di episodi in pillole buone da essere spalmate sui tabloid di tutto il mondo, da «Page Six» in giù, e per cinque giorni non si parla d'altro. Guglielmone ricorda: «In Mondadori abbiamo vissuto i primi dieci giorni dell'anno con un'attesa febbrile perché la probabilità che qualcosa andasse storto era molto alta tanto sul fronte dei giornali quanto su quello delle librerie. Il problema non sono le penali ma il possibile flop del lancio». Uscita bruciata? Macché. *Spare* entra nel Guinness dei primati fra i libri di non-fiction per copie vendute (1,43 milioni) il primo giorno di uscita in libreria in USA, UK e Canada (supera addirittura Barack Obama con *A Promised Land*, 887.000 copie nel giorno del lancio).[5] In Italia *Spare* resta primo in classifica per diverse settimane. Embargo infranto per caso o per astuta manovra? «Restando all'Italia, se bisogna arrivare con il libro in Sicilia e in Sardegna, così nei magazzini delle piattaforme digitali, occorre farlo con anticipo rispetto alla messa in vendita. Quindi c'è un numero imprecisato di persone che sta attorno al libro, non si riesce a controllare tutto e la probabilità di incidente è alta. Ma naturalmente c'è stata tutta un'attività di *teasing* fatta prima» racconta Guglielmone. «Le due settimane precedenti all'uscita non si parlava di altro. Io ho capito che avevamo venduto davvero tanto quando dopo l'uscita mia madre mi ha telefonato chiedendomi se riuscivo a trovarle una copia. Non sapeva neanche che lo pubblicassimo noi, mi ha detto 'è il libro del principe Harry, magari tu lo trovi'. Lì ho capito che effettivamente avevamo sfondato un argine».

Filippo Guglielmone conferma l'importanza della scelta del ghostwriter nella determinazione del successo del libro, per così dire, «a tavolino». «La scelta del ghost è parte integrante della costruzione del bestseller; fra i casi di co-autorato (chiamiamoli così) la traduzione è di certo un elemento fondamentale del testo ma è difficile valorizzarla a livello di pubblico, mentre un ghost come Moehringer è un valore aggiunto notevole. Moehringer è parte integrante del successo di *Spare*, e peraltro stiamo vendendo molti titoli di catalogo che abbiamo di lui come scrittore. Sono aumentate le vendite anche di *Open*, che oramai è a tutti gli effetti un long seller».

Per finire, ma prima di tutto

Non possiamo congedarci senza chiarire un punto fondamentale. Prima ancora che si ritenga necessario selezionare un ghostwriter o un traduttore, e prima ancora di poter beneficiare del lavoro di un valido editor, e persino prima delle fasi di distribuzione e promozione quindi, c'è un passaggio cruciale nella potenziale vita di un libro, che ne sancisce l'esistenza stessa: occorre che un editore scelga di pubblicarlo e che lo ritenga coerente col proprio piano editoriale. Se non siamo parenti dei Windsor e se escludiamo, come abbiamo premesso, l'universo delle autopubblicazioni e delle case editrici a pagamento che di fatto danno la possibilità a tutti di mandare in stampa i propri libri (con risultati amatoriali, talvolta di bassissima qualità), è facile accorgersi che il percorso può essere, se non infinito, molto lungo e tortuoso, con l'evidente possibilità di non arrivare alla meta.

Più volte a noi addetti ai lavori vengono chiesti dei consigli su come proporre il proprio libro e a chi. Meglio se spedisco il cartaceo per posta o il pdf via mail? A chi scrivo? Solo sinossi o basta il primo capitolo? Serve un agente, ma se poi non mi risponde? L'unica risposta possibile è: «Non lo so». Perché ogni editore ha un suo canale attraverso cui acquisire e valutare i manoscritti, degli editor preposti allo *scouting*.

Non bastano il computer e la propria inventiva: per farsi notare tra le migliaia di proposte che gli editori ricevono ogni giorno bisogna avere abilità istrioniche, un po' di fortuna, e la comprensione che scrivere ed essere letti sono due cose che per andare di pari passo richiedono pazienza, dedizione, lavoro costante, un po' di conoscenza del mercato e dei meccanismi editoriali, e un po' di consapevolezza di sé, di quel che si ha da dire, e dei modi e dei luoghi in cui sarebbe meglio dirlo.

Quindi, arrivati fin qui, qual è il requisito fondamentale, o meglio preliminare, per il bestseller? Riuscire a farsi pubblicare, probabilmente, perché non è da tutti. Poi penseremo all'editor, alla distribuzione, alle librerie, a un buon ufficio stampa, alle fiere, ai festival, ai premi, alla classifica.

Non resta che augurare a voi lettori molte ore felici fra i libri. Agli aspiranti scrittori di successo, invece, un grosso in bocca al lupo.

Note

1. Cenni sparsi di anatomia editoriale

1. Chiara Valerio, *Teresa che ritaglia i giornali e cuce le storie*, in «D – la Repubblica», 28 gennaio 2023.
2. Ernesto Ferrero, *Album di famiglia*, Einaudi, Torino 2022, p. 39.
3. *Ibidem.*
4. Giovanni Papini, *Le disgrazie del libro in Italia*, La biblioteca di Babele Edizioni, Modica 2003, pp. 6-7.
5. Luigi Mascheroni, *Libri. Non danno la felicità (tanto meno a chi non li legge)*, Oligo, Mantova 2021.
6. Ivi, p.12.
7. Alla voce *Best seller* del sito di Treccani, a firma di Giuliano Vigini, https://www.treccani.it/enciclopedia/best-seller_%28Il-Libro-dell%27Anno%29/.
8. Michel Giocondi, *Best seller italiani dall'Unità d'Italia al Fascismo*, in «Firstonline.info», 8 maggio 2016, https://www.firstonline.info/bestseller-italiani-dallunita-ditalia-al-fascismo/.
9. *Ibidem*
10. *Ibidem.*
11. Umberto Eco, *Lector in fabula. La cooperazione interpretativa nei testi narrativi*, Milano, Bompiani 1983, p. 62.
12. Dal comunicato stampa *Lettura di libri e fruizione delle biblioteche* pubblicato sul sito Istat.it, https://www.istat.it/it/archivio/284591.
13. Francesco Longo, *Il lungo e chiacchierato viaggio del* Nome della rosa, in «Rivista Studio», 20 maggio 2020, https://www.rivistastudio.com/nome-della-rosa-nuova-edizione.

14. Sergio Malavasi, *L'avventura editoriale de* Il nome della rosa, Maremagnum.com, 15 giugno 2018.
15. Elisabetta Rosaspina, *Alla ricerca della giustizia (poetica). Intervista a Clara Sánchez*, «Corriere della Sera», 4 settembre 2022.
16. Michaela K. Bellisario, *Carmen Mola: «Il nostro segreto? Siesta e colpi di scena»*, in «io Donna – Corriere della Sera», 16 agosto 2023, https://www.iodonna.it/spettacoli/libri/2023/08/16/il-nostro-segreto-siesta-e-colpi-di-scena/.
17. Claudia Morgoglione, *Joël Dicker. Il segreto del mio successo*, in «Robinson – la Repubblica», 23 luglio 2022.
18. Giampaolo Simi, *Sarà assente l'autore*, Sellerio, Palermo 2023, pp. 88-90.
19. La ricerca è riportata dall'articolo di Mario Baudino pubblicato sulla «Stampa» online il 18 luglio 2023: *Lo scrittore esordiente? Per lo più ammattisce*, https://www.lastampa.it/cultura/2023/07/18/news/lo_scrittore_esordiente_per_lo_piu_ammattisce-12951098/. Nonostante si tratti di un'indagine condotta in ambito anglo-americano, i risultati si attagliano a qualunque realtà editoriale.
20. Giovanni Viafora, *Volo, separato per evitare l'inferno*, in «Corriere della Sera», 12 novembre 2023.
21. *Splendida cornice*, Rai 3, puntata del 26 gennaio 2023.
22. Simonetta Sciandivasci, *Elsa, la Storia di tutti*, in «Il Foglio», 18 febbraio 2019.
23. Marco Belpoliti, *«Sei patetica», così scoppiò il caso Elsa Morante*, in «la Repubblica», 22 gennaio 2019.
24. Severino Cesari, *Colloquio con Giulio Einaudi*, Einaudi, Torino 2018.
25. Ivi, p. 89.
26. Gabriella D'Ina e Giuseppe Zaccaria (a cura di), *Caro Bompiani. Lettere con l'editore*, Bompiani, Milano 2007, p. 356.
27. Michele Gravino, *Mangiare con la cultura: quanto (e come) guadagnano gli scrittori in Italia*, in «il Venerdì – la Repubblica», 2 dicembre 2022.

2. Il «prodotto libro» e le classifiche

1. D'Ina e Zaccaria, *Caro Bompiani*, cit., p. 357.
2. Tra le dieci regole per scrivere un bestseller che King redasse ben 60 anni fa per *The Writer's Handbook*, una guida americana per gli appassionati di scrittura, con il titolo *Tutto quello che c'è da sapere sulla*

scrittura di successo – in dieci minuti e che Massimo Polidoro ha raccolto nel 2014 in un podcast riservato agli iscritti alla sua newsletter.

3. «Robinson», per esempio, inserisce anche la *Top Ten di Robinson*, una classifica basata sul gradimento della redazione, anziché sui dati di vendita.
4. *Come funzionano, e cosa c'è dentro, le classsifiche dei libri più letti del Giornale della libreria*, in «Giornale della Libreria», 20 maggio 2022, https://www.giornaledellalibreria.it/news-mercato-come-funzionano-e-cosa-ce-dentro-le-classifiche-dei-libri-piu-letti-del-giornale-della-libreria-4948.html.
5. Paolo Di Stefano, *Il mercato del libro salvato dal generale*, in «Corriere della Sera», 5 settembre 2023.
6. Erich Linder, *Editori, venditori, librai, lettori*, in *Pubblico 1981. Produzione letteraria e mercato culturale*, a cura di Vittorio Spinazzola, Milano Libri Edizioni, Milano 1981, pp. 17-24.
7. Il meccanismo delle vendite post-mortem è ben spiegato da Ilaria Zaffino sulla «Repubblica» il 21 settembre 2022, ovvero solo 13 giorni dopo la scomparsa di Queen Elizabeth. «C'è un caso che parla per tutti: nella settimana in cui la Regina Elisabetta ci ha lasciato, la sua biografia redatta per mano di Andrew Morton, già autore della leggendaria autobiografia di Lady D (*Diana. La vera storia dalle sue parole*), intitolata *The Queen. Elisabetta, 70 anni da regina* (e uscita in Italia per Rizzoli a fine maggio), è subito balzata ai primi posti nella classifica dei libri più venduti: per la precisione, settimo tra i saggi nella settimana tra il 5 e l'11 settembre, se pensiamo che Elisabetta II è scomparsa solo l'8 settembre» (Ilaria Zaffino, *Biografie e nuove rivelazioni: è boom dei libri dedicati alla regina Elisabetta*, in «la Repubblica», 21 settembre 2022).

3. La sottile linea rossa. Promozione e distribuzione

1. Elena Ranfa, *Il ruolo della promozione e della distribuzione nella filiera del libro: orientarsi nel dedalo dell'editoria italiana*, in «AIB Studi», 60, 1 (2020).
2. «Nel 2008 entra a far parte di Effe 2005, la holding del gruppo Feltrinelli. Nel 2015 la distribuzione viene conferita a MF, una nuova società in joint venture tra Messaggerie Italiane (70%) e gruppo Feltrinelli (30%). Feltrinelli mantiene in compenso la piena titolarità delle atti-

vità promozionali, che conservano l'originaria ragione sociale», così è specificato sul sito internet della società.

3. Dal sito internet alilibri.it.
4. I dati del sondaggio sono scaricabili da un link fornito sul profilo Instagram della casa editrice.
5. Ranfa, *Il ruolo della promozione e della distribuzione nella filiera del libro*, cit.
6. Ivi.
7. Beppe Cottafavi, *Quello sciopero che ha congelato il mondo dei libri*, in «Domani», 2 luglio 2021, https://www.editorialedomani.it/idee/quello-sciopero-che-ha-congelato-il-mondo-dei-libri-jsm1otln#.
8. *Come si spostano 230 mila libri nello stesso momento*, in «il Post – Libri», 19 luglio 2021, https://www.ilpost.it/2021/07/19/230mila-tiratura-valerie-perrin-logistica/.
9. Antonio Franchini, *Memorie di un venditore di libri*, in *Leggere possedere vendere bruciare*, Marsilio, Venezia 2022, pp. 75-105.
10. Ivi, p. 89.
11. William Blades, *I nemici dei libri*, Pendragon, Bologna 2018, p. 7.
12. Bohumil Hrabal, *Una solitudine troppo rumorosa*, Einaudi, Torino 1999.
13. Ivi, p. 4.
14. Marco Cicala, *Il cimitero dei libri esiste. È in Romagna in via del Progresso*, ilmiolibro.kataweb.it, s.d.
15. Goffredo Fofi, *Sempre più libri in giro. Ma è davvero cultura?*, in «Avvenire», 10 febbraio 2017, https://www.avvenire.it/rubriche/pagine/sempre-piu-libri-in-giroma-e-davvero-cultura.
16. Loredana Lipperini, *La bolla dell'editoria*, 2011, https://www.lipperatura.it/la-bolla-delleditoria/.
17. Bruno Ventavoli, *Cari editori, stampate meno libri*, in «La Stampa», 23 settembre 2018, https://www.lastampa.it/opinioni/editoriali/2018/09/23/news/cari-editori-stampate-meno-libri-1.34047197/.
18. Lo racconta molto bene Gian Carlo Ferretti in *Siamo spiacenti. Controstoria dell'editoria italiana attraverso i rifiuti dal 1925 a oggi*, Bruno Mondadori, Milano 2012, nella sezione *Biblioteca dei libri mai pubblicati*.
19. Il primo *claim* della piattaforma ilmiolibro.it del Gruppo GEDI era «Se l'hai scritto, va stampato». Chissà che ne avrebbe detto Giulio Einaudi.

8. Giorgio Nisini, *I festival letterari in Puglia. Numeri e caratteri di un paesaggio culturale del Sud*, in «Costellazioni», 2, 6 (2018) pp. 157, 178.
9. Come riportato nella bibliografia del saggio di Giorgio Nisini su citato: Guido Guerzoni, *Effetto festival. L'impatto economico dei festival di approfondimento culturale*, Fondazione Eventi, La Spezia 2008; Id., *Effetto festival 2009. I festival di approfondimento culturale in Italia. Indagine sulle edizioni 2008/2009*, Fondazione Cassa di Risparmio della Spezia – Fondazione Eventi, La Spezia 2009; Id., *Effetto festival 2012*, Fondazione Florens, Firenze 2012; Id., *Effetto festival 3. L'impatto di comunicazione dei festival di approfondimento culturale. Il caso «Pistoia – Dialoghi sull'uomo 2017»*, Fondazione Cassa di Risparmio di Pistoia e Pescia, Pistoia 2017. Nel 2015 Guerzoni ha coordinato anche un lavoro a più mani sui festival internazionali: Guido Guerzoni *et al.*, *Ricerca sui nuovi festival culturali internazionali: temi, format, pubblico e palinsesti*, Fondazione Eventi e iniziative sociali Srl – Società Strumentale di Fondazione Carispezia, La Spezia 2015.
10. Guerzoni, *Effetto festival. L'impatto economico dei festival di approfondimento culturale*, cit., p. 80.
11. Ludovica Lugli, *Cosa rende speciale il Festivaletteratura di Mantova*, in «il Post», 18 settembre 2023, https://www.ilpost.it/2023/09/08/festivaletteratura-mantova-spiegato/#.

6. I giornali e la critica letteraria

1. Per un approfondimento si legga Luisa Finocchi e Ada Gigli Marchetti (a cura di), *Liala. Una protagonista dell'editoria rosa tra romanzi e stampa periodica*, Franco Angeli, Milano 2013.
2. Giorgia Buttarazzi, Mauro Maraschi, Marta Scandorza e Sara Vetturelli (a cura di), *La versione di un successo. Barney: anatomia di un caso editoriale*, Oblique studio, novembre 2010.
3. Sul «Corriere della Sera» dell'11 dicembre 2021.
4. Francesco Longo, La lettura *e il rinnovamento degli inserti culturali*, in «Rivista Studio», 21 novembre 2017, https://www.rivistastudio.com/la-lettura-giornalismo-culturale/.
5. Per approfondimento: Alfonso Berardinelli, *Giornalismo culturale. Un'introduzione al millennio breve*, a cura di G. Pontremoli e M. Comitangelo, Il Saggiatore, Milano 2021.

6. Corrado Augias, *Auguri Babele. Trent'anni di amore per libri e lettori*, in «il Venerdì – la Repubblica», 6 gennaio 2023.
7. L'episodio è riportato da Luigi Mascheroni su Ilgiornale.it.
8. L'articolo uscito a marzo 2006 sulla «Repubblica» è riportato integralmente sul sito della casa editrice Feltrinelli, https://www.feltrinellieditore.it/news/2006/03/01/alessandro-baricco-cari-critici-ho-diritto-a-una-vera-stroncatura-6338/.
9. Enzo Golino, *Sottotiro. 48 stroncature*, Manni, Lecce 2002.
10. Ivi, p. 89.
11. D'Ina e Zaccaria, *Caro Bompiani*, cit., p. 444.

7. Lit-Web: blog e social network

1. Giulio Silvano, *Com'è nato il libro che ha fatto conoscere Michela Murgia*, in «Rivista Studio», 11 agosto 2023, https://www.rivistastudio.com/michela-murgia/.
2. Alberto Casadei, *A quale canone letterario dare retta?*, in «La Lettura», 28 gennaio 2023.
3. Marco Belpoliti, *«Sei patetica», così scoppiò il caso Elsa Morante*, in «la Repubblica», 22 gennaio 2019.
4. Matteo Codignola, *Ohibò, un caso letterario*, in «D – la Repubblica», 23 luglio 2022.
5. Per un approfondimento su questo tema si rimanda alla tesi *Un'immagine vale più di mille parole? Un caso di studio a partire dalle copertine del Premio Strega 2022* per l'anno accademico 2021-2022 del Master in Editoria, giornalismo e Management culturale della Sapienza di Estefania Mejía Negrete.
6. Francesco Longo, *Per vincere lo Strega è meglio non avere social*, in «Rivista Studio», 11 giungo 2021, https://www.rivistastudio.com/cinquina-strega-2021/.
7. Luca Ricci, *Gli invernali*, La nave di Teseo, Milano 2021, pp. 46 e ss.
8. Marco Archetti, *Fuori gli scrittori dai social*, in «Il Foglio», 15 aprile 2018, https://www.ilfoglio.it/societa/2018/04/15/news/scrittori-social-network-188456/.
9. Paolo Di Paolo, *Murgia, il più grande funerale social della storia*, in «la Repubblica», 12 agosto 2023, https://www.repubblica.it/cultura/2023/08/11/news/murgia_il_piu_grande_funerale_social_della_storia-410760401/.

10. Pasquale Quaranta, *Quel popolo di Murgia che tiene viva la sua lezione: «Michela ci ha dato gli strumenti per liberarci»*, in «La Stampa», 31 agosto 2023, https://www.lastampa.it/cultura/2023/08/31/news/popolo_michela_murgia_ricordo-13019268/.

8. I premi letterari, croce e delizia

1. Thomas Bernhard, *I miei premi*, Adelphi, Milano 2009, p. 11.
2. Federico Chiara, *Premio Strega 2022, Mario Desiati vince. Anche con il suo look queer*, in «Vogue Italia», 8 luglio 2022, https://www.vogue.it/news/article/premio-strega-2022-mario-desiati-spatriati.
3. Dall'articolo della sezione *Approfondimenti* del sito della casa editrice Feltrinelli, *«Erano trent'anni che l'aspettavo». La reazione di Doris Lessing al Nobel* (12 ottobre 2007), https://www.feltrinellieditore.it/news/2007/10/12/erano-trentanni-che-laspettavo--la-reazione-di-doris-lessing-al-nobel-9085/.
4. Dal sito della Fondazione Bellonci.
5. Raffaella De Santis, *Botteghino Strega. L'effetto premio che trasforma i libri in bestseller*, in «la Repubblica», 12 luglio 2013.
6. Turrini, *Nicola Lagioia, effetto Strega*, cit.
7. *«Come d'aria», la tiratura supera le 120 mila copie e l'editore lavora extra*, in «la Repubblica», 23 luglio 2023.
8. *Auguri Don Gesualdo*, regia di Franco Battiato.
9. Antonio Moresco, *Premio Strega, lo scrittore Moresco escluso dalla cinquina: «Se il gioco è truccato l'unica è non giocare»*, in «la Repubblica», 17 giugno 2016.
10. AA.VV., *Tutti i nostri premi*, Racconti, Roma 2023, pp. 299-344.
11. Ivi, p. 326.
12. Roberto Cotroneo, *Sì, sono stato escluso dallo Strega. Questo premio non ha coraggio*, in «la Repubblica», 19 marzo 2019.
13. Da una lettera di Daniele Del Giudice alla «Repubblica» e riportata su Dagospia.com il 15 aprile 2009.
14. Vanni Santoni, *Perché continuare a lottare per il Premio Strega*, in «Vice», 16 giugno 2016, https://www.vice.com/it/article/4wkjqm/perch-continuare-a-lottare-per-il-premio-strega-a12n2.
15. Francesco Longo, *Il gioco delle parti al Premio Strega*, in «Rivista Studio», 10 febbraio 2017, https://www.rivistastudio.com/candidati-premio-strega-2017/.
16. Giuseppe Fantasia, *Una serata a casa Bellonci, per parlare della cinquina dello Strega*, in «Huffpost», 11 giugno 2015, https://www.huf-

fingtonpost.it/cultura/2016/06/11/news/una_serata_a_casa_bellonci_per_parlare_della_cinquina_dello_strega-5845901/.

17. Mauretta Capuano, *Gipi e il primo romanzo a fumetti del Premio Strega «la prendo a ridere»*, 20 aprile 2014, https://www.ansa.it/sito/notizie/cultura/libri/2014/04/15/gipi-e-il-primo-romanzo-a-fumetti-al-premio-strega-la-prendo-a-ridere_5cdfdc8c-62f5-4c9e-973a-82384881faa9.html.
18. Simonetta Sciandivasci, *Premio Strega 2023, vince Ada D'Adamo con* Come d'aria, in «La Stampa», 7 luglio 2023, https://www.lastampa.it/cultura/2023/07/07/news/premio_strega_2023_vince_ada_dadamo_come_daria-12928051/.
19. Cristiano de Majo, *Chi decide il Premio Strega*, in «Rivista Studio», 18 luglio 2016, https://www.rivistastudio.com/chi-decide-il-premio-strega/.
20. Gianluigi Simonetti, *Caccia allo Strega*, Nottetempo, Milano 2023, p. 15.
21. Ivi, p. 31
22. Ivi, p. 111.
23. Serena Uccello, *Dallo Strega al Campiello al via la stagione dei premi, ma servono veramente?*, in «Il Sole 24 Ore», 21 giugno 2019, https://www.ilsole24ore.com/art/stagione-premi-letterari-ma-servono-veramente-vendite-e-carriera-ACLs45S.

9. Lo schermo: passaggi televisivi, film, serie

1. Gian Carlo Ferretti e Stefano Guerriero, *Storia dell'informazione letteraria in Italia dalla terza pagina a Internet, 1925-2009*, Feltrinelli, Milano 2010, p. 156.
2. Andato in onda per ben 724 puntate, *Apostrophes* si è alla fine imposto come modello di televisione da seguire.
3. Le puntate sono disponibili integralmente su RaiPlay.it.
4. Puntata del 17 aprile 2023.
5. Cesari, *Colloquio con Giulio Einaudi*, cit., p. 91.
6. D'Ina e Zaccaria, *Caro Bompiani*, cit., p. 357.
7. Samuele Cafasso, *Sky è a caccia di libri: «Vi raccontiamo come un romanzo diventa una serie tv»*, in «Giornale della Libreria», 8 febbraio 2021, https://www.giornaledellalibreria.it/news-editori-sky-e-a-caccia-di-libri-vi-raccontiamo-come-un-romanzo-diventa-una-serie-tv-4334.html.

8. Enrico Del Mercato, *I miei leoni di Sicilia ruggiscono anche in tivù*, in «il Venerdì – la Repubblica», 13 ottobre 2023.
9. *La serialità televisiva, la lettura e l'acquisto dei libri*, ricerca AIE presentata il 10 maggio 2019 presso il Salone Internazionale del Libro di Torino.

10. La voce: dallo schermo alla radio e ai podcast

1. L'audiolibro è un prodotto editoriale a sé, non un modo attraverso cui i libri vengono promossi e comunicati, e quindi non è direttamente oggetto della nostra analisi, anche se è difficile non vedere le ripercussioni promozionali e quindi commerciali della sua diffusione: chi si appassiona alle pagine lette spesso va in libreria ad acquistare la versione cartacea. Resta che a monte si tratta di un canale di produzione e diffusione autonomo, e con regole proprie. I dati ci dicono che gli italiani sono grandi consumatori di questo genere, soprattutto dalla pandemia in poi: i diversi lockdown hanno amplificato la fruizione del digitale su tutti i fronti. L'audiolibro spesso è affidato ad attori di grande fama. Esplosi nel 2020, con un incremento del 94,4 % secondo i dati AIE, i 'libri parlati' hanno confermato una significativa crescita nel 2021 con un + 37,1%, incrementato nel 2023 del 4,2%. Audible, Storytel, Spotify e Google Play sono solo alcune delle piattaforme leader in questo settore in cui la casa editrice Emons spicca per la qualità dei titoli e delle voci proposte.
2. I risultati dell'indagine sono riportati integralmente sul sito internet dell'Ipsos: https://www.ipsos.com/it-it/podcast-indagini-ipsos-digital-audio-survey-podcast-qualita-strada-crescere.

Postilla. *Altri ingredienti del successo, e un caso editoriale*

1. Per un approfondimento sul «caso editoriale Zia Mame» si consiglia la lettura del testo di Stefano Salis *Mercato dei successi. Ci salverà una vecchia zia?* disponibile sul sito di Fondazione Mondadori (https://www.fondazionemondadori.it/wp-content/uploads/2018/12/Salis_2010.pdf). E anche della tesi di laurea *Auntie Mame di Patrick Dennis* di Andrea Franchi (Università di Pisa, anno accademico 2012-2013).
2. Fabrizio Patriarca, *Confessioni di un ghostwriter sull'editoria*, Snaporaz.online, 8 giugno 2023, https://www.snaporaz.online/confessioni-di-un-ghostwriter-sulleditoria/.

3. J.R. Moehringer, *Il bar delle grandi speranze* (ed. it. Piemme, Casale Monferrato 2007), da cui è stato tratto un film diretto da George Clooney con Ben Affleck.
4. Senza però dover arrivare agli eccessi drammatici raccontati da Robert Harris nel suo romanzo del 2007 *The Ghostwriter* in cui il protagonista è uno scrittore-fantasma senza nome che è stato assunto per completare le memorie dell'ex primo ministro britannico Adam Lang e che scopre che il suo predecessore, il ghostwriter originale, è morto in circostanze misteriose poco prima di terminare il lavoro. Anche la scrittrice italiana Alice Basso ha dedicato una serie di libri, tutti pubblicati da Garzanti, a una protagonista, Vani Sarca, che di mestiere, appunto, scrive libri per gli altri e in questo mondo narrativo si svolgono le vicende che la riguardano.
5. Il primato assoluto della fiction è detenuto invece dell'ultimo *Harry Potter* nel 2007, con 8,3 milioni di copie vendute nel giorno del lancio in libreria.

Indice

Premessa p. 7

1. *Cenni sparsi di anatomia editoriale* p. 11
Quello che il lettore non sa, p. 11 – Questione di catalogo, p. 14 – Libro, ma quanto mi costi?, p. 19 – Uno su mille ce la fa: il bestseller, p. 22 – Intermezzo. Tu, io, noi lettori, p. 26 – Successi nostrani, bestseller internazionali, p. 29 – Snobbati dalla critica, premiati dai lettori, p. 35 – Vivere di scrittura, si può?, p. 39

2. *Il «prodotto libro» e le classifiche* p. 45
«Sotto gli occhi di tutti», p. 45 – Zerocalcare: un fumetto da classifica, p. 57 – Il «caso» Vannacci, p. 59 – Il lettore e «lo stato di necessità» del prodotto libro, p. 62 – Successi postumi e altre imprevedibilità, p. 69

3. *La sottile linea rossa. Promozione e distribuzione* p. 73
A tutta cedola, p. 73 – «È bellissimo, fidati», p. 78 – Dal pdf al bancale, verso la libreria, p. 85 – Rispediti al mittente: il reso e il macero, p. 90 – *Publish or perish*. Iperproduzione e crisi della carta, p. 95

4. *La libreria* p. 99
Un luogo magico (per vendere), p. 99 – Indipendenti, di catena o di franchising, p. 102 – Guerra alla polvere: «il modello Montroni», p. 106 – «La macchina degli eventi»: la Libreria Nuova Europa I Granai, p. 113 – Difficoltà ordinarie e straordinarie, p. 117

5. Lo scrittore va in tournée: presentazioni, festival, fiere p. 129
La presentazione (in sintesi), p. 129 – Book tour, p. 136 – I festival letterari, p. 143 – Il Festivaletteratura di Mantova, p. 147 – Emozione, attenzione al lettore e legame col territorio: Libri sulla Cresta dell'Onda, p. 153 – Mercanti in fiera. Il Salone del Libro di Torino, p. 159 – Oltre il Salone, p. 164

6. I giornali e la critica letteraria p. 167
La rassegna stampa: il gagliardetto del prestigio, p. 167 – La terza pagina, salotto buono o salotto avulso, p. 171 – Tipologie: dalla recensione alle stelline, p. 174 – Gli abitanti del «salotto avulso», p. 176 – Stroncature, queste sconosciute, p. 183 – L'ufficio stampa, p. 186

7. Lit-Web: blog e social network p. 191
I blog letterari: le stanze virtuali di dialogo sui libri, p. 191 – Dai libri nei blog ai libri dai blog, p. 194 – Dai blog ai social: come si informano i lettori, p. 197 – Filtro lentiggine: #booktok, p. 201 – Questione di target: i social e le case editrici, p. 208 – «La gloria minuta di un like»: gli scrittori e i social, p. 213 – «Funerale social»: l'ultimo saluto a Michela Murgia, p. 218

8. I premi letterari, croce e delizia p. 221
Tra outfit e gettoni d'oro, p. 221 – Tra stupori e gran rifiuti, p. 223 – Il Premio Strega: «Un premio che nessuno ancora avesse mai immaginato», p. 225 – Moltiplicatore delle vendite (e della popolarità), p. 227 – «Manovre di guerra in tempo di pace», p. 231 – La delusione di Gian Marco Griffi e altre amarezze, p. 233 – Vittoria postuma, p. 237 – Casa Bellonci e il Ninfeo di Villa Giulia, p. 239 – Caratteristiche dei libri in gara, p. 242 – Il Premio Campiello, p. 246 – Altri premi, p. 253

9. Lo schermo: passaggi televisivi, film, serie p. 255
I libri in tv, p. 255 – 1994, l'anno della svolta, p. 259 – Un'eredità importante: da *Babele* a *Quante storie*, p. 261 – *A tutto volume*: dalla classifica al lettore, p. 265 – I libri nelle trasmissioni generaliste,

p. 271 – Le rubriche dei Tg: l'esempio di *Billy*, p. 277 – Le riduzioni cinematografiche, e l'autore come «marchio», p. 284 – Dalla pagina al piccolo schermo: le serie, p. 288

10. La voce: dallo schermo alla radio e ai podcast p. 296
La radio: una vecchia amica, p. 296 – Dar voce alla cultura: Radio 3, la lezione di *Fahrenheit* e *Il cacciatore di libri*, p. 298 – I podcast dedicati ai libri: il caso di *Copertina*, p. 304

Postilla. Altri ingredienti del successo e un caso editoriale p. 312
Il traduttore: «Il mestiere dell'ombra», p. 313 – L'editor, p. 315 – Il ghostwriter, p. 317 – *Spare. Il minore*, p. 319 – Per finire, ma prima di tutto, p. 323

Note p. 325

VALENTINA NOTARBERARDINO

FUORI DI TESTO

Fuori di testo è un libro sui libri come nessuno li ha mai raccontati. Dedicando a ciascuna delle «soglie» del libro – titoli, copertine, risvolti, fascette, ringraziamenti, dediche, indici... tutto escluso il testo, insomma – una trattazione gustosa e documentata, Valentina Notarberardino rivela storie, curiosità, segreti, retroscena dell'editoria in generale e della narrativa italiana recente in particolare, anche grazie alle inedite confessioni di alcuni fra gli scrittori maggiori e più venduti del nostro paese: da Edoardo Albinati a Diego De Silva, da Massimo Gramellini a Nicola Lagioia, da Melania G. Mazzucco a Roberto Saviano.

Ne emerge una guida preziosa all'attività editoriale, regno spesso impenetrabile ai non addetti, dove si incrociano e cooperano – non sempre pacificamente, come si vedrà – qualità letteraria e strategie di marketing, volontà d'autore e «diavolerie» di editori, grafici, redattori: tutti ingredienti della pozione magica che è ogni successo editoriale.

PONTE ALLE GRAZIE

Finito di stampare nel mese di febbraio 2024
per conto di Adriano Salani Editore s.u.r.l.
da Rotomail Italia S.p.A., Vignate (MI)
Printed in Italy